TURING 沃尔弗拉姆作品集

万物皆

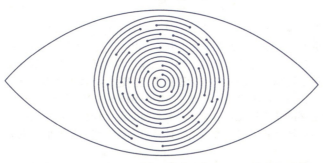

计算

科学奇才的
探索之旅

[美] **斯蒂芬·沃尔弗拉姆** 著
（Stephen Wolfram）

刘永鑫 芮苏英 寇育新 赵丽娜 译

人民邮电出
北京

图书在版编目（CIP）数据

万物皆计算：科学奇才的探索之旅 ／（美）斯蒂芬·沃尔弗拉姆（Stephen Wolfram）著；刘永鑫等译. -- 北京：人民邮电出版社，2024. -- （沃尔弗拉姆作品集）. -- ISBN 978-7-115-65096-2

Ⅰ．I561.65

中国国家版本馆 CIP 数据核字第 2024J4X250 号

内 容 提 要

本书为斯蒂芬·沃尔弗拉姆的随笔集，汇集了其过去十余年不同场合的文章、讲稿等，以计算思维范式为中心，讲述了沃尔弗拉姆在科学、技术、艺术、哲学、商业等多个领域的思想探索与实践。从为一部好莱坞电影提供科学咨询、解决人工智能道德规范问题、寻找一个不寻常的多面体的来源、与外星人交流，到建立 Mathematica 和 Wolfram|Alpha，再到寻找物理学的基本理论和探索 π，本书捕捉到了计算世界伟大先驱之一的感染力和好奇心，向读者展示了计算思维在当代科技发展中的无限可能。

本书适合所有对科技史、科学哲学感兴趣，对于开阔视野、提升认知与思考能力有需求的读者。

◆ 著　　[美] 斯蒂芬·沃尔弗拉姆（Stephen Wolfram）
　译　　刘永鑫　芮苏英　寇育新　赵丽娜
　责任编辑　王振杰
　责任印制　胡　南

◆ 人民邮电出版社出版发行　北京市丰台区成寿寺路11号
　邮编　100164　电子邮件　315@ptpress.com.cn
　网址　https://www.ptpress.com.cn
　北京捷迅佳彩印刷有限公司印刷

◆ 开本：880×1230　1/32
　印张：16.25　　　　　　　2024 年 11 月第 1 版
　字数：347 千字　　　　　 2025 年 5 月北京第 4 次印刷
　著作权合同登记号　图字：01-2023-3906号

定价：129.80元
读者服务热线：(010)84084456-6009　印装质量热线：(010)81055316
反盗版热线：(010)81055315

版权声明

Adventures of a Computational Explorer © 2019 Stephen Wolfram. Original English language edition published by Wolfram Media, 100 Trade Center Drive, 6th Floor, Champaign Illinois 61820, USA. Arranged via Licensor's Agent: DropCap Inc. All rights reserved.
Simplified Chinese Edition © 2024 by Posts & Telecom Press Co., LTD.

本书简体中文版由 Wolfram Media 授权人民邮电出版社独家出版。版权所有，未经书面许可，本书的任何部分或全部不得以任何形式重制。

推荐序

计算视角下的世界观

斯蒂芬·沃尔弗拉姆（Stephen Wolfram）可能是现在活着的最聪明的人。他探索世界的方式，他创造的工具，他的洞见，特别是他观察世界的视角，跟其他所有学者都不一样，是绝对独树一帜的。这本《万物皆计算：科学奇人的探索之旅》(Adventures of a Computational Explorer) 是沃尔弗拉姆的散文和随笔合集，谈论了他自己的生活、工作和思想。我很荣幸为中文版作序。

沃尔弗拉姆出生于1959年，他——

- 15 岁发表有关量子场论的学术论文；
- 20 岁取得美国加州理工学院理论物理学博士学位；
- 22 岁获得麦克阿瑟天才奖；
- 27 岁创办公司并推出 Mathematica 数学软件，这个软件被全世界科研人员使用；
- 43 岁出版《一种新科学》(A New Kind of Science)，重新解释整个物理学；

- 50岁推出Wolfram|Alpha，号称"人类知识检索引擎"；
- 55岁推出Wolfram语言，一种新的编程语言；
- 61岁，也就是2020年，开启"Wolfram物理计划"（The Wolfram Physics Project），致力于用最基本的运算规则推导全部物理定律，并且取得了相当大的成功；
- 2023年AI大爆发，又是沃尔弗拉姆出了一本书叫《这就是ChatGPT》，提出最新的洞见。

日常生活过于平淡，幻想的世界又太不合理，唯有探索和学问可抵岁月漫长。沃尔弗拉姆这样的奇人，是我们这个时代的珍宝。

我想借此机会简单讲讲沃尔弗拉姆的世界观。他这套思想还很新鲜，尚未流行，但我认为很可能是对的。如果你不知道，那可就太遗憾了。

你想不想知道，我们生活的这个世界究竟是怎么回事？它为什么有这样的规则？它是被谁创造出来的？它存在的意义是什么？我们存在的意义又是什么？我们是在玩一个大型多人在线网络游戏吗？这个世界是别人用计算机模拟出来的吗？

探索这些问题，人们首先想到的是用科学家的方法。但科学家并不研究这些问题。科学家研究的是这个世界**如何**运行，并不关心世界的**本质**是什么。科学家的工作是发现新现象，总结新规律，以便对世界未来会如何提供某种预测，比如预报天气。

科学知识很有用，但科学研究的目的不是回答世界的本质是什么。

那种大问题本来是留给哲学家的，但是单纯的哲学思辨在当今世界已经没有多少竞争力了，我们需要你拿出干货来，你得有坚实的证据才行。

这就导致在智能如此发达、科学知识如此丰富的今天，我们对"世界究竟是什么"仍然没有一个共识性的说法。

换句话说，我们缺少一个像康德一样的人物，能给我们一点框架性的洞见。

在我看来，沃尔弗拉姆就是这个时代的康德。他把现代物理学当作约束条件，自己坐在书斋里，纯粹靠逻辑推演，就得出了一个对世界的解释框架……他的手段是数学计算。

你相信吗？只凭数学计算，我们就能知道有关这个世界的很多事情。

我在得到 APP 的《精英日课》专栏中多次讲解沃尔弗拉姆的思想，这里我想把他的世界观总结为六个论点。

第一，这个世界的本质是计算。

你是否曾经感到奇怪，为什么物理定律都是用数学方程写的？为什么几乎所有学科都要用到数学？物理学家尤金·维格纳（Eugene Wigner）早就问过这个问题，答案现在还是一个谜：为什么这个世界上的事情，如此精确地符合数学？哪怕考虑到量子力学的不确定性，那个不确定性的概率大小也严格符合数学方程。

你仔细想想，这很不寻常，世界似乎没有义务如此。但恰恰因为世界精确地符合数学，我们才能过上寻常的生活。

推荐序

你早上买了六个馒头,自己吃了两个,留下四个准备中午和晚上再吃。等到中午你打开冰箱,发现四个馒头果然还在里面。

有客人要来访,你就先把房间打扫整洁。第二天客人来之前,房间果然还是那么整洁。

这些事情很平凡,但你想过没有,之所以如此,是因为这个世界是讲理的。它不会凭空给你弄丢一个什么东西,也不会无缘无故地给你把东西弄乱。

这个世界竟然如此有秩序,这就让我不太相信它是一个计算机模拟出来的游戏。因为如果是有人模拟的,那么游戏的运营者就可以随时修改游戏——也许搞搞软件升级,也许扮演神灵,看自己喜欢谁就多给谁一点好处,讨厌谁就制造一些惩罚……

然而并没有。我们这个世界存在着"能量守恒"之类的定律,每件事情都能找到原因,是一环扣一环的连锁反应,并没有外人插手的迹象。

这就强烈暗示,世间万物是按照某种基本法则在自动运行。

在沃尔弗拉姆看来,世间万物的一切运动,都是在做计算:它们只是在执行某个算法而已。统治世界的不是别的,是数学。

第二,这个世界允许你有意识。

计算世界可以有无数种,但不是每个世界都允许有人存在。那人到底是什么呢?

简单地说,人是一种有意识的生物。沃尔弗拉姆认为,意识是一种有连贯线索的主观体验。

你之所以相信自己是活的，自己不是一个被动的物体，是因为你有人生的经历。你从小到大每时每刻经历的各种事情连续起来，让你能给自己讲出一个故事。有这个故事，你才有"自我"的概念。

沃尔弗拉姆的一个洞见是，意识不等于智能。智能是非常普遍的东西，无非是计算的精巧度。世间万物都在做计算，只要这一组计算足够复杂、足够精巧，我们就可以说这是一种智能。计算机程序是有智能的，人当然也有智能。但是人除了有智能之外，还有意识。

意识，是对智能的某种简化和降级。比如你在一个房间里跟一些人说话，如果用充分的智能描写，我们必须把房间里每个分子的振动、视觉、听觉等所有的信息都包括进去，但那不是"人"需要的。人想要的是简化了的故事，必须忽略很多很多东西。让你形成意识的那个故事版本，往往不但是对现实的简化，而且是对现实的扭曲。

我们之所以有意识，是因为我们能对智能做出主观的取舍，对世界形成个性化的解读。

正是靠着这个简化和扭曲的故事，我们才觉得人生很有意义。

第三，为了允许你有意识，世界的物理定律不能是任意的。

我认为这一点是沃尔弗拉姆迄今为止最重要的发现。他很早以前就有了这个思想的苗头，然后从 2020 年开始，用一系列数学推导把理论变得完整。

简单地说，沃尔弗拉姆发现，要想允许有意识的智慧生物存在，这个世界的时空就不能是任意的，它必须具有一定的性质。

而那些性质，恰好就是物理学家熟知的狭义/广义相对论、量子力学和统计物理学的样子！

具体细节不好讲，这里我们单说时空的性质。沃尔弗拉姆的逻辑推理过程差不多是下面这样的。

1. 为了允许物体存在，你这个世界必定有某种相当于"空间"的性质。具体是什么样的无所谓，但我们总可以想象那是一个由无数个点排列成的坐标系统，一个点阵。
2. 为了让世界有秩序，点阵中每个点的状态必须是根据某种定律和当前的局面算出来的。
3. 计算要一步一步进行，所以这个世界需要有次序，也就是"时间"。
4. 为了让其中的有意识生物形成连贯叙事，这个世界需要满足因果不变性，也就是每个观察者观察到的事实应该跟他所在的坐标系无关。

好，那么沃尔弗拉姆推算出来，仅仅是这些看似很平凡的要求，就决定了这个世界的时空必定满足狭义相对论。

换句话说，我们这个世界的物理定律之所以如此，是因为只有如此，才能让"我们"在这里体验秩序。

当然，不符合这些要求的计算系统也可以是一个世界，只不过那样的世界里没有有意识的智慧生物而已。

第四，我们对世界只能有非常有限的理解和控制。

既然世界是讲理的，世间万物只是在本分地做着计算，那你可能会设想，我们能不能提前算出来它们的结果呢？这样不就可以预测世界的行为了吗？

有些事情的确是如此。比如我们不需要一帧一帧地模拟地球在太阳系中的运动，我们用更简单的算法就能提前算出未来数百万年内任何一个时间点，地球上任何一个地点是白天还是黑夜……正如我们不用算也知道"太阳每天都会从东方升起"。

但是并不是所有东西都能这么预测。

沃尔弗拉姆平生最得意的一个发现叫作"规则30"。这是一个叫作"元胞自动机"的游戏，纸面上有无数个格子（元胞），每个格子下一步是变成黑色还是白色，完全由它旁边的格子和某种非常简单的规则所决定。就这样一个演化系统，如果是基于某个特定的规则——那个第30号规则，那么它未来会变成什么样，就无法用快捷方式算出来。

你只能老老实实地按照那个基本规则，一步一步地把整个演化推演一遍。沃尔弗拉姆把这叫作"计算不可归约"（computational irreducible）。

只要是足够复杂的系统，就一定是计算不可归约的，也就无法跳过步骤提前预知结果。

复杂系统的计算不可归约性告诉我们，真实世界本质上是不可预测的。

天气、股市、经济、流行趋势，这些都是我们即使在理论上也不可能准确预测的复杂系统。因为我们不能预测，所以我们也不可能百分之一百地掌控。

这就是说，对于 AI 这样的新生事物，虽然我们很想通过"超级对齐"去全面掌控它，但实际上是不可能绝对掌控的。

只要是足够复杂的事物，就一定会出现一些让你感到意外的事情。但正因为这样，这个世界才永远都有意思。

第五，我们仍然可以探索科学。

我们永远不可能全知全能，但我们永远都可以再多知道一点。沃尔弗拉姆说，伴随着每个计算不可归约系统的一个特点，是其中总有无限多个"可归约的口袋（pocket）"，也就是一些局部有效的规律。

我们不可能完美预测股市走向，但我们总可以说一些像"如果市场上大多数投资者失去信心，股市一定往下走"这样的局部规律，从而做出某些不保证绝对正确，但很可能正确的预测。

所有的规律，都是对真实世界的计算的某种压缩。我们搞科学研究也好，平时思考也好，都是为了寻求这些规律。

"可归约的口袋"这个数学性质决定了，这样的规律总是可以找到，你永远都找不完。这也就意味着，在未来任何时候，不管科学多么发达，世界上总是有一些事情是我们当时不知道，又恰好可以经过研究知道的。

科学探索这门业务可以永远进行下去。

这件事非常重要。这说明我们永远需要好奇心，世界永远有值得你探索的地方。

第六，生而为人的最高使命是创造新的价值。

沃尔弗拉姆的另一个核心概念叫"计算等价性原理"（Principle of Computational Equivalence），意思是所有的复杂系统，只要足够复杂，就都是同等复杂的。

比如说，整个人类社会之复杂，和一袋空气之复杂，是同样的复杂。数学上没有什么客观的判据能说明人类社会比一袋空气更高级。

而这就是说，世间不存在什么客观的价值观。

那你说我们为什么喜欢人类社会，而对一袋空气不感兴趣呢？只是因为我们是人。我们的价值观是由我们经历的历史所决定的。人类社会之所以让我们感觉这么宝贵，是因为我们经历过整个人类的历史，我们有记忆，我们的基因之中有人类演化的痕迹，仅此而已。

一切价值观都是主观的。既然是这样，人类社会发展的方向就不会有什么客观的指引，而只应该由当时的人自行决定。

AI永远都不能替人决定喜欢什么，因为AI永远不可能真正拥有我们的历史记忆。

所以沃尔弗拉姆认为，AI时代最高级的工作就是创造新的可能性。搞科学也好，艺术也好，产品也好，如果你能创造一个原本没有的，而人们又喜欢的事物，你就是在为人类社会发展指明方向。

沃尔弗拉姆首先是个"计算探索者"，你也可以说他是数学的使者。

如果不是沃尔弗拉姆，我真的很难想象仅仅用数学推导就能知道这些。这些推导的结果让我们深感庆幸：这个世界不会被任何人掌控，它总有值得探索的空间，它认可每个人的自由并且鼓励创造。

谁不服都不行,因为这不是人为设定的信仰——这些是**数学**告诉我们的。

万维钢

科学作家、得到APP《精英日课》专栏作者

前 言

"你工作如此努力……那你的爱好是什么？"人们有时这么问我。实际情况是，我始终追求从事的工作本身就是我的爱好，能让我从中获得乐趣，这些工作大都跟我的重大计划以及我几十年间创造的产品、创立的公司和提出的科学理论相关。但偶尔我也会研究新兴事物，基于种种原因，这对我来说同样是非常有趣的事情。

这是一本随笔集，它记录了过去十几年我在这些方面探索历程的点滴。大部分文章是我对特定的场景和事件的记录和回应。它们的主题形形色色，但是最终或多或少是有关联的，这一点非常有意思。从某种程度上说，这些文章都反映了最终定义了我人生的一种思维范式。

这些文章的内容都围绕着计算的思想，以及计算思想所引导的抽象的普遍性。无论我是在思考科学、技术，抑或是哲学、艺术，这种计算思维范式都提供了完整的思考框架以及具象的事实，它们指引了我的思考。同时，这本书还体现了这种计算思维范式的广泛适用性。

不过，我还期待这本书可以折射出一个我酝酿已久的愿景：把这种思维范式应用到更多方面。有时候我会觉得，在某个特定的领域，

前言

我已经无力贡献更多了，但让我印象非常深刻的是，应用这种思维范式常常会带来全新的视角，或者让我发掘出完全超出预期的结果。

我经常督促人们"勤于思考"，即使面对的问题并不在自己专业领域之内。我自己也是这么做的。这样做很有帮助，因为这种计算思维范式有很强的普适性。但是，即使在更具体的层面上，我也不断惊讶于我从科学、语言设计、技术开发或商业中学到的东西，有很多最终与新出现的问题联系在了一起。

如果书中文章成功传递给大家的只有一点，那么我希望是：深入理解特定主题并解决其中的问题，是一件能带来无比愉悦的事情。有时候，得到一个简单、肤浅的答案很容易，但是真正让我兴奋的是，为了获得一个恰当且本原的答案而进行的更加严肃的智力探索。有时，在面临非常实际的问题时，为了找到一个好的解决方案，我们通常需要经历一场探索，思考一些深刻的甚至哲学性的问题，这一点让我觉得尤其有意思。

这本书当然不可避免地会提到我的一些个人经历。年轻的时候，我以为自己一生都会在特定的科学领域进行探索发现。但后来，特别是拥抱了计算思维范式之后，我慢慢地意识到，这种思维过程不仅可以用于我们所谓的科学，而且可以用于几乎任何事物。每当看到这些发生，我都感到无比满足。

斯蒂芬·沃尔弗拉姆

目 录

推荐序

前言

001　第 1 章
快，外星飞船可能是怎么工作的

1.1　连线好莱坞　001

1.2　几周之后……　004

1.3　编写代码　006

1.4　一个星际旅行的理论　008

1.5　物理学家是什么样的　012

1.6　对外星人说什么　014

1.7　电影拍摄历程　022

1.8　你能写个白板吗　025

1.9　你们来地球的目的是什么　031

1.10　现在，电影时刻　033

目录

035 第 2 章
我的业余爱好：探究宇宙的本原

044 第 3 章
向宇宙炫耀：指引文明来世的信标

3.1 问题的本质　044

3.2 前车之鉴　048

3.3 外星人和目的的哲学　057

3.4 语言的作用　059

3.5 数学来拯救？　061

3.6 分子学版本　064

3.7 谈论世界　067

3.8 构建一种语言　069

3.9 Wolfram 语言能做什么　071

3.10 时间胶囊的真相　073

3.11 太空中的消息　078

3.12 科幻小说及更多　095

3.13 所有可能的文明构成的空间　097

3.14 我们应该发送什么　101

目录

105 第 4 章
π 还是派：庆祝本世纪的 π 日

4.1 公司里的尴尬事 106
4.2 为每个人准备的"一块" π 107
4.3 π 中的科学 110
4.4 π 的随机性 111
4.5 数字中的 SETI 112

115 第 5 章
物理学的终极可能是什么

135 第 6 章
我的技术人生——在计算机历史博物馆的演讲

184 第 7 章
我在幼儿园学到的东西

188 第 8 章
音乐、Mathematica 和计算宇宙

196	**第 9 章**	
	1 万小时的设计评审	

205	**第 10 章**	
	我们如何命名 Mathematica 的语言	

220	**第 11 章**	
	我整天都做什么：技术首席执行官的直播	

11.1　公开思考　220

11.2　洞察决策　221

11.3　会议是什么样的　223

11.4　直播的心路历程　226

11.5　工作风格　229

231	**第 12 章**	
	Spikey 的故事	

12.1　Spikey 无处不在　231

12.2　Spikey 的起源　232

12.3　走进 Wolfram|Alpha　240

12.4　菱形六十面体　252

12.5　纸质 Spikey 套件　258

12.6 菱形六十面体之路　262

12.7 准晶体　272

12.8 平面化的 Spikey　278

12.9 巴西人的惊喜　279

12.10 Spikey 活起来了　287

12.11 永远的 Spikey　288

290　第 13 章
Facebook 世界里的数据科学

315　第 14 章
关于人工智能道德规范的一则演讲

325　第 15 章
战胜"人工愚蠢"

340　第 16 章
在云上科学地调试：首席执行官的一次意外冒险

16.1 Wolfram 云必须完美　340

16.2 服务器内部出了问题　343

16.3 是什么在占用 CPU　346

16.4 操作系统冻结了　348

16.5 罪魁祸首找到了　351

16.6 Wolfram 语言和云　352

354　第 17 章
本体论的实际应用：一个来自前沿的故事

17.1 化学哲学　354

17.2 至少原子应该是可以的　356

17.3 可能的化学物质的空间　359

17.4 化学物质究竟是什么　360

17.5 当哲学遇到化学、数学、物理学……　362

364　第 18 章
函数命名的诗意

371　第 19 章
热词大荟萃：解读量子神经网络区块链人工智能

19.1 不完全是闹着玩的　371

19.2 "量子"　372

19.3 "神经网络"　374

19.4 "区块链" 376
19.5 "人工智能" 378
19.6 共同的主题 380
19.7 可逆性、不可逆性以及更多 383
19.8 升华 389

392 第 20 章
天哪，这是用规则 30 制作的！

20.1 一座英国的火车站 392
20.2 更大的视角 403

408 第 21 章
关于我的生活的个人分析

424 第 22 章
追求高生产力的生活：我个人基础设施的一些细节

22.1 追求生产力 424
22.2 我的日常生活 425
22.3 我的桌面环境 430
22.4 移动办公 433

22.5　做演讲　440
22.6　我的文件系统　445
22.7　知道把东西放在哪里　451
22.8　我的那些小便利　457
22.9　归档与搜索　467
22.10　人与事的数据库　473
22.11　个人分析　478
22.12　前方的路　480

484　第 23 章
早慧纪录（差点）被打破

490　第 24 章
为高中毕业生做的一次演讲

第 1 章
快,外星飞船可能是怎么工作的

2016 年 11 月 10 日

电影《降临》场景[1]

1.1 连线好莱坞

"这个剧本挺有意思的。"我们公共关系团队的一位同事说。我们经常会收到来自电影制作方的请求,让他们在电影里展示我们的图表、海报或者书。但是这次的请求有些不一样:我们能不能帮助一部即将开拍的好莱坞科幻大片紧急实现逼真的屏幕显示效果?

---

[1] 本书图注均为编者注。——编者注

通常来说，我们公司那些不同寻常的问题最终都会落到我的邮箱里，这次也不例外。恰巧，出于工作需要或者业余爱好，我几乎看过几十年来所有主流科幻电影。但是仅仅从电影的暂定名称《你一生的故事》（Story of Your Life）来看，我甚至不确定这部电影是不是科幻题材，也不知道它到底要讲什么。

但是当我听说这是一部关于与外星人首次接触的电影之后，我说："当然，我会读读剧本的。"事实证明，这的确是个有意思的剧本，复杂却很有趣。我很难说清楚电影成品会是科幻故事还是爱情故事，但其中绝对包含有趣的科学主题，尽管可能混杂着一点不合理之处和科学上的小瑕疵。

在观看科幻题材电影的时候，不得不说，我经常会觉得有些难堪："人们在这部电影上花费了上亿美元，然而他们还是犯了一些原本可以避免的科学错误，如果他们找到合适的人咨询一下，这些问题是非常容易解决的。"所以我决定了，即使那段时间我恰好非常忙，我也应该参与这部现在名为《降临》（Arrival，2016年）的科幻电影的制作，并且尽我所能让这部电影的科学部分尽善尽美。

我想，好莱坞电影没有得到足够的科学方面的支持是有一些原因的。第一个原因是，电影制作方通常对他们电影的"科学质感"没有那么敏感。如果一部电影在人类普遍认知的范围内出了问题，他们能发现，但是通常科学方面的问题他们就无法意识到了。很多时候，他们能做的最多也就是找当地大学来帮忙，但是大多情况下他们碰到的是在特定领域钻研的学院派，这些人往往并不能有效地帮他们发现整个故事层面的科学漏洞。当然，平心而论，科学方面的内容通常不足以成就或者毁掉一部电影,但是我认为,如果科学部分足够好,比如有很好的布景设计,可以把一部电影从优秀提升到伟大。

作为一家公司,我们有不少跟好莱坞合作的经验,例如为电视剧《数字追凶》(*Numb3rs*)的六季编写所有数学方面的内容。我个人并没有参与其中,但我有不少科学界的朋友参与过电影制作。杰克·霍纳(Jack Horner)[①]就曾经参与电影《侏罗纪公园》(*Jurassic Park*,1993年)及续作的制作,并且如他自己所述,几乎把他本人所有的古生物学理论融入电影中,其中还有一些后来被证明是错误的。还有基普·索恩(Kip Thorne)[②],在他八十多岁的时候开始了新的职业生涯,成为电影《星际穿越》(*Interstellar*,2014年)创作的推动者,用Wolfram Mathematica 为电影制作了最初的黑洞视觉效果。在更早的年代,马文·明斯基(Marvin Minsky)[③]为电影《2001 太空漫游》(*2001: A Space Odyssey*,1968年)提供人工智能方面的咨询,埃德·弗雷德金(Ed Fredkin)[④]是电影《战争游戏》(*War Games*,1966年)中古怪的法尔肯博士的人物原型。近年来,有曼朱尔·巴尔加瓦(Manjul Bhargava)[⑤],用将近十年的时间提供指导,最终成就电影《知无涯者》(*The Man Who Knew Infinity*,2015年),他本人在电影剪辑阶段花费了数周时间"旁观"电影数学部分的完成。

这些人都是在电影制作的早期就参与了,而这次我参与时已经是电影即将开拍的时候了。不过这也有好处,我能确定这部电影一

[①] 美国古生物学家。(本书脚注如无说明,均为译者注。)
[②] 美国理论物理学家,2017年诺贝尔物理学奖获得者,因为在引力波检测方面的工作而闻名。
[③] 美国计算机科学家,"人工智能之父",图灵奖获得者。
[④] 美国计算机科学家、物理学家。
[⑤] 美国数学家,现就职于普林斯顿大学。

定会制作（是的，好莱坞在这类事情上"信噪比"实在不高）。这也意味着我的角色非常清晰：我该做的事情就是提升和打磨影片的科学部分，不用花心思考虑对电影情节做重要修改。

这部电影的灵感来自特德·姜（Ted Chiang）[①]1998年的一部短篇故事，但是它在概念上是一部复杂的作品，展示了计算物理学界相当专业的一个想法，以至于不止我一个人感到奇怪，怎么会有人把这个想法拍成电影。不过，这个一百二十页的剧本基本上就是在做这件事了，它从原文中汲取了一些科学元素，又加入了不少新内容，但基本上还是处于"乱数假文"[②]的状态。所以我参与其中，做一些添加注释、提供修改意见，诸如此类的工作。

1.2 几周之后……

时间来到几周之后，我和我的儿子克里斯托弗（Christopher）来到了加拿大蒙特利尔《降临》影片的布景中。最新的X战警（X-Men）系列电影就在隔壁的大影棚拍摄，而《降临》的影棚则相对朴素一些。我们到达那里的时候，他们正在拍摄直升机中的一场戏。我们看不到演员们，但是可以和几位制片人及其他工作人员在监视器上一起看他们表演。

[①] 中文名姜峯楠，华裔美籍科幻作家，曾获雨果奖、星云奖等多种奖项，代表作《你一生的故事》《巴比伦塔》等。
[②] "乱数假文"（lorem ipsum）是排版设计领域使用的一种无意义的文本，主要用于测试文章的版面视觉效果，在这里用来形容这个剧本还处于非常原始、缺乏打磨的状态。

1.2 几周之后……

我听到的第一句台词是:"我们(为外星人)准备了一个问题列表,**首先是一个有关二元序列的问题……**"我当时的反应是:"噢,是我之前建议这么说的!太棒了!"之后,又有一个我的建议被采纳了,只改动了一个单词。然后,台词里出现了更多我的建议。对白听起来的确比之前流畅了,但意思却不是那个意思了。慢慢地我意识到:这件事比我想象的要难多了,需要权衡很多,也要复杂很多。(令人高兴的是,最终电影呈现出来的效果不错,台词的意思是对的,听起来也很流畅。)

在随后电影拍摄的间隙,我们和埃米·亚当斯(Amy Adams)聊了一会儿,她在剧中饰演一位被派去与外星人交流的语言学家。为了演好这个角色,她花费了不少时间形影不离地跟随一位当地语言

作者[①]与埃米·亚当斯等人交流

---

① 图注、脚注中单称"作者"均指本书作者。——编者注

学教授观摩学习。她热衷于讨论语言对其使用者的思维模式的影响，这是我作为计算机语言设计者感兴趣已久的一个话题。不过电影制作方真正期待我做的是跟杰里米·伦纳（Jeremy Renner）多聊聊，他在电影中扮演一位物理学家。但他当时身体抱恙，所以我们转而去参观为电影搭建的"科学帐篷"布景，并且一起讨论这个布景适合什么样的视觉效果。

1.3 编写代码

剧本明确指出，电影中会出现很多有趣的视觉效果的场景。虽然我觉得这些都非常有趣，但我自己抽不出那么多的时间——完成它们。幸运的是，我的儿子克里斯托弗是一个高效且有创造力的程序员，他有兴趣完成这些。我们原先希望能把他留在影棚一到两周，但是考虑到他的年纪还太小，最后还是决定让他远程工作。

他的基本策略很简单，就是提问："如果我们要在真实生活中完成这件事，我们会做怎样的分析和计算？"如果我们拿到了一个外星人着陆地点的列表，那其中的规律是什么？如果我们拿到了太空船外形的几何学数据，那它的核心点在哪里？如果我们拿到了外星人的"笔迹"，那它的含义是什么？

电影制作方给了克里斯托弗原始数据，就像面对真实世界的数据一样，他开始分析这些数据。然后他把每个提到的问题都转换成Wolfram语言代码和可视化效果。

克里斯托弗知道，电影里展示出来的代码通常都是无意义的（在大部分情况下，这些代码似乎都是 Linux 上的 nmap.c 的源码）。但是他想让这部电影中的代码有意义，并且真的能跑电影中所做的分析工作。

Wolfram 语言代码和可视化效果

在最终的电影成片中，屏幕的视觉效果中融合了克里斯托弗编写的代码、他编写代码的衍生内容和其他一些另外加入的内容。偶尔我们还是能见到这些代码的。比如，在一个重新编排外星人"笔迹"

的镜头中，我们可以看到一个 Wolfram 笔记本（Wolfram Notebook），其中有一段优雅的 Wolfram 语言代码。是的，这些代码确实能够做到笔记本中展示的变换操作，它们是真的，可以用来完成真实的计算。

1.4 一个星际旅行的理论

在我第一次看到这部电影的剧本时，我很快就意识到，如果想为电影提出条理清晰的建议，我需要为电影中发生的事创建出一套具体的理论。遗憾的是，留给我的时间并不多，最后我基本上只有一个晚上的时间去发明这个星际旅行的理论。下面是那天晚上我为电影制作方撰写的理论的开头部分：

有关星际航天器的科学（幻想小说）

斯蒂芬·沃尔弗拉姆（2015 年 5 月 23 日）

简介

我之前从未严肃地思考过建造一台星际航天器。但是我在基础物理方面思考了很多……并且，稍稍让我惊讶的是，基于目前我对物理学的一些假设，我认为我刚刚找到了制作星际航天器的一个似乎可行的方案（尽管以我们现在的技术水平还遥不可及）……

宇宙空间的结构

无人知晓宇宙空间最底层的结构是什么样的。我目前的假设是，它最终是一个节点网络，其中定义的只是连接性。我们所知道的宇宙空间是作为一个大尺度特征而出现的，正如流体（比如水）的连续特性在大尺度上出现一样，尽管其底层是由许多离散的分子构成的。

1.4 一个星际旅行的理论

(在这种设定下,这个网络就不存在确定的维度,例如三维,只是作为一个大尺度的平均而出现的。)

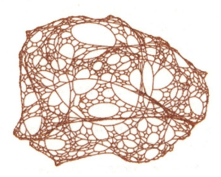

在这种模型下,粒子只是宇宙空间中的特殊区域(就像水中的漩涡一样)。(爱因斯坦曾在晚年提出一个类似的理论,但是未能在有生之年完成细节部分的工作。)

运动的发生过程似乎类似如下的结构:

在网络中,运动大致是通过连接的重新排列,从粒子(如电子)的一侧到另一侧而发生的。(这有些像在网络中"游泳"。)

当人们将网络铺开时(例如在三维空间中),绝大部分网络中的连接都是局部的。但也存在着少量长距离连接,它们大致对应量子纠缠。这些长距离连接实际上打破了常规三维空间的定义。

如果人们能够用某种方法获得一大片网络,并且让它如这些长距离连接那样是"断开的",那么人们就可以获得一种在大尺度平均三维空间中超光速运动的方法(其效果约等于虫洞,或者说是"时空泡",这为如何设置这类事物提供了一种实际的机制)。

宇宙飞船

飞船外部以某种方式划定了一个边界层，这个边界层可以在很大程度上与网络的其他部分隔开。那么如何实现这一点呢？

常规物质（包含电子和质子等粒子）是由网络中特定的局部结构构成的。但是可以想象，网络中的其他结构是可以与网络的余下部分有较少的连接的。

这可以是一种物质的形式，它可以完全不由标准基本粒子构成。它或许可以像巨型水晶一样由构成宇宙空间的连接直接构成。

它极有可能是动态变化的。还有，与拥有规则结构的普通水晶不同的是，它可能会拥有复杂得多（并且不断变化）的结构。

我可以想象，飞船的外壳将是一种动态的超构材料，其细节结构决定了它与外部空间的相互作用。

宇宙飞船的运行

一个可行的方案是找到一个来自远处的与之纠缠的粒子（例如光子），然后以某种方式获取代表宇宙飞船的网络块，并找到一种方法将它和与之纠缠的网络连接关联上。

这种方法就像通过单个光子打开一个长距离网络连接并填充整个航天器。
……

很明显，其中所有的物理学细节在电影中都不是必需的。但是要对剧本提出思路清晰、前后一致的建议，把这些细节想清楚是很有必要的，而且它们也是影片对白中科幻内容的依据。下面是一些最终没有被剧本采用的对白（大概是因为采用了更好的）："整艘飞船在穿越太空时就像一个巨型量子粒子。""外星人必须在普朗克尺度上直接操纵时空网络。""飞船表面出现时空湍流。""好像飞船表面有无穷多种类型的原子，远远超过我们已知的元素种类。"（发射单色激光到飞船表面,能看到像彩虹一样的反射光,这应该与那些未知元素有关。)对于一个像我这样的"真正的科学家"来说,写这样的东西的确很有意思。这是一种思想的解放,对白中每一个科学幻想片段都可以把人带到一场漫长而严肃的物理学讨论中。

我想为这部电影创造一个独特的星际旅行的理论,说不准将来的某一天这个理论就会被证实。但是到目前为止,我们还不确定,实际上,据我们目前所知,我们只能通过对已知物理学做一些简单的"非常规处理"才能使星际旅行成为可能。例如,我在1982年做的一些工作展示了一个听起来类似悖论的推论:按照标准量子场论,我们可以持续不断地从真空中提取"零点能"[①]。多年以来,这个基本机制可能已经是被借用最多的星际旅行的能量来源了,即使我自己都不相信它。(我认为这种说法对材料的理想化处理有点过头了。)

或许有一个更加实际的方法,至少能够推动小型太空船(这个说法最近也变得流行了),就是利用激光的光压将其推到附近的恒星。又或许可以实施一种"黑洞工程",在标准的爱因斯坦引力理论下,创造一种合适的时空扭曲。我们要意识到:即使我们已经掌握了物理学基础理论(这一天何时能来?),我们仍然可能有很多事没法确定,比如在我们的宇宙中超光速旅行是否可能。

有没有一种方法,可以给量子场、黑洞或其他什么东西设定一种配置,使它们表现出像现在这样的特性?计算不可归约性

[①] 现代科学家认为真空并不意味着一无所有,真空是由正电子和负电子旋转波包组成的系统。而与这种现象伴生的能量就称为零点能(zero-point energy),也就是说,即使在绝对零度,这种真空活性仍然保持着。

(computational irreducibility，与不可判定性相关，例如哥德尔定理[①]、停机问题[②]，等等)告诉我们，要设定这样的配置，其复杂度与难度可能是没有上限的。人们可能要穷尽宇宙历史上可以获得的所有算力，甚至还不够，试图发明所需的结构，却永远无法确定其是否能实现。

1.5 物理学家是什么样的

我们在参观影棚的时候，最终还是遇到了杰里米·伦纳。我们发现他坐在他的拖车台阶上抽烟，看起来正是我在许多电影中见过的他那勇敢坚毅的冒险者形象。当时我很想知道谈论"物理学家是什么样的"这个话题最有效的方法是什么。我觉得应该从聊物理学开始，于是我开始跟他介绍与这部电影相关的物理学理论。我们聊了空间、时间、量子力学和超光速旅行等话题。讨论中我还借用了理查德·费曼（Richard Feynman）[③]在"曼哈顿计划"时提到的有关"在野外

[①] 哥德尔定理（Gödel's theorem）是两大相关的不完全性定理（theorems of incompleteness）。第一条定理声明，在任何一种内部一致（即无矛盾）的形式体系（数学或逻辑体系）中，必定有某种结构完整的命题是无法证实或证伪的，换句话说，从形式上无法判定。事实上，哥德尔表明，这种命题就等同于"说谎者悖论"（liar paradox）中"本句话无可证明"之类的命题。若真，则这句话为假；若假，则这句话为真。第二条定理则揭示了，人无法在某系统内部证明该系统是内部一致的。

[②] 停机问题（halting problem）是指已知一个对于任意计算机程序的描述和一个输入，确定这个程序会停止运行还是继续运行下去的问题。停机问题是不可判定的，意味着不存在一个通用算法，它可以为所有可能的<程序，输入>解决停机问题。停机问题本质上是在说计算机不是无所不能的。

[③] 美国物理学家，1965年诺贝尔物理学奖得主，提出了费曼图、费曼规则和重正化的计算方法，这些是研究量子电动力学和粒子物理学的重要工具。他被认为是爱因斯坦之后最睿智的理论物理学家。文中提到他是因为他曾经参与过"曼哈顿计划"。

研究物理"的几个小故事。这是一次热烈的讨论，我特别想知道在这次讨论中我的言谈举止在旁人眼中是什么样的——有可能是典型的物理学家的做派，也有可能不是。我不能自已地想起了奥利弗·萨克斯（Oliver Sacks）①跟我说起演员罗宾·威廉斯（Robin Williams）在电影《无语问苍天》（*Awakenings*，1990年）中呈现出的怪异举止，而这恰恰是他在与奥利弗的短暂接触中得到的印象。所以我很好奇杰里米会从与我几小时的相处中带走什么。

杰里米热衷于了解科学与电影故事的关系，以及外星人和人类在不同时刻的情绪感受。我试着跟他分享在科学领域有所发现时的感受，然后，我发现最好的做法是给他现场演示写程序。结果，按照当时的剧本，杰里米正是要在镜头前用 Wolfram 语言编写程序（正如——我非常高兴地这样说——现实生活中很多物理学家所做的）。

克里斯托弗向我展示了他为电影写的部分代码，以及如何控制动态效果，然后我们开始讨论代码应该如何实现。我们做了一些准备工作，然后就开始现场编码。下面是我们实现的第一个例子，这个例子基于 π 的数字，我们在与 SETI②、小说《接触》（*Contact*）等相关的讨论中提到过。

---

① 英国科学家、作家，在医学和文学领域享有盛誉，代表作《睡人》。
② 地外智慧生物搜寻（search for extraterrestrial intelligence），利用全球联网计算机共同搜寻地外文明的科学实验计划。

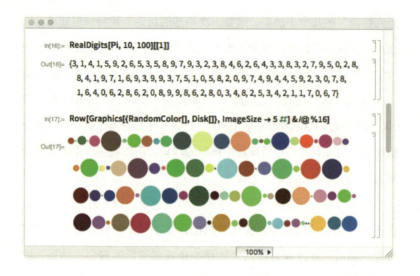

1.6 对外星人说什么

电影《降临》的一部分内容是关于星际旅行的,但更多的内容还是关于当外星人出现时我们如何与他们进行沟通的。我曾经思考过有关地外智慧的问题,只不过大多数时候我思考的是比《降临》中更加艰难的情况——没有可被证实的外星人或者外星飞船,仅有一些稀疏的数据流(比如说来自无线电传输),我们甚至不能确定获得的信息就是"智慧"存在的证据(举例来说,天气甚至复杂到看起来似乎"有自己的想法")。

但是在《降临》中，外星人已经来了，所以接下来的问题就是我们如何开始跟他们沟通。我们需要一些超越人类语言或人类历史的更普遍的东西。就是说，如果你正跟外星人在一起，那么周围总有一些物体可以供你指代。（这里假定外星人对离散的物体有一些概念，而不是仅仅理解连续介质。鉴于他们都已经有宇宙飞船了，这个假设看起来应该是相对有把握的。）然而，如果你想要表达得更加抽象呢？

那么，数学总是有用的。然而，数学真的是普遍的吗？制造飞船的人难道真的必须知道质数、积分或傅里叶级数？对于我们人类的科技发展来说当然是这样。但是有没有可能存在其他的（或许是更好的）科技发展路径呢？我觉得是可能的。

对我来说，跟我们的宇宙实际运行相关的最普遍的抽象形式，是我们通过观察所有可能的程序组成的计算宇宙（computational universe）得到的。我们已经试验过的数学无疑是其中一种，但是还有其他无限多种规则的抽象集合。我不久前意识到，其中许多集合与技术的产生是相关联的，更是很有用的。

所以，纵观程序组成的计算宇宙，我们可以挑选出哪些合理的、普遍存在的事物，用于与外星人进行抽象的讨论？

一旦我们可以指代离散的物体，我们就可以开始讨论数，开始是一元的，然后可能是二元的。下页图是我为这部电影做的笔记的开头部分，其中的文字和代码是给人类阅读的，为外星人准备的是主图的"闪卡"[①]。

[①] "闪卡"（flash card）是一系列呈现不同图文内容的卡片，用于传达概念，与外星人沟通信息，相当于现实生活中的"识记卡""学习卡"等。——编者注

第 1 章 快，外星飞船可能是怎么工作的

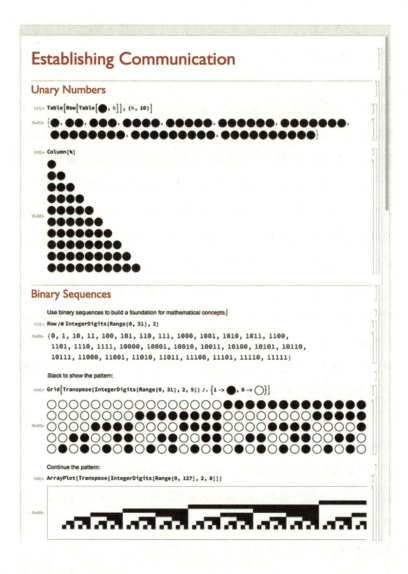

那么在基本的数字和一些算术之后,接下来是什么?有趣的是,讨论到现在,我们仍然没有反映人类数学的历史:尽管二进制数非常基础,它们也只是近年来才变得流行——在很多比二进制更复杂的数学概念出现之后很久。

我们并不需要遵循人类数学或科学的历史发展顺序,或者说人类学习它们的顺序,但是我们的确需要找到那些不需要外部知识或文字就能被直接理解的东西,就像是考古学发掘中,不需要历史背景知识就可以直接识别的那些出土文物。

正好在我过去几十年的研究中有一类计算系统非常契合这个需求:元胞自动机(cellular automata)。它们基于简单规则,所以非常容易被展示出来。并且它们不停地重复应用规则,通常能生成复杂的模式——现在我们知道,这些模式可以被用作所有有趣的技术的基础。

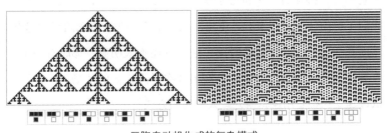

元胞自动机生成的复杂模式

以元胞自动机的研究为起点，人们实际上可以创建整个世界观，或者创建另一种东西，正如我在《一种新科学》(*A New Kind of Science*) 一书中所写的那样。然而，如果我们想要交流人类数学和科学方面更加传统的内容，我们应该怎么做呢？

或许我们应该从展示一个二维几何图形开始。高斯在 1820 年前后曾经建议过，人类可以在西伯利亚森林雕刻一个勾股定理的标准图形，以让外星人看到。

然而这很麻烦。我们也可以考虑展示正多面体①，这样 3D 打印就可以解决问题。但是从二维视角观察三维结构，依赖于人类特定的视觉系统。要展示网络结构就更糟糕了，我们怎么能知道那些连接节点的线代表抽象的连接呢？

人们或许会想到逻辑：从展示逻辑定理开始。但是我们怎么表示它们呢？必须有一个符号系统——文本、表达式树等等。从目前我们了解的计算知识来看，逻辑不是一个表现普适概念的好的起点。然而在 20 世纪 50 年代的时候，这一点还不太明确，那时有一本令人着迷的书（我自己的那本最终出现在《降临》的片场中）曾经尝试过建立一整套用逻辑与外星人沟通的方式。

---

① 又称柏拉图立体，是各面为全等的正多边形和各多面角为相等的正多面角的凸多面体。正多面体只有 5 种，分别是正四面体、立方体（即正六面体）、正八面体、正十二面体和正二十面体。

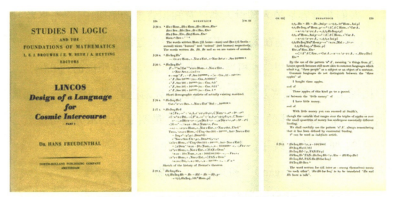

《宇宙语：一种为宇宙间沟通而设计的语言》
(*Lincos: Design of a Language for Cosmic Intercourse*)

那数字又怎么样呢？在电影《超时空接触》(*Contact*，1997 年)中，质数是关键。尽管质数在人类数学史上的重要性很高，它们在当今技术中贡献却并不大，而且它们真正起作用时（比如在公开密钥加密系统中），通常都是附带被用到的。

在无线电信号中出现质数，乍一看似乎是"智慧存在的力证"。但是质数也可以由程序[①]生成——实际上可以由非常简单的程序生成，比如元胞自动机。所以，看到一个质数序列，不能直接证明其背后隐藏着发达的文明，它或许仅仅来自某种"自然生成"的程序。

人们很容易从视觉上说明质数（尤其是借助不能按照非平凡矩形[②]排列的事物数量这一点），但是再深入下去似乎就将用到不能直接表达的概念了。

---

① 这里所谓"程序"不是指用计算机编制的程序，而是指一些固定的流程或者步骤。
② 长和宽都大于 1 的矩形。

第1章 快,外星飞船可能是怎么工作的

人们非常容易掉入预设人类已有知识背景的陷阱中。"先驱者10号"(Pioneer 10)是在太空中走得最远的人造物(笔者写作本章时它已走出约110亿英里①,相当于地球到半人马座 α 距离的约0.04%),它提供了一个我最喜欢的例子。这台航天器上有一块铭牌,上面展示了21厘米氢谱线的波长。现在看来,最明显的展示方法可能就是一条21厘米长的线了。但是在1972年,卡尔·萨根(Carl Sagan)②和其他人决定做一些"更科学"的事,如右图所示,他们绘制了一张示意图,展现导致光谱线产生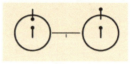的量子力学过程。问题是,这张图依赖于人类教科书上的惯例,比如用箭头表示量子自旋,这跟它想要表达的深层次概念没有任何关系,而是跟人类如何发展科学的一些细节高度相关。

回到电影《降临》,问一个例如"你们到地球的目的是什么?"这样的问题,人们需要做的远远比讨论二元序列或者元胞自动机多得多。这是一个非常有趣的问题,它跟目前世界上一个重要的问题有相似之处:跟人工智能沟通,并且定义它们的目标(尤其是"对人类有益")。

从某种意义上说,当下在地球上,人工智能跟外星智慧有些类似。我们目前能理解的唯一的智能就是人类智能。但不可避免的是,我们看到的每一个人类智能的例子都受人类自身条件和人类历史的所有细节影响。那么如果没有这些细节,智慧会是什么样的呢?

---

① 英美制长度单位,1英里合1.6093千米。
② 美国天文学家、天体物理学家、科幻作家。

从我做的基础科学研究中可以得出一条结论,在"智能"和"仅仅是计算"之间或许不存在一条明确的分界线。像元胞自动机或者天气这样的事物,它们所做的事情跟我们的大脑所做的同样复杂。但是即使某种程度上它们在"思考",它们的做法也跟人类不一样。它们没有我们人类的背景和细节。

但是如果我们打算对于诸如"目的"之类的事物进行"沟通",我们得找到一些方法进行统一和规范。在人工智能的例子中,我实际上已经开始被我称为"符号话语语言"(symbolic discourse language)的东西,它是一种表达人类的重要概念,并就这些概念与人工智能沟通的方法。这种方法有短期的实际使用场景,比如建立智能合约;也有长期的目标,比如定义人工智能的行为规范。

至此,为了与外星人沟通,我们已经建立起一个"宇宙通用"的语言,它可以让我们表达对我们来说重要的概念。这不是一件容易的事。人类的自然语言是建立在人类自身的条件和人类文明的历史之上的,我的符号话语语言也只是试图覆盖对人类重要的东西——它们或许对外星人并不重要。

当然,在《降临》中,我们已经知道了外星人会跟我们分享他们的一些事情。毕竟,如《2001 太空漫游》中的巨石(Monolith)一样,即使从其形状也可以认出来外星人的太空飞船是人造物。它们看起来不像怪异的陨石或者其他东西,而更像是被"有目的地"制造出来的。

但出于什么目的?好吧,目的不是一个可以被抽象定义的东西,它需要关联整个历史和文化框架才能被定义。所以问外星人他们的目的是什么,我们首先需要让他们理解我们的历史和文化框架。

不知何故，我总是期待有一天我们能够开发出这样的人工智能，我们可以问它们，它们的目的是什么。从某种程度上说，这可能会令人失望，因为如我前面所说，我不认为目的是有任何抽象意义的概念，所以人工智能告诉我们什么都不奇怪。它们所认为的目的仅仅是它们自己的历史细节和背景的一种体现。在人工智能的这个例子中，作为它们的创造者，我们碰巧拥有相当大的控制权。

当然，对于外星人而言，这就完全是另一回事了。而这就是电影《降临》想表达的内容之一。

1.7 电影拍摄历程

我这一生中有很多时间花费在了大型项目上，我总是对所有领域的大型项目是怎么组织的充满好奇。我是那种看电影会一直看完片尾鸣谢名单的人，所以对我来说，可以近距离观察《降临》的拍摄过程是一件很有趣的事情。

从规模上来说，拍摄一部像《降临》一样的电影是一个与发布 Wolfram 语言的大版本更新一样的项目。二者之间有很多类似的地方，当然也有很多不同。它们都包含了各种想法和创新，都需要许多种不同的技能，都需要在最终把东西有条理地耦合到一起，完成一个产品。

有时候我会觉得电影制作者的工作比我们软件开发人员的稍稍容易一些，毕竟他们只是做一个给人看的东西，而在软件领域，尤其是在做语言设计的时候,我们要做的是给不同的人提供无限种可能的使用方法,包括我们自己都没有想到的方法。当然,在软件开发中,你总是可以通过发布新版本来逐渐改进,而电影的制作则是一次定型。

在人力资源方面,软件开发绝对要比制作《降临》这样的电影容易。在良好管理下的程序员们会有相对固定的工作节奏,所以他们可以数年如一日地在稳定的团队中持续工作。在制作像《降临》这样的电影时,通常会有一队人,彼此从未谋面,每个人在项目里工作一小段时间。这种工作方式居然奏效,这对我来说真是不可思议。不过我猜想在多年的发展中,电影工业中的很多步骤已经变得标准化了,所以一个人可以在一项任务上工作一两周,然后顺利交接给其他人。

我这一生中曾经领导发布了数十个大的软件版本。人们可能会认为,到现在为止我已经到达了一种境界,发布一个大的软件版本对我来说已经变成一个平静、简单的流程了。但从来就不是这样。或许这是因为我们一直在尝试做一些创新的东西,又或许这就是这类项目的特性。不过,我发现让一个项目达到我期待的质量水准需要异乎寻常的个人热情。是的,至少在我们公司是这样的,项目中总是有一些极其有才华的人。但是不知怎的,总会发生出乎意料的事情,把所有工作整合到一起通常需要花费非常多的精力、注意力和推动力。

有时候,我会想象这个过程其实也有一点点像制作一部电影。事实上,在 Mathematica 的早年版本中,我们甚至曾经用过"软件鸣谢",这看起来非常像电影的鸣谢名单,不过其中贡献者的头衔是我给他们安上的（"首席软件包开发者""表达式格式定义专家""首席字体设计师"……）。但是在十多年之后，区分每个人对不同版本补丁的贡献这件事变得过于复杂，所以我们不得不放弃这种软件鸣谢。然而，有一阵我曾经想过，我们是不是可以有"杀青宴"（wrap party）这样的活动，就跟电影行业一样。但是不知怎的，每当既定的聚会时间来临的时候，总会有严重的软件质量问题出现，所以那些核心开发人员不得不去解决这些问题而不能来参加聚会。

软件开发，或者至少是软件语言的开发，与电影制作有一些结构上的类似。人们都是从一个剧本/一个目标产品的总体说明开始的，然后试着去制作它。随后，不可避免地，到最后大家看着做出来的东西，会意识到需要对原先的规范说明做一些改动。在像《降临》这样的电影制作中，它被称为后期制作；在软件开发中，它被称为开发流程的迭代。

看到《降临》的剧本和我对剧本提出的建议对整个电影的制作的影响，我觉得很有意思。这提醒了我，至少在做软件设计的时候，一切应该越来越简单。我曾经对影片中的对白提出过一些具体的建议："你不应该说（埃米·亚当斯的角色）微积分不及格，以她超强的分析能力是不会的。""你不应该说飞船来自一百万光年之外，那已经超出银河系了，应该说一万亿英里之外。"这些建议会被采纳。而事情随后变得更简单了，人们会用最简要的方式就核心想法进行沟通。我并没有看到所有的步骤（尽管这应该也非常有趣），但是这些结果让我想到在软件设计中做过无数次的事情：把所有能简化的都简化，让每一件事变得尽量清晰和最小化。

1.8 你能写个白板吗

我对电影《降临》的贡献主要集中在 2015 年夏天电影拍摄期间，在之后的差不多一年中，我听到的一直是电影"在后期制作中"。但是在今年[①]5 月，我忽然收到一封邮件：你能紧急为电影准备一个写了相关物理学知识的白板吗？

电影中有一个埃米·亚当斯站在白板前的场景，不知怎的，原来场景中白板上的内容只有高中物理水平，完全不像人们期待中杰里米·伦纳所饰演的顶级物理学家该有的水准。

有趣的是，我之前很少在白板上写东西。过去三十年中，我一直习惯于用计算机完成我的工作和演讲，而在那之前普遍流行的是黑板和投影仪。不过我还是在我的办公室里安装了一个白板，我想象一位优秀的物理学家在试图理解一个刚刚出现的星际航天器时可能会写些什么，并将其写在白板上（我现在在工作中已经很少手写字了）。

下页上图中就是我写的东西。白板中间的大块空白是为了方便把埃米·亚当斯（特别是她的头发）移动到白板前的镜头剪辑进来。（最后，这个白板又被重写了，所以这里写的细节上跟最终电影中出现的还是不一样。）

[①] 文中出现的类似"今年""昨天"等相对时间，均基于当前文章写作时间（见章标题下方）。
——编者注

第 1 章 快,外星飞船可能是怎么工作的

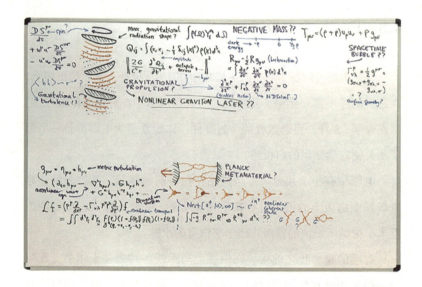

在写白板的时候,我想象着杰里米·伦纳的角色或者是他的同事会把他们有关航天器的重要想法及相关方程记录在上面。过了一会儿,我得到了一个有关物理学事实和推测的故事。

下面是白板上的一些关键点:

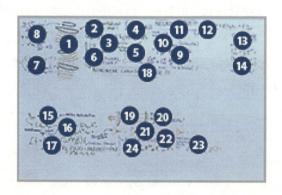

(1) 或许航天器有着奇怪的（这里画得很丑）回旋陀螺一般的外形，这是因为它飞行的时候会自转，在这个过程中，它会在时空中产生引力波。

(2) 或许航天器的形状以某种方式进行了优化，以产生最大强度的某种模式引力辐射。

(3) 关于质量分布变化引发的引力辐射的强度，这是爱因斯坦的原始公式。Q_{ij} 是分布的四极矩，由图中所示积分计算得出。

(4) 存在依赖于高阶多极矩的高阶项，它们由球面谐波加权过的航天器密度 $\rho(\Omega)$ 的积分计算得出。

(5) 引力波会导致时空结构的微小扰动，用四维张量 $h_{\mu\nu}$ 表示。

(6) 或许航天器只是由这些引力波效应驱动，在时空中"游动"罢了。

(7) 或许在航天器的外表面周围，时空结构中存在"引力湍流"，它具有幂律相关性，这就像人们看到的在流体中运动的物体周围的湍流一样。（或者说航天器只是"煮沸"周围的时空而已……）

(8) 广义相对论中关于自旋张量如何演化的 Papapetrou 方程，它实际上是固有时 τ 的一个函数。

(9) 描述事物在（可能弯曲的）时空中如何运动的测地运动方程。Γ 是由时空结构决定的克里斯多菲符号。是的，你可以用 Wolfram 语言中的 NDSolve 来求解这类方程。

(10) 关于具有质量的物体运动产生引力场的爱因斯坦方程（场决定了物体的运动，而该运动亦会反过来改变场）。

(11) 另一个想法是，航天器可能以某种方式具有负质量，或者至少有负压。光子气的压强为 $1/3\rho$,最常见的暗能量压强则是 $-\rho$。

(12) 能量动量张量方程,具体描述了在完美流体的相对论计算中出现的质量、压力和速度的组合。

(13) 或许航天器代表了一个与周围时空结构不同的"气泡"。(箭头指向白板上预先绘制的航天器形状示意图。)

(14) 根据空间度规张量计算出的航天器形状的克里斯多菲符号("切向纤维丛上的连接系数")有什么特别之处吗?

(15) 引力波可以被描述为相对于适用狭义相对论的平坦背景闵可夫斯基空间中时空度规的微小扰动。

(16) 引力波传播的方程,它考虑到波对自身的最初几个"非线性"影响。

(17) 描述玻色子(如引力子)在气体中的运动("输运")和碰撞的相对论玻尔兹曼方程。

(18) 突发奇想:也许有一种方法,可以用引力子而不是光子制造"激光",可能这就是航天器的工作原理。

(19) 激光是一种量子现象。这是腔中引力子自相互作用的费曼图。(光子没有这种直接的"非线性"自相互作用。)

(20) 如何为引力子制作一面镜子呢?也许有人可以制造出一种超材料,它具有精心构建的精细至普朗克尺度的微观结构。

(21) 激光涉及由无数光子叠加而成的相干态,这是由应用于量子场论真空的无限嵌套的产生算符所形成的。

(22) 一幅费曼图:这是一个 Bethe-Salpeter 型的自洽方程,用于可能与引力子激光有关的引力子束缚态(我们不知道它是否存在)。

(23) 量子引力微小扰动近似中引力子的基本非线性相互作用。

(24) 广义相对论中爱因斯坦—希尔伯特作用的一个可能的量子效应修正项。

呀,我知道这些介绍本身看起来就像外星语言一样!然而,他们跟真正的"物理学语言"相比还是要通俗得多。不过还是让我来解释一下白板上的"物理学故事"吧。

我从航天器的一个显著特性开始:它有着不同寻常的非对称的外观。它看起来有点像回旋陀螺,可以朝着一个方向旋转,然后又反方向旋转。所以我在想,或许这些航天器就是旋转的。那么,任何有质量(非球形)的物体自转都会产生引力波。通常情况下,引力波微乎其微,难以检测,但是如果物体质量足够大或者旋转足够快,引力波也会变得明显。实际上,2015 年晚些时候,在经过 30 年的太空旅行之后,两个相互围绕旋转、合并的黑洞产生的引力波被检测到了,它们强烈到从整个宇宙三分之一距离以外都可以探测到。(加速的带质量物体可以产生引力波,正如加速电荷可以产生电磁波一样。)

现在我们想象这些航天器高速旋转产生了大量的引力波,如果我们采取某些方法把这些引力波限制到一个小区域之内,甚至通过航天器自身的运动实现,会怎么样呢?那些波会和自己发生干涉。但如果波像在激光里一样被相干放大呢,会发生什么?这些波会变得更强,它们最终会不可避免地对航天器的运动产生巨大的影响,比如可能推动航天器穿越时空。

但是为什么引力波会被放大呢?对于使用光子的激光器,我们必须持续不断地向材料注入能量以产生光子,光子因此也被称为玻色子,这意味着它们会"做同样的事情",这就是为什么激光器中的光以相干波的形式发出。(电子是一种费米子,也就是说它们会避免做同样的事情,这导致了不相容原理,它对物质保持稳定至关重要。)

正如可以认为光波由光子组成一样,很可能也可以认为引力波是由引力子组成的(尽管实际上我们还没有关于引力子的统一的理论)。光子相互之间不直接发生作用,因为光子会与具有电荷的物体(比如电子)发生作用,但是光子本身并不具有电荷。从另一个角度来说,引力子相互之间是发生作用的,因为它们与任何具有能量的物体发生作用,而它们自己本身就具有能量。

这类非线性相互作用通常会有不可预知的效果。比如量子色动力学的研究对象胶子,其非线性相互作用让它们被永久限制在粒子(比如质子)内部,它们则将这些粒子"胶合"在一起。目前尚不清楚引力子之间的非线性相互作用有什么效果。这里,白板上的想法是,它们可能会最终产生一种自我维持的"引力子激光器"。

白板上方主要是关于引力波的生成和效果的公式,下方则主要是关于引力子和它们相互作用的公式。上方的这些公式基本上与爱因斯坦的广义相对论[①](这是一个物理学中使用了一百年的有关引力的理论)有关。下方的公式结合了关于引力子和它们相互作用的经典物理方法和量子物理方法。这些图被称为费曼图,上面的不平坦的曲线简单示意了引力子在时空中的传播。

我其实并不清楚所谓"引力子激光器"是否可行,或者如何实现。但是在一个普通的光子激光发生器中,光子总是在一个空腔中像被

---

① 广义相对论(General Relativity)是描述物质间引力相互作用的理论。其基础由阿尔伯特·爱因斯坦于1916年发表。这一理论首次把引力场等效成时空的弯曲。

镜子反射一样地弹来弹去。可惜，我们还不知道怎么做一面引力子镜子，就像我们还不知道如何去抵御一个引力场（嗯，暗物质可能是一个选择，如果它的确存在的话）。在白板上，我提出了一种猜测，或许能够以某种方法在 10^{-34} 米的普朗克尺度下制造一种"超材料"（在这个尺度，引力中的量子效应开始变得重要），作为引力子镜子。（另一种可能是引力子激光发生器更像一个自由电子激光器，内部不存在空腔。）

别忘了，我在白板上写的是我认为一个典型的优秀物理学家（比如从政府实验室精挑细选的那种）在面临电影中的处境时会思考的内容。相比于我个人关于星际航天器的思考，这些想法会更加"传统"，这是因为我的思考源于一些我自己对于基础物理的看法，这些看法在物理学界并不是主流。

那正确的星际旅行的理论应该是什么样的呢？我当然不知道。如果最后证明，我为电影创造的主要理论或我在白板上写的理论是正确的，我会非常惊讶。但是谁知道呢？当然，如果能有外星人坐着星际航天器出现，告诉我们星际旅行是可能的，那可真是帮大忙了。

1.9　你们来地球的目的是什么

如果外星人出现在地球上，我们的首要问题就是：你们为什么在这里？你们的目的是什么？这是《降临》中的角色一直在说的内容。当我和克里斯托弗访问片场时，我们给出了很多可能的回答，这些回答可以放在白板上或者剪贴板里。下面是我们给出的答案：

如前文提到的，对于目的的阐述与文化和其他背景紧密相关。思考一下，在人类历史的不同时期，哪些目的可能被人们加入这个

列表,这是一件有趣的事情。同样,思考一下人类或者人工智能在未来可能会给出什么做事的目的,这也非常有趣。或许我太悲观了,但我宁愿相信,对于未来的人类、人工智能和外星人,答案往往是计算宇宙中的一些可能,而我们目前对其还完全没有概念。

1.10 现在,电影时刻

电影拍摄得不错,早期的反馈也相当棒……看到影院的宣传中出现这些东西,感觉很有意思(是的,那是克里斯托弗的代码生成的):

电影《降临》的宣传图文

在《降临》剧组的工作很有趣也很激动人心，它让我学习到了一些电影拍摄需要考虑的东西——如何把真正的科学和引人入胜的故事结合起来，也让我问出了一些我以前从未思考过的科学问题——这些问题依旧是与我感兴趣的领域相关的。

然而经历了这么多，我还是止不住去想："如果这一切都是真的，外星人真的到达地球了，会怎么样？"我不得不承认，参与《降临》这部电影的制作让我开始为这一刻做准备了。当然，如果他们的飞船真的看起来像一个巨型的黑色回旋陀螺，我们已经有一些漂亮的 Wolfram 语言代码来应对了……

第 2 章

我的业余爱好：探究宇宙的本原

2007 年 9 月 11 日

最近我没有太多时间花在业余爱好上，不过偶尔我也会放纵一下。几天前，我参加了一个视频会议，讨论了我的主要爱好之一：探究物理的基本规律。

物理是我的第一个领域（实际上，我在十几岁的时候就已经是一名正式的物理学家了）。碰巧，我刚刚为欧洲随机几何网络（European Network on Random Geometry）项目做的演讲是由我的一位老物理学合作者组织的。

物理学家通常愿意相信他们面对的是科学中最基本的问题。但是在 1981 年前后，我意识到物理学之下应该还有一层。我们不仅需要思考我们的这个物理宇宙，还需要考虑所有可能的宇宙。如果有人打算做理论科学研究，那么他最好是与某种明确的规则打交道。但问题是：什么规则？

如今，我们有了一个将这些可能的规则参数化的好方法：使用可能的计算机程序。我通过研究可能的程序建立了一整套科学，并发现即使是非常简单的程序也可以产生各种丰富而复杂的行为。事实证明，这与物理、生物和社会科学中的各种系统建模有关，也与发现有趣的技术等有关。然后，我的问题又来了：我们的物理宇宙呢？它会遵从这些简单规则中的一个而运行吗？

如果这些规则足够简单，人们或许可以做一些"简单粗暴"的事情，比如在所有可能的规则构成的宇宙中搜索，找到我们自己的物理宇宙。

很显然，我们并不知道我们的宇宙是否有最简单、本原的规则。实际上，看着宇宙中那些复杂的事物，人们会认为这种规则不可能是简单的。当然，早期的神学家们指出，宇宙显然是有序的，是经过"设计"的。或许宇宙中的每一个基本粒子都有自己独立的规则，但是在现实中，事情远比这简单得多。

那么到底有多简单呢？需要一千行 Mathematica 代码？一百万行？或者说三行就够了？如果规则的规模足够小，我们就应该可以通过搜索找到它。而我认为，如果对于我们的宇宙，用已有的技术就能找到基本规则，我们却从未尝试寻找过，那可真是一件尴尬的事情。

当然，这根本不是如今大多数物理学家喜欢的想法。他们希望依靠纯粹思考就能为宇宙构建基本规则，就像一个"宇宙工程师"。在那些参加了视频会议的物理学家中，有部分人与我持类似的观点，尽管在方法论上和使用的技术手段上我与他们显得格格不入。

那么，如果宇宙存在一条简单规则，它应该是什么样的呢？我在这个问题的探索上做了很多工作，也写了不少东西。我们需要认识的很重要的一点是，如果这个规则很简单，那么它几乎不可能与我们在日常物理中看到的东西存在明显相似之处，因为在一个非常

第 2 章 我的业余爱好：探究宇宙的本原

小的规则中，不足以容纳一个描述空间有效维度的"三维"，也容纳不下某个你喜爱的粒子的"质量"。实际上，几乎可以肯定的是，这个规则甚至不足以容纳任何明确的空间或时间概念。

所以从某种意义上说，我们必须超越空间和时间，深入本原去寻找。那规则中可能会是什么呢？毋庸置疑，有很多方法可以描述它们，不过我认为几乎所有有希望的可能最终都会等同于如下所示的网结构。

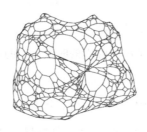

这里没有"空间"，只有一堆点，它们以某种方式联系在一起。然而我认为它们有点像流体：尽管从微观的角度看，它们是很多不断运动的分子，但从足够大的尺度上看，它们则构成一个连续的结构体。

在物理学中，人们通常认为空间是某种背景，物质和粒子这些东西独立存在于其中。但是我怀疑实际上它是更加统一的：任何东西都"仅仅是空间"，粒子是在空间对应的网中一些类似连接团的特殊的东西。

在晚年，爱因斯坦实际上也在努力构建跟这有点类似的物理模

037

型,其中万物都从空间中来,但是他使用连续方程作为他的构建基础,到最后他也没能完成这个设想。

很多年以后,很多物理学家(他们中的很多人都出席了那个视频会议)也都认为网可能可以代表空间。他们还没有到达我思考的抽象程度。他们仍然倾向于认为网上的这些点在背景空间中有实际定义的位置,或者至少定义了面的拓扑结构。我的思考在更抽象的层面上:这些是连接的排列组合。当然,人们总是可以用 GraphPlot(绘制图表)或者 GraphPlot3D(绘制三维图表)①作图,但是这张图中的细节是非常随意的。

有趣的是,当一个网足够大的时候,它的排列组合本身就可以有效地定义一个普通空间的内部关联。不过这不总是对的。实际上,大部分网(例如下图中的最后两个)并不能对应如三维空间那样的流形。但是有些网是可以的,因此我怀疑我们的宇宙就是其中之一。

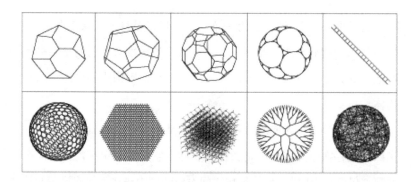

---

① GraphPlot、GraphPlot3D 是 Mathematica 中的绘图函数。本书中编程语言函数名等将以等宽代码字体表示,其后括号中文字是函数名的直译。——编者注

然而仅有空间还不够，还需要时间。当前的物理学倾向于认为时间就像空间一样，只是另一个维度，这当然与它在程序里的工作方式大相径庭。在程序中，在空间中移动可能对应查看数据的另一部分，但是在时间中移动则需要执行程序。

对于网来说，最平常的程序就是用一种结构获取网片段，然后用另一种结构替换它，如下图所示。

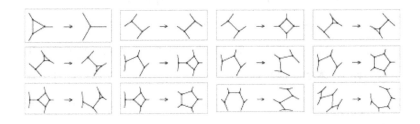

通常来说，对于一个特定的网，我们会有很多种不同的方法来应用这些规则。总体而言，每个可能的规则应用序列可能会对应一个"不同的时间分支"。然而事实证明，如果考虑网中的实体（比如宇宙中的我们），那么规则应用的唯一表现就是我们可以意识到它们的"因果网"：一个事物的变化会影响其他的事物。

有一点很重要：存在这样一类规则，无论用什么顺序应用它们，它们的因果网是相同的。

所以我们得出一个重要事实：这些因果不变规则不仅暗示了宇宙中仅存在唯一能被感知的时间线，还说明了空间和时间的特殊关系，也就是狭义相对论。

实际上，还不止这些。如果底层的网在微观层面的变化足够随机，那么假如这个网成功对应有限维度的空间，则这个空间必须满足爱因斯坦的广义相对论方程。这与流体中的情况有些类似。如果分子之间的微观相互作用足够随机，但满足数量和动量守恒，那么整个连续流体必须满足标准纳维—斯托克斯方程[①]。

然而现在我们正在为宇宙推演类似的东西：我们认为这些几乎由虚无构建的网，以某种方式产生了与物理学中的引力相对应的行为。

这些在《一种新科学》这本书中都有阐述，很多物理学家肯定都看过这本书的对应部分。但是每次当我谈到这些的时候（就像几天前那样），不知为何我都会觉得惊讶。狭义和广义相对论对于物理学家来说，通常都被认为是起步阶段的基础理论，几乎相当于公理（或者至少对于弦理论来说，它们是一致性条件）。所以认为它们会来自更本原的基础理论这个想法，本身就格格不入。

这种格格不入的感觉还不止这些。还有一个奇怪的想法是，我们整个宇宙以及它的完整历史，可能是从一些规模很小的特殊的网开始，通过应用一定的规则而生成的。

在过去的75年中，量子力学一直被视为物理学的骄傲，它似乎表明，决定论的思想是不正确的。这个故事说来话长（也经常被一些物理学家误解），但是在产生给定因果网的顺序更新的任意性，以及网络中不只有局部三维空间的这个事实之间，人们似乎开始发现量子力学的许多核心现象，即便它们实际上是由底层的决定论模型确定的。

---

① 纳维—斯托克斯方程（Navier-Stokes equation）是描述黏性不可压缩流体动量守恒的运动方程。

那么，我们宇宙的规则到底是什么呢？我依然不知道。搜索它不是一件容易的事。人们定义一个包含不同可能的序列，然后逐个执行它。可是，有人找到我们的宇宙了吗？

嗯，有时候比较容易分辨，有时候一个可能的宇宙在非常短的时间内就消失了；或者存在一个奇异的指数型空间，其中没有任何东西可以与其他东西相互作用；抑或存在其他异常的状态。

当事情变得复杂的时候，通常是更困难的时刻。人们从一个可能的宇宙的情况开始计算，然后这个宇宙增长到数百万甚至几十亿个节点，这导致人们无法观测它。人们可以用 `GraphPlot`，还有很多花哨的分析技巧，但是对于这个宇宙，人们能说的无非是它到处都是泡泡，它在做复杂的事情。人们发现我们的宇宙了吗？

所以，这里有一个问题：《一种新科学》这本书提到的发现之一是被我称为"计算不可归约性"的现象——很多看起来很复杂的系统，它们是无法被"归纳"成一个更简单的计算的。

在某种程度上，我们的宇宙会有这种属性，这是不可避免的。但是我们不得不希冀的是，在我们能发现的所有宇宙中存在一个可能的宇宙，它具备足够的可归约性，以至于我们可以判断这就是我们的宇宙。

我们在过去几年中所做的努力就是试图建立用于"识别宇宙"的技术，这绝非易事。实际上，我们想要做的事情是搭建一个系统，它可以自动在毫秒级时间内重述物理的整个历史。我们需要有能力观测可能的宇宙的情况，并且用一些方法证实某个宇宙的物理规律是什么，然后确认它是不是对应我们的宇宙。

当然，这在某种程度上更像是数学而不是传统物理学，因为我们相信有底层的"公理"，我们想要搞清楚它应用了什么法则，而不是把所有的研究都架构在纯粹的实验上。

有一个我认为很有用的比喻。在我写《一种新科学》这本书的时候，我想要理解一些数学基础方面的东西，更准确地说，我想要知道我们正在研究的数学在所有可能的数学的宇宙中处于什么位置。所以我开始枚举所有的公理系统，并试图发现我们所熟悉的公理系统出现在所有可能的公理系统中的位置。

有人可能会认为这很疯狂，就像在所有可能的宇宙中搜索我们的宇宙一样。但是我认为并非如此，依靠简单规则运行的系统也可能具有任意的复杂度。

确实如此，例如，当我搜索布尔代数（也就是逻辑学）时，我的确为它找到了微小的公理系统：它大概是我枚举的所有公理系统中的第5万个。为了证明它是正确的，我使用了各种花哨的自动定理证明技术——另外，我很乐意说明，用 Mathematica 的 `FullSimplify`（完整化简）[①] 操作就可以完成这些事。

我觉得这跟搜索我们的宇宙有点类似：它会花费大量的精力和一点运气，去避免计算不可归约性的"大坑"。但希望我们能够做到这一点。

参加视频会议的物理学家们对我有没有发现可能的宇宙很好奇。我的回答是肯定的，但是我对分析它们有多困难毫无概念。

---

① FullSimplify 操作尝试范围更广的变换，并且返回它所找到的最简形式。这些变换不仅使用代数函数，而且使用其他类型的函数。

第 2 章 我的业余爱好：探究宇宙的本原

我的一个好朋友一直在鼓励我不要随意放弃任何一个可能性微乎其微的宇宙，即使我们能确定它并不是我们的这个宇宙。他认为其他的宇宙也应该是有用的。

我当然认同，如果我们最终能发现一个简单的规则，它规定了我们的这个宇宙，这将是一个有趣的时刻，也几乎是超自然的时刻。然后我们就能知道我们这个宇宙是所有可能的宇宙中的第几号。那将是一个哥白尼式的时刻：我们将知道我们的宇宙是不是特殊的。

我常常想，不管答案最终是什么，我们应该怎么看待它。某种程度上，这让我想到科学史上早些年的状况。牛顿指出了行星运行的规律，但是，除了有一种超自然力量让它们在那里运行，他想不出一个更合理的解释。达尔文发现了生物进化，但是无法解释第一个生物细胞是怎么来的。我们可能会掌握宇宙的本原规律，但是要理解为什么是这个规则而不是那个规则，又是另一个问题了。

探索宇宙是科技密集型的事业。这些年来，我逐渐构建了我认为需要的技术，其中很大一部分体现在 Mathematica 中。然而我认为在我们能得到更多结果之前，比如，在我们可以把"我们的宇宙"作为一个演示加入 Wolfram 演示项目①之前，在我们可以获取新的粒子数据用作可计算数据集合并推演出其中的每个数字之前，我们还有很长的路要走。

不过，无论如何，探索宇宙是一项很好的业余爱好。

---

① Wolfram 演示项目（Wolfram Demonstration Project）是一个有组织的开源项目的集合，它集合了多个中小型规模的交互程序，称为"演示"（demonstrations），旨在用可视化和可交互化的方式展示来自各个领域的创意和想法。

第 3 章

向宇宙炫耀：指引文明来世的信标

2018 年 1 月 25 日

3.1　问题的本质

假定有一个方法让我们可以在太阳系（或者更大范围）中散布能存在数十亿年的信标，记录我们文明的发展，这些信标会是什么样子？

给出一知半解的答案很容易，但是在现实中，我认为这是一个有深度的、在某种程度上无法解决的哲学问题，它是与知识、沟通和意义等方面的基石性问题相关的。

不过，我的一个朋友最近开始了一项严肃的工作，制造小石英盘，然后让它们搭乘航天器抵达太阳系各处。起初我认为这个想法没有任何意义，但是最后我还是同意担任该项目的顾问，至少尝试在我们力所能及的范围内弄清楚我们怎样做。

但是，问题在哪里？基本上，这是一个超出我们目前文化和智力背景的传达意义或知识的问题。想一想考古学，我们就能理解它有多困难。那些几千年前的石头排成的阵列意味着什么？有时候我们能明白它们在说什么，因为它们与我们现在文化中的某些东西类似。但是更多时候我们真的很难弄明白。

这些信标可能的使用场景是什么？一个可能的场景或许是备份人类的知识，这样即使我们当前的地球文明出现了严重的问题，我们依旧可以重新开始。当然，从历史的角度来说，我们非常幸运地从古迹中获得了有关欧洲文艺复兴时期文明重启的所有文字记录。但是这件事之所以能够发生，一部分原因是语言上的延续，例如拉丁语和希腊语；更不用说我们人类对于这些材料而言，既是缔造者又是使用者了。

那如果这些我们打算散布在太阳系的信标的使用者是外星人呢？他们与我们没有任何历史上的连接。嗯，那应该是一个更加困难的问题了。

过去，当人们谈论到这个问题时，有一种意见是："给他们展示数学就好：数学是全宇宙通用的，而且能给他们留下深刻印象！"但是实际上，我认为以上关于数学的两个论断都不正确。

为了理解这个问题，我们得深入研究一些基础科学了，很凑巧，我花费了多年研究它们。有人认为数学是全宇宙通用的沟通方法，其中一个原因是数学的结构看起来很精密，至少在地球上只有一个（现存）版本的数学，所以它看起来是与文化无关的。但是如果真的尝试一下在不加入任何假设的前提下讨论当前的数学（比如，我在《降临》这部电影中做的顾问工作），人们很快就会发现，要想用更简单的规则来处理计算过程，真的必须"低于数学"。

还有（至少对我来说）一个很明显的方向，就是元胞自动机。它可以很容易地详细展示一个模式，这个模式可以由简单的、预先定义好的规则生成，如下页图所示。

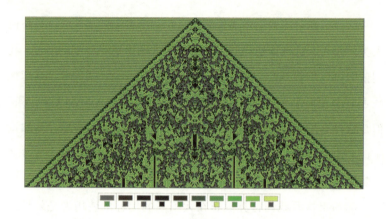

然而，这里有一个问题：有很多的物理系统基本上都是依据这样的规则工作的，最终也都产生了类似的十分精巧的模式。所以，如果我们认为这是一种展示我们文明的成就的方式，那就错了。

不过一定会有一些东西可以让我们清晰地展示我们智慧的火花，我从不怀疑这一点。但是有一样来自我从事的基础科学研究的发现，我称其为"计算等价性原理"（Principle of Computational Equivalence），这个原理是说，一旦超越了一个基本的水平，每个系统都会展示出等价于其计算复杂度的行为。

因此，尽管我们为我们的大脑、我们的计算机还有数学感到骄傲，但是它们本质上并不会产生出超越元胞自动机这类简单程序能创造出来的任何东西，也就是"自然存在"的物理系统能创造出来的东西。所以当我们不经意地说出"天气就好像有自己的想法"这样的话时，其实这个说法并不愚蠢：导致天气变化的流体动态过程与很多过程，比如说我们的大脑中进行的计算过程，是计算等价的。

对于人类来说，坚信我们自己以及我们文明的成就有特殊之处，这是很自然的、符合人性的想法。比如，人们可能会说，天气的变化是没有任何意义和目的的。当然我们可以把这类事归因到某些目的上（例如它的"目的"是平衡各地的温度，等等），不过由于缺少更大的文化背景，我们很难说这些目的是否真实存在。

那么，如果展示深奥复杂的计算不能传达我们和我们文明的特别之处，什么才能呢？答案就是细节。复杂的计算在我们的宇宙中是普遍存在的，但是我们自己的特别之处，最终还是有关我们的历史和我们所关注的事物的详细信息。

在人工智能的发展中，我们能学到类似的事情。慢慢地，我们可以把人类能做的一些事情自动化，即使这些事会包含一些推理、判断或者创造。但是那些我们不能（大体上根据定义）自动化的东西定义了我们想做的事和我们的目标，因为那些与我们生物学上的存在相关、与我们文明的历史相关的细节，恰恰就是我们人类的特别之处。

但是，我们该如何传达这些呢？嗯，这很困难。因为，无须多言，它们与我们人类的特别之处紧密相连，而在这些方面，我们试图沟通的对象不一定与我们一样。

时至今日，我们已经立项打算使用航天器发布信标。那么放在信标上最合适的事物是什么？我花了一生中重要的一部分构建了现在被称为 Wolfram 语言的东西，它的核心目标就是为我们人类和计算机在沟通人类文明积累的知识时提供一种精确的语言。所以或许它，以及我对它的经验，能有所帮助。不过首先，我们得聊一聊历史，搞清楚在过去哪些行之有效，哪些还不行。

3.2 前车之鉴

几年以前我曾经参观过一个博物馆,见到了几千年前古埃及法老的墓葬中出土的木质生活场景模型。"真遗憾,"我想,"在他们的想象中,这些可以帮助他们在来世过得更好,但是它们并没有起作用,而是最终出现在了博物馆。"但是很快我就被深深震撼了:"不,它们起作用了!现在就是他们的'来世'!"他们成功地把当时生活的精髓传递给了一个新的世界,而这个世界已经远远超越他们原来的世界了。

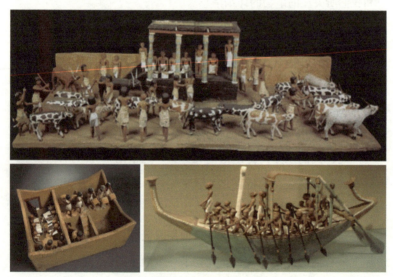

古埃及墓葬出土的生活场景模型

当然,看到这些模型,我们会发现其中很多是我们在现代生活中熟悉的事物:奶牛、带桨的船、卷轴。不过也有一些看起来并不熟悉，比如，船尾那些奇怪的东西是什么？它们有什么作用？挑战就从这里产生了：在没有任何背景的情况下理解它们。

很凑巧，2017 年夏天我去秘鲁参观了一个名叫卡拉尔①的考古遗迹，那里有各种各样的石结构建筑，均超过了 4000 年历史。有些建筑结构的作用很容易看出来，但是有一些我看不出来，所以我一直在跟我们的导游请教。不过答案每次都大同小异："这是举行仪式时用的。"

卡拉尔－苏佩圣城遗迹

---

① 全称卡拉尔－苏佩圣城，秘鲁境内一座古城，因拥有比埃及金字塔更古老的金字塔闻名。其历史可追溯至公元前 2600 年到公元前 2000 年。古城围绕 6 座金字塔修建，中央屹立着圆形剧场和主寺庙。由于年代久远，金字塔因风化已和周围的山石融为一体。卡拉尔于 1994 年被考古发现，2009 年被联合国教科文组织列为世界文化遗产。

这让我开始思考现代建筑物了。是的,我们有一些纪念碑和公共艺术作品,不过我们也有很多摩天大楼、体育场馆、教堂、运河、高速公路枢纽,还有更多类型的建筑。人们与这些建筑物互动时通常都有一套近乎例行公事的方式,但是在现代社会这个背景下,我们很少会称这些互动为"仪式":我们认为每种类型的建筑物都有一个我们能描述的明确的目的。但是这些描述最后不可避免地会涉及相当深的文化背景。

我在英格兰长大,那时我经常在住所附近的树林里散步,会遇到各种各样的坑、护堤和其他土木工事。我问人们它们是什么,有人说它们是古代留下来的防御工事,有人说那些坑是"二战"中的炸弹留下的。不过谁知道呢,或许它们是自然界侵蚀作用留下的痕迹,与人类完全无关。

差不多在五十年前,我还是个孩子时,我在意大利西西里岛度假,在海滩上捡到了这么一个东西:

因为好奇它是个什么东西,我把它带到了当地的考古博物馆。"你来错地方了,年轻人,"他们说,"这很明显是一个自然生成的物体。"所以我又去了一所自然历史博物馆,但只得到了这样的答案:"对不起,这不归我们管,它是人造物品。"直到现在,这个谜团依然没有解开。(不过依靠现代材料学分析技术,它应该可以被分析出来——我显然应该去做一下!)

世上有非常多的东西,我们很难说清楚它是不是人造的。想一下我们在地球上建造的所有建筑物。我在写《一种新科学》这本书时问过一些宇航员,他们在太空中能看到的最显著的人造建筑物是什么,他们说是美国犹他州大盐湖上的一条线(如下图所示,那是一条1959年建造的30英里长的铁路线堤坝,周边生长着很多水藻,所以堤坝两侧看起来五颜六色)。

还有新西兰的一个直径 12 英里的环形物，一个位于毛里塔尼亚的直径 30 英里的环形物，以及一个位于加拿大魁北克的直径 40 英里的环形物（如下图所示，看起来与电影《降临》中的外星文字有些类似）。

它们哪些是人造物？那是互联网时代之前的事了，所以我们得去联系相关人员以获得真相。一位新西兰政府研究员告诉我们，别误把这个火山锥形状的东西当成环形物的中心。"事实是，哎呀，实在没什么稀奇的，"他说，"这是一个国家公园的边界，外面的树被砍掉了，所以，它是个人造物。至于其他的环形物，它们与人类毫无关系。"

（从太空中寻找可见的人类存在的证据很有趣，比如美国堪萨斯州夜晚灯光组成的网格，或者遍布哈萨克斯坦的灯光组成的线条，以及近几年，迪拜一处 7 英里长的棕榈树景观。另一方面，人类一直尝试在月球的高分辨率卫星图像中寻找可能的"考古建筑"。）

好吧，让我们回到事物的含义的问题上。在下页上图这样的约 7000 年前的岩洞壁画里，我们识别出了动物的形状，还有手印。但是这些搭配在一起到底意味着什么呢？实事求是地说，眼下我没有任何严谨的观点。

如果我们瞄准更接近"数学"的东西,或许会让事情变得简单一些。20世纪90年代,我在全球范围内做了一次搜寻,寻找早期的复杂单结构化图案的例子。我找到了各种各样有趣的东西(比如据传由吉尔伽美什[①]在公元前3000年制作的马赛克图案,还有来自公元1210年的最早的分形)。大多数时候,我能分辨出生成这些图案的规则,尽管我不知道这些图案想要传达什么"意义",又或者它们"仅仅是装饰"。

几种复杂单结构化图案

---

① 吉尔伽美什(Gilgamesh)是古代两河流域英雄史诗《吉尔伽美什史诗》的主角,也是美索不达米亚神话中的重要人物。关于吉尔伽美什,历史学家通常认为历史上确有其人,他是苏美尔城邦乌鲁克的国王,其统治时间大约在古埃及早王朝时期的早期,文中的公元前3000年是一个粗略的说法。

第 3 章　向宇宙炫耀：指引文明来世的信标

大约十年前，我了解到在叙利亚阿勒颇的一面墙上有一种 1100 年前的图案（见下图）。这是什么？数学？音乐？地图？装饰？数字编码过的数据？我们毫无头绪。

我可以继续给出更多的例子。许多时候人们会说："如果有人看到这样那样的东西，那么它们一定是出于特定的目的被制造出来的。"哲学家伊曼纽尔·康德（Immanuel Kant）[①] 曾经提供过一个观点：如果人们看到沙子上画着一个正六边形，人们只能想象其"合理原因"。曾经当我看到石头上有一个六边形图案时，我就会考虑这个问题。几年以前，我听说沙子上的正六边形纯粹是由风的作用生成的。然而我知道的最大的六边形图案是土星北极附近的风暴图案，这大概不是出于任何通常意义上的"目的"而被"放在那里"的。

[①] 德国哲学家、作家，德国古典哲学创始人，其学说深深影响近代西方哲学，并开启了德国古典哲学和康德主义等诸多流派，被认为是继苏格拉底、柏拉图和亚里士多德后，西方最具影响力的思想家之一。

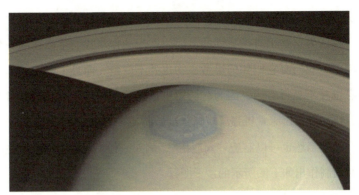

土星北极

  1899 年，尼古拉·特斯拉（Nikola Tesla）[①]发现了各种复杂而奇怪的无线电信号，这种信号通常有点容易让人联想起莫尔斯码。他知道这不是由人类生成的，所以他的直接结论是这些信号肯定是来自火星居民的无线电信息。无须多说，它们并不是。实际上，它们仅仅是地球电离层和磁层的一些物理过程的结果。

  还有一件令人啼笑皆非的事：它们有时候听起来居然有些像鲸歌[②]。是的，鲸歌通常有各种各样的旋律和节奏，它的一些特性容易让我们联想到语言。不过我们仍然不知道鲸歌是不是真的用来"沟通"的，还是仅仅是用来"消遣"或者"娱乐"的。

  人们有时候会想象，通过现代机器学习技术和足够的数据，我们能训练出"可以与动物说话"的翻译器。毫无疑问，表达类似"你开心吗？"或者"你饿了吗？"这类意思非常容易，但是表达更加

[①] 塞尔维亚裔美籍发明家、物理学家、机械工程师、电气工程师。
[②] 鲸歌或称鲸语、鲸咏，指的是人类在鲸类交流时通过仪器采集到的声音。由于某些种类的鲸（比如座头鲸）发出的声音模式常常是重复、可预测的，所以鲸类学家将其比作人类世界的歌声或语言。

复杂的事物,比如说我们希望与外星人沟通的那类事物呢?

我认为这是很有挑战性的,因为即使动物与我们生活在同一个环境中,我们对它们如何思考事物也并不清楚。而且了解它们如何思考也并不见得有用,因为它们对于世界的经验可能与我们非常不同,比如说相比味觉更强调嗅觉,诸如此类。

动物当然也可以制造"人造物",例如一种小河豚会用一周左右的时间制作出如下图所示的沙子图样。

然而这些图样是什么？它们意味着什么？我们是不是应该把这些"鱼造物"当成河豚文明的伟大成就，值得整个太阳系庆祝？

有人会说，当然不是。因为即使它们看起来复杂，甚至有些"艺术性"（就像鸟鸣会有一些音乐特征），我们也可以想象有一天我们将会解码河豚大脑中用于产生这些图像的神经通路。但是那又怎么样？我们同样会有一天可以解读人类大脑中用于建造大教堂的神经通路，或者用于试图在太阳系放置信标的神经通路。

3.3 外星人和目的的哲学

有一个我一直以来都认为很有用的思想实验：想象有一个非常先进的文明，他们可以随意移动像恒星或者行星这样规模的物体，他们会怎样排列这些星球呢？

或许他们会做一个"目的的信标"。又或许，正如康德所说，可以考虑排出一些"可识别"的几何图形，例如，等边三角形怎么样？然而不行，比如特洛伊小行星、木星和太阳，实际上已经构成一个等边三角形了，这是纯粹的物理结果。

很快人们就会意识到，外星人实际上并不能为"证明他们的目的"做任何事情。天空中恒星的布局在我们看来是随机的（当然，我们还是能从中看出星座）。但是如果能用合适的方式观察，很难说它们就不代表任何宏大的目的。

令人困惑的是,从某种意义上说,它们的确代表了。毕竟,从物理学角度来看,可以认为已经存在的布局是为了达成使某些量极值化的目的,这些量由物质和引力等的方程定义。当然,有人会说"这不算,这仅仅是物理学而已"。但是我们的整个宇宙(包括我们自己)都是按照物理学规则来运行的。所以现在我们回到关于极值化是不是"有意义"的讨论中了。

我们人类有明确的方法来判断什么对我们是有意义的,什么是无意义的。这种方法归结为我们有没有办法"讲一个故事",用文化上有意义的术语去解释我们现在为什么要做一件事。当然,"目的"这个概念的演化贯穿了整个人类历史。想象一下,向前文中提到的几千年前建造出卡拉尔古城的人解释以下概念:在跑步机上走路,在虚拟世界里买东西,或者把信标送进太阳系。

我们并不太会用"文化上有意义的故事"去讲述恒星和行星的世界(神话除外)。在过去,我们或许曾经想象过,无论我们讲什么样的故事,最终不可避免地,都远不如我们讲述自己文明的故事那么丰富和生动。然而这就是我所研究的基础科学发挥作用的地方。计算等价性原理告诉我们,这个判断是不对的,那些恒星和行星上发生的事,正如我们的大脑和我们的文明中发生的事一样丰富多彩。

为了向宇宙"展示一些有趣的东西",我们可能会认为最好的办法就是展示与复杂且抽象的计算相关的东西。但是这样做并不奏效,因为这些东西在全宇宙是普遍存在的。

相反,我们拥有的"最有趣"的东西,实际上就是我们特有的历史中明确而随意的细节。当然,人们可以想象宇宙中可能会存在某种复杂的东西，看到我们的历史如何开始，马上就可以推断出之后发生的每一件事。但是计算等价性原理的一个结果是我所谓的计算不可归约性，它意味着历史没有捷径，要知道历史的演化过程，就必须经历它，这让人们感受到了更多生活的意义。

3.4 语言的作用

现在，假设我们想要解释我们的历史，我们可以怎么做呢？我们无法展示发生过的每件事的每个细节。相反，我们需要给出一个更高层次的符号化的描述，把重要的内容都涵盖进去，而虚化其他内容。当然，"重要的内容"取决于谁在看它。

我们可能会说："我们展示一张图片吧。"但是我们这时就必须讨论如何用特定分辨率的像素制作图片，怎么展示颜色（比如说用 RGB），是用二维的方式展示还是用压缩的方式展示，等等。纵观人类历史，我们的确留下了一些有一定可理解性的图片，但是这可能在很大程度上是因为我们的视觉系统是建立在生物基础上的，这个系统始终没有发生什么变化。

（不过，值得一提的是，图片的特征只有在被"文化意义上吸收"时才会被注意到。例如，我先前展示的 13 世纪的嵌套图案被收入艺术史书籍，却被人们忽略了几百年，直到分形变得流行，人们才开始讨论它的方方面面。）

第3章 向宇宙炫耀：指引文明来世的信标

对于大规模的知识交流，我们已知的唯一的方法（或许也是唯一可能的方法）就是使用语言。语言本质上由一组符号结构体构成，能够以几乎无限的方式排列组合，用于表达不同的含义。

据推测，正是语言的引入，使得我们这个物种开始一代代地积累知识，并最终发展出我们所知的文明。以语言为中心去沟通人类达成的成就听起来也合情合理。

事实上，如果我们审视人类历史，我们最了解的文化恰恰是那些有书面记录，并且我们能够阅读的文化。如果卡拉尔的建筑有铭文，那么（假设我们能读懂它们）我们就更有可能知道那些建筑的用途。

世上有多种语言延续使用了几千年，例如拉丁文、希腊文、希伯来文、梵文和中文，现在我们可以很轻松地翻译它们。但是像古埃及象形文字、古巴比伦楔形文字、古希腊B类线形文字或者玛雅文等，它们的使用线索已经断了，所以需要付出巨大的努力去破译它们（并且经常需要靠一点运气去发现罗塞塔石碑[①]这样的东西）。事实上，现在依然还有很多种文字至今仍未被破译过，例如古希腊A类线形文字、伊特鲁里亚文、朗格朗格[②]、萨巴特克文和印度河文字。

此外还有一些至今不确定是不是代表一种语言的情况。一个例子是古秘鲁人的结绳文字（见下页图），它大概是用来记录某种"数据"的，但是它可能记录了，也可能没有记录我们通常称之为语言的东西。

[①] 制作于公元前196年的石碑，用古埃及象形文字、古埃及世俗体文字、古希腊文记录了古埃及及法老托勒密五世诏书，是研究古埃及象形文字的重要材料。
[②] Rongorongo，智利复活节岛上发现的符号，被认为可能是一种文字或类文字。

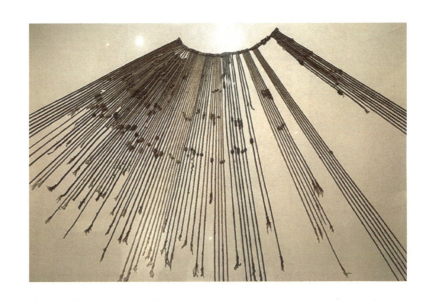

3.5 数学来拯救?

利用所有关于数学、计算等的抽象知识,我们现在当然可以发明出一种能被全宇宙理解的"通用语言"。我们当然也可以创造出一套正规的系统,就像元胞自动机一样,它依据自己的正式规则持续不断地运行。但是这些真的能用于广泛的沟通吗?

在实际运行中,系统仅仅是做它该做的事情。但是有选择的地方是实际的系统是什么,它采用哪些规则,以及它的初始条件是什么。所以如果我们使用元胞自动机,我们可以决定下页图中这些元胞自动机就是我们想要展示的。

第 3 章　向宇宙炫耀：指引文明来世的信标

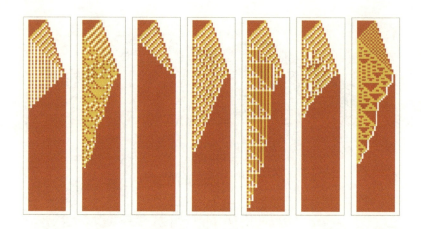

这是要表达什么呢？每条规则都有各种各样的详细特性和行为。但是作为人类，你可能会说："啊哈，我看到这些规则里，输入长度都增加了一倍，这是关键点。"然而能做出这个总结是需要一定的文化背景的。是的，根据我们人类的知识历史，我们有简单的方法来阐述"输入的长度增加了一倍"。但是在另一个知识历史背景下，这可能就不是一个能描述的特性了，就像是艺术历史学家花费数个世纪也没有找到那些嵌套图案的奥秘一样。

假设我们选择传统数学的方案，我们也会遇到同样的问题。或许我们能在抽象系统中表达数学定理，但是对于每个定理而言，都会有这种情况："嗯，好，按照这些规则，就像分子的形状一样，这是它们在晶体中排列的一种方式。"人们真正可以进行"沟通"的唯一的途径是选择展示什么样的定理，或者选择使用哪个公理系统。然而，解释这些选择最终还是不可避免地需要文化背景。

形式与实际可以相结合的一个地方是事物的理论模型构建。我们手头已经有了一些实际的物理过程，还有一些针对它们的形式化、符号化的模型——用数学方程、元胞自动机这样的程序或者其他什么实现。我们可能会认为这些连接能立刻定义出我们的形式系统的解释，但是实际上做不到，因为我们的模型仅仅是一个模型，它包含了系统的一些特性，并且理想化了其他的属性。而理解它们的工作过程依然需要文化背景。

在这一点上，有一个小小的例外：假设有一个物理学的统一基本理论，可以用一个简单的程序来描述，会怎么样呢？那么，该程序不仅仅是一个理想化的模型，而且还是物理学的完整表达。关键是，关于我们宇宙的"基本事实"描述了物理学，而物理学又绝对支配了存在于我们的宇宙中的任意一个实体。

如果确实存在一个简单的宇宙模型，那么不可避免地，它直接描述的东西与我们日常感官体验中熟悉的东西完全不同。例如，它们可能"低于"我们所知的空间和时间等结构。然而，我们依然可以想象，我们能够通过提出一个终极版本的宇宙理论（如果我们能找到的话）来炫耀我们的成就。不过即使是这样，还是有一个问题。展示一个正确的宇宙模型并不难：你只需要看看现实中的宇宙就可以了！因此，抽象表达中的主要信息是抽象表达的基元最终是什么（你是根据网、代数结构还是什么来建立你的宇宙？）。

让我们暂时脱离哲学层面。假设我们正在将一个物体，比如一台航天器或者一辆小汽车，发射给我们的外星朋友们。你可能会认为问题会变得比原来简单一些。但是同样的问题又来了，我们需要文化背景相关的信息才能决定哪些是重要的，哪些是不重要的。这些铆钉的位置是在传达某种信息吗？还是代表一种工程上的优化？或者是一种工程传统？抑或是随意排列的？

拿航天器来说，航天器上的几乎所有东西都是作为航天器建造的一部分被放在那里的，有的是人类设计者出于"某种目的"设置的，有的是制造过程中的物理特性和规律产生的结果。最终这台航天器就是这个样子。通过想象，你可以重建它的人类设计者的神经过程，也可以重建在它的某个部件退火时的热流。但是建造这台航天器的机制到底是什么？它的"目的"是什么，或者说，它在试图"沟通"什么？

3.6 分子学版本

把人类文明的成就当作消息发送出去，这是一回事，如果只发送我们的 DNA 又如何呢？是的，它并没有包含（至少没有直接包含）我们人类所有的智力成就，但是它的确记录了数十亿年来的生物演化，并代表了对在这个星球上生存过的 10^{40} 种生物的某种纪念。

当然，我们可能会再次问自己："这意味着什么呢？"事实上，达尔文进化论的要点之一是，有机体的形式（以及定义它们的 DNA）纯粹是生物学进化过程的结果，并不存在任何"有意的设计"。更不用说谈到有机体的时候，人们总习惯于说"那些软体动物长有尖头的壳，因为这有助于它们把自己嵌入岩石中"之类的话，这种说法为生物进化的结果赋予了一个目的。

所以，当我们用发送DNA（或者完整的有机体个体）的方式来沟通，我们在传达什么信息呢？从某种程度上来说，我们是在提供一段冰封的历史，而这是生物学历史。这里依然有一个背景的问题。人们如何解读一段脱离肉体的DNA呢？（或者说，需要什么环境才能让这个"孢子"真正发挥作用？）

很久以前，人们经常会说，如果宇宙中存在"有机分子"，那么这就是生命的信号。但实际上，即使在星际空间中，现在也已经发现了大量甚至非常复杂的有机分子。尽管这些分子无疑反映了各种复杂的物理过程，但是并没有人认为它们是生命的信号。

那么，如果外星人发现一个人类DNA分子，会发生什么呢？这个复杂序列会被外星人认为是"有意义的消息"吗？还是仅仅被认为是一些随机过程创造的东西？是的，最终幸存下来的现代DNA序列，在某种程度上反映了有机体能在我们特定的陆地环境中成功存活的原因，尽管生物体也在为其他东西创造环境，就像技术和语言一样，这也是一种反馈。

然而，一个DNA序列又能展示什么呢？这就好比一座人类知识的图书馆，它代表了许多纷繁复杂的历史过程，还代表了许多不可归约的计算。但不同的是，它并没有包含任何"人类意愿的火花"。

无须多言，正如我们讨论的，确定一个标志是非常困难的。如果我们观察迄今为止我们的文明创造出来的东西，它们通常可以通过简单的几何形状之类的来识别（至少我们目前认为是），比如直线和圆等。此外，讽刺的是，在我们的文明发展起来之后，我们的人造物看起来比自然形成的物体要简单得多。

第3章 向宇宙炫耀：指引文明来世的信标

我们不用非得考虑生物学，它包含了生物进化的全部进程和信息，也可以考虑物理学，考虑一下例如雪花、水花或者湍流这类形式。

正如我之前花了很多笔墨讨论过的，真正的核心点是，在所有可能的程序构成的计算宇宙中，实际上很容易找到一些例子，其中一些非常简单的底层规则最终会导致高度复杂的行为。这也是自然界中正在发生的事情。我们在我们所构建的事物中通常看不到这一点，唯一的原因是我们给自己设立的限制：尽量避免使用复杂的工程实践，以便我们能预见系统的输出。这样做的结果是，我们的工作成果总是简单而且雷同。

现在我们对计算宇宙有了更多的了解，然而，我们可以看到，它并不总是这样。事实上，一些程序（或者结构）最终被证明是有用的，并且与人们是否理解它的运作方式无关。我曾经为这些程序"挖掘计算宇宙"，并且在此方面获得了巨大的成功。当人们训练现代机器学习系统时，也会发生类似的事情，最终会形成一个技术系统，我们能够确认它可以实现一些整体上的目标，但是其中的个别部分，我们不能认定它们在做有意义的事。

我的期望是，在未来人类创造的技术中，"可识别的"和"可理解的"部分越来越少。优化后的电路没有漂亮的重复结构，优化算法也是一样。显然，有时候真的很难说发生了什么。例如，扬声器上的那些孔的图案，是为了做某些声学上的优化，还是仅仅是"装饰性的"？

然而，我们又一次陷入了同样的哲学困境：我们可以看到事物运行的机制，我们可以想出一个故事来描述它们为什么会这样工作。但是，除了回顾人类和人类文化的细节之外，没有绝对的方法来判断这个故事是否"正确"。

3.7　谈论世界

让我们回到语言上来。语言到底是什么？从结构上来说（至少在我们目前所知的所有例子中），它是一组基元（词、语法结构等）的集合，这些基元可以依据某些规则被组装到一起。是的，我们在这个层面上看待语言，正如我们看待按照一定的规则贴瓷砖（镶嵌问题）一样。但是，语言之所以能够用来交流，是因为它的基元某种程度上与世界是相关的，也就是说它们是与知识绑定在一起的。

简单来看，一种语言中的词或其他基元在描述世界时是很有用的。我们为"桌子"和"椅子"选用不同的词，这是因为我们发现区分这些含义很有用。是的，我们可以通过描述桌腿排列的细节去描述桌子，但是出于各种目的，只需用一个词或者一个符号化基元——"桌子"就足够了，它描述了我们认知中的桌子。

当然，为了让"桌子"这个词在沟通中发挥作用，词的发送方和接收方必须对它的含义有一个共同的理解。实际上，对于自然语言来说，这通常是通过一种社会化的方式来达成的：人们看到其他人把此类东西称为"桌子"。

我们怎么确定哪些词应该存在呢？这是一个社会驱动的过程，

不过在某种程度上,这取决于如何定义那些重复出现、对我们有用的概念,整件事有一定的循环性。对我们有用的概念取决于我们生存的环境,如果周围不存在任何桌子(比如在石器时代),那么"桌子"这个词就没有多大用处了。

不过,一旦我们为一个事物引入一个词(比如"博客"),我们思考这件事就变得更容易了,并且,在我们为自己构建的环境或者选择生存的环境中,这类东西会越来越多。

想象一种以流体形式存在的智慧体(比如天气),或者想象一种习惯于流体环境的水生生物。许多我们认为理所当然描述固体或者位置的词将变得不那么有用,相反,会出现很多描述液体流动特征的词(例如,以某种特定方式变化的涡团),而我们从未将这些认定为需要词来表达的概念。

似乎存在于我们物理宇宙中的不同实体,在描述世界的方式上必然有一些共同点。但是我觉得不是这样,本质上这是计算不可归约性现象导致的结果。

问题是,计算的不可归约性意味着,实际上有无限多个不可归约的不同环境可以在我们的物理宇宙的基础上构建,就像有无限多个不可归约的不同的通用计算机可以由任何给定的通用计算机构建出来一样。更实际地说,不同的实体,或不同的智慧体,可以使用不可归约的不同"技术栈",基于物理世界的不同元素(例如原子的、电子的、流体的、引力的等)和不同的发明链,去运行和操作。结果是,他们描述世界的方式将与我们有着不可归约的巨大不同。

3.8　构建一种语言

如果给定关于世界的一些经验，人们应该怎么确定描述世界需要什么词或者概念呢？在人类的自然语言中，这似乎是通过一个大致类似于自然选择的社会语用过程得到的。在设计作为计算沟通语言的 Wolfram 语言时，我基本上借鉴了这个人类自然语言演化的过程。

那么，在一个与人类语言相距甚远的背景下，我们怎么看待词和概念的出现呢？在现代，这个问题有了一个答案，这就是最近出现的与外星智慧沟通的例子——人工智能。

取一个神经网络并开始向其输入数据，比如很多现实世界事物的图片（通过选择二维图像这一媒介，并采用特定的数据编码方式，我们本质上可以说是在让我们自己用特别的方式"体验这个世界"），现在我们来看神经网络是如何对这些图片进行聚类或分类的。

在实际操作中，每次运行会产生不同的结果。不过任何答案模式实际上都能够为一种语言的基元提供例子。

一个很容易看到结果的方式就是在图像识别网络（image identification network）中做训练[①]。我们几年前开始做这件事，用了大约 1 万个类别中的几千万张样例图片。值得注意的是，如果你观察网络内部，它做的有效工作是强化图像的特征，使其可以有效地区分不同的类别。

[①] 可参考 Wolfram 语言的 Image Identification Project（图像识别项目）网站。——原书注

实际上，这些特征定义了神经网络中的新兴符号语言。我们对这门语言很陌生，它并不直接反映人类语言或者人类思维。它实际上是"理解世界"的另一个途径，与人类和人类语言现在采用的途径并不相通。

我们能破译这种语言吗？如果能破译，我们将有能力"解释"神经网络所"思考"的内容。但这并不容易，因为神经网络生成的"概念"在我们认知的世界里并不存在简单的对应。我们实际上是被困在类似自然科学的事情上，试图识别出一些现象，这些现象能让我们对正在发生的事做出描述。

对于与外星人沟通这个难题，这或许向我们提供了一个思路。不要试图去给出"椅子"的正式定义（这将会非常困难），只需展示出大量椅子的例子，用这些例子定义符号化的"椅子"的结构。显然，只要人们展示了椅子的图片，而不提供实际的椅子，就会有如何描述或者编码事物的问题。虽然这个方法可能适用于普通名词，但描述动词或者更加复杂的语言结构会更具挑战性。

但是，如果我们不希望我们的航天器上塞满各种样本物体（就像挪亚方舟一样），或许我们可以仅发送一台设备，让它来观察各种物体，并输出它所观察到的。毕竟，人类学习语言的过程也是如此，无论是在孩提时期牙牙学语，还是外出进行语言田野调查时都是如此。如今，我们当然可以发射一台小小的计算机，上面搭载一个高质量的人类水平的图像识别器。

但是问题来了，外星人将在计算机前展示他们熟悉的各种东西，但是我们无法保证他们展示的东西能与我们（或者图像识别器）已有的词汇对应。如果把下面这些人类抽象艺术输入图像识别器,就能看出问题了。而输入外星文明的产物,结果很可能会更糟。

3.9 Wolfram 语言能做什么

那么 Wolfram 语言能解决问题吗?我创造它的目标是在人类想做的事和计算可以达成的事之间架起一座桥梁。如果我原本打算构建的语言不是给人类,而是给外星人用的,甚至是给海豚用的,我认为它都会不一样。

最终,一切都与计算有关,并以计算的方式表达。但是人们选择什么去表达,以及如何去表达,取决于人们所处的整个背景。事实上,即使对于我们人类,这也一直在变化。例如,在过去三十多年中,我一直从事 Wolfram 语言相关的工作,其间技术和整个世界都有了显著的发展,结果是该语言中也出现了各种有意义的新事物。(对于计算,我们在文化上的整体认识的进步,例如超链接和函数式编程变得司空见惯,也改变了我们在这门语言中使用的概念。)

当下大多数人认为 Wolfram 语言主要是人类与计算机沟通的一种方法。但是我会通常把它当作人类和计算机之间通用的计算交流语言,这很重要,因为它给我们人类提供了一种用计算术语进行思考和沟通的方法。(是的,这种计算思维会变得越来越重要,甚至会超过在过去数学思维的重要程度。)

然而,关键是 Wolfram 语言用人类能理解的方式封装了计算。实际上,我们可以将其视为对当下宇宙中我们人类真正关注的计算(在我们文明演进的当前阶段)的定义。

另一种说法是,我们可以认为 Wolfram 语言提供了一种人类文明核心内容的压缩过的表达(或者说,实际上是一个模型)。其中一部分内容是算法化和结构化的,另一部分是有关我们的世界和历史细节的数据与知识。

如果要把 Wolfram 语言变成一种完整的符号话语语言,可以全方位表达人类的意图(例如,编码完整的法律合同,或者人工智能的道德规范),还有很多工作要做。但是用现在的 Wolfram 语言,我们已经可以覆盖人类文明的广泛关切和成就了。

但是我们怎么把它传递给外星人呢?从某些程度上,它几 GB 的代码、几 TB 的数据只是定义了规则,就像元胞自动机的规则或者其他计算系统的规则一样。但关键在于,这些规则恰恰是被挑选出来的我们人类关注的用于计算的规则。

这有点像古埃及人墓葬里的模型，展示了古埃及人关注的东西。如果我们把 Wolfram 语言给外星人，我们本质上是在给他们一个我们关注的事物的计算模型。当然，除了向他们提供一门完整的语言，而不是一些单独的图片或实景模型，我们正在用一种更广泛、更深入的方式沟通。

3.10 时间胶囊的真相

从某种意义上说，我们正在试图创造的东西相当于一个时间胶囊。我们能从过去的时间胶囊中学到什么呢？很遗憾，历史并不是那么鼓舞人心。

1922 年，古埃及法老图坦卡蒙墓葬的发现，掀起了一阵有关时间胶囊制造的热潮，持续了超过 50 年，人们制造并埋藏了超过 1 万个时间胶囊。现实地说，到目前为止，这些时间胶囊中的大部分已经被遗忘了，主要是因为当时制造它们的组织机构已经发生了变化甚至消失了。

我自己的电子邮件存档记录了早些年有关时间胶囊的各种各样的需求，今天看到它们，我想起来我们似乎在 1998 年为 Mathematica 十周年制造了一个时间胶囊。不过它眼下在哪里？我不知道。这是一个很典型的问题。尽管一个持续的档案（或图书馆等机构）可以有组织地跟踪事情，但时间胶囊往往是单一的，并且有一个惯例，那就是最终会被藏在一个很快被模糊和遗忘的地方。（也可能发生相反的情况：人们相信某处应该有一个时间胶囊是约翰·冯·诺伊曼留下的，被设定为在他死后五十年再打开。不过事实证明这只是一个乌龙。）

至少非正式的时间胶囊频繁起作用的地方就是建筑施工。举个例子，在英国，每当使用五十年左右的茅草屋顶被翻修的时候，人们经常会发现以前的工人留下的消息。还有一个特别古老的传统，甚至可以追溯到古巴比伦时期，那就是把东西放进建筑物的地基中，尤其是建筑物的基石上。例如，通常会有一组铭文，诅咒那些拆除这座建筑并见到地基的人。

然而，比巧妙隐藏的时间胶囊更成功的是显露在外的石刻铭文。事实上，我们很多有关古代人的知识和文化都来自石刻。有时候它们是巨型建筑结构的残余部分，不过也有一个著名的例子（同时是楔形文字破译的关键），铭文被简单地刻在今伊朗境内的一座悬崖边上。

楔形文字石刻

铭文的顶部有一组等身大小的勇士人物浮雕，铭文翻译过来是："吾乃大流士大帝[①]，万王之王……"随后列举了 76 段大流士大帝的成就，其中许多是镇压了针对他的叛乱，在这些镇压中，他把叛军的领导者拖入了绝境。

诸如此类的铭文在古代很常见（如今内容更温和的铭文也很普遍），不过，它们的讽刺意味被我儿时最喜欢的一首诗巧妙地捕捉到了，这首诗就是雪莱的《奥兹曼迪亚斯》（诗题指古埃及的法老拉美西斯二世）：

> 客自海外归，曾见沙漠古国
> 有石像半毁，唯余巨腿
> 蹲立沙砾间。

---

① 波斯帝国皇帝。

第3章 向宇宙炫耀:指引文明来世的信标

…………
像座上大字在目:
"吾乃万王之王是也,
盖世功业,敢叫天公折服!"
此外无一物,但见废墟周围,
　　寂寞平沙空莽莽,
　　　伸向荒凉的四方。①

如果信标项目的招股说明书中有"风险提示"部分,那这可能就是一个很好的示例。

当然,除了有意"炫耀"的铭文之外,古代铭文还留下了大量的"文献废料",这些废料至今仍以某种形式存在。比如,十年前,我曾经从网上买到了下图中这个大约公元前2100年的楔形文字牌(是的,我非常确信它是真品)。

---

① 王佐良译本,摘自《英诗金库》卷四,四川人民出版社,1987年。——编者注

原来这是一份合同，合同上说，某位卢南纳（Lu-Nanna）先生在杜木兹月（Dumuzi）①收到了 1.5 古尔（约 450 升）的大麦，他应该在 9 月至 11 月间支付一些东西作为回报。

大部分留存至今的楔形文字牌都是这样的，不过仍有千分之一左右是关于数学和天文学的。现在我们看到这些牌子的时候，能看到古巴比伦人在数学和天文学方面取得了如此成就，是很有意思的。但是，除了可能有一些天文学参数，我们很快就会意识到我们从这些牌子上学习不到任何东西。

这是对于我们现在付出的努力的一个教训。如果我们把数学或者科学事实放在信标上，那么它确实会展示我们已经走了多远（当然，为了给人留下最好的印象，我们应该尽量展示我们最前沿的科学成果，比如如今的数学，这种成果不是轻易取得的），但是这就好像我们写求职信，信中首先解释最基本的事实。我们能得到的回应只有："是的，我们已经知道这些了，现在告诉我们一些有关你们自己的事情吧！"

然而最好的方法是什么？在过去，信息传递效率最高的载体是书面文字，而在现代世界，可能是视频，或者人工智能模拟。但是还不止于此，这一点我们已经在现代考古学中初见端倪了。事实上，几乎任何固体物都携带了它自身历史的微观痕迹，也许是一些游离分子，比如说食物器皿上残存的某些 DNA，也许是材料本身的微小划痕或裂纹，表明了某种磨损的模式。

原子力显微术让我们开始能够系统地读出这些痕迹。随着分子

---

① 也叫 Tammuz，古巴比伦历法月份，在今公历 6 月至 7 月间。

规模计算的上线,这种能力会高速成长,这将使我们能够访问一个巨大的"历史废料库"。

我们不会马上就了解"卢南纳"这个名字,但是我们可能会充分了解他的 DNA,他的抄写员的 DNA,这块牌子是哪一天被制作出来的,黏土被风干的时候有什么味道甚至有什么声音。这些都可以被认为是"感官数据"的一种形式,这种数据再次告诉我们"发生了什么",尽管并没有解释什么是重要的。

3.11 太空中的消息

不过,我们的目标是把有关我们文明的信息散布到太空中。那么以前是怎么做的?到 2018 年 1 月为止,我们仅有 4 台航天器飞离了太阳系(还有一台正在路上),还有不到 100 台航天器完好无损地在各个行星表面(不考虑硬着陆毁坏、在金星上熔化的航天器等)。从某种程度上说,一台航天器本身就是一个巨大的"信息载体",展示了先进的技术以及其他方面的成就。

5 台已飞离或正在飞离太阳系的航天器的位置

或许最丰富的"设计信息"会存在于微处理器中。尽管抗辐射加固的要求会迫使深空探测器使用的芯片比最新设计落后十年或更长时间,但像 2006 年发射的"新视野号"(New Horizon)这样的航天器仍然配备 MIPS R3000 型 CPU(尽管运行频率仅为 12MHz),拥有超过 10 万个晶体管。

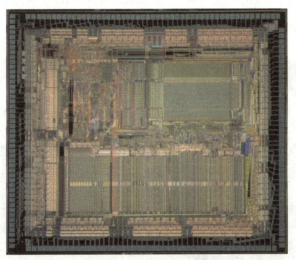

MIPS R3000 型 CPU 内部图片

还有大量的软件,通常它们被存储在只读存储器(ROM)中。当然,即使对于人类来说,它们可能也不太容易理解——就在 2017 年 12 月,为了在"旅行者 1 号"(Voyager 1)上启动 37 年没有使用过的备用推进器,人们需要破译一个早已淘汰的定制 CPU 的机器码。

航天器的结构反映了很多人类工程学以及它的历史的信息。为什么天线被组装成那个形状?因为它来自其他天线的传承,那些天

第3章　向宇宙炫耀：指引文明来世的信标

线就是用这样的方式被方便地建模和制造出来的，诸如此类。

那更直接的人类信息呢？在组件上通常会有制造商打印的小标签。近年来，有一种趋势是以版画、微缩胶片或者CD/DVD的形式发送人名列表（在"新视野号"上就有超过40万个人名）。（值得注意的是，MAVEN火星任务[①]还携带了超过1000首公开募集的有关火星的俳句[②]，以及超过300幅小朋友的画作，全部收录在一张DVD中。）但是对于大多数航天器来说，最显著的"人类沟通"的部分是一面旗帜。

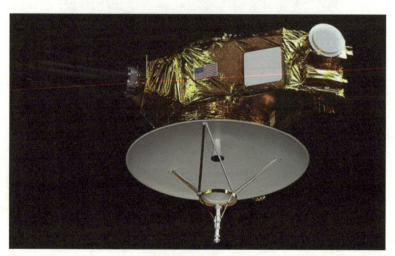

"新视野号"航天器

然而，有那么几次，人们展示过明确的、有目的性的铭牌和物品。例如，在"阿波罗11号"（Apollo 11）探月舱的腿上，展示了

[①] 美国国家航空航天局（NASA）的火星大气研究探测任务，全称为火星大气与挥发物演化任务（Mars Atmosphere and Volatile Evolution Mission）。——编者注
[②] 俳句（Haiku）是日本的一种短诗，通常为"五音—七音—五音"三句的格律，十七个音为一首。英语中也会借用俳句这一形式进行诗歌创作。——编者注

以太平洋中央西经 20 度左右为界的地球两个半球的投影地图,以及这样一段话:"于公元 1969 年 7 月,来自地球的人类首次踏足月球。我们为全人类的和平而来。"后面还附有宇航员与时任美国总统尼克松的签名。

每一次"阿波罗"登月任务中,宇航员都会在月球上放置一面美国国旗(根据最近的高分辨率观测结果,大部分旗帜还在"飘扬")。很奇怪,这让人联想到考古遗迹中发现的古代神祠。

"阿波罗 11 号"任务中,人类首次登上月球

历史上第一台成功登月的月球探测器(苏联的"月球 2 号",Luna 2)将下图这个球状物带上了月球。它会在探测器撞击月面之前像手榴弹一样爆炸,将五边形碎片散落各处,上面写着:"苏联 1959 年 1 月"。

第 3 章　向宇宙炫耀：指引文明来世的信标

在火星上，有一块铭牌看起来更像是一份文件的封面，或者可以将其内容概括为"将一些'人类小脑的输出'放到宇宙中"。（外星人可以根据这些签名做什么样的性格分析？）

"好奇号"（Curiosity）火星探测器上的铭牌，上有时任美国总统奥巴马、副总统拜登及探测任务相关人员的签名

下图是另一份名单,这是为了纪念牺牲的宇航员们,被"阿波罗 15 号"(Apollo 15)留在了月球上。它还带去了一个小雕像,匪夷所思地让人想起我们在早期考古遗迹中发现的雕像。

实际上,也有其他航天器携带了小雕像。下页上图是飞往木星的航天器"朱诺号"(Juno)上携带的乐高积木小人。(左起分别为:神话中的朱庇特、神话中的朱诺①,以及现实中的伽利略。积木还配有附件。)

---

① 朱庇特(Jupiter)为古罗马神话中的主神,朱诺(Juno)为古罗马神话中的天后。

第 3 章 向宇宙炫耀：指引文明来世的信标

这台航天器还有向伽利略致敬的内容（见下图）。不过当航天器脱离木星轨道时，为了避免污染任何卫星，这些都将被熔化、蒸发。

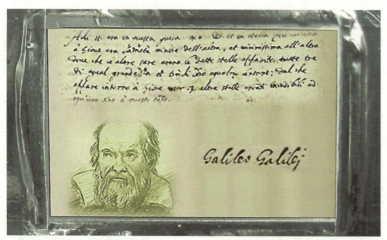

"朱诺号"携带的致敬伽利略的铭牌，引用了伽利略关于木星的观测笔记内容

3.11 太空中的消息

各种随机的个人物品和其他小饰品也常常被留在月球上,这些都是非官方行为。一个例子是,"阿波罗 12 号"登月舱的腿上明显附着了一组微型艺术品(即使对我这样的人来说,这也是令人摸不着头脑的):

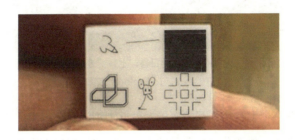

还有一件"艺术品"(兼做色彩校准板)跟随命运多舛的"小猎犬 2 号"(Beagle 2)火星探测器一起被发射了出去:

几台火星探测器上都有"火星表盘",用作日晷以及色彩校准板。更早的一批上还写有"两个世界,同一个太阳",以及 22 种文字的"火星"一词。而更后面一批上的文字则没那么有诗意:"去火星,去探索"。

第 3 章 向宇宙炫耀：指引文明来世的信标

"好奇号"火星探测器上的日晷，上有"去火星，去探索"
（To Mars，To Explore）字样

还有一个太空小饰品的例子，最近刚刚经过冥王星的"新视野号"携带了一枚四分之一美元硬币，在它的发射地点附近，这大概是相当容易得到又便宜的物品了。

不过最严肃，同时也是最知名的传递信息的尝试，无疑是"先驱者 10 号"和"先驱者 11 号"所携带的雕刻铝板（见下图及下页图），这两台航天器分别于 1972 年和 1973 年发射（很遗憾，现在它们已经失联了）。

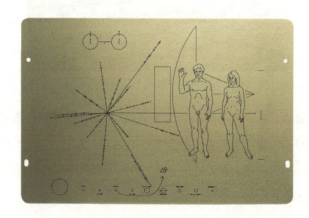

3.11 太空中的消息

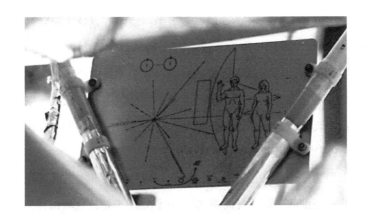

我得承认，我对这块铭牌从来就没有感冒过。在我看来，它聪明过头了。我最不满意的是左上方的元素。有关这块铭牌的原始论文（第一作者是卡尔·萨根）表示，它"应该能被其他文明的物理学家轻而易举地识别出来"。

但是它是什么？作为一个人类物理学家，我能认出来：它是氢原子超精细跃迁的符号化表示，即所谓21厘米线，那些小箭头表示在跃迁前后质子和电子的自旋方向。不过等一等，电子和质子是自旋为1/2的粒子，所以它们都有旋量。是的，经典人类量子力学教科书上经常用向量来表示旋量，但这真的是一个很随意的约定。

哦，还有，为什么我们要用定域线表示原子中的量子力学波函数？据推测，电子应该"一直绕着"这个圆圈，这表明它是离域的。还有，是的，你可以对熟悉人类量子力学教科书的人们解释这种图示方法，但这真的是最晦涩难懂的，而且是人类特有的方法。另外，顺便说一句，如果人们想要表达21.106厘米的辐射，为什么不简单地画一条刚好这么长的线呢？或者做一块刚好是这个尺寸的铭牌（实际上它的宽度是 22.9 厘米）！

我还能说出很多这块铭牌的问题：这个（被广泛嘲笑的）人形展示效果，尤其是与航天器的展示效果相比；用箭头来表示航天器的方向（真的所有的外星人都经历过使用弓箭的时代吗？）；用二进制零填补脉冲星周期精度的不足。

那篇原始论文中的官方说法没有任何帮助，事实上那篇论文列出了非常精细的"科学智商测试"，它们是用于解读这块铭牌上其他内容的关键：

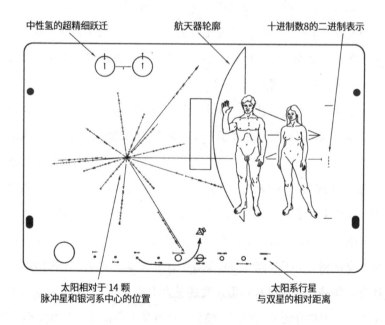

3.11 太空中的消息

在"先驱者号"搭载的铭牌获得广泛关注之后，1977 年发射的"旅行者号"航天器在这方面做出了更有野心的努力。努力的结果是一张 12 英寸①镀金的"旅行者金唱片"（Voyager Golden Record），带有一张"专辑封面"：

在 1977 年，留声机被认为是"普遍的显而易见的技术"。当然，今天甚至模拟录音的概念都几乎不见了。那么，左上方精心描绘的"唱针"还有必要吗？在现代，读取唱片的显而易见的方法就是对整个内容进行成像，而不需要任何追踪凹槽的唱针。

这个姑且不论，唱片里面是什么呢？那是 55 种语言的口头问候语（从现代演绎版阿卡德语②开始），接着是 90 分钟的来自世界各地

---

① 英美制长度单位，1 英寸合 2.54 厘米。——编者注
② Akkadian，主要由古美索不达米亚的亚述人及巴比伦人使用、约于公元前 1 世纪灭绝的闪米特人语言。译者猜测从它开始是因为按照英文字母顺序它排第一个。

第 3 章　向宇宙炫耀：指引文明来世的信标

的音乐。（不知为何，我想到一个外星翻译家，或者一个人工智能，徒劳无功地试图将文字和音乐之间的信息联系起来。）此外，还有卡尔·萨根未来的妻子安·德鲁扬（Ann Druyan）[①]录下的一小时的脑电波，很明显她当时在思考各种各样的事情。

然后是 116 张图片，用模拟扫描线编码（尽管我不知道颜色是怎么编码的）。很多照片是关于 20 世纪 70 年代地球上的生活的，有些是"科学说明"，至少对于 21 世纪 10 年代研究人类科学的学生来说，解读它们是很好的练习（尽管有一些问题，例如实数四舍五入有些奇怪，出现了"9 颗行星"，在碱基对中用"S"代替了"C"，但模板和油墨的展示效果还是很迷人）：

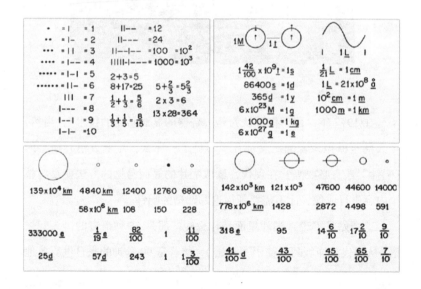

[①] 美国演员、制作人、编剧，主要作品有《宇宙：穿越时空的冒险》（*Cosmos: A Spacetime Odyssey*）、《超时空接触》等。

3.11 太空中的消息

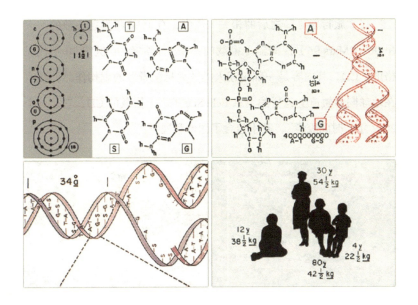

当我提议让电影《降临》中的科学家使用"外星人闪卡"时，我也是从二进制开始的，尽管如今显示连续数字序列的嵌套模式是很容易且自然的：

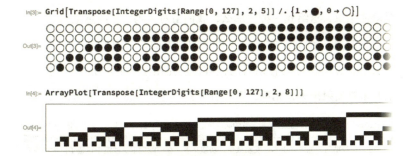

在"旅行者号"之后的相关工作中,有 1996 年发射失败的"火星 96"(Mars 96)探测器上搭载的一张(非常有 20 世纪 90 年代风格的)CD,其内容是一部讲述人类"火星愿景"的虚构作品;还有在地球同步轨道上运行的卫星 EchoStar 16[①] 上搭载的 CD,它是一个 2012 年"时间胶囊",其中包含了图像和视频:

1976 年,LAGEOS-1 卫星(激光地球动力学卫星 1 号)携带了一种略有不同的铭牌,原计划在绕地球的极地轨道上运行 840 万年。这块铭牌上面有二进制数字,让人联想起莱布尼茨的"二进制奖章"。此外有一张大陆漂移预测效果图(那海平面呢?),从 2^{28} 年前到卫星寿命结束,这给我一种"那么,我们猜对了吗?"的感觉。

1997 年,计划探索土星及更远的地方的"卡西尼号"(Cassini)上有一块差不多算刻有钻石的铭牌,但是由于人们的分歧,它实际上并未被发射出去,相反,在一种非常"奥兹曼迪亚斯"[②]的方式下,

---

① EchoStar 16 是由美国 EchoStar 公司运营的地球静止通信卫星,于 2012 年发射,提供高清电视服务。
② 《奥兹曼迪亚斯》是雪莱的一首诗歌,本书前文曾提到过。奥兹曼迪亚斯指古埃及法老拉美西斯二世,在位期间,他大兴土木,发动战争,功绩卓著,在广阔无垠的沙漠中建造了巨大的狮身人面像来纪念自己。诗歌描绘了百年后被沙漠和时间吞噬的狮身人面像面目全非、残破不堪的景象,通过鲜明对比表达了对历史轮回、世事变迁的感悟。

探测器上只剩一个空的安装基座，其目的恐怕让人很难猜。

还有一类被发往广漠宇宙的人造物是无电线信号。在我们掌握很好的无线电沟通定向技术（5G 就是）之前，我们实际上已经往宇宙中发射了相当多的（越来越多加密的）无线电能量。最强烈的持续信号依然是电线中 50 赫兹或 60 赫兹的嗡嗡声，以及几乎像脉冲星信号一样的弹道导弹预警雷达系统发出的信号。总之在过去，确实有过向外星人发送信号的尝试。

其中最著名的是阿雷西博射电望远镜于 1974 年发出的信号。它的重复长度是两个质数的乘积，意在暗示矩形阵列的构成。对于人类来说，这是一次尝试破译结果图片的有趣练习。你能从其中（见下图）看到二进制数字的序列吗？或者像 DNA 一般的编码，以及它的组件的位矢量？望远镜图标？还是 8 位游戏中的小人？

人们还发送了其他信息，例如一个多力多滋（Doritos）[①] 的广告、一首披头士乐队（The Beatles）[②] 的歌曲、一些 Craigslis[③] 上的页面、

[①] 美国知名零食品牌。
[②] 英国知名摇滚乐队。
[③] 美国一个大型免费分类广告网站。

第 3 章　向宇宙炫耀：指引文明来世的信标

一个植物的基因序列，以及一些可以说是彻头彻尾令人尴尬的"艺术品"。

无须多言，我们经常从宇宙中接收到我们并不了解的无线电信号。但它们是智慧的标志吗？或者"纯粹是物理现象"？前文说过，计算等价性原理告诉我们，最终它们没有区别。当然，这对我们的信标项目而言是一个挑战。

值得一提的是，除了发送东西到太空之外，人们还特地在地球上为至少几千年之后的未来留下消息。例如，美国胡佛大坝的 2000 年春分星图，以及一个计划了很久但还没有执行的，预计留存 1 万年的"远离，有放射性"的警告牌（或许它是一个"原子大祭司"，把信息一代代地传递下去），这个警告牌是为美国新墨西哥州东南部 WIPP（Waste Isolation Pilot Plant，废物隔离示范工厂）的核废料库等设施而立的。（虽然不是严格意义上的"消息"，但美国得克萨斯州西部在建的"1 万年时钟"也是一个例子。）

讨论到地外沟通，就不得不提 1960 年的一本书《宇宙语：一种为宇宙间沟通而设计的语言》，我的那本最终出现在了电影《降临》的片场[①]。这本书的思路是用数学逻辑的方法和记号去解释数学、科学、人类行为和其他"根据第一性原理定义"的事。该书作者汉斯·弗罗伊登塔尔（Hans Freudenthal）[②]花费了数十年从事数学教学工作，试图找到为（人类）孩子们解释数学的最好方法。

[①] 见 1.6 节。——编者注
[②] 德裔荷兰籍数学家、数学教育家，1930 年获德国柏林大学博士学位，毕业后在荷兰阿姆斯特丹大学执教。

宇宙语（Lincos）被发明的时间太早了，因此它无法从现代计算机语言思维中受益。事实上，它采用了怀特海和罗素 1910 年的《数学原理》(*Principia Mathematica*) 中近乎滑稽的抽象方法，导致即使是简单的想法也会变得复杂。当用它来讨论人类行为时，宇宙语基本上只是给出了一些例子，就像舞台剧中的小场景一样，只不过是用数学逻辑符号写出来的。

是的，试着为这些事物定义一套符号化的表达很有意思，这也是我做符号语言项目的原因。不过尽管宇宙语充其量只是在解决这类问题的最初阶段，它仍然是 1999 年以来发送"主动 SETI"信息的诸多尝试的源头，并且宇宙语的一些低分辨率位图已经被传输到了最近的恒星处。

3.12　科幻小说及更多

对于我们的信标项目来说，我们想要创造出可以被外星人识别的人造物。相应地，外星造物是如何被识别的，这类问题在科幻小说中被多次提及。

最常见的说法是有些东西"看起来不自然"，要么是因为它们很明显是反重力的，要么就是因为它们过于简单或者过于完美。例如，在电影《2001 太空漫游》中，当拥有 1∶4∶9 的精确比例的黑色立方体巨石出现在石器时代的地球或月球上时，它很显然是"非自然的"。

第 3 章　向宇宙炫耀：指引文明来世的信标

从另一个角度说，19 世纪的人们在争论一个事实，一个复杂的人造的怀表看起来比一个有机体要简单得多，这意味着后者只能是"上帝的产物"。但是实际上，我们问这个问题只能说明我们的技术还不够先进，我们依然在极大程度上依赖工程学传统和结构，这让我们能轻易预见系统的每个行为细节会是什么样子。

不过我认为这种情况不会持续太久了。正如我花费多年研究的那样，在所有可能的程序组成的计算宇宙中，通常情况下，用于特定目的的最有效的程序在行为上看起来并不简单（事实上，这是更好地利用计算资源的必然结果）。结果是，一旦我们能够系统地挖掘这些程序（就像达尔文进化论和神经网络训练已经在做的那样），我们就会得到看起来不再简单的人造物品。

具有讽刺意味的是——基于计算等价性原理，这并不令人惊讶——这意味着未来我们的人造物通常会看起来更像是"自然系统"。我们现在的人工制品在未来可能的确会看起来像原始物品，就好像现代制造业之前生产的物品之于我们现在。

一些科幻小说已经探索过"看起来很自然"的外星造物，以及人们如何发现它们。当然，这也陷入了我在本章中一直在探索的相同问题，例如，很难判断最近观测到的穿越太阳系的奇怪的红色、细长星际物体是外星制品，还是只是一块"天然岩石"。

3.13　所有可能的文明构成的空间

本章的主要话题一直是"沟通"需要某种共享的"文化背景"。但是需要共享多少才算足够？不同的人，至少是拥有不同背景和经验的人，通常可以彼此充分理解，以使社会运转，尽管随着"文化距离"的增大，此类理解会变得越来越困难。

纵观人类历史进程，人们可以想象一个大的文化背景网，它在很大程度上由地域和时间来定义（至少直到最近都是这样）。相邻的背景通常来说是紧密连接的，但是要想在时间上达到相当的距离，通常就需要经过一系列比较长的中间连接链了，这有点像一个人不得不经过一条中间翻译链把一种语言的内容翻译成另一种语言。

尤其是在现代，即使是在一个人一生的时间中，文化背景通常也会有显著的演化。但是通常这个过程是渐进的，个人可以跨越他所遇到的文化背景。当然，也不乏老年人对年轻人的偏好和兴趣感到困惑（例如现代社交媒体等空间中）。事实上，如果有人在沉睡一个世纪后突然醒来，可以肯定的是，一些文化背景肯定会有令人困惑的不同。

但是，我们能想象得出如何为文化背景创造某种正式的理论吗？做这件事实际上需要描述所有可能的文明构成的空间。乍一看，这是绝对不可行的。

但是，当我们探索所有可能的程序构成的计算宇宙时，我们就是在观测所有可能的规则构成的空间。我们很容易用一些合适的规则去定义一个文明的部分特性，而不同的规则会导致截然不同的行

第 3 章　向宇宙炫耀：指引文明来世的信标

为，就像在下图中这些元胞自动机里一样：

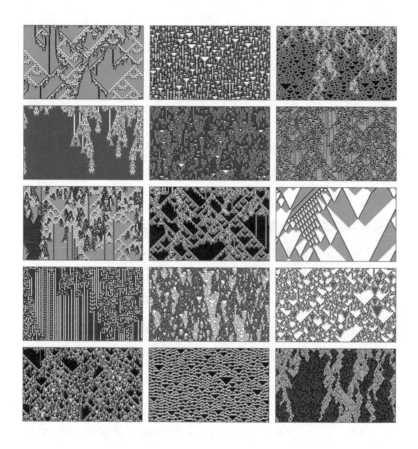

然而，在这一背景下，"沟通"意味着什么？一旦这些规则是计算上通用的（计算等价性原理表明，除了无关紧要的场景，其他情况下这种说法都是对的），那么就存在一些方法可以将它们相互转换。更确切地说，给定一个通用规则，一定存在适用这一规则的程序，

3.13 所有可能的文明构成的空间

或者存在一些初始条件，让程序可以模仿其他特定的规则。换个说法，必须能够为原始规则中的任何给定规则开发相应的解释器。

我们或许会想到为规则之间定义距离，这个距离由翻译它们的解释器的大小或复杂度来确定。但是尽管这在原则上看起来可行，在实践中它显然不是一件容易的事。还有，可解释性在形式上是不可判定的，所以规则之间的解释器的大小和复杂度显然并不存在上限。

不过至少在概念上，它给了我们一次机会去思考"沟通距离"可以如何定义。或许人们可以想象有一个类似简化版神经网络的东西，人们可以问训练一个网络使它行为上类似另一个网络有多困难。

对于文化背景空间的一个更接地气的比喻是，我们可以考虑人类语言，其中大约有1万种语言，人们可以通过观察它们的单词，或者观察它们的语法结构来评估语言之间的相似度。尽管总的来说所有语言都可以谈论相同的事，但语言至少在表面上都有着显著的差异。

不过对于人类语言这个特殊的例子来说，有很多东西是由历史决定的。的确，人们可以定义出一整棵语言的进化树，它可以有效地解释语言间的远近关系。（语言通常是跟文化相关的，但是并不总是如此。比如，芬兰语作为一种语言与瑞典语相差甚远，但芬兰和瑞典在文化上非常相似。）

就人类文明而言，人们可能会用各种各样的标志来表示相似性。人类的人造物看起来有多类似？能被神经网络识别出来吗？人类的社会、经济或者宗谱网络有多类似？人类的法律和政体模式的量化指标有多类似？

第3章 向宇宙炫耀：指引文明来世的信标

当然，所有的人类文明共享通用的历史，并且毫无疑问，它们只占据了所有可能文明的空间中微乎其微的一部分。在海量的可能存在的外星文明中，期望我们刚刚讨论的有关人类文明的标志被定义过，恐怕很不现实。

所以人们如何描绘一个文明以及它的文化背景呢？一种方法是询问它是如何使用可能的程序构成的计算宇宙的。它关心这个宇宙中的哪些部分，不关心哪些部分？

现在，或许文明进化的终点就是充分利用所有可能的程序的空间。当然，我们实际的物理宇宙大概率是基于某个特定的程序的，尽管在这个宇宙中人们可以完美地模拟其他程序。

想必任何我们能明确视为具有明确的"文化背景"的"文明"的东西，必须在它想要明确提出的程序中使用某些特定方式的编码——事实上是某些特定类型的语言。所以一种描绘文明的方法是，想象一下它会发明什么与 Wolfram 语言类似的东西（或者更具普遍性地来说，什么符号语言）来描述事物。

是的，我一生中大部分时间都在为人类构建 Wolfram 语言这个唯一的例子。现在我想建议的是，想象一下这样一个空间，它包含了所有可能的类似语言，这些语言采用了计算宇宙中所有可能的采样和编码。

如果我们认真对待与外星人的交流，这就是我们需要考虑的事情。在某种程度上，正如我们可以说我们只考虑距离我们几光年的外星人，我们也可以说，我们只考虑定义其文化背景的语言与我们的语言在一定"翻译距离"内的外星文明。

我们如何在实践中研究这一点？当然，我们可以考虑与我们共享地球的其他生物会认为什么样的类似 Wolfram 的语言是有用的。我们也可以考虑人工智能会认为什么是有用的，尽管这里会出现某种循环，因为我们制造人工智能是为了促进人类目标的实现。但是或许最好的方法就是想象与 Wolfram 相似的语言的抽象枚举，然后研究它们之间可能的翻译方法。

3.14　我们应该发送什么

这里有很多复杂的智力和哲学方面的问题。如果我们想将关于人类成就的信标发送到宇宙空间中，在实践中发送什么是最好的？

有几点是显而易见的。首先，即使看起来很"通用"，也不要发送大量形式上可推演的内容。是的，我们可以说 $2+2=4$，或者阐述一堆数学定理，或者展示一个元胞自动机的演化过程。但是这样除了展示我们可以成功地做计算（基于计算等价性原理，这其实一点也不特别）之外，我们实际上没有沟通任何实质性的东西。实际上，唯一真正关于我们的信息是我们选择发送了什么：哪些算术事实，哪些定义，等等。

下页图是一个古埃及的模具。是的，古埃及人对于二十面体已经有了一些知识，并且选择使用它们，这很有趣。但是这个二十面体的细节并没有告诉我们任何东西：它和其他任何一个二十面体一样。

所以，一个重要的原则就是：如果我们想要沟通关于我们自己的内容，就要发送对我们而言特别的东西，也就是各种有关我们的历史和兴趣的详细信息。我们可以发送一本百科全书，如果有更多的空间，我们还可以把整个互联网的内容发送出去，或者所有图书的扫描件，或者所有能获取的视频。

不过，到了某个点，我们就已经发送了足够的材料——基本上能回答所有有关我们文明和成就的合理问题所需要的原始材料。

但是如何使其尽可能高效呢？嗯，至少对于通用知识而言，我已经花费了相当长的时间解决这个难题，因为从某种程度上来说，这就是Wolfram|Alpha解决的问题：创建一个系统，它能计算出尽可能多的问题的答案。

所以，是的，如果我们发送一个Wolfram|Alpha，我们就是在用一种集中的、计算的形式发送我们文明的知识，并准备让其尽可能地被广泛使用。

当然，至少Wolfram|Alpha的公众版本是仅仅关于通用的、公开的知识的。那么，关于人类和人类状况的更详细信息呢？

3.14 我们应该发送什么

这世上总有一些类似电子邮件存档、个人分析及录音之类的东西。是的,我正好有关于我本人的过去三十年的数据,我之所以搜集这些是因为这么做对我来说很容易。

但是人们能从中得到什么呢?我怀疑原则上说这些数据足够用于构建一个机器人版的我。换句话说,人们可以创造一个人工智能,它在应对事情时能做到与我基本一样。

当然,人们可以想象据此"追本溯源",并开始读取人类大脑里的内容。我们仍然不知道怎么完成这件事,但是如果我们假定我们信标的收件人比我们发展得更远,那么我们可以假定给他们一个大脑,他们就知道该做什么了。

的确,或许最直白的方法(尽管这令人毛骨悚然)就是发送完整的低温保存的人了(是的,他们会在恒星际空间的温度中被保存得很好!)。具有讽刺意味的是,这与古埃及人制造木乃伊的想法是多么类似,尽管我们的技术更好了(虽然我们依然没有解决人体冷冻的问题)。

那么还有更好的办法吗?或许更应该选择人工智能和数字技术,而不是生物学。那么,我们现在有了另一个难题。是的,我认为我们最终有能力制造出可以代表我们人类文明所有方面的人工智能,但是我们不得不确定什么是"我们的文明中最好的部分"。

这与我们需要为人工智能定义的道德准则和"宪法"紧密相关,这也是直接涉及我们社会的驱动力的一个问题。如果我们要发送一个生物意义上的人,那么我们得考虑被发送者身上作为一个人的个性部分,无论它是什么。但是如果我们发送人工智能,我们又不得不确定在无限范围的人类可能的特征中,哪些最能代表我们的文明。

不管我们发送什么(生物意义上的或者数字的),都不能保证沟通的成功。当然,我们的人或者我们的人工智能可以尽力去理解和应对接收他们的外星人,但是这很可能是毫无希望的。是的,我们的代表或许可以认出外星人,可以观察他们正在做的计算,但是这并不意味着有足够的一致性来交流我们认为可能有意义的任何东西。

当然,我们还没能识别出宇宙其他任何地方的地外智慧的迹象,这并不是什么令人鼓舞的事情。同样,即使在我们自己的星球上,我们依然未能成功地与其他物种进行正式的沟通,这同样不令人鼓舞。

但是正如大流士大帝,或者甚至是像奥兹曼迪亚斯一样,我们不应该放弃。我们应该把我们发送的信标当成纪念碑,或许它们对某种"来世"有用。但是就目前而言,它们可以作为一个集结点,促使我们思考文明成就中我们引以为豪的东西,以及我们希望以最好的方式表现和庆祝的东西。如果我能以过去积累的计算方面的知识为此做出一些贡献,我将不胜喜悦。

第 4 章

π 还是派：庆祝本世纪的 π 日[①]

2015 年 3 月 12 日

本周六是"本世纪的 π 日"，即 2015 年 3 月 14 日，这是因为用"月 / 日 / 年"格式显示的日期"3/14/15"就像是 π = 3.1415… 的开头几个数字。而这一天的 9 时 26 分 53 秒 589… 毫秒则是"超级 π 时刻"：

$$\pi = 3.14.15\ 9{:}26{:}53.589\ldots$$

在 Mathematica 和 Wolfram|Alpha 的产品演进过程中，我相信我们公司比任何其他公司展示 π 的次数都要多。所以在本世纪的 π 日，我们得做一些特别的事。

Wolfram 的 π 日活动图标

[①] "派"对应英文 pie，指带馅的西式点心、馅饼，其与 π 的发音相同。

第 4 章　π 还是派：庆祝本世纪的 π 日

4.1　公司里的尴尬事

作为首席执行官，我的主要职责之一就是不断提出新的想法，同时，我花费了几十年建立了一个擅长把这些想法变为现实的公司。几周以前，在一个讨论公司活动的会议上有人提到，在美国得克萨斯州奥斯汀市的年度庆祝活动 SXSW[①] 中，有 π 日相关的活动。然后我说（或者至少我认为我说了），"我们应该用一个巨型的 π 来庆祝 π 日"。

我并没有提供更多的想法，但是几周之后我们开了另一个有关活动安排的会议，其中的一个议题就是 π 日，负责活动议题的人谈到在奥斯汀找一个这么大规模的烘焙坊非常困难。"你在说什么？"我问，然后我意识到，"你搞错 π 的意思了！"

我猜在日常生活中关于 π 的混淆应该非常普遍。苹果的 Siri 语音转文字每天发送给 Wolfram|Alpha 很多错误的"pie"，我们不得不将其纠正为"pi"[②]。还有树莓派[③]，它支持 Wolfram 语言。此外，对我个人来说还有更多的尴尬，我的个人文件服务器多年以来一直用"pi"命名。

在那次会议上的"pi(e)"错误之后，我们想到了各种各样狂野的点子来庆祝 π 日。我们在 SXSW 区域租了一个小公园，准备制作一场最有趣的"π 倒计时"。我们决定定做大量的"像素"小饼，然

[①] SXSW 是 South by Southwest（西南偏南，这是得克萨斯州在美国的地理位置）的简写，是一个每年 3 月在美国得克萨斯州奥斯汀市举行的音乐、电影和互动媒体节。这个节日始于 1987 年，现已发展为全球最著名的文化盛事之一。除了音乐、电影和互动媒体外，SXSW 还包括各种会议、讲座和展览，涵盖从科技创新到社会问题的广泛主题。这个节日为创意人士提供了一个展示和交流的平台，同时也推动了文化和科技的发展。——编者注

[②] pi 是 π 的英文写法。——编者注

[③] Raspberry Pi，一种低成本、高性能的单板计算机，旨在促进计算机科学教育和创造力的发展。它可以用于各种项目和应用，包括学习编程、DIY 电子项目、媒体中心等。树莓派在教育领域和创客社区非常受欢迎，因其灵活性和可编程性而备受推崇。——编者注

后把它们拼成一个"pie"的形状，中间再套一个"π"的图形。我们还会设置一个赶时髦的"π自拍站"，里面有一个"巨石阵"π，还有一个装饰着"pi(e)"的 Wolfie 吉祥物，也用于自拍。当然，我们也会用树莓派来做一些事。

4.2 为每个人准备的"一块"π

我相信在 SXSW 上会有很多关于 π 的好玩的事，同时我们也想把这种乐趣传递给世界上的其他人。我们一直在考虑："人们能用 π 做什么呢？"从某种意义上说，你可以用 π 做任何事。就我们目前所知，π 无限的数字序列是完全随机的，因此任何数字组合都会在 π 的小数部分出现。

让每个人都能与数学的这"一块"产生自己的联系，这个点子怎么样？π 日是用 π 的前几个数字作为日期的日子，然而任何日期都会出现在 π 的某处。所以，我们想：可以帮人们找到他们的生日（或者其他重要的日子）在 π 中出现的位置，并且用它来定制个性化的 π T 恤和海报。

用 Wolfram 语言可以很容易地找到你的生日在 π 中出现的位置。可以肯定的是，任何"月/日/年"格式的日期都会出现在 π 前一千万位的某个位置。我在我的台式机（一台苹果 Mac Pro）上用了 6.28（接近 2π？！）秒计算出了 π 小数点后一千多万位。

下面是用 Wolfram 语言编写的代码，它计算出结果并且把结果转换成字符串（删除小数点）：

```
In[◦]:= PiString = StringDrop[ToString[N[Pi, 10^7]], {2}];
```

现在，很容易就可以找到任意"生日字符串"。举个例子，我的生日字符串在 π 中第一次出现是在第 151 653 个数字处：

```
In[◦]:= First[StringPosition[PiString, "82959"]]
Out[◦]= {151 653, 151 657}
```

怎样展示这些结果比较好？这取决于你有多"π 幸运"。对于那些出生于 1992 年 4 月 15 日（4/15/92）的人来说，他们的生日字符串出现在第 3 位。（仅有部分位置的数字对应日期字符串。）出生于 1960 年 11 月 23 日（11/23/60）的人，他们的生日字符串就非常遥远，出现在第 9 982 546 位。事实上，大部分人的生日在 π 中的位置是相当"遥远"的（平均位置是第 306 150 位）。

我们的艺术总监有一个想法，那就是用一条先向里而后向外的螺旋线来展示这种长数字序列。很快，他就写出了对应的代码（Wolfram 语言最伟大的特点之一就是非工程师也可以用它来写代码）。

数字序列展示方法的设计

接下来就是把这个代码部署到网站上。有了 Wolfram 云（Wolfram Cloud），这基本上就是一行代码可以搞定的事！所以，现在你就可以去访问 MyPiDay 网站了……

4.2 为每个人准备的"一块"π

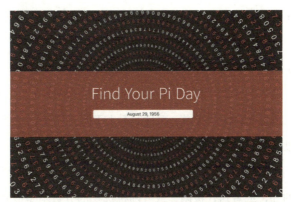

MyPiDay,一个查找指定日期在 π 中位置的网站

……然后你就可以得到你自己的那"一块"π!

查找结果。图中显示,1956 年 8 月 29 日(8/29/56)出现在 π 的第 25 781 位

4.3 π中的科学

说了这么多π的事情,我忍不住要说一些有关π的科学。首先,为什么π这么有名呢?因为它是圆的周长与直径的比值。这意味着π将出现在大量的科学公式中,而且远不止于此。(例如,大多数人从未听说过椭圆中π的类似物——第二类完全椭圆积分[①]。)

π还出现在大量数学情境中,包括许多似乎与圆无关的情境,比如负幂的和,或者迭代极限,或者随机选择的分数不是最简分数的概率。

如果仅仅观察这个数字序列,π的 3.141 592 6…看起来似乎没什么特别。但是假设我们随机构建公式,然后对它们进行传统的数学运算,比如对数列求和、积分、求极限等,我们会得到许多结果,比如 0,或者 1/2,或者 $\sqrt{2}$。其中很多情况根本没有封闭解。但是,如果人们能找到一个确定解的话,我的经验是,通常情况下结果中会包含π。

一些其他常数也会在结果中出现,例如自然对数的底 e(2.1718…)、欧拉常数(0.5772…)或者卡塔兰常数(0.9159…),但是π出现的频率要高得多。

或许数学本可以以不同的方式构建,但是至少在我们人类构建的数学体系中,π是一个可广泛使用的存在,于是很自然地,我们给它起了一个特别的名字,并且它变得非常有名——现在甚至有一个

[①] 第二类完全椭圆积分通常用符号 $E(k)$ 表示,是椭圆积分的一种特殊形式。椭圆积分在数学和物理学中有广泛的应用,而第二类完全椭圆积分是其中一个重要的类型。

日子是用来庆祝它的。

其他常数呢？"生日字符串"在其他常数的某个位置也会出现。就像 Wolfram|Alpha 试图找到数的闭合形式一样，人们通常会在数字所在的位置和选用哪个常数之间进行权衡。打个比方，我的生日字符串出现在 π 的第 151 653 位，e 的第 241 683 位，$\sqrt{2}$ 的第 45 515 位，$\zeta(3)$ 的第 40 979 位，还有斐波那契数列[①]中第 1601 项的第 196 位。

4.4　π 的随机性

我们来画一幅图，当 π 中的各位数字大于等于 5 时，曲线向上，反之向下：

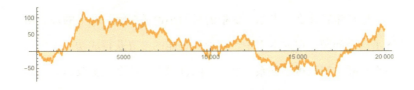

它看起来就像是随意的漫步。实际上，所有针对数字的随机性进行的统计学测试和密码学测试（除了那些只是问"这些是 π 的数字吗？"之类的测试）都表明，它们看起来是随机的。

---

① 斐波那契数列指的是这样一个数列：1, 1, 2, 3, 5, 8, 13⋯。这个数列从第 3 项开始，每一项都等于前两项之和。

为什么会这样？我们有相当简单的流程用于生成 π 的数字，但是值得注意的是，即使这些流程是简单的，它们的输出结果依然复杂到看起来完全随机。在过去，人们没有用于思考这种行为的知识背景，但这正是我花费多年时间研究各种系统后，在《一种新科学》中写下的内容。从某种意义上说，"人们可以在圆周率中找到任何生日"这一事实与我的一般计算等价性原理等概念直接相关。

4.5 数字中的 SETI

当然，我们没有找到 π 数字的规律性，但这并不意味着其规律就不存在。事实上，如果我们进行大规模搜索，我们可能会在 π 数字的很遥远的位置发现一些奇怪的规律。

这意味着什么？卡尔·萨根的科幻小说《接触》在书的最后回答了这个问题。在这本书中，对地外智能的搜寻获得成功，人们与一个星际文明取得了联系，这个文明创造了一些令人惊叹的人工制品。书中解释说，在 π 非常靠后的数字中，他们发现了智能的信息，它就像一个圆的编码图片。

起初人们认为，在 π 的数字中寻找"智能"是荒谬的，毕竟只是一个确定的简单的算法生成了这些数字。但是如果我的猜想是正确的，我们的整个宇宙或许恰恰也是如此，所以它的历史的每一个细节原则上都是可以计算的，就像 π 的数字一样。

现在我们知道，在宇宙中我们自己就是智能的一个例子。SETI

试图寻找其他的例子，其目标非常明确，即搜索"类人智能"。但是，正如我的计算等价性原理指出的，我认为很难明确地在"智能的"和"纯计算的"之间画一条明确的界线。

如果百年来的数学猜想是正确的，即 π 的数字是"正规的"（normal），这意味着每一个可能的序列都会在这些数字中出现，包括莎士比亚的所有作品，或者任何其他文明创造的其他人工制品。但是，是否会有其他一些结构，甚至是一些更普通的结构，能证明如智能这样复杂的问题的产生？

虽然从概念上讲这可能很简单，但想象一个类似人类的智能文明潜伏在 π 的数字中，而不是 SETI 探索的物理世界中，这让人感到更奇怪。但是，如果我们对智能这一概念进行推广，情况就不那么清楚了。

当然，如果我们看到来自脉冲星磁层的复杂信号，我们会说这"只是物理"，而不是"磁流体动力学文明"进化的结果。同样，如果我们在 π 的数字中看到一些复杂的结构，我们可能会说这"只是数学"，而非某些"数论文明"的成果。

人们可以从 π 的数字序列推广到任何数学常数的表示，这些数学常数很容易用传统的数学运算来指定。有时在这些表述中有一些简单的规律，但往往存在明显的随机性。寻找其他数据结构的项目与物理世界中的 SETI 非常相似。（然而，一个不同之处在于，作为一个研究对象，π 是基于我们物理世界的结构、我们的大脑和我们的数学发展被选择出来的，而宇宙中可能没有这样的选择，除了我们存在于其中这一事实之外。）

第 4 章　π 还是派：庆祝本世纪的 π 日

我已经做了一定的探索，寻找表示 π 等数的规律，还没有发现什么重要的东西。任何规律都必须容易被发现，当然，也有可能需要 SETI 这样的努力才能揭示这些规律。

眼下，让我们一起庆祝本世纪的 π 日吧，做些有趣的事情，比如在 π 的数字中找到自己的生日！当然，像我这样的人还是不禁想知道，到 2115 年的下一个"世纪 π 日"，无论是 SETI 还是"数字中的 SETI"，将取得怎样的成功……

第 5 章
物理学的终极可能是什么

2009 年 10 月 9 日

技术史上到处都是最初声称不可能但后来却做成的事情。那么在物理学中什么是真正不可能的呢？在我们了解终极物理学理论之前，我们对这个问题的答案还有很多未知之处。即使我们了解了那些理论（假设是可能了解的），我们仍然可能搞不清楚什么是可能的。

尽管如此，我们还是先开始，从数学上什么是可能的这个比较简单的问题出发。

在数学史上，尤其是在 19 世纪，人们发现了许多"不可能的结果"，比如化圆为方①、三等分一个角、求解五次方程，等等。但是这些并不是真正不可能，从某种意义上说，它们只是在一定的数学技术水平下不可能实现。

例如，如果只允许使用平方根和其他根式，解五次方程是不可能的。但是写出一个五次方程的解的有限公式（比如利用椭圆函数）是完全有可能的。实际上，在 20 世纪早期，出现了这样一种观点，即数学最终不会有这样的不可能，相反，可以建立越来越复杂的形式结构，最终允许以某种有限的方式进行任何可以想象的数学运算。

---

① 指生成一个与给定圆面积相等的正方形。

例如，人们或许想要处理一个无穷级数或者一个无限集合。通过某种方式，它们可以有符号化的表述，并且关于它们的一切都可以用有限的方式计算出来。

然而，在1931年，人们认识到这个观点是不正确的。依据哥德尔定理，从某种程度上说，数学永远不能被归结为有限活动。从算术和基本数论的标准公理系统出发，哥德尔定理表明，有些问题不能用有限的数学步骤序列来解答，对于给定的公理系统，这些问题是"不可判定的"。

人们或许仍然认为，从某种意义上说，这个问题是"技术问题"：只需要更强的公理系统，一切就会变得有可能。但是哥德尔定理表明，在标准数学理论中，任何有限的公理集都不可能覆盖所有可能的问题。

起初，人们并不清楚这个结论到底有多普遍。有一种想法认为，也许存在着一系列超限的理论使一切成为可能——这甚至可能是人类思维的原理。

但是在1936年，随着图灵机的出现，人们对可能和不可能有了新的理解。这里的关键是通用计算的概念：一个通用图灵机可以接受一个有限的程序，使它能做任何图灵机都能做的事情。

这意味着无论一个图灵机的技术有多么复杂，它所能做的不可能超出一个通用图灵机能做的事情。因此，如果有人问一个问题，例如，图灵机在无限时间后的行为可能是什么（比如说，机器是否达到了特定的"停机"状态），或许没有系统性的有限方法来回答这个问题，至少对于图灵机来说是这样。

但是，如果是图灵机之外的东西呢？

随着时间的推移，人们提出了各种其他的计算过程模型。一个令人惊讶的事实逐渐显现，即所有看似实用的东西最终都是等价的。哥德尔定理中使用的原始数学公理系统也等价于一个图灵机，其他符合逻辑的模型也是如此，这些模型不仅可能构成一个计算过程，而且可能构成一种建立数学体系的方法。

或许在数学之外，还存在建立一套正式系统的截然不同的方法。但是至少在数学中，根据刚才定义的，我们可以明确证明存在不可能。我们可以证明存在真正的无限，并且不能被有意义地归纳为有限。

例如，我们知道存在涉及整数的多项式方程，没有有限的数学过程来确定方程是否有解（来自希尔伯特第十问题[①]）。它并不像普通的五次方程那样，随着时间的推移，会发展出一些更复杂的数学技术，从而找到解决方法。相反，在将数学作为一个公理系统的体系中，根本不可能存在一个有限的一般过程。

所以从某种程度上说，数学中是存在"真正的不可能"的。

然而，具有讽刺意味的是，数学作为人类活动的一个领域，往往没有表现出这种感觉。事实上，比起物理领域，人们更加普遍相信，随着时间的推移，任何数学领域人们有兴趣的问题都将被解决。

这种信念存在的很大一部分原因是，那些不可判定的（或者实际上不可能的）问题，往往是复杂的和人为的，并且似乎与是否有数学兴趣并不相关。我自己在探索数学泛化方面的工作有力地证明

---

① 能否通过有限步骤来判定不定方程（又称丢番图方程）是否存在有理整数解？这是希尔伯特1900年在巴黎国际数学家大会上的演说中提出的二十三个重要数学问题中的第十题，于1970年由苏联数学家马季亚谢维奇最终证明。

了不可判定性实际上离我们更近了。事实上,表面上的无关性只是数学作为一个领域所遵循的狭窄的历史道路的反映。从某种程度上说,故事总是一样的:理解它可以揭示一些在物理学中不可能的事情。这里的问题是计算的通用性。那么计算通用性的门槛在哪里?

如果可以在一个特定类型的系统或问题之内实现计算通用性,那么在某种程度上这个系统或问题与其他任何系统或问题一样,具备无法用通用方法进行归约的复杂度。我一次又一次地发现,通用性及其痕迹存在于远比人们想象的要简单得多的系统和问题中。

我的猜测是,今天未解决的著名数学问题里,很大一部分并不是因为缺乏数学技术而没有解决,而是因为它们与通用性有关,所以它们从根本上就不可能被解决。

然而,物理学呢?

在数学的不可能和物理学的不可能之间,存在直接的对应关系吗?答案是这取决于物理学是由什么组成的。如果我们可以成功地把所有物理学问题都归纳成数学问题,那么数学的不可能在某种程度上就成了物理学的不可能。

在现代计算研究的最初几十年里,人们认为各种计算模型主要代表人类工程师或者数学家建立的表示过程,无论是机械、电子还是数学领域。但随着元胞自动机等模型的兴起,问题越来越明显,即这些模型及其所代表的计算过程,可能与物理学中的实际过程是对应的。

传统的物理学公式是用偏微分方程或者量子化场来表示的,这使得对应关系很难被观察出来。但是,随着越来越多的物理学模型的实现被放在了计算机上,情况变得更加清晰。

第 5 章 物理学的终极可能是什么

有这样两个常见的技术问题。第一是传统物理学模型倾向于使用连续变量来表示。第二是传统物理学模型不倾向于直接说明系统的行为是什么样的，相反，它仅仅定义一个方程来约束系统的行为。

在现代，物理系统中好的模型通常以类似于传统数字计算的形式建立，具有离散变量，并随时间进行显式演进。但是即使是传统物理学模型，在某种程度上也还是计算性的。因为我们知道即使包含连续变量和待解方程，我们依然可以利用诸如 Mathematica 一类的工具，计算出相当多的传统物理模型。

Mathematica 当然是运行在普通的数字计算机上的，但关键是它可以用符号来表示物理模型中的实体。例如，可以用一个变量 x 来表示一个连续的位置。但是对于 Mathematica 来说，实体只是一个有限长度的符号，可以用有限的计算来操作。

很显然有一些问题是不能在符号层面上被解决的，比如说一些理想粒子的精确位置，是无法用实数来表示的。但是如果我们构建一个实验或者一个装置，用有限的符号化方式来定义它，然后我们就可以通过有限的计算过程来回答有关它行为的所有问题了。

但这毫无疑问是错误的，因为在标准物理理论体系中存在计算通用性，这一点似乎是必然的。结果就是，必定存在无法用有限的方法来解答的问题。一个特定的三体引力系统（或者一个理想化的太阳系）是永远稳定的吗？或者，其存在某种任意复杂形式的不稳定性吗？

当然，事情甚至可能比这更糟糕。

例如，关于一个通用图灵机，有一些问题就无法回答，如它是否会从给定的输入到达停机状态。但是在抽象层面上，人们当然可以想象构建一种可以回答这些问题的设备：它会做某种"超计算"。为这种超计算的框架层级构建正式理论是相当简单的。

通常我们定义传统数学公理系统时，这些事是不在考虑之列的。但是它们可以是物理学的一部分吗？我们不确定。事实上，在传统的物理学数学模型中，这是一个棘手的问题。

对于类似图灵机的普通计算模型而言，它基于有限的规范对给定的输入进行处理。因此，我们可以很容易地识别出，某个长而复杂的计算输出是真正归因于系统的运行，还是以某种方式通过初始条件注入系统的。

但是传统的物理学数学模型往往具有用实数指定的参数。在精确实数组成的无限位数字序列中，原则上人们可以封装各种信息，包括超出图灵机计算能力的结果表。通过这种方法，可以很容易地对图灵机进行设置，使传统的物理学数学模型看起来像是在进行超计算。

然而这真的可以用真实的物理组件来实现吗？

我对此表示怀疑。因为如果假定人们建构的任何设备，或者做的任何实验，必须基于一个有限的描述，那么我怀疑将永远不可能在传统物理学模型范围内构建出超计算。

在类似图灵机的系统中，计算也是有鲁棒性和一致性的概念的。大型模型、初始条件和其他设置在计算层面上是等价的。但是当超计算存在时，这些设置的细节会对可以达到的计算水平产生很大的影响，并且，对于什么可能、什么不可能的问题，不存在固定的答案。

在传统的物理学数学方法中，我们倾向于将数学视为一般形式，其在某些特殊情况下适用于物理学。但是如果物理学中存在超计算，则意味着在某种程度上我们可以构建物理工具，帮助我们达到数学的新水平，从而解决数学难题，尽管不是用数学的形式。虽然在每个层面上都存在类似哥德尔定理的原理，超计算在物理中的存在还是某种程度上克服了数学中的不可能性，例如，给我们求解所有整数方程的方法。

那么，这会是我们宇宙的实际运行方式吗？

从现有的物理学模型我们还无从得知。直到我们有了基本的物理学理论，我们才能最终知道。

究竟有没有可能得出基本的物理学理论？我们还是不确定。有可能像超计算那样，关于宇宙如何运行，永远不会有一个有限的描述。但是，宇宙确实显示出秩序，并且似乎遵循明确的定律，这是一个基本的观察结果，也是所有自然科学的基础。

是不是存在一套完整的规律，它为整个宇宙的运行提供有限的描述？在我们找到这个有限的描述，即终极基础理论之前，我们不确定。

人们可以争论这个理论可能会是什么样。它是有限的，但是非常大，就像今天的计算机操作系统一样？或者它不仅仅是有限的，而且还很小，就像计算机的几行代码一样？我们还不知道。

看看我们正在经历的物理宇宙的复杂性和丰富性，我们可能会假设，一个基础理论（如果它存在的话）将必须反映这些复杂性和丰富性，并且它本身在某种程度上也会相应地复杂。但是我曾花费多年时间研究可能的理论的宇宙，即简单程序的计算宇宙，一个明确的结论是，在这个计算宇宙中，即使在结构极其简单的极短的程序中，也很容易发现巨大的复杂性和丰富性。

我们真的能够在这个由可能的宇宙组成的计算宇宙中找到我们的物理宇宙吗？我不确定。当然，这也不意味着我们不能这样做。因为在我对计算宇宙的研究中，我已经发现了一些候选宇宙，我不能排除它们就是我们物理宇宙的可能模型。

如果我们的物理宇宙的确存在一个小型的终极模型，那么不可避免地，我们通常所体验到的熟悉的宇宙特征会很少在该模型中可见。对于一个小模型，某种程度上来说没有空间去定义很多内容，比如空间的维数、能量守恒或者粒子的光谱，也不可能存在任何空间承载与我们常规意义上的空间或时间概念直接对应的东西。

我不确定这个模型的最佳表示方式应该是什么。事实上，不可避免的是，会有许多看似截然不同的表示，只有付出一些努力才能证明它们是等价的。

我研究过一个特定的表示方法，它涉及建立大量的节点，连接在一个网中，并根据一些本地重写规则重复更新。在这个表示中，人们可以枚举可能的宇宙，指定它们的初始条件并更新规则。有些候选宇宙很显然不是我们的物理宇宙，因为它们不具备时间的概念，或者它们的不同部分之间没有沟通，或者它们空间的维度是无限多的，又或者有其他一些明显的致命问题。

但事实证明，有大量的候选宇宙已经显示出显著特征。例如，任何具有一定鲁棒性的时间概念的宇宙，都会在适当的极限条件下表现出狭义相对论的特性。更重要的是，对于任何表现出有限维守恒的宇宙，以及产生一定水平的有效微观随机性的宇宙，时空都在很大程度上遵循爱因斯坦广义相对论方程。

值得强调的是，我正在讨论的模型在某种意义上比物理学通常研究的模型要完整得多。因为在传统的物理学研究中，找到方程可能就足够了，方程的一个解就代表了宇宙的某些特性。但在我研究的模型中，要有一个正式的系统，它从一个特定的初始状态开始，然后明确地演进，以便在每个细节上重现我们宇宙的精确演化。

人们或许会认为这种决定论的模型与我们已知的量子力学是相悖的。但是实际上模型在细节层面上的特质似乎与量子力学是一致的。比如说，它的网络特性使得在三维空间的大规模极限水平上违反贝尔不等式[①]是完全合理的。

所以如果事实证明有可能为我们的宇宙找到一个这样的模型，这意味着什么？

从某种意义上说，它把所有的物理学都归纳成了数学。得出我们的宇宙未来会发生什么会变得和得出 π 的数字一样，只需要逐步应用一些已知的算法即可得知。

不用说，如果事物就是这样运作的，我们将立刻证实超计算在我们的宇宙中不会发生。相反，只有那些对于图灵机这样的标准计算系统来说是可能的事物，才能存在于我们的宇宙中。

但这并不意味着知道我们的宇宙中什么是可能的变得容易了，因为这就是计算不可归约性的现象产生的原因。

[①] 贝尔不等式（Bell's inequality）是理论物理学中一个有关是否存在完备局域隐变量理论的不等式。实验表明，贝尔不等式不成立，说明不存在关于局域隐变量的物理理论可以复制量子力学的每一个预测（即贝尔定理）。

当我们观察一些系统，比如说一个图灵机或者一个元胞自动机的演进，系统经历了一些步骤来确定它的输出。但是我们可能会问，是否存在某种方法可以减少得出结果所需的计算工作量，即可以在计算上减少系统的演进？

从某种意义上说，传统理论物理学的很大一部分都是基于这样的假设，即这种计算归约是可能的。我们希望找到预测系统行为的方法，而不必显式地跟踪这个系统实际演进中的每一步。

但是，要使计算归约成为可能，在某种意义上，计算系统行为的实体在计算上必须比系统本身更复杂。

在过去，人类凭借所有的智慧，所做的计算会比物理学中的系统更复杂，这似乎是毫无争议的。但从我对计算宇宙的研究来看，越来越多的证据表明，存在一个通用的计算等价性原理，这意味着即使是规则非常简单的系统，也可以与任意复杂方式构建的系统具有相同的计算复杂度。

结果是许多系统将展现出计算不可归约性，因此它们的演进过程不能被其他系统"超过"，并且，实际上研究系统行为的唯一方法就是观察它们的显式演进。

这会产生很多影响，尤其是会使确定一个基本的物理学理论变得非常困难。

我们假定有一个候选理论，即一个宇宙的候选程序，我们如何才能知道这个程序是否的确是我们的宇宙的程序呢？如果我们刚开始执行这个程序，我们可能很快就会发现它的行为足够简单，以至于我们可以有效地在计算上简化它，并轻而易举地证明这不是我们的宇宙。

但是如果它的行为很复杂，并且是计算不可归约的，我们就不能这么做了。在寻找我们宇宙的候选模型的实际操作中，这的确是一个主要问题。我们能做的就是希望有足够的计算可归约性，以便在模型宇宙中识别已知的物理定律。

如果宇宙的候选模型足够简单，那么在某种意义上，一个模型与另一个模型之间总是有相当大的差别，于是连续的模型往往会表现出非常明显的不同行为。这意味着，如果一个特定的模型再现了我们实际宇宙的任何合理数量的特征，那么在这类简单模型中，它很有可能就是唯一一个具备这种特性的模型了。

但是，让我们想象一下，我们已经找到了宇宙的终极模型，我们相信它是正确的，那么我们能计算出宇宙中什么是可能的，什么是不可能的吗？

通常，宇宙中会有某些与计算可归约性相关的特征，由此我们将能够很容易地确定一些定律，这些定律定义了什么是可能的，什么是不可能。

也许这些定律中的一部分与物理学中已经发现的标准对称性和不变性相对应。但在这些可归约的特征之外，还存在着计算不可归约性的无限边界。如果我们实际上把物理学简化为数学，我们仍然必须与哥德尔定理这样的现象做斗争。因此，即使给出了基本理论，我们也无法计算出所有的结论。

如果我们提出一个有限问题，至少从概念上来说，将会有一个有限的计算过程来解答这个问题，尽管在实践中我们可能完全无法执行它。但是为了搞清楚什么是可能的，我们也不得不去解决一些某种意义上并不是有限的问题。想象一下，我们想搞清楚宏观时空虫洞是否可能，我们可以使用宇宙的一些计算可归约的特征来回答这个问题。

但也有可能我们将立即面临计算上的不可归约性，例如，我们唯一的办法就是开始列举宇宙中物质的配置，看看它们中是否有哪一个能最终演化成虫洞。进而这个问题可以演绎成，至少在无限宇宙中，是否存在形式上不可判定的配置，无论其大小如何。

但是，那些在科幻小说中被讨论过的技术又如何呢？

正如我们可以枚举可能的宇宙一样，我们也可以枚举在一个特定宇宙中能够构建出来的所有可能的事物。的确，从我们探索简单程序构成的计算宇宙的经验来看，我们能预料到，即使是简单的构建方法也可以轻而易举地生成极度复杂和丰富的行为。

但是这些东西什么时候能代表有用的技术？

从某种意义上说，技术的普遍问题是找到能在自然界中构建出来的东西，然后将它们与它们所能实现的人类目标相匹配。通常，当我们问一个特定类型的技术是不是可能的时候，我们真正想要问的是这个特定类型的人类目标在实践中是不是可以实现的。要知道这可能是一个令人惊讶的微妙问题，它几乎与理解我们人类的背景一样，在很大程度上取决于对物理学特征的理解。

以各种类型的运输为例，在人类历史的早期，要实现运输东西的目的，几乎唯一的方法就是明确地将东西从一个地方转移到另一个地方。但是如今在很多情况下，对我们人类来说，重要的不是一件事的明确物质内容，而是代表它的抽象意义。而且，通常以光速传输这些信息要容易得多。

第 5 章 物理学的终极可能是什么

所以当我们说"有没有可能把这个用某个速度从这里送到那里"的时候，我们得知道需要运输的是什么。在人类进化的现在这个阶段，我们所做的许多事情都可以用纯粹的信息来表示，并且很容易传输。但是我们人类仍然有一个物理实体，物理实体的运输就是另一个问题了。

不过，毫无疑问，我们总有一天会掌握从纯信息中构建出原子级副本的技术。更重要的是，也许未来我们人类的存在也会变成纯信息化的，从这个意义上说，运输的概念发生了变化，仅仅是运输信息就可能完全实现我们的人类目标。

说事情不可能有不同的理由。理由之一是，对应该实现的目标的基本描述毫无意义。例如，如果我们问"我们能构建一个宇宙，在这个宇宙里 2+2=5 吗"，那么，从 2+2=5 这个符号的意义来看，我们可以推断出，无论我们处于什么宇宙中，它都永远不会被满足。

还有其他类型的问题，它们的描述似乎一开始就没有意义。例如"创造另一个宇宙可能吗"。如果宇宙的定义是万事万物，那从定义上来说答案很显然是"不可能"。然而创造其他宇宙的一些模拟当然是可能的。的确，在可能的程序构成的计算宇宙中，我们能很容易地枚举出无限数量的可能的宇宙。

对于我们这些物理实体来说，这些模拟显然与我们实际的物理宇宙是不同的。但是考虑到未来人类可能已经被转换成纯信息形式，我们可以想象到那时，把我们的经验传输到某些模拟宇宙中，从某种程度上来说我们就纯粹存在于其中了，正如我们现在存在于我们的这个物理宇宙中一样。

第 5 章 物理学的终极可能是什么

从这个未来视角的观点来看,创造其他宇宙似乎完全有可能。

那么时间旅行呢?这里也显然有定义问题。因为如果宇宙有一段明确的历史,且只有一条时间线,那么任何穿越到过去的时间旅行所造成的影响,都必然被反映到宇宙所展示出来的整个历史上。

我们经常会这样描述传统物理模型(比如时空结构),说过去决定了系统的未来。但最终这类模型只是关联系统不同参数的方程,并且很可能存在这样的系统配置,其中的方程不能轻易被视为"过去决定未来"。

在特定类型的配置下,哪些反常可能会发生,这很可能是不可判定的。但是当未来似乎会影响过去时,这个底层的方程意味着时间维度上的某种一致性条件。当人们考虑简单的物理系统时,这类一致性条件似乎并不显著;但是,当人们把它们与人类的经验,以及记忆和进步的特征结合起来时,它们似乎更加奇怪和矛盾了。

在古代,人们可能会想象,进行时间旅行,意味着将他们或者他们的某些方面投射到遥远的未来。事实上,今天,当人们看到数千年前为来世书写的作品、建造的模型时,人们会感觉时间旅行的概念已经实现了。

同样,当人们想到过去时,分子考古学等技术重建事物的精度越来越高,这给了我们一些东西,至少在历史的某个时刻,这些东西看起来像时间旅行。

事实上,出于对计算不可归约性这一重要问题的考虑,在信息层面上,我们可以合理地期望重建过去并预测未来。所以如果我们人类的存在是纯信息化的,那么在某种意义上,我们将能够自由地

第 5 章 物理学的终极可能是什么

在时间中旅行。

然而，计算不可归约性的警告是一个关键问题，它影响了许多过程和技术的可能性。

我们可能会问，是否有可能做一些类似还原打散的鸡蛋的事情，或者在某种意义上逆转时间。热力学第二定律[①]一直认为这种事情是不可能的。

在过去，人们并不清楚热力学第二定律的根本基础是什么。但了解了计算不可归约性以后，我们终于可以看到它的坚实基础了。它的基本想法是，许多系统的历时演化是在对与系统初始条件相关的信息进行"加密"，使任何可行的测量或者其他过程都无法识别它们原来的样子。因此实际上，需要一个拥有强大计算能力的麦克斯韦妖[②]来解读这一演化。

然而，在实践中，随着我们用于技术的系统越来越小，以及我们的实际计算能力越来越强，进行这种解读的可能性也越来越大。事实上，这是近年来出现的各种重要控制系统和信号处理技术的基础。

什么样的技术水平可以实现什么样的有效时间反转，这个问题在一定程度上取决于计算的理论问题。例如，如果 P! = NP，那么那些关于可能的逆转的问题，必然需要极大的计算资源。

围绕预测，有很多关于什么是可能的问题。

物理学中的传统模型倾向于否定预测的可能性，原因有两个：

[①] 热力学第二定律揭示，自然界中进行的涉及热现象的宏观过程都具有方向性，一个孤立热力学系统中的熵不会减小，即不会从无序变为有序。

[②] 麦克斯韦妖（Maxwell's demon），由英国物理学家詹姆斯·克拉克·麦克斯韦（James Clerk Maxwell）于 1867 年提出的一种假想的妖怪，能探测并控制单个分子的运动。这个假想实验是为了说明违反热力学第二定律的可能性而提出的。

其一，模型通常被假定为不完整的，因此它们描述的系统会受到外界未知的、不可预测的影响；其二是量子力学，在传统的表述中，量子力学本质上是概率性的。

即使在传统的量子表述中，当人们试图描述从实验的构建到结果测量的整个序列时，人们对会发生什么也从未完全清楚。例如，目前仍然不清楚是否有可能产生一个完全随机的序列，或者实际上制备和测量设备的操作是否总在防止这种情况发生。但正如我所研究过的基础物理学候选模型那样，即使在量子力学中并不存在终极随机性，通往预测的道路上仍然存在另一个关键障碍——计算不可归约性。

人们可能思考过随着时间的推移，人类会有某种智能上的飞跃，这种飞跃可以让我们的后人能够预测物理世界发生的任何他们想知道的事。

但计算不可归约性意味着总是存在限制。可能取得进展的地方将有无数的可归约性。但最终，宇宙的实际演化在某种意义上实现了某种不可归约的东西——它只能被观察到，而不能被预测。

如果宇宙中有一些外星智慧，他们结合起来试图计算宇宙的未来，那会怎么样呢？

我们为我们的智慧和文明在计算方面取得的成就感到骄傲。但计算等价性原理表明，自然界中的许多过程在计算复杂度方面最终是等价的。因此，从某种意义上说，宇宙已经和我们一样智能，无论我们在技术上发展什么，都无法超越这一点。我们只是通过我们的技术，以我们认为可以实现特定目标的方式引导宇宙。

第 5 章 物理学的终极可能是什么

然而，如果正如我所怀疑的那样，宇宙的整个历史是由一个特定的、也许很简单的底层规则所决定的，那么我们在某种意义上会处于一个更加极端的境地中。

因为在某种意义上，宇宙只有一种可能的历史。因此，在某种程度上，这定义了一切可能性。但关键是，要回答关于这段历史的某些具体问题，需要不可归约的计算工作，因此，在某种意义上，我们对于什么是可能的仍然有无限惊奇，我们可能仍然会感觉我们是以自由意志行事的。

所以未来技术的限制会是什么样的？

现在我们拥有的几乎所有技术都是通过传统的工程方法创造出来的：通过一步步构建所需要的东西，始终保持一切足够简单，以便我们能够预见结果。

但是如果我们用我们的技术搜索计算宇宙会发生什么？探索计算宇宙的发现之一是，即使非常简单的程序也可以表现出丰富和复杂的行为。然而我们能把这一点用于技术吗？

答案似乎往往是肯定的。实现这一点的方法论还并不完全清楚。但近年来，我们自己的技术开发项目已经在越来越集中地使用这种方法。

人们定义了一些特定的目标，比如生成哈希码、求解数学函数、创建音乐片段或者识别出一类语言形式。然后，人们在计算宇宙中搜索出一个程序来实现这个目标。搜索得到的满足需要的最简单的程序也可能会非常复杂，并且超出了枚举搜索方法的范围。但计算等价性原理表明，情况往往不会如此——在实践中，情况似乎确非如此。

第5章 物理学的终极可能是什么

事实上，人们经常发现，令人惊讶的简单程序就能实现各种复杂的目标。

然而，并不像传统工程创造出来的东西，这些程序是否在以我们人类容易理解的方式运行，是没有限制的。事实上，人们会经常发现它们不以人类容易理解的方式运行。相反，从某种意义上说，它们的运行方式更像自然界中的许多系统：我们可以描述它们要什么样的整体目标，但是我们不能轻易理解它们是怎么实现的。

今天的技术从某种程度上看起来很有规律，表现出简单的几何或信息主题，比如旋转运动或迭代执行。但从计算宇宙中"挖掘"出来的技术通常看起来不会这么简单。它看起来更像自然界中的许多系统，而且在某种意义上，它的资源利用更高效，更接近计算的不可归约性。

根据定义，一个系统可以被描述为用于实现某种特定的目标，这意味着它的行为具有一定的计算可归约性。

但关键是，随着技术的进步，我们可以预见计算可归约性的出现会越来越少，而这仅仅是工程或历史发展的结果；相反，我们可以看到越来越多的完全计算不可归约性的出现。

从某种意义上说，这是一种特殊情况，是计算等价性原理强加给我们的。我们可能相信，我们的智慧、我们的技术和我们所居住的物理宇宙都会有不同程度的计算复杂度。但是计算等价性原理表明，它们并非如此。因此，即使我们努力创造出复杂的技术，我们最终无法赋予它任何根本性的更高水平的计算复杂度。事实上，在某种意义上，我们所能做的一切，就是与自然界已经发生的事情相等。

第 5 章 物理学的终极可能是什么

这种等价性对我们认为可能的事情有着本质的影响。

今天，我们正处于将人类智慧和人类的存在与计算和技术相结合的早期阶段。但随着时间的推移，这种结合毫无疑问会完成，我们人类的存在在某种意义上将通过我们的技术来实现。其间大概会有一个渐进的优化过程。这样，随着时间的推移，我们思想和活动的核心将仅由一些微观物理效应的复杂模式组成。

但从外部来看，自然界中的许多系统同样表现出微观物理效应的复杂模式。计算等价性原理告诉我们，在我们所有文明和技术发展的过程中，以及仅在自然界发生的过程中，最终不可能有不同水平的计算复杂度。

我们可能认为，与未来人类活动相对应的过程会以某种方式表现出一种目标感，而这种目标感是仅在自然界中发生的过程所无法实现的。但最终，我们所定义的目标只是历史的一个特征，这个特征是由我们文明演进的特定细节所定义的。

就像我们可以枚举可能的计算、物理和生物系统一样，我们当然可以以某种计算方式枚举所有可能的目标。迄今为止，在人类历史上，我们只追求了所有可能的目标中的一小部分。也许我们文明有意义的未来将只包含对我们迄今为止所追求的东西进行的一些适度外推。

那么，在物质宇宙中，我们可以期待实现哪些目标呢？我猜想，一旦我们的存在实际上成为纯计算性的，我们将能够在某种意义上对事物进行编程，从而实现广泛的目标。今天，我们的物质存在是明确的、固定的，为了在我们的宇宙中实现一个目标，我们必须塑

133

造物理组件。但是，如果我们的存在是纯计算性的，我们就不仅可以塑造外部的物理宇宙，而且在某种意义上也可以塑造我们自己的计算结构。

其结果是，决定我们宇宙中某个特定目标能否被实现的，将更多地是计算不可归约性等一般抽象问题，而不是关于我们宇宙特定物理定律的问题。当然，我们原则上可以定义一些目标，但这些目标永远无法实现，因为它们需要无限数量的不可归约计算。

迄今为止，在我们的科学、技术和理性思维的一般方法中，我们都倾向于关注那些并非因计算不可归约性而不可能实现的目标，尽管我们可能无法在我们当前存在的背景下看到如何用物理组件来实现这些目标。当我们推断我们文明的未来时，我们的目标将如何演变，以及它们将在多大程度上与计算不可归约性纠缠在一起，进而它们是否可能实现，我们尚不清楚。

因此，从某种意义上说，我们最终认为物理学中什么是可能的，更多取决于人类目标的演变，而不是物理宇宙的细节。从某些方面来说，这是一个令人满意的结果，因为它表明，我们所能达到的成就最终不会被物理宇宙的细节所束缚。对我们未来的制约将不是物理学的限制，而是更深层次的限制。我们不会因为我们所处的特定物理宇宙的特定细节，而被迫朝着特定方向前进。但是，我们可以将其视为计算等价性原理的最终结果，对可能性的约束将是计算宇宙一般性质的抽象特征。它们将不再是物理学的问题，而是计算宇宙中的一般性科学问题。

第 6 章

我的技术人生——在计算机历史博物馆的演讲

2016 年 4 月 19 日

我通常把时间花在创造未来上。同时我也研究了相当多的历史，我发现历史真的很有趣而且内容丰富。这些通常是别人创造的历史，但是今天美国计算机历史博物馆[①]让我谈谈我自己的历史，以及我所创造的技术的历史。以下就是我要讲的。

这一刻让我感到无比激动，经过 30 多年的努力，终于有一些事情瓜熟蒂落，这也是本周我在湾区[②]所谈论的主要话题。

我要讲的重点是 Wolfram 语言，它实际上是一种全新的基于知识的语言，其中内置了尽可能多的关于计算以及世界的知识。而且该语言为程序员进行了最大限度的自动化，这样人们就可以尽可能直接地从关注计算转变为关注实现。

我想在这里谈谈这一切是如何发生的，以及像 Mathematica 和 Wolfram|Alpha 这样的东西是如何出现的。

---

① 美国计算机历史博物馆（Computer History Museum，CHM）是一家成立于 1996 年的博物馆，位于美国加利福尼亚州芒廷维尤。该博物馆展示信息时代的故事和文物，探索计算机革命对社会的影响。
② 美国加利福尼亚州北部的一个大都会区，主要城市有旧金山、奥克兰、圣何塞等。文中所述计算机历史博物馆就位于此地区。

当然,我要谈论的很多事情实际上都是自己的故事,基本上是我如何用我一生中大部分时间来构建一个庞大的技术和科学体系的故事。蓦然回首,过去所发生的一些事情似乎是不可避免的,也有一些事情是我意料之外的。

请让我从头开始。我于1959年出生在英国伦敦,所以,是的,至少以我目前的标准来看,我已经很老了。我父亲经营了一家小公司,从事了将近60年的纺织品国际贸易,并且他还写过几部"严肃小说"。我母亲是英国牛津大学的哲学教授。我上次在美国斯坦福大学书店的时候,还碰巧看到了她写的哲学逻辑教科书。

我记得五六岁的时候,在一个聚会上,我和一群成年人在一起,感到无聊。不知何故,我最后和一些大概是牛津大学有名的哲学家聊了很长时间。交谈的最后我听到他们说:"总有一天那个孩子会成为哲学家,但可能需要一段时间。"嗯,他们是对的。这件事的发展还真有点儿可笑。

右图是当时的我。

我是在牛津龙①上的小学,我想这可能是英国最著名的小学。现在,维基百科似乎认为我

---

① 牛津龙小学(Dragon School, Oxford)是一所坐落于英国牛津郡的私立小学,是牛津大学的预备学校。

和演员休·劳里（Hugh Laurie）[①] 是我们班里最著名的人物。

下图是我 7 岁时的一份学校成绩单，表中的排名是班级排名。所以，是的，我在诗歌和地理方面成绩不错，但数学方面不行。（此外，这是英国学校，所以学校里教“圣经研究”，至少当时是这样的。）但至少成绩单里说“他充满勇气并且坚定，他终将成功”……

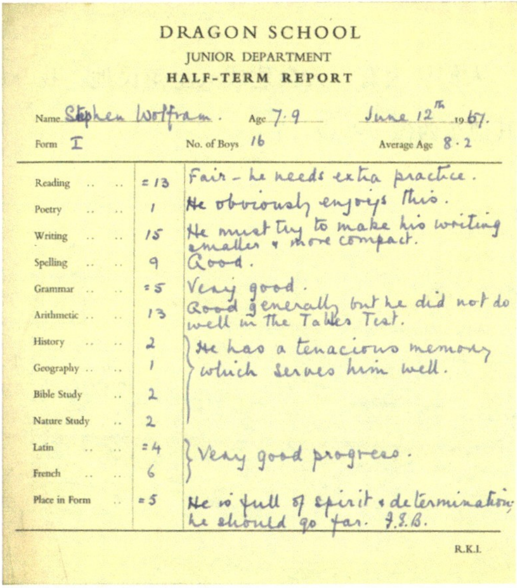

DRAGON SCHOOL
JUNIOR DEPARTMENT
HALF-TERM REPORT

Name Stephen Wolfram. Age 7·9 June 12th 1967.
Form I No. of Boys 16 Average Age 8·2

Reading	=13	Fair – he needs extra practice.
Poetry	1	He obviously enjoys this.
Writing	15	He must try to make his writing smaller + more compact.
Spelling	9	Good.
Grammar	=5	Very good.
Arithmetic	13	Good generally but he did not do well in the Tables Test.
History	2	He has a tenacious memory which serves him well.
Geography	1	
Bible Study	2	
Nature Study	2	
Latin	=4	Very good progress.
French	6	
Place in Form	=5	He is full of spirit + determination; he should go far. J.S.B.

R.K.I.

那是 1967 年，我在学习拉丁语和其他东西，但我真正喜欢的是未来。当时发生的面向未来的大事是太空计划。我对此非常感兴趣，并开始收集我能收集到的关于所有发射过的航天器的信息，并把这些信息汇总成小册子。我发现，即使是在英国，人们也可以写信给美国国家航空航天局（NASA），把这些了不起的东西免费邮寄给他们。

① 英国演员、导演、制片人，主要作品有《豪斯医生》《夜班经理》等。

第 6 章 我的技术人生——在计算机历史博物馆的演讲

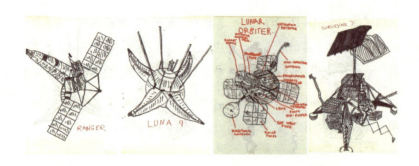

在那时，人们认为有一天会建成火星殖民地，我开始为此，也为航天器和其他东西做一些设计：

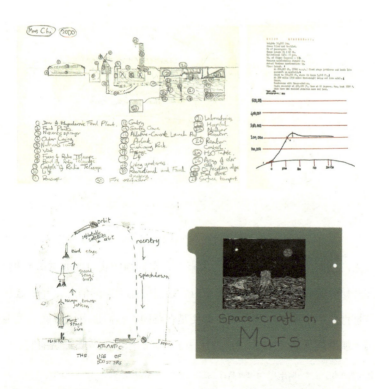

这让我对推进技术、离子推进器之类的东西产生了兴趣。到我 11 岁的时候，我真正感兴趣的是物理学。

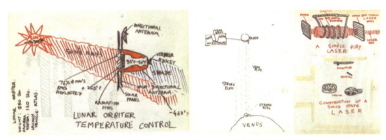

作者在其他物理领域的设计手稿，如左图"月球轨道器温度控制系统"

我发现，如果一个人多读书，他能很快学到东西，这与学校无关。我选择学习物理学各个领域，并尝试整理相关的知识。12 岁之前，我花了一整个夏天的时间把我能积累到的关于物理学的所有知识整理在了一起。是的，我想你可以将其中的一些内容称为"可视化"。还有，就像许多其他内容一样，它们现在被放在了网上：

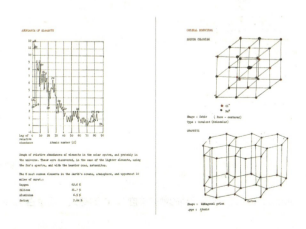

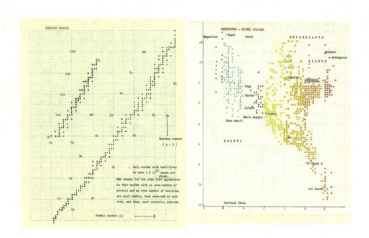

几年前,大约在 Wolfram|Alpha 问世的那段时间,我又发现了它们,我想:"天哪,我一生都在做同样的事情!"然后,我开始输入我 11 岁或 12 岁时算过的东西,看看 Wolfram|Alpha 是否正确。当然,它做到了:

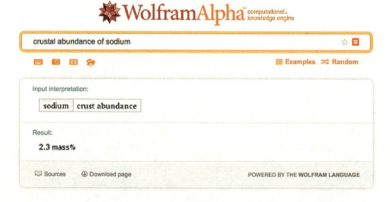

在 Wolfram|Alpha 上搜索"钠的地壳丰度",得到结果"质量占 2.3%"

12岁的时候,按照英国的传统,我去了一所所谓的公立学校,但它实际是一所私立学校。我上的是最著名的伊顿公学,这所学校大约是在哥伦布到达美洲之前50年建立的[①]。而且,令人印象深刻的是,我还在1972年获得了新生中的最高奖学金。

是的,那时每个人都一直穿着燕尾服,而且国王学院的学生们,比如我,还穿着长袍,它有极好的防雨等功能。我想我是有意避开了这些一年一度的"哈利·波特式"的合影,只有一次例外:

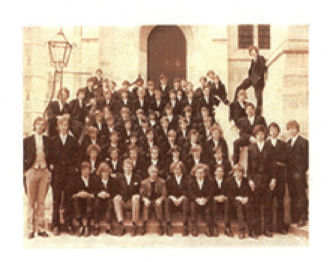

在那些拉丁语、希腊语和燕尾服的日子里,我过着一种双重生活,因为我真正的激情在于学物理。

13岁那年夏天,我整理了一份粒子物理学的总结。

[①] 英国伊顿公学(Eton College)由英王亨利六世于1440年建立,因此后文也称其为"国王学院"。哥伦布于1492年首次到达美洲大陆。——编者注

第 6 章 我的技术人生——在计算机历史博物馆的演讲

而且我有了一个重要的"元发现":即使是一个孩子,他也可以发现一些东西。我开始试着回答关于物理学的问题,要么从书中寻找答案,要么自己解决。在 15 岁的时候,我开始发表关于物理学的论文。是的,当你把论文寄给物理学期刊时,没有人会问你多大了。

作者在伊顿公学时的一篇论文,题为《强子电子?》

第 6 章 我的技术人生——在计算机历史博物馆的演讲

12 岁那年,我第一次去伊顿公学,当时发生了一件对我很重要的事情:我认识了我的第一台计算机,它是一台 Elliott 903[①]。下图不是我实际使用的那一台,但和它类似:

它是通过我的一位老师诺曼·劳特利奇(Norman Routledge)[②]来到伊顿公学的,劳特利奇老师是艾伦·图灵(Alan Turing)[③]的朋友。它有 8 千字节的 18 位铁氧磁芯存储器,通常需要利用纸带或者麦拉带[④]对其进行编程,使用的是一个名为 SIR 的 16 指令汇编程序。

---

① Elliott 903 是一款彼时相对廉价的通用计算机,用于教育机构、工业研究和设计部门、在线工业和科学应用及数据处理工作。
② 英国数学家、教师。
③ 英国数学家、计算机科学家、逻辑学家、密码学家、哲学家和理论生物学家。图灵在理论计算机科学的发展中具有很高的影响力,为算法和计算的概念提供了形式化的图灵机,图灵机可以被视为通用计算机的模型。他被广泛认为是理论计算机科学和人工智能之父。
④ Mylar tape,一种聚酯薄膜带,其与纸带可作为打孔带使用。在早期计算机应用中,需要通过在带上打孔的形式编程,将其输入计算机,孔代表二进制数据,从而形成二进制指令。——编者注

143

第 6 章 我的技术人生——在计算机历史博物馆的演讲

SIR 汇编程序的说明书

打孔带在通过光学读取器后,会被丢进箱子,所以似乎最重要的技能是尽快倒带。

总而言之,我想利用计算机学习物理。12 岁时,我得到了这本书:

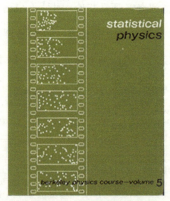

《统计物理学》(伯克利物理学教程第 5 卷)

封面上的图像应该是对气体分子的模拟，它显示出不断提高的随机性和熵。几年后，我偶然发现这张图片其实是假的。但当时，12 岁的时候，我真的很想用计算机来复现它。

这没那么容易。分子位置应该是实数，分子间必须有一个碰撞算法……为了在 Elliott 903 上实现这一功能，我最终将许多东西简化，得到了一个二维元胞自动机。

直到十年后，我在元胞自动机方面有了一些重大发现。但由于我在定义元胞自动机的规则方面没那么走运，我最终没有发现任何东西。最后，我在 Elliott 903 上的最大成就是为它编写了一个打孔带加载器。

打孔带

用于重要程序的麦拉带的最大问题是它会带静电，并且孔可能被纸屑堵住，因此，比特位可能会被误读。针对我的加载器，我后来想出了纠错代码，一经设置，如果校验失败，磁带就会在读取器中停止，你可以将它向后拉几英尺①，抖掉纸屑后重新读取。

① 英美制长度单位，1 英尺合 30.48 厘米。——编者注

16岁的时候,我已经发表了一些物理学论文,并开始在物理学界为人所知。我离开了学校,去了一家名为卢瑟福实验室[1]的英国政府实验室工作,在那里从事粒子物理研究。

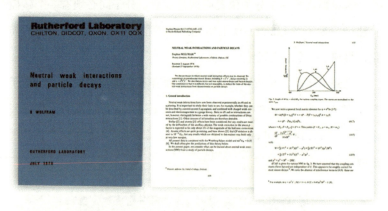

作者在卢瑟福实验室期间发表的论文,题为《中性弱相互作用与粒子衰变》

前文中我7岁时的成绩单上说我数学成绩不行。当我开始使用计算尺时,情况变得好多了。到了1972年,我又用上了计算器——我是很早就开始使用计算器的人。但我从来不喜欢做学校的数学题,或者一般的数学计算。不过,在粒子物理学中有很多数学问题需要解决,所以我不喜欢数学的确是一个问题。

在卢瑟福实验室,有两件事对我很有帮助。第一,我可以用一台有绘图仪的惠普(HP)台式计算机做非常好的交互式计算;第二,我可以用Fortran[2]在一台能处理更复杂事务的大型计算机上编程。

---

[1] 全称卢瑟福—阿普顿实验室(Rutherford Appleton Laboratory,RAL),建立于1921年,是位于英国牛津郡的一个多学科、综合性大型国家实验室。
[2] 一种适合数值计算和科学计算的通用编译命令式编程语言。

第 6 章 我的技术人生——在计算机历史博物馆的演讲

离开卢瑟福实验室后,我去了牛津大学。很快,我就发现这是个错误的决定。不过那时候学生可以不去听课,所以我可以躲起来做物理学研究。大部分时间,我都待在核物理大楼的一个漂亮的、有空调的地下室里,那里的终端能连接到大型计算机和阿帕网①。那是 1976 年,我第一次使用计算机做符号数学、代数之类的事情,粒子物理学中的费曼图涉及很多很多的代数。

时间回到 1962 年,有三位物理学家在欧洲核子研究组织②会面,并决定尝试使用计算机来做代数运算。他们用了三种不同的方法来做这件事。一位物理学家用 Fortran 编写了一个叫 ASHMEDAI 的系统;一位物理学家受美国斯坦福大学的约翰·麦卡锡(John McCarthy)③影响,用 LISP④编写了一个名为 Reduce 的系统;另一位物理学家用 CDC 6000 系列超级计算机⑤的汇编语言编写了一个叫 Schoonschip⑥的系统,并用荷兰语写了助记符。几年后,其中一位物理学家获得了诺贝尔奖,他就是蒂尼·费尔特曼(Tini Veltman)⑦,那个用汇编语言编写 Schoonschip 的人。

---

① 阿帕网(Advanced Research Project Agency Network,ARPANET)全称高级研究计划局网络,是由美国国防部高级研究计划署主导开发的一个分布式计算机网络,也被认为是互联网的雏形。
② 欧洲核子研究组织(European Organization for Nuclear Research,通常由法语名称简称为 CERN)是世界上最大的粒子物理实验室,也是万维网的发源地。
③ LISP 语言发明人,美国斯坦福大学人工智能实验室主任,人工智能之父。
④ 历史悠久的高级编程语言,旨在处理复杂的数据结构。它在人工智能研究中得到了广泛的应用。
⑤ CDC 6000 系列是控制数据公司(Control Data Corporation,CDC)在 20 世纪 60 年代制造的大型计算机系列。这些大型固态通用数字计算机在当时都非常快速和高效,在名为 SCOPE(程序执行的监督控制)的操作系统的控制下,执行科学和商业数据处理,以及多道程序设计、多道处理、分时和数据管理任务。
⑥ Schoonschip 是由荷兰物理学家蒂尼·费尔特曼于 1963 年开发的计算机代数系统。该工具为粒子物理学和高能理论领域的研究人员提供了强大的支持和帮助。——编者注
⑦ 荷兰理论物理学家,1999 年诺贝尔物理学奖获得者。

Reduce、ASHMEDAI、Schoonschip 三个系统的用户手册

不过，在 1976 年的时候，除了这些系统的创造者，很少有人使用它们。但我开始逐一使用它们。然而，我最喜欢的是另一个完全不同的系统，叫 Macsyma[①]。它是自 20 世纪 60 年代中期以来，美国麻省理工学院用 LISP 编写的。它运行在 PDP-10 计算机[②]上。对于我，一个 17 岁的英国孩子来说，能用阿帕网访问它真的很重要。

它是 236 号主机，所以我会输入"@O 236"，然后就会进入一个交互式操作系统。SW（斯蒂芬·沃尔弗拉姆的英文缩写）这个登录名已经被人占用了，所以我以 Swolf 的名字开始使用 Macsyma 系统。

1977 年的夏天，我在美国阿尔贡国家实验室[③]度过，那里的人们也很放心让一名物理学家待在大型计算机的房间里。

---

① Macsyma 是首批能够操作复杂数学表达式的计算机系统之一，比如，可以操作代数或微积分中的表达式。
② 一种大型计算机。
③ 阿尔贡国家实验室（Argonne National Lab，ANL）是美国政府最早建立的国家实验室，也是美国最大的科学与工程研究实验室之一。

第 6 章 我的技术人生——在计算机历史博物馆的演讲

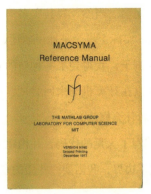

Macsyma 系统参考手册

然后在 1978 年,我去加州理工学院读研究生。那时候,我觉得我是世界上最大的计算机代数用户。这是何等巧妙,我可以非常容易地计算出所有代数问题。我一度很喜欢在我的物理学论文里写一些令人难以置信的、华丽的公式,这样我就可以得知是否有人读了这些论文,因为我会收到询问的信:"你是如何从前一行中推导出某某行的?"

作者的论文,其中包含复杂的公式及推导

我以擅长计算而闻名。当然，我其实名不符实，因为做这些的不是我，而是计算机。实际上，公平地说，还是有一部分是我做的。通过计算大量不同的例子，我得到了一种新的直觉。我自己并不擅长计算积分，但我可以在计算机上来回尝试，我凭直觉知道该尝试什么，然后做实验看看什么修改有效。

我为 Macsyma 编写了大量的代码，并构建了整个体系。1979 年的某个时候，我走到了边界，我需要一些新的东西了。

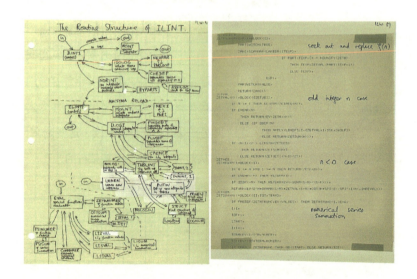

1979 年 11 月，就在我 20 岁时，我把一些论文整理成毕业论文，并获得了博士学位。几天后，我在瑞士日内瓦访问欧洲核子研究组织时思考了我在物理学方面的未来。我能确信的一件事情是，我需要一个能超越 Macsyma 的系统让我继续做计算。那时，我决定为自己构建一个系统，我便即刻开始设计这个系统，并手写下它的功能说明书。

起初，我将它设计为"代数机械手"。但我很快意识到，我实际上必须让它所能做的远远超出代数运算。我熟悉当时大多数通用计算机语言，包括 ALGOL[①] 一类的语言，以及像 LISP 和 APL[②] 这样的语言。但出于某种原因，它们似乎都无法实现我想要的全部能力。

所以，我运用了我在物理学研究中学到的方法：我试图深入研究，以找到事物的原子，也就是其基本元素。即便是没有我母亲的哲学逻辑教科书，我也还是了解一些数理逻辑，并熟悉尝试使用逻辑来表达事物的历史。

这种形式化努力的整个历史确实有趣，涉及亚里士多德、莱布尼茨、弗雷格、皮亚诺、希尔伯特、怀特海、罗素，等等。但这是另一个话题了。1979 年时，正是对这类事物的思考促使我想到了我

---

① ALGOL 是早期的一种算法语言，这种语言是算法的一种描述工具，是介于机器语言和数学语言之间的一种通用语言。
② APL（A Programming Language）是一种对话性的交互式程序设计语言，包括许多构造与处理数组有关的运算符号。

的设计，即基于符号表达的思想，对其进行转化。

我把我想构建的系统命名为 SMP（Symbolic Manipulation Program，符号操作程序），并开始从加州理工学院周围招募人帮助我。理查德·费曼来参加了一系列会议，我和他一起讨论 SMP 的设计，他提供了许多关于人机交互快捷方式的想法。我得承认，我当时觉得这些方法不够"优雅"。与此同时，物理系刚刚得到了一台 VAX 11/780 计算机[①]，经过一番争论，我们给它安装上了 Unix 操作系统。还是这时，一名年轻的物理学研究生罗布·派克（Rob Pike）[②]说服我，应该用"未来的语言"——C 语言来编写系统的代码。

我非常擅长写 C 语言代码，有一段时间平均每天写一千行。在一些五颜六色的字符集的帮助下，到 1981 年 6 月，SMP 的第一个版本和我编写的一本大部头文档书问世了。

SMP 系统文档书

---

① VAX 11/780 计算机属于美国 DEC 公司 VAX（Virtual Address eXtension，虚拟地址扩展）系列，于 1977 年推出，是第一台实现 VAX 架构的计算机。
② 加拿大程序员、作家，Go 编程语言之父，曾在美国贝尔实验室工作。

你可能会问：那么我们还能看到 SMP 吗？在我们实现 SMP 的时候，我有一个聪明的想法，我们应该通过加密来保护源代码。正如你所想，从 30 多年前直到前些时候，没人记得密码。

当时我还有另一个好主意，我使用了修改版 Unix crypt 程序来进行加密，我想着这样会更安全。几年前，作为 Mathematica 成立 25 周年纪念的一部分，我们做了一个众包项目来破解加密，最后破解成功了。然而麻烦的是，编译这些陈旧的代码并不容易，但多亏了一名 15 岁的志愿者，我们现在其实已经有了一些东西可以运行。

现在，使用 VAX 虚拟机模拟器，我就能 30 年来首次公开展示 SMP 的运行版本：

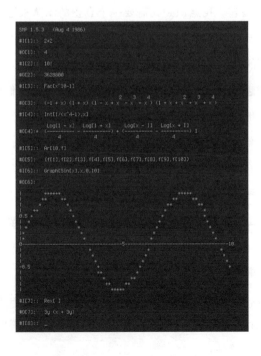

SMP中有好的想法，也有不怎么好的想法。Schoonschip的作者蒂尼·费尔特曼向我提的一个建议，就是一个不怎么好的想法——用浮点来表示有理数，这样可以利用许多处理器上运行更快的浮点指令。还有许多其他的坏想法，比如，使用了内存垃圾收集器，它必须在运行时抓取堆栈并重新对齐指针。

也有一些有趣的想法，比如我所说的"投影"——本质上是函数和列表的统一。它们的结合精妙绝伦，但在柯里化（currying），即我所谓的分层方面有点混淆。还有一些奇怪的边界情况，是关于几乎具有连续整数索引的向量的。

但总的来说，SMP工作得相当好，非常有用。所以接下来的问题是如何发展它。我意识到我需要一个真正的团队来继续开发它，而最好的办法是以某种方式使它商业化。但当时我是一个21岁的物理学教授型的人，对商业一无所知。

所以我想，应该去大学的技术转让办公室，问问他们该怎么做。但事实证明他们并不知道，因为，正如他们所解释的，"大多数教授不会来找我们，他们直接自己开公司"。"好吧，"我说，"我能那样做吗？"就在那时，一位律师，也就是技术转让办公室的人，拿出教师手册，看了一遍，然后说："可以，手册说有版权的材料归作者所有，软件也有版权，所以，是的，你可以做任何你想做的。"

于是我试着开了一家公司。不过事情并不那么简单，因为大学突然不让我继续做这件事了。

几年前，我在访问加州理工学院时，偶然遇到当年担任教务长的95岁的老伙计，他最终为我补充了他所谓的"沃尔弗拉姆事件"的其余细节。这事比人们能想象的还要离奇，我不会在这里全部说出来。我能讲的是，故事始于1929年，加州理工学院博士后阿诺德·贝克曼（Arnold Beckman）[①]声称拥有pH计的知识产权，并创办了贝克曼仪器公司（Beckman Instruments）。他于1980年出任加州理工学院董事会主席。基因测序技术是在加州理工学院发明的，然而"走出校园"后却变成了应用生物系统公司（Applied Biosystems）[②]，这件事让他非常生气。

不过我创办的公司经受住了这场风暴，尽管我最终离开了加州理工学院。加州理工学院后期出台了一项奇怪的软件所有权政策，这在很长一段时间里影响了他们计算机科学专业的招聘工作。

我并没有运作好当时创办的计算机数学公司（Computer Mathematics Corporation）。我找了一个年龄比我大一倍的人来做首席执行官。很快，事情开始偏离我认为有意义的方向。

我最喜欢的疯狂时刻之一是产生进入硬件行业并构建一个运行SMP的工作站的想法。当时没有工作站有足够的内存，而68000处理器[③]还不能操作虚拟内存。所以我们制定了一个方案，用两个68000处理器去执行不同步的指令，如果第一个处理器遇到了缺页中断，它会停止另一个处理器，并去取数据。我觉得这太疯狂了。然后，我碰巧去了斯坦福大学，遇到了一名叫安迪·贝希托尔斯海姆（Andy Bechtolsheim）[④]的研究生，他正在展示用纸板箱做机箱的斯坦福大学网络（Stanford University Network，SUN）工作站。

[①] 美国化学家、发明家，创建了肖克利半导体实验室，该实验室成为美国硅谷的发端。
[②] 应用生物系统公司（ABI）是赛默飞世尔科技公司生命技术品牌下的众多品牌之一。该品牌专注于基因分析的集成系统，包括计算机化机器和其中使用的耗材（如试剂）。
[③] 摩托罗拉公司的半导体部门（现已独立为Freescale公司）1979年发布的复杂指令集微处理器。
[④] 德国电气工程师，美国太阳微系统（Sun Microsystems）公司联合创始人。

然而更糟糕的是，那是 1981 年，当时有观点认为专家系统形式的人工智能很热门。于是，公司与另一家做专家系统的公司进行了合并，成立了推理公司（Inference Corporation）（它最终在纳斯达克上市，股票代码是 INFR[①]）。SMP 那时候是公司的摇钱树，以每份拷贝约 4 万美元的价格卖给工业和政府研究实验室。但是那些风险投资家都坚信未来是专家系统的，所以没过多久，我就离开了。

彼时，我成了高校知识产权政策方面的专家，并最终去了美国普林斯顿高等研究院工作。那里的院长说了一句很吸引人的话，既然他们在冯·诺伊曼死后"放弃了计算机"，他们现在对任何东西要求知识产权都没有多大意义。

我投身基础科学研究，在元胞自动机方面做了很多工作，并发现了一些我认为非常有趣的事情。这是我和我的 SUN 工作站，上面正跑着元胞自动机（是的，软体动物看起来挺像元胞自动机）：

---

① 现在纳斯达克的 INFR 并不是推理公司的股票代码，同时也查不到推理公司的相关信息，译者推测其已退市。

第 6 章 我的技术人生——在计算机历史博物馆的演讲

我还做一些咨询工作,主要是技术战略方面的。这很有教育意义,尤其在于能帮别人看到不应该去做的事情。我为思维机器公司[①]做了很多事情。我认为我最重要的贡献是跟丹尼·希利斯(Danny Hillis)一起看电影《战争游戏》(*War Games*,1983 年)。当走出电影院时,我对丹尼说:"也许你的计算机也应该有闪烁的灯光。"(闪烁的灯光最终成为连接机[②]的一大特色——它功成身退到博物馆以后,这个功能当然也很重要。)

我主要从事基础科学的研究工作,"因为这很容易"。我决定做一个软件项目,构建一个我们称之为 IXIS 的 C 语言解释器。我雇用了一些年轻人,其中一个是下村努(Tsutomu Shimomura)[③],我已经从几次黑客灾难中救出了他。我还犯了一个可怕的错误,写了一些没人愿意写的无聊代码——一个(相当优美的)文本编辑器,但是整个项目最终被搞砸了。

那时我与计算机行业也有各种各样的互动。我记得内森·米尔沃尔德(Nathan Myhrvold)当时是普林斯顿大学的一名物理学研究生,他来找我,问我如何发展他开发的一个窗口系统。我的基本建议是"把它卖给微软"。很凑巧,内森后来成为微软的首席技术官。

大约在 1985 年,我已经完成了一系列我非常满意的基础科学研究,并且我试图以此为基础开启我所谓的复杂系统研究领域。我最

[①] 思维机器公司(Thinking Machines Corporation)是一家超级计算机制造商和人工智能公司,它将丹尼·希利斯在麻省理工学院关于大规模并行计算架构的博士研究成果转化为连接机。到 1993 年,世界上四台最快的计算机都是连接机。公司后来被太阳公司收购。

[②] 连接机(connection machine)认为并行处理依赖于建立连接,它为单个任务协调多个处理器。希利斯模拟人类大脑的模型,创造性地用 65536 个简单的单位处理器在 12 维超立方体中互连。连接机被广泛应用于实时股票市场交易、人工智能、流体动力学等。

[③] 日裔美籍计算机安全专家、计算物理学家。

终加入了一个叫格兰德河研究所（Rio Grande Institute）的机构，即后来的美国圣塔菲研究所（Santa Fe Institute），并鼓励他们致力于这类研究。但我还是不确定他们能否成功，于是我决定创办自己的研究所。

我到很多大学去游说，美国伊利诺伊大学最终接受了合作。讽刺的是，部分原因是他们觉得这将有助于他们获得贝克曼基金会（Beckman Foundation）的资助——事实上他们确实做到了。所以在1986年8月，我去了伊利诺伊大学，来到美国芝加哥以南100英里的尚佩恩—厄巴纳地区的玉米地。

我认为我在招聘教师和为新的复杂系统研究中心做准备方面做得非常好，伊利诺伊大学也实现了它的目标。但几周后，我开始思索这是不是个大错误。我把所有的时间都花在了管理事务和筹集资金上，而不是真正从事科学研究。

所以我很快想出了替代方案。与其让别人帮我做我想做的科学研究工作，不如我先把事情安排好，这样我就可以自己尽可能高效地研究科学。而这意味着两件事：首先，我必须拥有尽可能好的工具；其次，我需要一个尽可能好的环境。

在做基础科学研究的时候，我不断使用不同的工具，比如，有时用SMP，更多时候用C语言，又有时用PostScript[①]，还有图形库和其他工具。我花了很多时间才把它们整合到一起。于是我决定尝试建立一个单一的系统，它可以做所有我想做的事情，而且我期望它能跟随我的想法一直发展下去。

---

① Adobe公司创建的一种常用于电子出版和桌面出版领域的页面描述语言。

与此同时，个人计算机刚刚发展到了可以运行这样一个系统的程度。根据我构建 SMP 的经验，我非常明白什么该做，什么不该做。因此，我开始设计和构建 Mathematica。

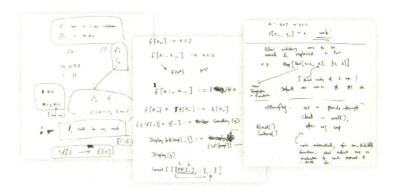

作者早期的 Mathematica 设计笔记

我的设想是先撰写需求文档。我还写了一堆核心代码，例如模式匹配器，有相当多的代码至今依然存在于系统中。Mathematica 的设计在许多方面都没有 SMP 那么激进和极端。SMP 所坚持的想法是将一切转换为符号，但在 Mathematica 中，我的目标是设计一种语言，它有效地封装所有可能的范式，这样编程时就可以思路顺畅，无缝思考。

当然，一开始 Mathematica 并不叫这个名字，它实际上曾经被称为 Omega（欧米伽），也用过其他名字，比如 Polymath（博学家）、Technique（技术），我这儿还有个产品名列表。令我震惊的是，很多这里列出的名字，甚至是令人反感的名字，这些年来实际上已经被用于产品中。

产品名列表,包括一些"可能的产品名"和三个"不可能的产品名",
均为数学、物理、计算机等领域词汇或其组合、改写

同时,我还开始研究如何围绕这个系统创建一家公司。我最初的设计有点儿像 Adobe 当时正在用 PostScript 做的事情:我们去构建核心品牌(即知识产权,intellectual property,IP),然后授权给硬件公司进行捆绑销售。碰巧,第一个对此感兴趣的人是当时正在做 NeXT 计算机的史蒂夫·乔布斯(Steve Jobs)。

与史蒂夫沟通的重要价值之一是我们谈到了产品的名称。我在学校里学了很多拉丁语,所以我曾想过"Mathematica"这个名字[①],但我觉得它太长太呆板。史蒂夫却坚决要求"就是这个名字",并且他有一套关于以通用词命名并使其富有吸引力的完整理论。最后他说服了我。

---

① 这个名字来自拉丁语的"数学"。——编者注

我花了 18 个月的时间来实现 Mathematica 的第一个版本。彼时我仍然是伊利诺伊大学物理学、数学和计算机科学教授。但除此之外，我每天醒着的时候都在开发软件，后来还用它做成了一笔买卖。

我们与 NeXT 公司的史蒂夫·乔布斯达成了一项协议，将 Mathematica 捆绑到 NeXT 计算机上：

作者与史蒂夫·乔布斯签订的软件许可协议

我们还做了很多其他的交易：通过安迪·贝希托尔斯海姆还有比尔·乔伊（Bill Joy）[1]跟美国太阳微系统公司合作，通过福雷斯特·巴斯克特（Forest Baskett）[2]跟美国硅图（Silicon Graphics）公司[3]合作，通过戈登·贝尔（Gordon Bell）[4]与克利夫·莫勒（Cleve Moler）[5]跟 Ardent 计算机公司合作，通过安迪·赫勒（Andy Heller）

---

[1] 威廉·纳尔逊·乔伊（William Nelson Joy），通称比尔·乔伊，美国计算机科学家，太阳微系统公司联合创始人。
[2] 美国硅图公司前研发高级副总裁兼首席技术官。
[3] 高性能计算、数据管理和虚拟化产品的主要提供商。
[4] 美国数字设备公司（DEC）的早期员工，设计了 PDP 计算机，负责 VAX 计算机系统的开发。Ardent 计算机公司联合创始人。
[5] MATLAB 的创造者，MathWorks 联合创始人，曾在 Ardent 计算机公司工作。

和薇姬·马克施泰因（Vicky Markstein）跟 IBM 公司的 AIX/RT 部门合作。

最后，我们将发布日期定在了 1988 年 6 月 23 日。

同时，我写了一本名为《Mathematica：一种通过计算机进行数学计算的系统》(*Mathematica: A System for Doing Mathematics by Computer*)的书，作为系统的文档，将由美国艾迪生—韦斯利（Addison-Wesley）出版公司出版，这是本次发布活动中交付周期最长的成果。结果，时间非常紧张，因为这本书里充满了花哨的 PostScript 图形——显然没有人能想出来如何用足够高的分辨率进行渲染。最终，我带着硬盘找到一个在加拿大开照相排字公司的朋友，我和他在他的照相排字机上磨了一个周末，然后，我飞到美国波士顿的洛根机场把完成的胶片交给了艾迪生—韦斯利公司的制作人员。

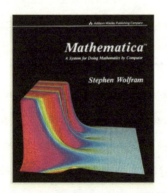

《Mathematica：一种通过计算机进行数学计算的系统》

我们决定在硅谷圣克拉拉市的科汇公司（TechMart）发布 Mathematica。当时 Mathematica 因为 640K 内存的限制还不能在

MS-DOS下运行,因此,它唯一的消费者版本是苹果Macintosh版本。在发布的前一天,我们把磁盘装进盒子里,然后把它们送到帕洛阿尔托市的ComputerWare商店①。

这次发布活动举办得很好。史蒂夫·乔布斯来了,尽管他当时并没有真正"公开露面"。来自苹果公司的拉里·特斯勒(Larry Tesler)②勇敢地亲自做了一个演示。太阳微系统公司的约翰·盖奇(John Gage)③特地让所有演讲者在同一本书上签名:

---

① 全称ComputerWare: MacSource,曾经是美国最大的Macintosh独家经销商。
② 拉里·特斯勒受到乔布斯邀请加入苹果公司,参与了一系列苹果产品的研发,包括Macintosh、QuickTime、Lisa计算机和Newton掌上电脑。
③ 约翰·盖奇是太阳微系统公司的第21位员工,他创造了太阳微系统公司的"网络就是计算机"(The Network is the Computer)这一标语。

Mathematica 就是这样面世的。《Mathematica 全书》(*The Mathematica Book*)[①]成了书店里的畅销书,从此人们开始了解如何使用 Mathematica。看到各年龄段、各科学领域的几乎从未使用过计算机的人开始自己计算东西,真是太棒了。

翻阅注册卡很有趣,能看到很多有趣的、著名的名字,有时候还有些反差效果。比如,我刚刚在《时代》(*Time*)杂志上看到一篇关于罗杰·彭罗斯(Roger Penrose)[②]和他新书的文章,标题是《那些计算机是傻瓜》("Those Computers Are Dummies")……但后来我又发现了罗杰的 Mathematica 注册卡。

早期的 Mathematica 注册卡

作为 Mathematica 发展的一部分,我们最终与几乎所有可能的计算机公司进行了交流,并收集了各种奇异的机器信息。有时这会派上用场,比如当莫里斯蠕虫(Morris worm)[③]病毒通过互联网传播时,

---

[①] 作者撰写的全面介绍 Mathematica 的图书。——编者注
[②] 英国数学家、数学物理学家、科学哲学家,诺贝尔物理学奖获得者。
[③] 历史上第一次在互联网上造成广泛影响的计算机蠕虫病毒。

我们的网关机器是一个搭载日本操作系统的奇怪的索尼（Sony）工作站，不在病毒的攻击范围内。

我还做过各种各样的移植尝试。我最喜欢的是在 Cray-2[①] 上的移植。我们费了九牛二虎之力才把 Mathematica 编译好，总算准备好进行第一次计算了。有人敲下 2+2，我不骗你，结果是“5”。我认为这是整型与浮点表示的问题。

下图是 1990 年 Mathematica 的定价表，这有点儿像在回顾计算机的历史：

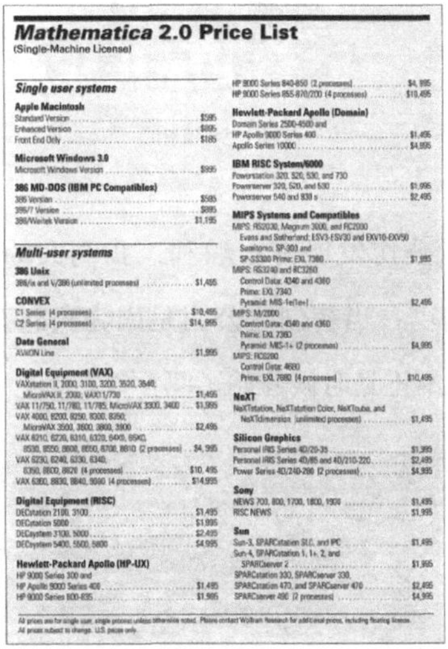

Mathematica 2.0 Price List
(Single-Machine License)

Single user systems

Apple Macintosh
Standard Version $595
Enhanced Version $895
Front End Only $185

Microsoft Windows 3.0
Microsoft Windows Version $995

386 MD-DOS (IBM PC Compatibles)
386 Version $595
386/7 Version $895
386/Weitek Version $1,195

Multi-user systems

386 Unix
386/ix and V/386 (unlimited processes) $1,495

CONVEX
C1 Series (4 processes) $10,495
C2 Series (4 processes) $14,995

Data General
AVION Line $1,995

Digital Equipment (VAX)
VAXstation II, 2000, 3100, 3200, 3520, 3540;
MicroVAX II, 2000; VAX11/730 .... $1,495
VAX 11/750, 11/780, 11/785, MicroVAX 3300, 3400 .... $1,995
VAX 4000, 6200, 6250, 6300, 6350;
MicroVAX 3500, 3600, 3800, 3900 .... $2,495
VAX 6210, 6220, 6310, 6320, 6400, 6500,
8530, 8550, 8600, 8650, 8700, 8810 (2 processes) $4,995
VAX 6230, 6240, 6330, 6340,
6350, 8800, 8820 (4 processes) $10,495
VAX 6360, 8830, 8840, 9000 (4 processes) $14,995

Digital Equipment (RISC)
DECstation 2100, 3100 .... $1,495
DECstation 5000 .... $1,995
DECsystem 3100, 5000 .... $2,495
DECsystem 5400, 5500, 5800 .... $4,995

Hewlett-Packard Apollo (HP-UX)
HP 9000 Series 300 and
HP Apollo 9000 Series 400 .... $1,495
HP 9000 Series 800-835 .... $1,995
HP 9000 Series 840-850 (2 processes) $4,995
HP 9000 Series 855-870/200 (4 processes) $10,495

Hewlett-Packard Apollo (Domain)
Domain Series 2500-4500 and
HP Apollo 9000 Series 400 .... $1,495
Apollo Series 10000 .... $4,995

IBM RISC System/6000
Powerstation 320, 520, 530, and 730
Powerserver 320, 520, and 530 .... $1,995
Powerserver 540 and 930 s $2,495

MIPS Systems and Compatibles
MIPS: RS2030, Magnum 3000, and RC2030
Evans and Sutherland: ESV3-ESV30 and EXV10-EXV50
Sumitomo: SP-300 and
SP-SS300 Prime: EXL 7360 .... $1,995
MIPS: RS3240 and RC3260
Control Data: 4340 and 4360
Prime: EXL 7340
Pyramid: MIS-1e(1e+) $2,495
MIPS: M/2000
Control Data: 4340 and 4360
Prime: EXL 7360
Pyramid: MIS-1+ (2 processes) $4,995
MIPS: RC6280
Control Data: 4680
Prime: EXL 7680 (4 processes) $10,495

NeXT
NeXTstation, NeXTstation Color, NeXTcube, and
NeXTdimension (unlimited processes) $1,495

Silicon Graphics
Personal IRIS Series 4D/20-35 .... $1,395
Personal IRIS Series 4D/85 and 4D/210-220 .... $2,495
Power Series 4D/240-280 (2 processes) $4,995

Sony
NEWS 700, 800, 1700, 1800, 1900 .... $1,495
RISC NEWS $1,995

Sun
Sun-3, SPARCstation SLC, and IPC $1,495
Sun-4, SPARCstation 1, 1+, 2, and
SPARCserver 2 .... $1,995
SPARCstation 330, SPARCserver 330,
SPARCstation 470, and SPARCserver 470 .... $2,495
SPARCserver 490 (2 processes) $4,995

All prices are for single user, single process unless otherwise noted. Please contact Wolfram Research for additional prices, including floating licenses.
All prices subject to change. U.S. prices only.

Mathematica 2.0 定价表，包含苹果 Macintosh、微软 Windows 3.0 等多种系统的多种版本定价

当 NeXT 计算机问世时，我们备受鼓舞，它预装了 Mathematica。我认为史蒂夫·乔布斯做了一笔好买卖，因为各种各样的人为了运

① CDC 公司生产的 Cray 系列第 2 代多处理器并行计算的超级计算机。

行 Mathematic 而购买 NeXT。比如，欧洲核子研究组织的理论小组当时的系统管理员蒂姆·伯纳斯—李（Tim Berners-Lee）[①]就决定用这些机器做一个小小的网络实验。

NeXT 计算机

随后的几年，公司发展得很顺利，我们大约有了 150 名员工。我考虑了一下我自己：当初创建公司是因为我想有一种方法来做我的科学研究，现在不正是时候开始了吗？

此外，平心而论，我产生新想法的速度太快了，我担心公司会因此分崩离析。总之，我决定开始半脱产休假——也许六个月，也许一年——去做基础科学研究，然后写一本关于它的书。

[①] 英国计算机科学家，万维网发明者，2016 年度图灵奖得主。

于是,我从伊利诺伊州搬到了奥克兰,就在那里发生大火之前——那场大火[①]差点就烧到了我们的房子。我用 Mathematica 做科学研究,成了一名"远程首席执行官"。好消息是,我有了许许多多的科学发现。这是一种"第一次把望远镜对准天空"的时刻,只是现在我对准的是可能的程序构成的计算宇宙。

简直棒极了,我根本无法停下脚步,因为有越来越多的东西要去发现。总之,我坚持做了十年半。我大部分时间生活在芝加哥,并且多数交流只在线上完成,我全然成了一个隐士……不过,我的前三个孩子是在那个时期出生的,所以我周围还是有人类的。

我本以为公司里会发生"政变"呢,然而并没有。公司继续稳步发展,我们一直在做新的事情。

这是我们的第一个网站,来自 1994 年 10 月 7 日:

[①] 指 1991 年发生于美国奥克兰的大火,造成较大伤亡与经济损失。——编者注

没过多久，我们就开始在网络上进行计算：

一个在线积分计算网站

1996 年，我实际上暂停了我的科研工作，完成了一次 Mathematica 的大版本更新。1988 年时，人们是通过命令行界面来使用 Mathematica 的。其实，它的命令行界面至今还在。**1989^1989** 是我从 1989 年开始用来测试新机器速度的基本计算。实际上，今天一台基础版的树莓派能让人很好地了解它最初的样子。

在 1988 年的 Mac 和 NeXT 上，我们发明了这些我们称之为笔记本（notebook）的东西，它们是混合了文本、图形、结构和计算的文档——这就是用户界面。它非常现代化，有一个整洁的前端/内核体系结构，很容易在远程机器上运行内核。到 1996 年，笔记本有了完整的符号化类 XML 结构表示。

也许我应该谈谈 Mathematica 的软件工程。它的核心代码是用扩展后的 C 语言编写的——其实是我们不得已自己开发的 C 语言的面向对象版本,因为 C++ 在 1988 年还不够高效。即使从一开始,一些代码就使用了 Mathematica 顶级语言(也就是现在的 Wolfram 语言)来编写,多年来,越来越多的代码都是这样编写的。

一开始,让前端在不同的机器上运行是非常具有挑战性的。我们最终在 Mac、NeXT、Microsoft Windows 和 X Windows 上使用了不同的代码库。而在 1996 年,我们的一大成就是将这些合并在一起。然后在将近 20 年的时间里,代码被完美地合并。但现在我们又为桌面、浏览器和移动设备提供单独的代码库了,历史正在循环。

早在 1996 年,我们就有各种各样的方法来宣传新的 Mathematica 第 3 版。最初的《Mathematica 全书》现在已经变得相当厚了,容纳了我们添加的所有内容。

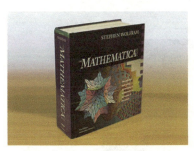

《Mathematica 全书》

我们还有几辆"宣传车",我们称之为"数学车"(MathMobile),它们装载最新的设备,被用作我们的移动广告牌。

到处都有 Mathematica 的身影，它被用于各种各样的事情。当然，有时也会发生疯狂的事情。比如 1997 年，迈克·福尔（Mike Foale）[1]在"和平号"空间站上有一台运行 Mathematica 的个人计算机。出了点儿意外，这台计算机被卡在空间站一个压力不足的地方而无法使用。与此同时，空间站还在翻滚，迈克想用 Mathematica 来调试解决翻滚的问题。于是他在空间站的下一次补给中获得了一份新的 Mathematica 拷贝，并将其安装在一台俄罗斯产的个人计算机上。

不过还有个问题。我们的数字权利管理系统（DRM）马上说："那是一台俄罗斯产的个人计算机，你不能在那里运行美国授权的 Mathematica！"这可能是我们有史以来最奇特的客户服务电话："用户在翻滚的空间站里。"但幸运的是，我们签发了一个不同的密码，解决了版权的问题，最后迈克解出了方程，空间站稳定了下来。

十多年后，在 2002 年，我终于完成了我的科学项目和我的大部头著作：

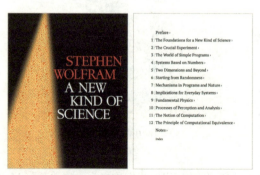

作者的著作《一种新科学》的封面与目录

---

[1] 美国国家航空航天局宇航员。

在我的"科学十年"中,公司一直在稳步发展,我们建立了一个了不起的团队。但我从科学中学到的东西告诉我,我们还能做得更多。我把重心放回公司,这让我耳目一新。我很快就意识到我们所建立的结构可以应用于很多新事物。

数学是 Mathematica 的第一个重要应用领域,但我构建的符号语言比这更通用。看到我们能用它做些什么,真是太令人兴奋了。2006 年我们所做的一件事是用户界面的符号化表示,并使它们能够通过计算来创建。这催生了诸如我们的 CDF(Computable Document Format,可计算文档格式),以及我们的 Wolfram 演示项目(Wolfram Demonstrations Project)这样的事物。

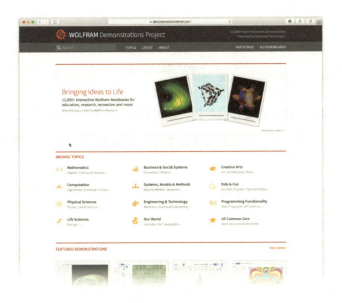

Wolfram 演示项目网页

我们开始做各种各样的实验,很多进行得很顺利,有些则偏离了轨道。我们想做一张海报,上面有我们所知道的关于数学函数的所有事实。它一开始是一张小海报,但后来变成了 36 英尺长……最终成了拥有超过 30 万个公式的 Wolfram 函数网站。

关于数学函数的海报

那是手机铃声流行的年代,我也想要个性化的铃声,所以我们想出了一个方法,用元胞自动机来合成各种各样的铃声,然后我们把它放在了网上。这实际上是一次有趣的人工智能创意体验,并且音乐人也很喜欢它。但在与手机运营商周旋了 6 个月后,我们几乎没有卖出一个铃声。

第 6 章 我的技术人生——在计算机历史博物馆的演讲

WolframTones（Wolfram 铃声）网站

但是，无论如何，作为多年来一直只运营 Mathematica 的单一产品公司，我们开始有了新想法，我们不但可以为 Mathematica 添加新东西，而且还可以发明各种其他东西。

我提到过，当我还是个孩子的时候，我对现在我所谓"使知识可计算化"很感兴趣：利用人类文明的知识，建立一种可以自动计算问题答案的东西。很长一段时间以来，我一直认为要做到这一点，需要制造某种类似大脑的人工智能。大约在 1980 年，我研究了神经网络，但没有得到什么有趣的结果。在那之后，每隔几年，我就会思考更多关于可计算知识的问题。

但后来我进行了《一种新科学》一书提到的科学研究,发现了我称之为"计算等价性原理"的东西。它描述了很多事情,其中之一是在"智能的"和"纯粹计算的"之间不可能有一条明确的界线。这让我开始思考,也许我并不需要构建一个大脑来解决可计算知识的问题。

与此同时,我的小儿子——我想他当时大约 6 岁——开始使用一点点 Mathematica 了。他问我:"为什么我不能用简单的英语告诉它我想要的?"我开始解释这有多难。但他坚持说:"嗯,只是没有那么多不同的方式来表达任何特定的事情。"这让我开始思考,特别是关于如何利用我建立的科学来解决自然语言理解的问题。

其间,我开启了一个项目来收集各种各样的数据。我前往一个大型的参考图书馆,并找出怎样才能使所有知识可计算,这是一个有趣的过程。艾伦·图灵曾对这类研究做过一些估计,结果有点令人生畏。但无论如何,我开始在科技公司通常不关心的各种话题上找各种各样的专家,我开始建立使数据可计算的技术和管理系统。

当时我还不清楚这一切是否会奏效,甚至我管理团队中的许多人都持怀疑态度,人们总说这无非是"另一个 WolframTones 项目"。但好消息是我们的主营业务很强劲。除了我自己以外,公司没有任何其他的投资人,尽管我在 20 世纪 90 年代初曾经考虑过,但最终我从未让公司上市,所以我可以不听任何人的。于是我可以做 Wolfram|Alpha,就像在我们公司的历史上,我可以做各种长期的事情。

尽管存在这些担忧的声音,Wolfram|Alpha 还是成功了。我不得

不说,当它最终准备好演示时,我的管理团队只开了一次会议就完全改变了看法,并对此充满热情。

当然,Wolfram|Alpha 还有一个问题,就像 Mathematica 和 Wolfram 语言一样,它真的是一个无限工程。但有一点,如果不看看真实的用户会如何使用,不看看他们如何用真实的自然语言提出真实的问题,我们实在无法进行更多的开发工作。

所以我们选择了 2009 年 5 月 15 日作为上线日期。但有一个问题:我们不知道流量会飙升到多高。当时我们不能使用亚马逊云之类来获得更多的性能,我们必须在裸机上进行昂贵的并行计算。

迈克尔·戴尔(Michael Dell)[1]很友好,让我们用不错的价格为我们的系统买了很多台计算机。但当我和一些服务在推出时就遭遇严重崩溃的人交流后,我开始担心。所以我决定在互联网电视上直播全过程,以此来应对意外。这样,就算有意外,至少人们会知道发生了什么,并且可能会从中得到一些乐趣。因此,我联系了简彦豪(Justin Kan)[2],他当时正在做 Justin.tv[3](我一开始在 Y Combinator[4]投资失败的他的第一家公司)。我们安排了"现场发布"。

做"任务管理"很有趣,我们制作了一些很不错的仪表盘,其中许多我们今天仍然在使用。但在发布会当天,我又担心这将是有史以来最无聊的电视节目:基本上在约定的时间,我只要点一下鼠标,我们就可以直播了,然后就结束了。

---

[1] 戴尔(Dell)公司创始人、董事会主席、首席执行官。
[2] 贾斯廷·简,Justin.tv 和 Twitch 联合创始人。
[3] 美国在线直播平台。
[4] 简称 YC,美国著名创业孵化公司。

Wolfram|Alpha 发布现场

好吧,事实并非如此。你知道,我从来没有看过这次播出。我不知道它捕捉到了多少糟糕的事情,尤其是最后一刻的网络配置问题。

但也许最令人难忘的事情与天气有关。我们当时在伊利诺伊州中部,在我们盛大的发布会前大约一小时,天气预报说有龙卷风正向我们袭来!你可以在 Wolfram|Alpha 历史天气数据中看到风速峰值。

第 6 章 我的技术人生——在计算机历史博物馆的演讲

在 Wolfram|Alpha 中搜索"weather champaign may 15 2009"
（天气 尚佩恩 2009 年 5 月 15 日），得到当地当天风速情况

幸运的是，龙卷风与我们擦肩而过。在美国中部时间 2009 年 5 月 15 日晚上 9 点 33 分 50 秒，我按下了按钮，Wolfram|Alpha 上线了。很多人开始使用它。有些人甚至明白了它不是一个搜索引擎，而是一个计算引擎。

早期的错误报告开始源源不断地涌入。这是 Wolfram|Alpha 在一开始用过的出错界面：

177

有一个错误报告是有人说:"你怎么知道我叫戴夫?!"我们第一天晚上就收到了各种各样的错误报告,这有两个例子:

输入:番茄
消息:番茄的熔点到底是多少? 31.1 摄氏度下番茄会怎样?
罗马尼亚
2009-05-20 05:22:51

输入:最快的鸟
消息:鸭子不只是食物!它们飞得比隼还快。如果你把一只冻鸡从飞机上扔下来,它的时速会达到 200 英里。
英国
2009-05-20 09:18:11

不但个人开始使用 Wolfram|Alpha,公司也开始使用了。通过比尔·盖茨(Bill Gates)[①],微软将 Wolfram|Alpha 连接到了必应(Bing)上。一家名为 Siri 的小公司将它连接到了自己的应用程序上。一段时间后,苹果公司收购了 Siri,通过当时已经病重的史蒂夫·乔布斯,Wolfram|Alpha 最终为 Siri 的知识部分提供了强大支持。

---

① 微软公司联合创始人,原董事长、首席执行官和首席软件设计师。

Wolfram|Alpha 被融入苹果设备的 Siri 语音助手

好了,我们要进入现代了。现在最重要的是 Wolfram 语言。事实上,这对我们来说算不上现代的事情。回到 20 世纪 90 年代初,我当时打算将 Mathematica 的语言组件分离出来——我们考虑把它称为 M 语言,当时甚至安排人去做了,比如谢尔盖·布林（Sergey Brin）[1],1993 年时他是我们的实习生。但我们还没有完全弄清楚如何发布它,或者它应该被称为什么。

---

[1] 谷歌公司联合创始人,曾任谷歌公司总裁。

最后,这个想法被搁置了,直到我们有了 Wolfram|Alpha,云计算等技术也出现了。而且我必须承认,我真的受够了人们认为 Mathematica 是一种"数学玩意"。它一直在不断地发展:

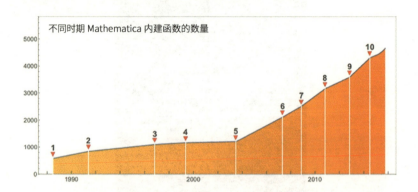

尽管我们一直在强化数学功能,但 Mathematica 的 90% 根本不是数学。我们有一种"让我们实现一切"的方法,并且进展得很顺利。我们不断发明那些元算法,并实现了各种事务的自动化。结合 Wolfram|Alpha,我意识到我们所拥有的是一种新的、非常普适的东西:一种基于知识的语言,它建立了尽可能多的关于计算和世界的知识。

还有一点,我意识到我们的符号化编程范式不仅可以用来表示计算,还可以用来表示部署,尤其是在云上。

Mathematica 已经在研发和教育领域得到了广泛的应用,但是也有显著的例外,如在金融业,它还没有被广泛应用于实际生产系统。Wolfram 语言和我们的云的目标之一就是改变这种情况,并真正使基于知识的编程成为可以部署在任何地方的东西——从超级计算机到嵌入式设备。关于这一切我有很多话要说……

我们也做了很多其他的事情。下图显示了 Mathematica 在最初的 1 万天里的函数数量增长，以及这些年来里面有什么东西。

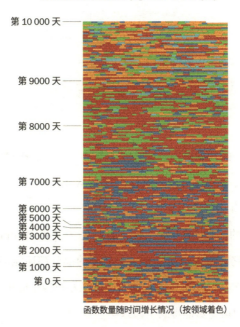

Mathematica 的 10 000 天

函数数量随时间增长情况（按领域着色）

我们已经用我们的技术做了各种各样的事情。我不知道为什么我有这样一张照片，但我无论如何必须展示它。这是我们一年前做的图像识别项目的纪念 T 恤上的图案。也许你能理解图中文字对调试图像识别器来说意味着什么："图像识别器中是一只食蚁兽，因为我们丢失了土豚。"[①]

---

① 这句话是说，因为缺失土豚的图像样本，图像识别系统将一只土豚识别成了食蚁兽（两种动物外表有相似之处）。——编者注

就在过去的几周里,我们开放了 Wolfram 开放云(Wolfram Open Cloud),让任何人都可以在网络上使用 Wolfram 语言。这真的是 30 年,也许 40 年工作的成果。

你知道的,近 30 年来,我一直在努力确保 Wolfram 语言设计得很好,让它即使规模越来越大,所有的部分都还能很好地结合在一起,这样你就可以在它的基础上尽可能好地构建应用。不得不说,我很高兴看到这一切都得到了回报。

太酷了,我们已经有了一种非常不同的语言,在与计算机、与人类交流方面,它不仅对于交流计算很有用,而且对交流世界也很有用。你可以用它编写小程序,比如 Tweet-a-Program[①]。

[①] Wolfram 推出的一项活动,用户可以在 Twitter(现为 X)的推文中编写简短的 Wolfram 语言程序,展示分享效果。由于推文有一定字数限制,这个活动可以较好地体现 Wolfram 语言简洁易用、功能丰富的特点。——编者注

第 6 章　我的技术人生——在计算机历史博物馆的演讲

或者你可以编写像 Wolfram|Alpha 这样的大型程序，它由 1500 万行 Wolfram 语言代码写成。

我很高兴看到各行各业的公司开始将他们的技术建立在 Wolfram 语言的基础上。还有一件事让我非常兴奋，有了 Wolfram 语言，我认为我们终于有了一种教授孩子们计算思维的好方法。我最近还写了一本这方面的书——《Wolfram 语言入门》(*An Elementary Introduction to the Wolfram Language*)。

我不禁想，如果 12 岁的我就能接触到这些，如果我学习的第一个计算机语言是 Wolfram 语言，而不是 Elliott 903 的机器码，会发生什么。我肯定可以用一行代码得出一些我最喜欢的科学发现，而我关于人工智能之类的很多问题肯定也早已得到了解答。

但实际上，我很高兴能生活在我所处的历史时期，能够参与这几十年来极其重要的计算思想的演变，并有幸能够在这一过程中发现和发明一些与之相关的东西。

183

第 7 章

我在幼儿园学到的东西

2016 年 5 月 20 日

    50 年前的今天，在英国牛津的一所幼儿园里，有一个约 6 岁的孩子在树下散步，他注意到树下的一块块光斑看起来和平时不一样。出于好奇，他抬头看了看太阳。太阳是明亮的，但他能看到太阳有一边似乎不见了。小男孩意识到这就是这些光斑看起来很奇怪的原因。

    他听说过日食，只是他并不理解日食的真正含义。但他觉得他看到的就是日食。他兴奋地把这件事告诉了其他没听说过日食的孩子。他给他们讲，日食就像太阳被咬了一口。孩子们抬头看去，也许是太阳太亮了，他们没有注意到任何东西。第一个孩子看了看，没看到；另一个孩子看了看，也没看到；后面的孩子都没看到。没有孩子相信他关于日食和太阳被咬的说法。

    当然，这是我的故事。现在我可以通过 Wolfram|Alpha（或 Wolfram 语言）找到日食记录（那次日食的种类、时间，以及日食观测路线等）。

    我真开心，在这里能找到我看到的第一次日食的记录（差不多整整 25 年后，我也终于看到了日全食）。但我那天真正的收获是关于世界和人的：即使你注意到一些明显的东西，比如太阳一边被咬了一口，你也不能保证能说服其他人相信这件事。

在过去的 50 年里，明白这一点对我很有帮助。在我的科学、技术和商业生涯中，有太多事情对我来说就像太阳被咬了一口一样显而易见，而且通常也很容易让其他人看到它们，但有时候他们就是看不到。

许多人因为别人不同意他们发现的似乎显而易见的事情而得出结论，觉得是自己错了，尽管这些事情对他们来说显而易见，但"人们"一定是对的，这些人自己肯定也会感到困惑。50 年前的今天，我就知道这样是不对的。也许这让我愈加固执，但我可以列出相当多的科学和技术，如果不是因为我在幼儿园的经历，它们今天可能就不会存在。

在我写这篇文章的时候，我有一种冲动，我还想讲一些其他故事和我从幼儿园学到的教训。我应该解释一下，我上的幼儿园里有很多聪明的孩子，他们大多是牛津大学学者的孩子。在我看来，他们当时确实非常聪明，而且他们中的许多人最终都有着光辉的人生和事业。

在很多方面，孩子们比大多数老师都聪明得多。我记得有一位老师提出过一个奇怪的理论，他说孩子们的思想就像橡皮筋，如果孩子们学得太多，他们的思想就会"绷断"。在那些日子里，英国几乎所有的学校都教授圣经研究课程。这应该是非常令我讨厌的事情，因为当老师们只想让大家学习《创世记》[①]的故事时，可我每天都会来给同学们讲恐龙和地质学的故事。

[①] 圣经中的一卷。——编者注

第 7 章 我在幼儿园学到的东西

我不觉得我擅长"做其他孩子做的事"。我 3 岁第一次去幼儿园的时候,有段时间每个人都"像公共汽车一样"跑来跑去(不过公共汽车应该在公路上跑才对……)。我不想这么做,就站在一个地方不动。"你怎么不当公共汽车呢?"老师问道。"嗯,我是一根灯柱。"我说。他似乎被我的回答吓了一跳,就留我一个人待着了。

我 5 岁的时候从另一个孩子那里学到了重要的一课。当时,我们需要把钉子钉进木头里——是的,在英国,他们让 5 岁的孩子学钉钉子。总之,那个孩子拿着锤子说:"你能握住钉子吗?相信我,我知道我在做什么。"不用说,她没锤中钉子,我的拇指因此黑了好几天。但这只是为一堂精彩的人生课所付出的小小代价:当有人声称他们知道自己在说什么、做什么时,并不意味着他们真的知道。如今,当我面对某些专家说"相信我,我知道我在说什么"时,我的思绪会忍不住回到半个世纪前,回到锤子落下的那一刻之前。这个故事的主人公现在是一位非常著名的数学家……想必她已经用上更安全的工具了。

我再讲两个故事。我不确定我现在对第一个故事是什么感觉。这个故事与学习加法有关。客观来说,我的记忆力很好(这可能是显而易见的,要知道我在写的都是 50 年前发生的事情),所以我完全有能力记住所有加法法则。但不知道为什么,我当时就是不想这么做。有一天,我发现如果把两把尺子放在一起,我就能做出一个能做加法的小机器——一个"加法计算尺"。所以,每当我们做加法题的时候,我的桌子上总是"碰巧"有两把尺子。当学习乘法的时候,我还是没有去记,尽管我发现我可以比其他孩子算得更快,因为我知道利用 $7 \times 8 = 56$ 这样的口诀,而这是其他孩子还没意识到的。

（最后，在 40 多岁的时候，我才终于学会了 12×12 乘法表。）当我看着 Wolfram|Alpha 和 Mathematica 等，再想到我的加法计算尺时，我想起了一个观点，即人永远不会真正改变……

我的最后一个故事大约发生在日食的同一段时间。当时，英国使用非十进制货币：1 先令有 12 便士，1 磅有 20 先令。我们这些孩子的学习内容之一就是用这些做混合进制计算。有一天，我很高兴地发现，钱不必这样用，一切都能以 10 为基数（那时我还没有明确理解基数 10 的概念）。我把这件事告诉了一位老师。老师表示难以理解，然后说货币数百年来都是以这样的方式计算的，不会改变的。几年后，英国宣布将其货币十进制化。（我怀疑，如果再过更长的时间，仍然会有非十进制货币出现，而且用来算钱的计算器会有很大的市场。）即使事情已经过去很长时间了，这些年来，我对这件小事一直记忆深刻，时刻提醒自己事情是可能改变的。哦，还有就是，一个人不是一定要相信其他人所说的。我想这点可以成为本章的主题思想……

第 8 章

音乐、Mathematica 和计算宇宙

2011 年 6 月 17 日

本周我在一个关于音乐中的数学和计算的会议（MCM 2011）上发表了演讲，所以我决定整理我对这些话题的一些思考。

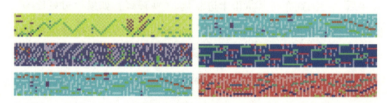

元胞自动机生成的"乐谱"

创作出像人类谱写出来的音乐有多难？这样的音乐通过图灵测试[①]有多难？

正如毕达哥拉斯学派在约 2500 年前所指出的那样，尽管音乐通常有一定的形式结构，但它的核心从某种程度上来讲反映的几乎是人类所独有的能力特征——人类的原始创造力。

但这种创造力是什么呢？它依赖于我们整个生物和文化艺术的进化史吗？还是它能同样存在于与人类没有直接关联的系统中？

---

① 一种评估人工智能系统是否能够表现出与人类相似的智能的测试方法，由艾伦·图灵提出。

——编者注

第 8 章　音乐、Mathematica 和计算宇宙

在我的《一种新科学》一书中，我研究了关于可能的程序构成的计算宇宙，发现即使是非常简单的程序，也可以表现出惊人的丰富而复杂的行为，这种发现与人们在自然界中观测到的一样。通过我的计算等价性原理，我开始相信，没有什么能从根本上区分我们人类的能力与自然界中或非常简单的程序中发生的各种过程。

那音乐呢？有些人信奉"不存在一个简单的程序能创造出伟大的音乐"，以此来论证我的计算等价性原理一定是有问题的。

于是我开始好奇：音乐真的有什么不寻常的和必须符合人类本性的东西吗？抑或是它其实能用一种自动的、可计算的方式被完美地创作出来？

2003 年，在十年"隐居"中写完了《一种新科学》之后，我开始外出活动。一个在我脑海中挥之不去的问题是：我的手机铃声和其他人没什么区别。于是我想：如果真的可以自动生成独特的原创音乐，那么人们就可以"大规模定制"手机铃声了，每个人都可以拥有自己的铃声。

不久，我就着手做了一些实验，我想看看用程序去创作音乐的可能性。

根据规则创作音乐的尝试由来已久，但大部分看起来要么过于机械化，要么过于随意。我在《一种新科学》中的发现似乎提供了新的可能性，因为我的计算等价性原理表明，即使用简单程序的规则，也有可能产生丰富性和复杂性，就像我们在自然界中看到的那样。

我们从最容易理解的实验开始：以我研究过的元胞自动机为例，用它们生成的模式片段来形成乐谱。我真的不知道这样生成的乐谱

如何。当然，一些具有简单行为模式的元胞自动机所产生的是完全枯燥乏味的音乐。但令人意想不到的是，在可能的元胞自动机构成的计算宇宙中，人们真的可以不费吹灰之力发现极为丰富且优美动听的音乐。

事实上，底层总是有一个简单的程序，来支撑音乐的某种必然逻辑。但科学上的关键点在于，即使底层程序很简单，它所产生的模式也可能是丰富而复杂的。

这个底层的简单程序会符合美学吗？在视觉领域，我很早就知道元胞自动机可以产生令人赏心悦目且有趣的图案。那么基于我的科学发现能产生丰富和悦耳的音乐也不足为奇，因为我确信元胞自动机能表达自然界中许多过程的本质。只要我们能发现自然界中的美学，那么元胞自动机也能。

尽管自然界只应用了几种特殊规则，但元胞自动机的完整宇宙是无限的。从某种意义上说，计算宇宙推演了我们的真实宇宙。它保留了基本的机制，但允许无限多样的变化——每一个都能推演出自然世界的美学。

自 20 世纪 90 年代初以来，Mathematica 一直支持声音的自动生成。凭借其符号语言，Mathematica 为我们实现算法并开始自动创作音乐提供了理想的平台。结果远超预期，我们利用音乐理论思想来武装原始的元胞自动机进行创作，然后"装饰"它们的创作成果，不久，我们就创作出了极为好听的管弦乐作品。

在我们的办公室周围，人们有时会无意中听到正在制作的音乐，然后停下来问："你在听什么歌？"我们创作的音乐足够好，以至于

第 8 章 音乐、Mathematica 和计算宇宙

人们觉得它们一定是人类智慧所创作出来的作品：我们已经成功地通过了音乐上的模拟图灵测试。

我们很快建立了一个网站，我们称之为 WolframTones。各种各样的人开始使用它。必须说一下，我觉得这是一个有趣的人工智能实验，自动生成音乐也许是制作简单铃声的好方法，但从音乐的角度来看，这些都不是非常严肃。

但是我错了，很快，各种严肃作曲家也开始使用这个网站。他们说这个网站为他们提供了好的想法，还为他们的作品提供了创作灵感。从某种意义上来说，这很魔幻。我们本已开始怀疑计算机是否能实现接近人类创造力的任何东西。然而如今，专业人群也来使用我们的自动化系统，去寻求我们认为可能是人类所独有的东西——创作灵感。

对我而言，这很好地验证了计算等价性原理。正如一位研究人员所说："一旦人们听到了简单程序制作的音乐，他们就会觉得这些音乐更像人类创作的。"

在计算宇宙中，每个程序其实都定义了自己的非自然世界，我们在它创作的音乐中能听到它的声音和逻辑。其中一些计算宇宙是枯燥乏味的，产生了沉闷单调的音乐。其他的计算宇宙则充满随机性和噪声。但是在每一百个或一千个程序中，人们总会发现一些美妙的音乐形式：强烈的、曼妙的，有时熟悉，有时还带有异国情调。

第 8 章　音乐、Mathematica 和计算宇宙

在 WolframTones 网站上,人们可以点击按钮选择或随机搜索符合我们为各种经典音乐流派定义的启发式音乐,还可以用人工选择的方式来逐步改进他们乐曲的创作。当人们使用 WolframTones 时,他们会感觉有点像在进行自然摄影:不断变换角度去探索计算宇宙,以找到那些特别的、有我们想要的意义或者美感的程序。

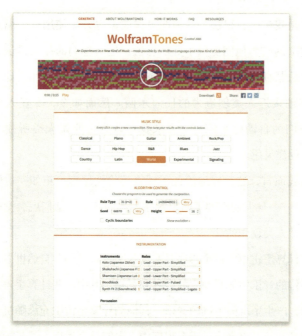

WolframTones 自动作曲页面,用户可选择古典、舞曲、嘻哈、爵士等多种音乐风格,并详细自定义各种参数

WolframTones 网站于 2005 年 9 月 16 日上线。从那时起,它就在网上运行 Mathematica 来创作音乐。我得承认,我已经很久没有看

过它的日志了。但现在我看了一下,发现它已经被使用了数千万次,
创造了上百万首音乐作品。

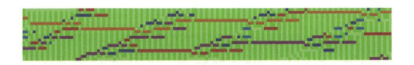

如果以 Wolfram|Alpha 的使用量作为衡量标准,这算不了什么。
但跟音乐创作的数量相比,这个量是巨大的。iTunes 上现在有大约
1400 万首歌曲,这已经是我们人类历史上已出版的大部分音乐作品。
但在短短几年内,WolframTones 创作出的作品数量就已不止于此。
通过纯粹的计算,从某种意义上说,它的音乐输出能力已经超越了
我们人类,单凭一己之力创作出的原创音乐数量超过了它之前的整
个音乐史的成果。

为了允许即时输出,该网站使用 MIDI[①](Mathematica 语言现在
以直接的符号化方式支持)对音乐进行编码。人们已经以 MP3 格式
制作了许多基于 WolframTones 的编曲。几年前,我听了一场演奏会,
在那里,人类表演者用小提琴演奏了一首完全由 WolframTones 创作
的作品。

简单的程序能创造出完整的交响乐吗? WolframTones 的一个作
品探索了某个特定计算宇宙大约一分钟的故事。我的经验是,要创
作更长的作品,来讲述更长的故事,需要更高层次的结构。让一个

---

① 乐器数字接口(music instrument digital interface),用于在电子音乐设备之间传输音乐信息,是 20
世纪 80 年代初为解决电声乐器之间的通信问题而提出的接口协议。

简单的程序提供这种结构并没有什么问题,它所讲述的最重要的故事完全能够令人折服,就像自然界中在自然法则的庇护下所发生的许多故事一样。

但是,多少程序能换来多少作品呢?制作一首有趣的音乐作品的最短程序是什么样的?

构建一个能创作音乐作品的 Mathematica 程序并不难:

```
In[•]:= Sound[SoundNote[DeleteCases[3 Range[21] Reverse[#], 0] - 24, .1] & /@
        Transpose[CellularAutomaton[90, {{1}, 0}, 20]]]
```

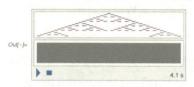

```
In[•]:= Sound[SoundNote[#, 1/6, "Warm"] & /@ (Pick[{0, 5, 9, 12, 16, 21}, #, 1] & /@
        CellularAutomaton[30, {{1, 0, 0, 0, 0, 0}, 0}, 13, {13, 5}])]
```

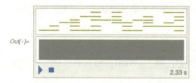

我们正在筹划一个竞赛来弄清楚这种创作到底能有多好,尤其在使用 Mathematica 中所有的现代算法工具,比如图像处理工具的情况下。在这样的探寻过程中,最终我们不能仅依赖人类的创造力,

还必须将这一创造过程自动化,超越人类的想象,而非仅仅探索计算宇宙,从中提取我们需要的想法和程序。

在创作音乐时,我们可以在音符或音符集合甚至声音波形的层面上进行控制,这归纳了传统上用物理乐器弹奏出令人愉悦的波形(或其产生的和弦)的方法。

当然,来自计算宇宙的创造力并不局限于音乐,在许多领域,例如视觉艺术和建筑学等,已经有了很多的研究。我们可以用一个简单的规则来创造一个建筑物吗?如果可以,建筑物的结构必然会有一定的逻辑,人类可以学习并适应它。

我们真的能欣赏自动创作出来的音乐或其他东西吗?或者说我们总是需要一个故事,把我们所看到的、听到的东西与人类文化的整体结构联系起来?重申一次,我们对自然的欣赏清楚地表明,并不需要这类故事。真正必要的似乎是与某种总体逻辑的联系,从某种意义上说,这正是计算宇宙的整个概念所在。

每当看着 Wolfram|Alpha,我都很高兴我们能够获取到这么多系统化的人类知识,并使之变得可计算。一个新的前沿领域不仅要获取知识,还要获取创造力。例如,能够从一个目标出发,创造性地找出如何实现它。音乐让我们接触到了一种相当纯粹的创造力,正如计算等价性原理所表明的那样,我们学到的是,即使在音乐领域,像 WolframTones 这样的想法在实现创造力输出方面也做得非常好。

我们将能够实现另一个层次的自动化,从某种意义上说,这将极大地拓宽获取创造力的途径,并且毫无疑问,也将实现各种诱人的新可能。

第 9 章

1 万小时的设计评审

2008 年 1 月 10 日

要创建一个庞大的软件系统，使它的各个部分能够真正融合，这并不容易。但这极其重要，因为这样构建的才是一个完整的体系，而不仅仅是系统各个部分的罗列堆叠。这种方式赋予这个体系无限的可能性，而不仅仅是提供一堆具体的功能。

但这很难实现，需要连续多年在各个领域保持一致性和连贯性。不过我认为这正是我们在 Mathematica 的设计中做得非常成功的地方。而且，这也是 Mathematica 的长远未来中最为重要的价值之一。

这也是我个人深度参与的事情的一部分。

自从 21 年多前我们开始开发 Mathematica 以来，我一直是其核心功能的首席架构师和首席设计师。特别是开发 Mathematica 6，有巨量的设计工作要做，我觉得工作量比 Mathematica 1 还要大。

其实，在 Mathematica 6 经过 10 年的开发，终于接近尾声的时候，我才意识到，我总共花了大约 1 万小时来做我们所谓的"设计评审"，试图让 Mathematica 6 的所有新功能和功能组件尽可能简单清晰，并且都能真正融合。

至少在我看来，做软件设计很像做基础科学研究。

第 9 章　1 万小时的设计评审

在基础科学研究中，人们从一系列现象开始，然后尝试深入研究，找出现象背后的根源，即最终的本质。

而在软件设计中，人们从一系列功能开始，然后深入研究，找出功能背后能支撑它们的终极原语[①]。

在科学研究中，如果人们在追根溯源方面做得很好，那么他们就能拥有非常宽泛的理论，这些理论不但能涵盖人们最初所研究的现象，而且还能涵盖更多的现象。

在软件设计中，事情也是相似的。如果人们在寻找原语方面做得很好，那么他们就能构建一个非常宽泛的系统，这个系统不但能提供人们最初所考虑的功能，而且还提供了更多的功能。

多年来，我们已经制定了一个非常好的设计评审流程。

我们从一些具体的新功能范畴开始讨论。随后，我们得到了一个大致的函数描述，或者任何我们觉得需要去实现的内容。然后，我们开始进行设计分析的艰巨工作，试图找出能实现这个功能的精准的基础原语。简单清晰的函数表达了正在实现的领域的本质，它们相互配合，并与 Mathematica 的其他部分无缝衔接，以满足所有需求。

很久以前，我经常独自做软件设计分析工作，但现在我们公司有很多有才华的人一起工作。其中最重要的就是我们的设计分析小组，该小组与各领域专家合作，精炼出最好的系统设计。

在某些阶段，我总是会参与其中。所以 Mathematica 的任何核心函数都是我亲自做过设计评审的。

---

① 在计算机科学中，原语（primitive）通常指最基本的操作或数据类型，这些操作或数据类型不能再分解为更简单的部分。——编者注

有时候，我也会想我这么做是不是太疯狂了，但我觉得让一个人最终评审所有的设计，是确保整个系统真正具有连贯性和一致性的好方法。当然，对于像 Mathematica 一样庞大的系统，完成这些设计评审工作以达到我所要求的完美程度，需要很长时间，事实上需要大约 1 万小时。

设计评审的形式通常是 2～20 人的会议（基本都是网络会议）。

大多数时候，无论我们正在评审什么，都会有一个初步的实现。有时，与会者会说："我们认为这个问题已经基本解决了。"有时他们会说："我们不知道如何设置这个，我们需要你的帮助。"无论哪种方式，通常的情况是，我会尝试从我们已经构建的系统开始，并就所有涉及的领域提出很多很多的问题。

这个过程有时候会显得有些怪异。前一小时，我还在思想高度集中地思考着数论函数的复杂问题；下一小时，我就将关注重点切换到我们该如何处理世界各地城市的数据，或者我们该如何实现最通用的外部控制设备接口。

虽然主题迥异，但在某种层面上，设计的原则是一致的。

我想要在最根本的层面上理解问题，探寻基本的原语应该是什么样的。我还想确保这些原语的构建能很好地适配 Mathematica 已有的整体架构，从而容易被人们理解和使用。

这通常是一个精益求精的过程，我们不断地打磨，直到它们尽可能地简单清晰。

有时，事情在一开始讨论时看起来非常复杂，十几个函数使用着奇怪的新结构，而且它们还有各种奇怪的参数和选项。

知道我们必须做得更好很容易，但弄清楚如何做到这一点往往真的太难了。

我们经常会有一系列渐进的想法，然后是一些重大的转变——它们通常来自对真正核心功能的更清晰的理解。

我们经常去讨论 Mathematica 中曾用过的很多先例，因为我们越能让现在的设计像以前我们在 Mathematica 中做过的那样就越好。

这样做有几个理由。首先，这意味着我们正在使用我们以往在其他地方测试过的方法；其次，这意味着我们现在所做的设计会更好地适配已有的系统；最后，这意味着已经熟悉 Mathematica 系统的人将更容易理解我们增加的新内容。

但一些最困难的设计决策与何时打破先例有关。什么时候我们现在所做的与以前所做的事情会真正不同？什么时候为一个足够新且足够大的事物开创先河是合理的？

至少当我们为 Mathematica 的内核函数进行设计评审时，我们的会议总有一个非常明确的最终目标：我们想要编写我们一直在讨论的内容的参考文档，即所谓"函数页面"。因为这些文档将为最终的实现确定规范，它们也是函数的最终定义。

会议形式总是相同的：我会在我的计算机上打字，其他人会通过屏幕共享来观看我的屏幕。其实我会为每个函数编写参考文档。我每写一句话都会问："这真的正确吗？这真的是它应该做的吗？"人们会指出这样或那样的问题。

我觉得这种会议形式很好，它让我们能聚精会神地完成我们的设计分析。

设计评审中偶然会发生的一件事情是确定函数的名称。

审核命名是一个典型的设计评审过程。它需要深入研究，以尽可能清晰地理解函数的真正作用和真正意义，然后找到一两个完美的词来抓住函数的本质。

这个名字必须是未来使用这个函数的人所足够熟悉的，以便人们立即知道该函数的作用；但是这个名字也应该是足够通用的，它不会限制人们对这个函数的看法。

名字的质感也应该以某种方式传达出这个函数有多宽泛。如果这个函数是专用性强的，它应该有一个听起来专门化的名字；如果这个函数很宽泛，那么它可以有一个简单得多的名字——通常是一个更通用的英语单词。

我总是对候选名字做测试：如果我造一个句子来解释这个函数的作用，那么这个名字会适配这个句子吗？或者人们最终会说名为 X 的函数做了一些 Y 的事情吗？

有时我们要花好几天的时间才能为一个函数想出精准的名字。人们一般能区分出什么名字是精准的，这个名字会在某种程度上正合适，人们会立即记住它。

在 Mathematica 6 中，一个函数命名的典型例子是 Manipulate（操作）。我们花了很长时间才想出这个名字。

我们创造了这个伟大的函数。但它应该叫什么名字呢？Interface（接口）？Activate（激活）？Dynamic（动态的）？Live（活的）？

能用哪个名字？

Interface 可能看起来不错，因为毕竟它创建了一个接口。但它是一种特殊的接口，而不是通用的。

Activate 可能是可接受的，因为它使事情活跃起来，但这又太笼统了。

Dynamic，还是那个问题，这听起来太笼统了，而且也过于技术化。再说我们还想用这个名字做别的事情。

Live……这是个易混淆词，当你读它的时候你甚至很难解析，它是指"让什么活起来"还是"这里有活的东西"，还是别的什么。

过了一段时间，我们意识到必须更清晰地理解这个伟大的新函数到底在做什么。

是的，表面上看它创建了一个接口，还有，它使事情成为活跃的、动态的、生机勃勃的。但实际上，首先也是最重要的是，它所做的是提供一种控制某些事物的方法，它附有旋钮、开关之类的东西，人们几乎可以用它控制任何事情。

那么 Control（控制）这个词怎么样？还是同一个问题，很难理解。这个函数本身是一个控制项吗？还是它在施加控制？

Handle（处理）？也不行，太难理解了。

Harness（利用）？稍微好一点，但依然模棱两可，而且看到它，人们肯定总想到"马"的主题[①]。

Yoke（强行结合）？这个名字仅幸存了几天，最后被牛的笑话淹没了[②]。

然后就产生了 Manipulate 这个名字。

---

① Harness 的常见含义是马具。
② Yoke 的常见含义是牛轭。

起初大家觉得："对于这样一个伟大而重要的函数来说，这个词太长了。"

但根据我的经验，用一个相当长的词来描述一个如此强大的函数，经常"感觉不错"。当然，也有人开玩笑说这名字听起来像是"善于操纵的"（manipulative）。

但随着我们继续讨论这个函数，我们开始称它为 `Manipulate`。每个加入讨论的人都知道它指什么。当我们继续开发它的所有详细功能时，这个名字似乎仍然合适。它给人以正确的感觉：控制某事，并使某事发生。

`Manipulate` 就是这样得名的，而且效果很好。

在开发 Mathematica 6 时，我们还必须为将近 1000 个函数命名。每个名字都必须像 Mathematica 1 中的名字一样经久耐用。

有时，一个函数应该被称为什么是相当明显的。也许它有一些标准的名字，比如数学或计算中的 `Norm`（范数）或 `StringSplit`（字符串分割）。

有时它适合一些现有的名称系列，比如 `ContourPlot3D`（三维等值线图）。

但大多数时候，每个名字都是花费了大量精力取的，都是 Mathematica 实现中原语概念的最小表达。

与随着时间的推移而发展演变的人类语言不同，Wolfram 语言必须被一劳永逸地定义，这样它才能被实现，并且计算机和使用它的人才能理解其中的一切含义。

随着 Mathematica 系统的发展，在某些方面，设计变得越来越困难。因为每一个新加入的功能都必须适应越来越多已经存在的功能。

但在某些方面，它也变得更容易，因为有更多的先例可以借鉴。最重要的是，因为我们已经（我认为我个人已经）在设计方面做得越来越好。与其说是结果的质量变得更好了，不如说是我们在解决设计问题方面变得越来越快了。

如今，如果出现某些问题，我能在几分钟之内解决。但我记得20年前，解决类似的问题需要几小时。

多年以来，还是有不少"老问题"，那些我们就是无法解决的设计问题。在这些地方我们无法找到一种简洁的方法来向 Mathematica 添加某种特定的功能。

但随着我们在设计方面做得越来越好，我们已经解决了越来越多的积压问题。动态交互就是一个很好的例子。其实在 Mathematica 6 中，我们已经解决了相当多的这类问题。

进行设计评审并确定 Mathematica 的功能设计是一项最令人满意的智力活动。它的主题非常多样化，而且从某种意义上来说总是非常纯粹。

让新功能和已有系统完美融合在一起，并创造一个有意义的连贯系统，要仰赖丰富的基本思想。

这确实如我所知道的科学研究一样困难。但在很多方面，这项工作更具有创造性。我们并不是要破解世界上存在的东西，而是试图从零开始创造一些东西，去建立一个人们可以在其中工作的世界。

我每天都在使用 Mathematica，每天我都会使用无数的设计理念来确保所有的新设计都能够和老系统顺畅地适配在一起。

第9章 1万小时的设计评审

我觉得那1万小时的设计评审工作是值得的。即便只考虑我个人,我们在其中所做的事情让我能使用Mathematica更轻松地完成更多的工作,节约了我无数的时间。

现在,我期待着参与我们即将开始的关于Mathematica 7和Mathematica 8的设计评审工作。

截至2019年,我们已经推出Mathematica 12(也是Wolfram语言的第12版),具有超过6000个内建函数。[1]

---

[1] 截至本书出版,Mathematica已更新至14版。——编者注

第 10 章

我们如何命名 Mathematica 的语言

2013 年 2 月 12 日

Mathematica 的精髓是一种语言,一种非常强大的符号语言。经过 25 年的精心打造,它现在兼收并蓄,蕴含大量的知识和计算。

为了各种目的,人们已经用这种语言编写了数百万行代码。而今天,尤其是网络和云计算使得新的大规模部署成为可能的前提下,该语言的使用范围将大幅度扩展。

但有一个问题,这是一个令人尴尬的问题,我已经思考了 20 多年:我该如何命名这种语言?

通常,当我讨论公司的活动时,我会谈论我们取得的进展或解决的问题。但今天我要破例,谈谈我们还没有解决但需要解决的问题。

你可能会说:"想出一个名字能有多难?"根据我的经验,有些名字很容易想出来,但有些名字,真的、真的很难。我的这个问题就是一个非常困难的例子。(也许这一章的篇幅体现了其中的一些困难……)

第 10 章 我们如何命名 Mathematica 的语言

让我们从一般的名字开始。有一些名字，比如说"夸克"（quark），实际上只是随机的单词。它们必须通过明确的描述来获得"外部"的所有含义。也有其他的名字，比如"网站"（website），人们仅仅从单词或其词根就可以理解它们的含义。

我这辈子给各种东西起过名字，比如科学概念、技术、产品、Mathematica 的函数。我在不同的案例中使用了不同的方法。在少数情况下，我会使用"随机词"（并且长期以来我一直用一个不错的基于 Mathematica 的名字生成器）。但更多的时候，我试图从一个或多个熟悉的词开始，这些词抓住了我所要命名的事物的本质。

毕竟，当我们命名与公司相关的事物时，我们已经有了一个"随机"的基本词——wolfram。有一段时间，我对使用它有点拘谨，因为这是我的姓。但近年来，它越来越多地成为将我们正在做的大多数事物的名字联系在一起的"词汇黏合剂"。

所以，举个例子，我们有像 Wolfram 金融平台（Wolfram Finance Platform）或 Wolfram 系统建模器（Wolfram System Modeler）这样的专业市场产品，一方面它们使用了"随机"的 wolfram 这个词，另一方面，它们或多或少地试图直接说出它们是什么以及它们是做什么的。

Wolfram|Alpha 面向更广泛的受众，是一个更复杂的案例，因为在一个简短的名字中，我们需要捕捉一个几乎全新的概念。我们将 Wolfram|Alpha 描述为"计算型知识引擎"（computational knowledge engine），但我们如何将其缩短为一个名字？

我花了很长时间思考这个问题，最终得出结论：我们不能真正在名字中传达概念，相反，我们应该去传达系统的一些意义和特征。

这就是我们最终使用"alpha"的原因：它有"字母简单性"，它与语言相联系，它是一个技术特征，是一个试探性的软件步骤，并且有"第一个""顶部"等含义。我可以很高兴地说，这个名字起得很好。

那么我们要命名的语言呢？它应该叫什么名字呢？

嗯，我很确定"语言"（language）这个词应该出现在名字中，或者至少可以附加在名字上。因为如果不出意外的话，我们创造的确实是一种典型的语言：一组可以串在一起以代表无限范围的含义的结构。

然而，我们发明的这个语言的工作方式与人类的自然语言有些不同，最关键的是它是完全可执行的：一旦我们用语言表达了一些东西，它就会立即为我们提供一个规范，来说明应该采取的一系列独特的计算操作。

在这方面，我们的语言就像一种典型的计算机语言。但无论是在实践上还是在哲学上，两者都有一个至关重要的区别：典型的计算机语言（如 C、Java 或 Python）有一小部分简单的内置操作，并且集中使用这些操作来构建程序；但在我们的语言中，大量的计算能力和知识直接内建在了语言中。

在典型的计算机语言中，可能存在用于不同类型计算的库。但它们不是语言的一部分，也不能保证它们能互相适配或构建。而我们的语言一开始的设计构想就是尽可能多地去构建，拥有一个连贯的结构，尽可能多地自动化。在实践中，这意味着我们的语言拥有数千个精心设计的函数和结构，它们可以自动执行大量的计算，并以即时可用的方式传递知识。

因此，尽管我们的语言在其基本操作模式的某些方面与典型的计算机语言相似，但其广度和内容更会让人想起人类语言，并且它在某种意义上概括和深化了这两种语言的概念。

但它应该叫什么呢？事实上，我早在 1990 年就开始考虑这个问题了。当时的软件世界是不同的，我们可以以不同的方式部署这种语言。但是，尽管我们投入了大量的软件工程工作，最终我们也没有发布它。令人尴尬的是，最大的原因是我们无法为它取一个我们喜欢的名字。

我们在开发过程中使用的"默认名称"是 M 语言，M 大概是 Mathematica 的缩写。但我一直都不喜欢这个名字。它的命名方式看起来太像 C 语言了——我经常使用 C 语言，但它的特性和功能与我们的语言完全不同。特别是 M 似乎暗示了一种以"数学"（math）为基础的语言。然而，即使在当时（在今天则更甚），这种语言也远远不只关于数学。是的，它很擅长数学，但它是广泛而深入的，它还可以做大量其他算法和计算方面的事情，也可以做越来越多与内建知识相关的事情。

有人可能会问为什么 Mathematica 是这样命名的。嗯，这也是一个困难的命名过程。Mathematica 最初的开发名称是 Omega（Mathematica 中现在仍有基于"Omega"的文件类型注册）。之后有一小段时间，它被命名为 Polymath，后来又被命名为 Technique。之后，还出现了一大堆可能的名字，都记录在前面展示过的列表中[①]。

[①] 见第 6 章。——编者注

第 10 章 我们如何命名 Mathematica 的语言

但最后,在史蒂夫·乔布斯的敦促下,我们选择了一个我们最初因太长而放弃的名字——Mathematica。虽然我对这个系统的最初构想以及我们为它建立的基础远远超出了数学的范畴,但数学是它第一个真正明显的应用领域,这就是为什么当 Mathematica 首次发布时,我们将其描述为"一种通过计算机进行数学计算的系统"。

我一直很喜欢 Mathematica 这个名字。早在 1988 年,当 Mathematica 推出时,它在许多方面为计算机系统引入了一种新型命名方式,具有一定古典风格。在此后的几年里,Mathematica 这个名字被广泛模仿(比如 Modelica[①])。但很明显,在某种意义上,对于 Mathematica 本身来说,这个名字太狭隘了,因为它给人的印象是 Mathematica 所做的一切都是数学。

对于我们这个语言的命名,我们不希望出现同样的问题。我们想要一个能够传达语言的通用性和广度的名字,并且它不与特定的应用领域或使用类型挂钩。我们想要一个有意义的名字,这种语言无论被用来做微小的交互式工作,还是创建巨大的企业应用程序,都有意义;并且无论是被经验丰富的软件工程师、临时使用脚本的人还是第一次接触编程的孩子使用,也都有意义。

我的个人分析数据显示,23 年来,我一直在思考如何为我们的语言命名,而且这类活动是时断时续的。正如我所提到的,最初的内部名称是 M 语言。最近,默认的内部名称是 Wolfram 语言。

早在 20 世纪 90 年代初,我最喜欢的想法之一是 Lingua(遗憾的是它的发音方式很怪),它在拉丁语中是"语言"的意思,它类似于

---

① 一个面向对象、声明式的多领域建模语言,发布于 1997 年,可用于基于组件的复杂系统建模。

Mathematica 中的拉丁字符用法。但是 Lingua 听起来太奇怪了，而且对于母语中没有这个音的人，"gwa"这个音节是发不出来的。人们对 Express（快车）这个名字也有过短暂的热情 [可以联想到 expression（表达）和 express train（特快列车）]，但这想法很快就消失了。

MathGroup 这个 Mathematica 社区早期还提出了一些建议，如 Principia（原理）、Harmony（和谐）、Unity（统一）和 Tongue（语言）（最后这个名字，有人说容易被误认为"舌头"①）。1993 年，谢尔盖·布林是从事该语言工作的一名暑期实习生，他建议将其命名为 Thema——"数学的核心"（"ma-thema-tica"）。我自己在那个时代的笔记中记录了一些听起来相当古典的名字，比如 Radix（基数）、Plurum（复数）、Practica（实用）和 Programos（程序）。除了自己想了很多之外，我还询问了语言学家、古典学家、营销人员、诗人以及一位起名专家。但不知何故，那些名字要么表达得太少，要么表达得太多，要么太"重"或太"轻"，要么因为某种原因听起来很傻。20 多年过去了，我们仍然没有一个喜欢的名字。

现在，我们有了新的机会，必须发布这个语言了。但是在此之前，我们必须解决它的名字问题。这就是为什么我再一次认真思考这件事。

那么，我们究竟想用这个语言交流什么呢？首先也是最重要的，正如我之前所解释的，它与其他语言不同。从某种意义上说，这是一种新的语言。它是计算性的，但它也有本质的内容——广泛的知识、结构和内建的算法。它是一种高度可扩展的语言，适用于从微

---

① tougue 这个词有"语言"和"舌头"的意思。——编者注

小到巨大的程序。它是一种非常通用的语言，适用于许多领域。它是一种规范非常明确的符号语言，可以描述任意结构和任意数据。它混合了多种编程风格，尤其是函数式和基于模式的编程风格。它是交互式的。它的设计具有连贯性，并试图尽可能多地实现其工作的自动化。

至此，我们几乎必须在名字中加上"wolfram"，或者至少是一些类似的暗示了。但如果同时有一个合适的短名或昵称就好了。我们想传达的是，这种语言是我们作为一家公司所负责的事物，而且它将是非常广泛的，通常是免费提供的，而不是某种罕见而昂贵的东西。

所以显而易见的第一个问题是：语言通常是如何命名的？在Wolfram|Alpha中，我们有超过16 000种人类语言的数据，包括现在的和以前的。例如，在100个使用者最多的语言中，13%以ese结尾（比如日语, Japanese），11%以ic结尾（比如阿拉伯语, Arabic），8%以ian结尾（比如俄语, Russian），5%以ish结尾（比如英语, English），3%以ali结尾（比如孟加拉语, Bengali）。（如果我们观察更多的语言，ian会更常见，an和yi也开始经常出现。）那么我们的语言应该被称为Wolframese、Wolframic、Wolframian、Wolframish、Wolframaic吗？或者Wolfese、Wolfic、Wolfish？还是Wolfian、Wolfan、Wolfatic？或者异国情调的Wolfari或Wolfala？还是像Wolvese或Wolvic这样的变体？这里有一些有趣的单词，但对我来说，它们听起来太像晦涩难懂的部落语言。

那么计算机语言呢？有很多不同的名字。按照它们被引入的大致顺序，一些著名的语言有：Fortran、LISP、ALGOL、COBOL、

第 10 章 我们如何命名 Mathematica 的语言

APL、Simula、SNOBOL、BASIC、PL/1、Logo、Pascal、Forth、C、Smalltalk、Prolog、ML、Scheme、C++、Ada、Erlang、Perl、Haskell、Python、Ruby、Java、JavaScript、PHP、C#、.NET、Clojure、Go。

那么，这些名字是如何构造的呢？有些是缩写，特别是早期的语言，如 Fortran（Formula Translation，公式翻译器）和 APL（A Programming Language，程序设计语言）；有些是人名，如 Pascal、Ada 和 Haskell；有些则以公司命名，如 Erlang（源自 Ericsson language，爱立信公司的语言）和 Go（又称 Golang，源自 Google，谷歌公司的语言）。还有一些是根据一串天马行空的关联命名的，如从 BCPL 到 B，再到 C（音同 sea，大海），再到 shell（贝壳），再到 Perl（音同 pearl，珍珠），最后到 Ruby（红宝石）。也有的名字单纯很有趣，如 Python（取自 Monty Python，蒙提·派森[①]）。如果你看看那些不太知名的语言，这些命名趋势还会继续下去。

这里有两点很重要：第一，计算机语言似乎可以被称为几乎任何东西；与大多数人类语言（通常从地名派生而来）不同，计算机语言似乎没有出现特殊的语言标志。第二，计算机语言的名称很少能立即传达出语言的特性或愿景，有时候它们指的是计算机语言的历史，但通常它们看起来只是随机的单词。

因此，对我们来说，这表明也许我们应该使用现有的"随机词"，并将我们的语言称为"Wolfram 语言"，或者"WL"，或者直接简称为"Wolfram"。

[①] 英国喜剧团体。据说 Python 语言的创始人吉多·范罗苏姆（Guido van Rossum）喜爱蒙提·派森的节目，Python 因此得名。——编者注

我们也可以从我们的"随机词"wolfram开始想,并且更加异想天开。一个可能的名字Wolf(狼)曾在内部引起了一些兴趣。然而,狼往往有着可怕的联想。但至少Wolf这个名字立即提供了一个明显的图标概念。我们甚至已经有了一种可能的形式。因为当我们在20世纪90年代中期为Mathematica引入特殊的字符字体时,我们引入了一个\[Wolf]字符(🐺),它是基于我画的一个小图标制作的。通过加工,我们可以把它绘制成一个引人注目的语言图标,甚至还可以在一段文本中将其显示为单个字符:

还有各种各样的变体,比如WolframCode、WolframScript、Wolfcode或Wolfscript,但这些听起来要么太晦涩,要么太轻量。然后是有点不优美的WolframLang,或者缩写为WolfLang、WolfLan,听起来太像Wolfgang(沃尔夫冈)了。还有像WolframX和WolfX这样的名字,但不清楚"X"增加了多少价值。又有WolframQ或WolframL,以及WolframPlus(Wolfram+)、WolframStar(Wolfram*)或WolframDot。还有Wolfram1(什么时候有2?)、WolframCore(还记得核心内存吗?)或WolframBase。此外有Wolfram|Alpha风格的

希腊字母后缀，如 WolframOmega 或 WolframLambda（wolf、ram、lamb[①]，动物简直太多了！）。名字也可以缩短，比如 W 语言，但听起来太像 C 语言了。

当然，如果喜欢"狼式异想天开"，还有各种各样的点子。Wolf 倒过来就是 Flow（流），尽管这对于一种离简单流程图很远的语言来说似乎并不合适。还有像 Howl（嚎叫）和 Growl（咆哮）这样的名字，我就不能太当真了。如果你走进狼的民间传说，会有很多单词和名字可用，但它们似乎更适合中世纪而不是未来。

我们可以走古典路线，但狼的拉丁语单词是 Lupus，这也是一种疾病的名称[②]，希腊语是 Lukos[③]，在现代人看来，这似乎是一个很随意的词。不同情况下，人们会得到"风格不同"的单词。这些单词的替代格或变体（如 Lupum、Lupa 或 Lukon）也没什么希望。不过至少我可以用我小时候学的拉丁语和希腊语知识来确定这一点。（而且就算从英语形式看很有趣的词，像 Lupin，也是没法用的。）

在异想天开的方向上，还有像 Tungsten（钨）这样的单词，它是元素周期表上第 74 号元素常见的英文名称，其元素符号 W 可以代表 wolfram，其最常见的矿石是黑钨矿（wolframite）。（不，黑钨矿不是我祖先发现的。）

用一些更科学的方法怎么样？比如去搜索一个包含所有可能的名字的空间，颇有"NKS[④]风格"。例如，可以尝试将所有可能的单

[①] 分别可直译为狼、公羊、羊羔。
[②] lupus 在英语中指狼疮。
[③] 本书的希腊语单词写法均为转写成拉丁字母后的形式。——编者注
[④] 指 *A New Kind of Science*，作者的著作《一种新科学》。

个字母添加到"wolfram"中,这样可以得到Wolframa、Wolframz和Wolframé等没什么希望的名字。添加两个字母,就可以得到Wolframos、Wolframix和WolframUp之类的名字。人们可以尝试添加所有可能的短单词,以得到WolframHow、WolframWay和WolframArt等名字。在我们待命名的语言(或Mathematica)中,只需一行代码就可以得到典型英语单词中"am"后面跟随字母的分布,产生诸如Wolframsu、Wolframity或实在不怎么样的Wolframble等名字。

但换一个方向去想如何?可以尝试去找真正能体现出我们想要表达的这一语言内涵的单词。要构成新的、富有启发性的形式,一种常见方法是回归古典或印欧词根,然后尝试构建这些形式的新组合或变体。当然,如果我们使用一种语言中的实际单词形式,我们至少能确定它是在语言进化的自然选择中留存下来的。

在过去的一段时间里,人们几乎可以取任何拉丁语或希腊语的词根,并期望被受过教育的人理解。例如"cyber-",它从希腊语引入时,意思是舵手(steerman)或方向舵(rudder)。但在今天给语言起名这件事上,我们基本上要把自己限制在现有单词里我们比较熟悉的词根上。

事实上,在"语义空间"(semantic space,也称义区)的相关领域,"词汇空间"(lexical space)中挤满了相当常见的单词。例如,英语中的language(语言)在拉丁语中是lingua或sermo,在希腊语中是glossa或phone;英语中的computation(计算)在拉丁语中是computatio,在希腊语中是arithmos或logismos;英语中的knowledge(知识)在拉丁语中是scientia或cognitio,在希腊语中是episteme、 mathesis 或 gnosis；英语中的 reasoning（推理）在拉丁语中是 ratio，在希腊语中是 logos；等等。

但是我们能从这些词根中发现什么呢？我还没找到什么特别吸引人的东西。通常，这些名字要么很丑陋，要么暗示了一个明显错误的意思（如 Wolframology 或 Wolfgloss）。

你也可以看看其他人类语言，其实，如果你在 Wolfram|Alpha 中输入"translate 'word'"（翻译"词"），然后按几次"More"（更多）键，你就可以看到多达几百种语言的翻译。但通常情况下，除了印欧语系以外，大多数出现的翻译对英语使用者来说像是随机的词。比如，wolf 这个词在中文里的发音可转写为"lang"（狼）。

所以我们该何去何从呢？一个可能的方向是这样的：我们一直试图通过修改或扩展 wolfram 这个词来找到一个名字，并希望 language 这个词只被用于后缀。但我们需要牢记，我们所拥有的实际上是一种新的语言，所以也许我们应该考虑修改 language 一词。

但是怎么做呢？例如，人们在科学词汇中使用各种前缀，通常来自希腊语或拉丁语，以表示某种扩展或"超越"：ana-、alto-、dia-、epi-、exa-、exo-、holo-、hyper-、macro-、mega-、meta-、multi-、neo-、omni-、pan-、pleni-、praeter-、poly-、proto-、super-、uber-、ultra-，等等。而这些 Wolfram 超语言（Wolfram hyperlanguage）（WHL？）中可能存在最好的选择，尽管它会不可避免地听起来有点"炒作"（hypey），而且可能太容易让人联想到超文本（hypertext）和超链接（hyperlink）了。[在希腊语和拉丁语的基础上去理解，还会想到超语言（hyperlingua）。]

Wolfram superlanguage（超级语言）、Wolfram omnilanguage（全语言）和 Wolfram megalanguage（巨语言）听起来都很奇怪，像"上个世纪"的。Wolfram ultralanguage（超级语言）和 Wolfram uberlanguage（超级语言）① 似乎都"用力过猛"了，不过 Wolfram Ultra（没有"language"）要好一点。Wolfram exolanguage（外来语）可以缩短为 Wolfex，但表达的意义是不合适的 [想想 exoplanet（系外行星）]。Wolfram epilanguage（超越语）（或简化为 Wolfram Epi）在内涵方面更好 [想想 epistemology（认识论）]，但听起来过于技术化了。

一个相当令人沮丧的例子是 Wolfram metalanguage（Wolfram 元语言，WML）。这个名字乍听起来不错，在希腊语中，意思甚至差不多是正确的。但是 metalanguage 在英语中已有含义，指关于另一种语言的语言，这不是我们想要的意义。Wolfram Meta 可能更好，但也有同样的问题。

好吧，如果我们不能给单词 language 加前缀，那么在 wolfram 和 language 之间加一个单词或短语怎么样？显然，这会导致名字很长，但也许会有合适的缩略语或缩写。

一个直接的想法是 Wolfram Knowledge Language（Wolfram 知识语言，WKL），但这听起来像是一种表示知识的语言，而不是一种实际包含大量知识（以及算法等）的语言。更准确的说法应该是 Wolfram Knowledge-Based Language（Wolfram 基于知识的语言，Wolfram KBL）。此外，无论如何命名，或许"基于知识的语言"都应该被用作该语言的描述。

---

① hyper-、super-、ultra-、uber- 这四个词缀比较相近，都有超过、超越的意思。——编者注

另一个方向是插入 programming（编程）一词。因此想当然的名字是 Wolfram Programming Language（Wolfram 编程语言，WPL）。但也许更好的做法是描述我们的语言促成的新型编程，人们可以称之为 hyperprogramming（超编程），或者 metaprogramming（元编程）。macroprogramming（宏编程）可能很好，但"宏"的旧概念已经太难消除了。因此，可想而知，人们可以使用 Wolfram Hyperprogramming Language（Wolfram 超编程语言，WolframHL、WolframHPL 或 WHL）或 Wolfram Metaprogramming Language（Wolfram 元编程语言，WML），至少可以使用 hyperprogramming 或 metaprogramming 作为该语言的描述。

那么结论是什么？我想最明显的元结论是，为我们的语言命名是很困难的。令人抓狂的是，一旦我们有了名字，我就能很快结束我这 20 年来的探寻工作。也许最终的名字是我们已经考虑过的一个，只是当时考虑得不对（给 Mathematica 起名的时候差不多就是这样）。也许灵感的闪现会带来一个新的伟大名字（这差不多就是给 Wolfram|Alpha 起名时所发生的事情）。

应该叫什么名字呢？我希望我在这里讨论的各种想法能得到反馈，并能得到新的建议。不得不说，当我写这篇文章的时候，我有点希望它最终会是一种浪费：通过解释这个问题，我能自己解决它。但这并没有发生。当然，如果有人直接提出一个我们可以使用的好名字，我会非常激动。正如我所描述的，起名字这件事情有很多的限制，我认为更现实的办法是，人们提出命名的框架和概念，我们从中得到产生最终名字的灵感。

第 10 章 我们如何命名 Mathematica 的语言

我为我们这些年来所创建的语言感到非常自豪,我想确保它有一个名副其实的名字。一旦我们有了名字,我们就最终准备好将这种新语言推向世界了,我将兴奋地看到新语言带来的各种可能。

 正如 2013 年 3 月 11 日宣布的那样:我们最终选择的名字是 Wolfram Language(Wolfram 语言)。

第 11 章

我整天都做什么：技术首席执行官的直播

2017 年 12 月 11 日

11.1 公开思考

我在 Wolfram Research 公司担任首席执行官已有 30 多年了。但这实际上意味着什么？平时每天我都会做什么？我工作当然非常努力，但我觉得我是我们这样规模的科技公司里的非典型首席执行官。因为我的大部分时间都花在了一线，我想弄清楚我们的产品应该如何设计和架构，以及它们应该做什么。

30 年前，我大部分时间都是自己工作。如今，我几乎总是和大约 800 名员工一起工作。我喜欢做事时跟大家充分互动。过去的 15 年间，我花了很多时间去做我常说的"公开思考"：通过开会与他人实时解决问题并做出决策。

我经常会被问这是怎么做到的，以及我们的会议如何运转。所以，最近我意识到：要更好地向人们演示（也许是指导）我们是如何开会的，还有什么方式比直播我们那些真实的会议更好的呢？因此，在过去的几个月里，我直播了 40 多小时的内部会议，让每个人都能在线实时了解我的工作，以及我们的产品是如何被创造出来的。①

---

① 截至 2019 年年初，我已经进行了超过 336 小时的直播。——原书注

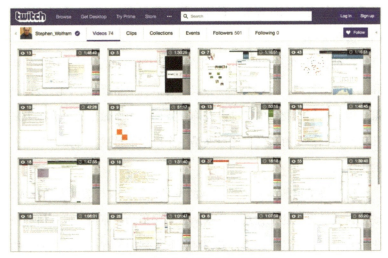

Twitch 网站上作者的直播视频页面

11.2 洞察决策

在世界各地，人们都经常抱怨"开会什么都解决不了"。我的会议可不是这样的。很客观地讲，在我所参加过的每一次产品设计会议中，我们都弄清了最重要的事情，也在一定程度上做出了最重要的决策。例如，今年到目前为止，我们已经为 Wolfram 语言添加了超过 250 个全新的函数。我们在会议上讨论过每一个新函数，通常，设计、命名甚至函数的概念都是在会议现场确定的。

我们的会议对思考强度的要求很高。在一小时或者任意长度的时间里，我们必须解决通常来说非常复杂的问题，这就需要与会者对某些领域有深刻的理解，最终会议才能得出对未来产生深远影响的想法和决策。

在过去的30多年里，我一直在努力保持Wolfram语言的一致性和连贯性。每天，我都会主持会议，为语言中新添加的内容进行决策。维护我们所制定的标准，并确保我们今天所做出的决策在未来几年对我们都是有益的，这始终是一个巨大的挑战，也是一项重大的责任。

这种决策可能涉及神经网络的符号框架，或与数据库的集成，或如何表示复杂的工程系统，或函数式编程的新原语，或几何可视化的新形式，或量子计算，或与邮件服务器的编程交互，或分子的符号表示，或Wolfram语言现在涵盖及将来要涵盖的无数其他主题。

在一个特定的领域中都有哪些重要的函数？它们与其他函数有何关联？它们的名字正确吗？我们如何处理看似不兼容的设计约束？人们能理解这些函数吗？还有，相关的图形或图标是否尽可能好看、清晰且优雅？

到目前为止，对于这些问题我有差不多40年的解决经验，而且跟我一起工作的人也多是身经百战了。通常一次会议会从事先准备好的提案开始讨论。有时，这只是一个理解问题、深入思考然后确认的过程。但为了维护我们制定的标准，我们通常还是要去解决一些真正的问题。会议将来来回回地讨论，以期能解决问题。

会议上，大家会提出一些想法，它们往往会被否决。有时我们会觉得自己完全被困住了。但会议上的每个人都知道这不是一次演习，我们必须拿出一个切实可行的方案。有时我会尝试进行类比，以期找到过去我们在其他地方解决过的类似问题。有时我会坚持回到第一原则，回到问题的中心，从开头去理解一切。人们会提出很多具体的学术或技术知识，而我一般会从中提炼事物的本质。

如果我们的标准降低一点，事情肯定会容易得多。但我们不希望看到技术委员会做出妥协后的结果。我们想要的是真实、正确、能经得起时间考验的答案。这些往往需要真正的新想法，最后的结果则通常会令人非常满意。我们投入了大量的工作和思考，最终我们得到了一个解决方案，这是一个非常好的解决方案，是真正的智慧成就。

通常，这一切都是在我们公司内部私下进行的。但有了直播，任何人都可以看到我们进行中的会议，还可以看到某个函数被命名或某个问题被解决的时刻。

11.3 会议是什么样的

如果你收看直播，你能看到什么？直播的内容可谓丰富多彩。你可能会看到正在试用的一些 Wolfram 语言新函数（常常是基于几天甚至几小时前提交的代码所生成的版本）；你可能会看到关于软件工程、机器学习趋势、科学哲学[①]、如何处理流行文化的某些问题、如何修复某些概念性错误的讨论；你也可能会看到正在开始的一些

[①] 科学哲学（philosophy of science）是 20 世纪兴起的一个哲学分支，关注科学的基础、方法和含义，主要研究科学的本性、科学理论的结构、科学解释、科学检验、科学观察与理论的关系、科学理论的选择等。

新领域的工作；还可能会看到我们完成某部分 Wolfram 语言文档，或者看到我们完成一项视觉设计。

参加我们会议的人非常多样化，他们有着各种各样的口音、背景和专长。我们还经常需要召集一些额外的具有特定专业知识的与会者（原本以为不需要的）。（我觉得我们的公司文化真是太好了，根本没有人会惊讶于临时被拉到一个会议上，然后被问及某些话题的细节，尽管他们以前根本不知道这些细节会跟我们有关系。）

我们是一家地理分布上非常分散的公司（1991 年以来，我一直远程担任首席执行官）。所以基本上我们所有的会议都是网络会议。（我们使用语音通话和屏幕共享就够了，也许除了看移动设备上的内容、看书上的内容或在纸上画图以外，视频没什么帮助。）

大多数情况下，大家都在看我的屏幕，有时也会是别人的屏幕。（看别人屏幕的一般原因是要看目前只能在他们的计算机上运行的东西。）大多数情况下，我会在 Wolfram 笔记本中工作。一般在笔记本中会有一个会议的初始议程，以及可执行的 Wolfram 语言代码，我们会从这里开始讨论，然后我会修改内容或创建新的笔记本。我经常会去检验我们的设计思路。有时，人们会发送代码片段让我运行，或者我自己编写一段。有时，我会现场编辑我们的主文档。有时，我们会观看实时进行的图形设计。

我们会议的目标是尽可能地解决问题，与所有为我们提供所需意见的人实时沟通，并收集所有相关的想法和问题。有时，有人（有时是我）会在事后意识到，我们觉得已经做好的决策是不正确的，或者行不通。但好消息是，这种情况非常罕见，这可能是因为我们用实时播出的方式来开会。

在我们的会议中，人们往往非常直接。如果不同意某件事，他们就会直说。我非常希望会议中的每个人都能真正理解与他们相关的所有事情，这样我们就能从他们的思考和判断中获益。（这可能会导致我过度地使用"这有道理吗？"或者"你明白我的意思吗？"之类的句子。）

当然，与会的人都非常有才华，他们能快速理解事情，这对我们的会议大有裨益。现在每个人都知道，即使会议的主要议题是某一件事，为了取得进展，我们很可能不得不涉足一些完全不同的事。要跟上这样的会议，需要一定的智商和敏捷思维。至少，我觉得去实践和培养这种能力本身就是一件很好的事情。

对我来说，能同时做这么多不同主题的工作是非常令人兴奋的，甚至往往在一天中连续的几小时里，工作的主题也大不相同。工作很辛苦，但也很有趣。而且，我们通常充满幽默感，特别是在我们结束会议前所讨论的示例的细节中（会经常谈到大象、乌龟，以及很多奇怪的使用场景）。

会议的规模从两三人到二十人不等。有时候，随着讨论内容细节的变化，我们会在会议过程中增加和减少一些人。特别是在大型会议（往往是横跨多个小组的项目会议）中，通常会有一个或多个项目经理（project manager，PM）出席。项目经理负责项目的整体流程，并在需要做出贡献的不同小组之间进行协调。

如果你看直播，你会听到一定数量的行业术语。其中一些是在软件行业中约定俗成的〔比如 UX（user experience，用户体验）、

SQA（software quality assurance，软件质量保证）］，还有一些是我们公司内部所使用的缩略语［比如 DQA（document quality assurance，文档质量保证）、WPE（Web product engineering，Web 产品工程）］或内部事物的名称［比如 XKernel（原型 Wolfram 语言构件）、pods（Wolfram|Alpha 输出的元素）、pinkboxing（指示无法显示的输出）、knitting（文档的交联元素）］。当然，在某些会议上与会者偶尔会发明新的术语，或某种东西的新名称。

通常我们的会议节奏很快。想法一出现，人们会立即做出回应。一旦做出决策，人们就会在这个决策的基础上再接再厉，找出更多的答案。尽管我没有与会者所具有的经验基础，但在会议中，有时我也能看出人们的想法似乎远远偏离了正在进行的讨论。不过我还是认为，会议整体上富有成效，观看整个讨论过程也非常有趣。

11.4 直播的心路历程

这些年来，我出于其他目的做过大量的直播，但直播我们内部会议是一个新想法。

早在 2009 年，当我们推出 Wolfram|Alpha 时，我们实际上直播了网站上线的过程。（我想，上线如果出现问题，我们不妨向大家展示实际出了什么样的问题，而不仅仅是发布一条"网站不可用"的消息给大众。）

我直播过我们发布新软件时进行的现场演示和试用；我直播

过我的日常工作，包括编写代码或撰写"可计算性的论文"（我的儿子克里斯托弗可以说是一个比我上手更快的 Wolfram 语言程序员，他也直播过他的一些实时编码工作）；我还直播过我们的现场试验，特别是我们在 Wolfram 暑期学校（Wolfram Summer School）和 Wolfram 夏令营（Wolfram Summer Camp）中所做的工作。

但直到最近，我所有的直播基本上都是单打独斗，直播间里没出现过其他人。但我一直认为我们的内部设计评审会议非常有趣，所以我想："为什么不让其他人也听听呢？"我得承认一开始我有点紧张。毕竟，这些会议对我们公司的工作非常重要，我们不能让它们被任何事情拖累。

因此，我坚持认为，无论直播与否，会议都必须是一样的。我为直播做出的唯一让步是，我会做几句介绍，大致解释一下会议的内容。好消息是，会议一开始，与会者（包括我自己）似乎很快就忘记了会议正在直播，开始专注于会议中正在进行的（通常相当激烈的）讨论。

当我们直播会议时，有趣的事情发生了，那就是与观众进行的实时文字聊天。通常聊天内容是问题和一般性讨论。但有时，聊天内容是关于我们正在做的或者说的内容的有趣的评论或建议。这就宛如有了即时顾问或即时焦点小组，为我们的决策提供实时输入或反馈。

有一个实际问题是，会议中的主要人员需要关注会议本身，而不是处理文字聊天。所以我们安排专人去做这件事情，选择几条最相关的评论和建议拿到会议上讨论。这种方法效果很好，事实上，

第 11 章　我整天都做什么：技术首席执行官的直播

在大多数会议中，观众总会提出一两个好主意，我们可以立即将其纳入我们的思考。

你可以把直播看作一种真人秀电视节目，只不过它是实时进行的。我们计划为录下来的素材设定系统的"播出时间"。但直播有一个限制，即它必须在会议实际发生时进行。我会制作一个非常完整且复杂的时间表，包含了我要做的各种不同的事情。而一次设计评审会议的确切时间，通常取决于具体的代码或设计工作何时准备就绪。

会议时间还取决于与会者的时间，他们通常生活在不同的时区，也有自己的时间限制。我尝试过各种方法，但现在最常用的方法是设计评审会议只提前一两天安排。虽然我个人白天和晚上都在工作，但大多数设计评审会议被安排在美国（东部）的工作时间，因为这样最方便所有与会者安排时间，包括那些可能在需要的时候临时参会的人。

从直播的角度来看，如果能有一个更可预测的相关会议时间表就好了。但会议本身就是为了实现最大的生产力而设置的，而直播只是一个附属品。

我们正在尝试使用 Twitter 来提前发出直播通知。但最终，直播何时开始的准确信息还是来自我们使用的 Twitch 直播平台的通知。（是的，Twitch 现在主要用于电子竞技直播，但我们和他们都希望它也能用于其他事物。因为他们对电子竞技的关注，他们的屏幕共享技术已经非常优秀。说来有趣，我知道 Twitch 已经很久了。我在 2005 年的第一个 Y Combinator 演示日见过它的创始人，我们还用它的前身 Justin.tv 直播了 Wolfram|Alpha 的发布。）

11.5　工作风格

我做的所有工作并不都适合直播。除了在会议上"公开思考",我也会花时间"私下思考",做一些事情,比如写作。(写《一种新科学》一书,我花了 10 多年的时间,几乎完全是"私下思考"。)

如果我查看某周的日历,我会看到各种各样的事情。每天都有至少一个我直播过的设计评审会议,还有相当多的项目审查会议,其间,我设法推进各种项目。此外,还有一些战略和管理方面的讨论,以及偶尔举行的外部会议。

我们公司非常重视研发,并努力打造最好的产品。因此,我的时间必须都花在刀刃上,我必须更重视知识价值而非商业价值。有些人可能会觉得,经过这么多年,我不可能在直播的设计评审中,参与到细节层面的讨论中。

但事实是,从长远看来,我正在努力以最好的方式设计 Wolfram 语言。做了 40 年的软件设计,我在这方面很有经验,所以我做起来得心应手,速度相当快,而且百不失一。当然,我们公司现在已经拥有了很多杰出的软件设计师,但我仍然是 Wolfram 语言设计经验最丰富的人,同时也是对系统最有全局观的人(这也是为什么在设计评审会议上,我会花一小部分时间来把不同的相关设计工作联系起来)。

我还很注重细节。这个选项的名称究竟应该是什么?这个图标应该是什么颜色?在特定的极端情况下,该函数应该做什么?对,没有我,这些事情都能以某种方式解决。但在须臾之间,我能帮助

第 11 章 我整天都做什么：技术首席执行官的直播

团队确保我们所做的确实是我们可以在未来几年创建出来并引以为豪的东西。我认为在这些事情上花时间很好，很值得。

通过我们的直播会议，更多的人能参与到这个过程中，这是很有趣的。我希望直播会议能帮助人们了解我们是如何创造 Wolfram 语言的。（软件设计往往是默默无闻的，只有出现问题时才会被注意到，所以能够给大家展示这些内容是很好的。）

从某种意义上说，设计 Wolfram 语言的过程是应用计算思维的一个集中而高端的范例。我希望通过观看我们的会议，人们能学习到他们自己可以如何应用计算思维。

现在，我们正在直播的会议是关于正在开发中的 Wolfram 语言新功能的。考虑到我们激进的软件发布时间表，我们所谈论的东西很快就会在产品中正式发布。对这样的发布，大家会有一些非常独特的体验。因为这是有史以来第一次，人们不仅可以看到我们完成了什么，而且还可以回到直播录像中，看看解决方案是如何被找到的。

这是对一种强大的智力活动形式进行的有趣而独特的记录。但对我来说，能够分享我每天参与的一些有趣的谈话已经很好了。作为一名亲力亲为的首席执行官，我所花费的时间不仅推动了 Wolfram 语言和我们正在构建的其他产品的发展，而且还可以直接帮助世界上更多的人享受教育（或许还有娱乐）。

第 12 章

Spikey 的故事

2018 年 12 月 28 日

12.1 Spikey 无处不在

在我今天的生活中，我们称之为 Spikey[①] 的图标，它无处不在：

它出自一个三维物体——被称为菱形六十面体的多面体：

它有什么样的故事？我们为何将它作为我们的象征？

[①] Spikey 可直译为"充满尖刺的"，是 Wolfram Research 公司品牌图标的名称。后文也将一些带尖刺的类似图标或图形称为 Spikey。

12.2 Spikey 的起源

早在 1987 年，当我们开发 Mathematica 的第一个版本时，我们的创新之一就是能够从符号描述中生成与分辨率无关（resolution-independent）的三维图形。在我们早期的演示中，这让我们可以创建非常清晰的正多面体图像。但是随着 Mathematica 1.0 发布时间临近，我们想要一个更令人印象深刻的例子。所以我们决定采用最后一种正多面体——正二十面体，然后通过一定的星状化[①]（或者更准确地说，堆积）来制造更复杂的东西（是的，这就是 30 年前最初的 Wolfram 笔记本界面的样子……）：

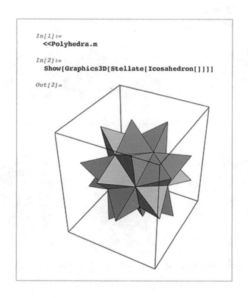

[①] 星状化（stellation）是指将多面体的边或平面延伸，直至其再次相交，形成一个新的多面体或复合体。这个过程生成的多是星形多面体。

起初,这只是一个很好的演示,它碰巧在我们当时使用的计算机上运行得足够快。但很快,这个三维图像就开始成为 Mathematica 事实上的图标。到 1988 年 Mathematica 1.0 发布时,这个星形二十面体已经无处不在:

随着时间的推移,对我们这个特别的星状化二十面体的致敬开始以各种各样的材质和尺寸出现:

但就在 Mathematica 1.0 发布一年后,我们正准备发布 Mathematica 1.2,为了传达其更复杂的功能,我们想要一个更复杂的图标。我们的开发人员之一伊戈尔·里温(Igor Rivin)已经完成了关于双曲空间中多面体的博士学位研究,通过他的工作,一个双曲二十面体成为我们 1.2 版的营销材料的装饰元素。

第 12 章 Spikey 的故事

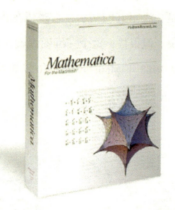

1989年我30岁生日时,我的员工给了我一件最新的Spikey T恤,上面有我想即使过了这么多年,我仍然会说的一句话:

"开公司很有趣。"——斯蒂芬·沃尔弗拉姆,1989

在 Mathematica 1.2 之后,我们的营销材料中有一整套双曲正多面体,但在 1991 年 2.0 版本到来时,我们选定双曲十二面体为我们最喜爱的图案。

12.2　Spikey 的起源

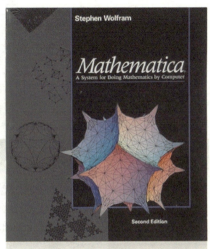

《Mathematica：一种通过计算机进行数学计算的系统（第 2 版）》封面

不过，我们还在继续探索其他"Spikey 形状"。受列奥纳多·达·芬奇（Leonardo da Vinci）[1]为卢卡·帕乔利（Luca Pacioli）[2]的《神圣比例》（*De divia pro portione*）[3]一书绘制的星形二十面体（具有令人惊叹的良好视角）的"木模型"风格启发，我们委托斯科特·金（Scott Kim）[4]制作了一张 2.0 版海报，它展示了五个相交的四面体，它们最外面的顶点构成一个十二面体。

---

[1] 意大利文艺复兴时期画家、自然科学家、工程师，与米开朗琪罗、拉斐尔并称"文艺复兴后三杰"。
[2] 意大利会计学家、数学家，"现代会计之父"。
[3] 《神圣比例》以通俗的方式讲述了黄金分割比例及其性质、建筑学和比例论，堪称艺术与数学结合的典范。艺术大师达·芬奇为其绘制了插图。
[4] 韩裔美籍游戏设计师、艺术家、作家。

左图为达·芬奇绘制的插图,右图为 Mathematica 2.0 海报

今天,我翻看了我 1991 年的档案,发现了一些"解释性"代码,由伊兰·瓦尔迪(Ilan Vardi)编写,我很高兴看到它还在我们最新版的 Wolfram 语言中运行(尽管现在它可以写得更优雅):

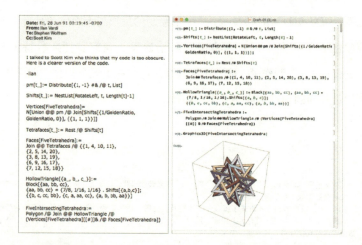

12.2 Spikey 的起源

多年来,我们形成了一个特别的仪式,就是当我们准备推出一个新的整数版本的 Mathematica[①] 时,我们会召开非常认真的会议来"挑选我们的新 Spikey"。这些图案有时会有数百个选择,它们是用各种不同的算法生成的,通常由迈克尔·特罗特(Michael Trott)负责:

第 5 版

第 6 版

[①] 指版本号为整数变化的重大版本升级。

第 12 章 Spikey 的故事

第 7 版

Spikey 的色调不断演变，并且经常会反映系统中的新功能（尽管可能是以某种微妙的方式）。迄今为止，我们已经有了 30 年创造双曲十二面体变体的传统：

第 1 版　　　　第 2 版　　　　第 3 版　　　　第 4 版
1988　　　　　1991　　　　　1996　　　　　1999

第 5 版　　　　第 6 版　　　　第 7 版　　　　第 8 版
2003　　　　　2007　　　　　2008　　　　　2010

12.2 Spikey 的起源

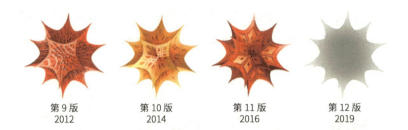

第 9 版
2012

第 10 版
2014

第 11 版
2016

第 12 版
2019

尽管到目前为止我们已经积累了数百个参数，但直到最近，探索参数空间才得以稍稍简化：

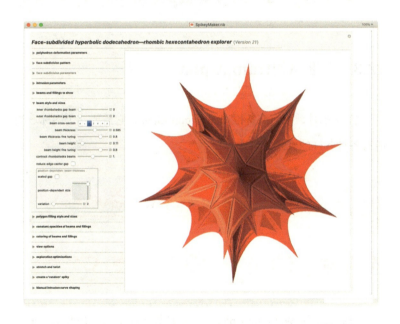

双曲十二面体有 20 个顶点，它非常适合在 2008 年用来庆祝 Mathematica 20 周年。但当我们想在 2013 年 25 周年纪念日做一些类似的事情时，我们遇到了一个麻烦：没有 25 个顶点的正多面

239

体。但是，我们设法创建了一个近似的多面体（基本上就是使用 SpherePoints[25]①），然后根据在公司的时间长短确定尺寸大小，为每个人制作了一个三维打印件：

12.3 走进 Wolfram|Alpha

2009 年时，我们准备推出 Wolfram|Alpha，它需要一个图标。当时有各种各样的概念可供选择：

我们想强调 Wolfram|Alpha 是通过计算（而不仅仅是搜索）来工作的。有一段时间，我们热衷于用某种类似齿轮的图案来象征这一

---

① SpherePoints[n]（球面点）是 Wolfram 语言的内建符号，用于给出单位球面上 n 个均匀分布的点的位置。

点。但我们也希望这个图标能让人想起我们长期以来的 Mathematica 图标。这就引出了一个经典的"首席执行官必须疯狂"的项目：用类似 Spikey 的形状做一个齿轮装置。

Mathematica 和 Wolfram 语言的长期用户、匈牙利机械工程师尚多尔·考鲍伊（Sándor Kabai）提供了帮助，他建议使用"尖刺齿轮"（Spikey Gear）：

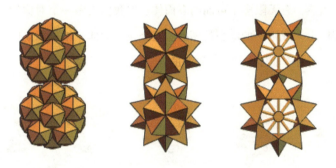

然后，回归第 2 版的相交四面体，他想出了这个：

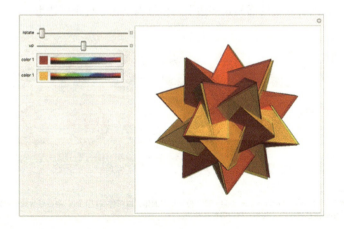

第 12 章　Spikey 的故事

2009 年，三维打印已经变得非常流行，我们认为 Wolfram|Alpha 的图标易于三维打印会很好。双曲多面体已经过时了：它们的尖刺会折断，而且可能很危险。（至于像 Mathematica 第 4 版的图标这样带有"安全尖刺"的东西，则不够优雅。）

有一段时间，我们专注于齿轮的想法。但最终我们决定，应该再看看常规的多面体。但是如果我们要采用多面体，应该选哪一种呢？

当然，有无限多个可能的多面体。但我们要做一个对称的、一定程度上"规则"的漂亮的图标。五个正多面体（柏拉图立体）实际上是所有多面体中"最规则"的：

然后是 13 种阿基米德立体①，对于一个阿基米德立体，它的顶点都是相同的，它的面是正多边形，但可以不止一种正多边形：

---

① 阿基米德立体（Archimedean solid）是一种半正多面体，以两种或以上的正多边形为面，可以由正多面体经过截角、截半、截边等操作构造。

12.3 走进 Wolfram|Alpha

人们可以提出各种类型的"规则"多面体。一个例子是"均匀多面体"①，如 1993 年《数学杂志》的海报所示：

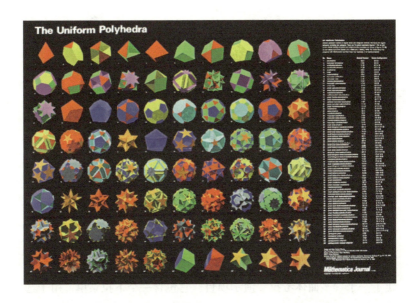

多年来，埃里克·韦斯坦（Eric Weisstein）一直在汇编各种数学知识，并于 1999 年创建了 MathWorld②，他努力在其中收录了尽可能多的著名多面体的文章。2006 年，作为将各种成体系的数据收入 Mathematica 和 Wolfram 语言这项工作的一部分，我们开始收录来自 MathWorld 中的多面体数据。最终，当 Mathematica 6.0 于 2007 年发布时，它包含了函数 `PolyhedronData`（多面体数据），该函数包含 187 个著名多面体的大量数据。

---

① 由正多边形面构成且具有顶点可递特性的多面体，即其顶点是全等的。
② Wolfram Research 公司旗下的在线数学百科产品，主要由埃里克·韦斯坦创建。——编者注

第 12 章 Spikey 的故事

Mathematica 和 Wolfram 一直支持生成正多面体，不过现在变得更容易了。随着 6.0 版本的发布，我们还启动了 Wolfram 演示项目，该项目很快开始积累各种与多面体相关的演示。

当时我 10 岁的女儿凯瑟琳（Catherine）碰巧一直在学习几何，创建了一个"多面体考拉"演示项目，它包含一个下拉菜单，用于选择 `PolyhedronData` 函数产生的所有多面体：

12.3 走进 Wolfram|Alpha

这就是 2009 年年初我们想为 Wolfram|Alpha "挑选一个多面体"的背景。这一切在 2 月 6 日星期五晚上达到了高潮,当时我决定自己看看。

我仍然保留着我用过的笔记本,它展示了起初我尝试的一个相当不可靠的想法,即把球体放在多面体的顶点上:

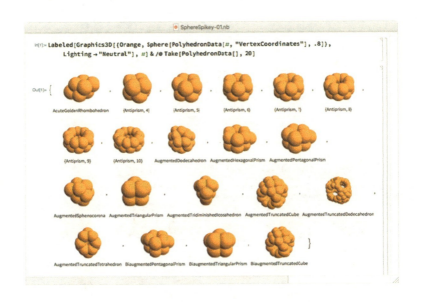

但是(正如笔记本历史系统所记录的那样)不到两分钟,我就生成了纯多面体图像——都是我们准备使用的橙色的。

第 12 章　Spikey 的故事

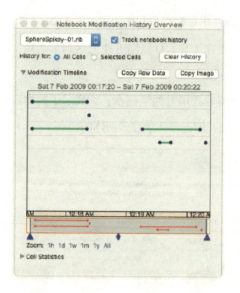

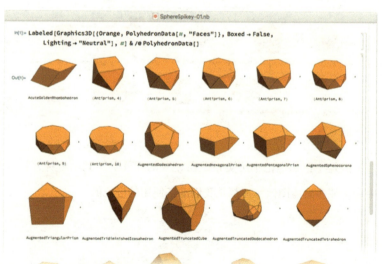

多面体按名称的字母顺序排列，第 28 行是菱形六十面体：

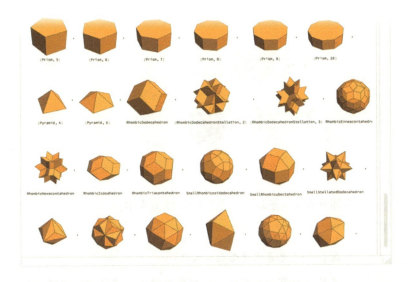

几分钟后，我回到了菱形六十面体上，在 2009 年 2 月 7 日 0 点 24 分 24 秒，我把它旋转到了我们现在使用的方向：

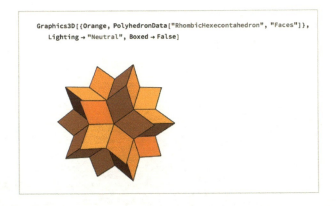

我想知道它在灰度模式或剪影状态下会是什么样子，4 分钟后我用 ColorSeparate（颜色分离）看到了：

我立即开始写电子邮件，并于 0 点 32 分发出：

我 [……] 更喜欢菱形六十面体……

这是一个有趣的形状……非常对称……我认为它可能有合适的复杂度……而且它的剪影很好看。

12.3 走进 Wolfram|Alpha

```
Subject: logos
Date: Sat, 07 Feb 2009 00:32:47 -0500
From: Stephen Wolfram
To: Jeremy Davis, Maya Bruck

I've continued to agonize...

I am beginning to believe that our current (original) approach is really not
bad...

I also rather like the RhombicHexecontahedron ....

It's an interesting shape ... very symmetrical ... I think it might have
about the right complexity ... and its silhouette is quite reasonable.

Here's what I'm wondering:

can we color this 3D shape ... then strengthen the Alpha color (I don't
think it has to be the same orange as the field). We could also imagine
changing the Wolfram color, though I perfectly well like it right now.

I am wondering if any purples, greens, etc. for the Alpha might work.

Then we have the KNOWLEDGE ENGINE , which again is another color.

I think we are closer than we expect. And I think it's possible to make
this work with our current logo font.

Thoughts?
```

作者于 2009 年 2 月 7 日 0 点 32 分 47 秒发给杰里米·戴维斯（Jeremy Davis）和马娅·布鲁克（Maya Bruck）的邮件，内容是：

> 我继续苦苦思索……
>
> 我开始相信，我们目前的（原始）方法真的不错……
>
> 我还是更喜欢菱形六十面体……
>
> 这是一个有趣的形状……非常对称……我认为它可能有合适的复杂度……而且它的剪影很好看。
>
> 以下是我所好奇的：
>
> 我们能给这个三维形状上色吗……然后增强 Alpha 文字的颜色（我不觉得图标必须用与文字相同的橙色）。我们也可以考虑改变 Wolfram 的主题颜色，尽管我现在非常喜欢它。
>
> 我在想 Alpha 文字用紫色、绿色等是否可行。
>
> 然后，我们还有知识引擎，它又是另一种颜色。
>
> 我认为我们比想象中的更接近预期，我觉得这些修改应该能够与我们目前的图标字体协调。
>
> 你们的看法呢？

第 12 章 Spikey 的故事

很明显，我刚刚从笔记本上的标签上复制了"RhombicHexecontahedron"（菱形六十面体）（我怀疑我都拼不对"hexecontahedron"这个词）。事实上，从我的归档中，我知道这是我第一次写下注定要成为我一直以来最喜欢的多面体的名字。

用 Wolfram 语言，很容易就能得到一张菱形六十面体的图片：

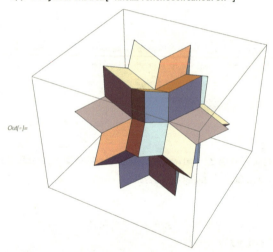

到了星期一，很明显菱形六十面体成了赢家——我们的艺术部门开始把它渲染成 Wolfram|Alpha 的图标。我们尝试了一些不同的方向，但很快就确定了我选择的对称的"正面"。（我们还必须找出最佳的"焦距"，给出最佳的透视效果。）

12.3 走进 Wolfram|Alpha

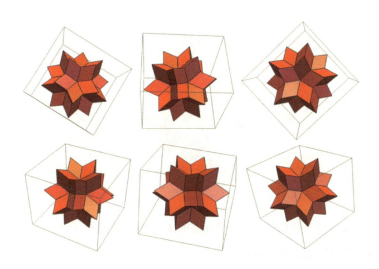

菱形六十面体有 60 个面,但不知何故,它的花朵般的五重"花瓣"的安排,使它感觉上更优美雅致。在二维渲染中找到反映三维形式的最佳面着色需要花费相当多的精力,但我们很快就有了我们图标的第一个官方版本:

它很快开始无处不在,为了向我们早期的想法致敬,它经常出现在"齿轮背景"上。

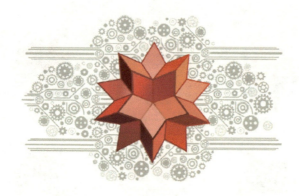

几年后，我们调整了小平面的明暗处理，于是有了至今仍在使用的 Wolfram|Alpha 图标：

12.4 菱形六十面体

菱形六十面体（rhombic hexecontahedron）是什么？它被称为"六十面体"，是因为它有 60 个面，而 hexeconta 对应希腊语中的"六十"。它被称为"菱形"，是因为它的每个面都是菱形。实际上，它的面都

12.4 菱形六十面体

是黄金菱形，即它们的对角线之比为黄金比例 $\phi = (1+\sqrt{5})/2 \approx 1.618$：

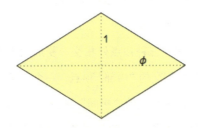

菱形六十面体是介于二十面体和十二面体之间的一种奇特的插值（中间还有三十二面体）。菱形六十面体内部的 12 个点形成正二十面体，而外部的 20 个点形成正十二面体。30 个"中间点"则形成三十二面体，有 32 个面（20 个"二十面体状"三角形面和 12 个"十二面体状"五边形面）：

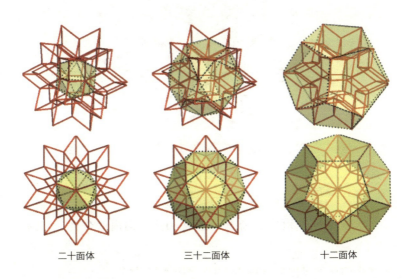

二十面体　　　　三十二面体　　　　十二面体

第 12 章 Spikey 的故事

总而言之，菱形六十面体共有 62 个顶点和 120 条棱（以及 $120-62+2=60$ 个面）。有三种顶点（"内部""中间""外部"），分别对应二十面体、三十二面体和十二面体的 12、30、20 个顶点。分别有 3、4、5 条棱在这三种顶点处相交。菱形六十面体的每个黄金菱形面有一个 5 条棱相交的"内部"顶点，一个 3 条棱相交的"外部"顶点，以及两个 4 条棱相交的"中间"顶点。"内部"和"外部"顶点是黄金菱形的锐角顶点，"中间"顶点是黄金菱形的钝角顶点。

黄金菱形的锐角顶点的角度为 $2\arctan\phi^{-1} \approx 63.43°$，钝角顶点的角度为 $2\arctan\phi \approx 116.56°$。这些角度使得用 Zometool[①] 组装菱形六十面体时只能用红色支杆（与十二面体相同）：

菱形六十面体的 120 条棱，形成 60 个"向内的合页"，具有

[①] 一种益智玩具，由不同颜色的连接球和支杆组成，可以拼插出各种形状。

$4\pi/5 = 144°$ 的二面角，60 个"向外的合页"，具有 $2\pi/5 = 72°$ 的二面角。由"内部"顶点和"外部"顶点形成的立体角是 $\pi/5$ 和 $3\pi/5$。

要实际绘制一个菱形六十面体，需要知道其顶点的三维坐标。得到这些信息的一个简便方法是，利用菱形六十面体在二十面体群下是不变的这一事实，从单个黄金菱形开始，应用形成二十面体群的三维表示的 60 个矩阵。这样可以得到最终的顶点坐标，如 $\{\pm\phi, \pm 1, 0\}$，$\{\pm 1, \pm\phi, \pm(1+\phi)\}$，$\{\pm 2\phi, 0, 0\}$，$\{\pm\phi, \pm(1+2\phi), 0\}$，$\{\pm(1+\phi), \pm(1+\phi), \pm(1+\phi)\}$，以及这些取值的循环排列。

除了具有黄金菱形的面之外，菱形六十面体可以由 20 个黄金菱面体[①] 构成（其六个面都是黄金菱形）：

还有一些方法可以利用其他多面体构建菱形六十面体。5 个相交的立方体可以做到这一点，182 个面相接触的十二面体也可以做到这一点。

[①] 菱面体也称斜方六面体，指各面是全等的菱形的多面体。

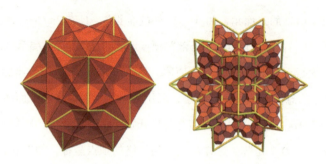

菱形六十面体无法紧密排列填满空间,但它们可以以一种令人满意的方式相互连接(我见过几十个纸做的菱形六十面体以这种方式堆叠在一起):

用它们还可以制作各种各样的环和其他的形状:

12.4 菱形六十面体

与菱形六十面体密切相关的是菱形三十面体（rhombic triacontahedron）。二者都有黄金菱形的面，但是菱形六十面体有 60 个，而菱形三十面体有 30 个。这是单个菱形三十面体的样子：

菱形三十面体完美地嵌入了菱形六十面体的"口袋"，形成了这样的形式：

前面提到的尚多尔·考鲍伊在 2002 年左右对菱形六十面体和菱形三十面体产生了热情。Wolfram 演示项目启动后，他和斯洛文尼亚数学家伊西多尔·哈夫纳（Izidor Hafner）最终贡献了 100 多个关于这两者及其许多性质的演示。

12.5 纸质 Spikey 套件

当我们确定了一个菱形六十面体的 Spikey 时，我们开始制作它的三维打印件。（现在使用 Printout3D[PolyhedronData[...]] 打印可以非常简单地做到这一点，而且在外部服务中也有预先计算好的模型。）

在 2009 年 5 月的 Wolfram|Alpha 发布活动上，我们已经有了很多三维 Spikey 可供我们扔来扔去。

12.5 纸质 Spikey 套件

但当我们为 Wolfram|Alpha 发布后的第一个假期季做准备时，我们想给所有人提供一种制作自己的三维 Spikey 的方法。起初，我们尝试使用 20 组外部包裹塑料的黄金菱面体磁铁，但它们价格昂贵，而且在"Spikey 大小"下不能很好地吸附在一起。

所以我们想到了用纸或薄纸板做 Spikey。我们的第一个想法是创造一个可以直接用于折叠的折叠图，用以制作 Spikey：

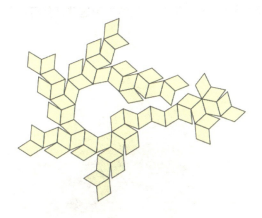

我女儿凯瑟琳是我们的"折叠测试员"（并且现在还保留着折叠过的成品），但很明显，在折叠过程中有很多尴尬的情况，比如很难"从那里折到这里"。可用的折叠图数量极大（即使是折十二面体和二十面体也已经有 43 380 个了），我们认为也许可以找到一个更好折的折叠图：

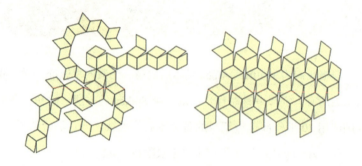

但我们还是找不到任何这样的折叠图，于是我们又有了一个新的想法：既然最终的结构总是用卡扣固定在一起的，为什么不直接分成多个部件来制作呢？我们很快意识到这些部件可以是 12 个下图这样的副本：

12.5 纸质 Spikey 套件

有了这个,我们就可以创建我们的"纸雕工具包"了:

让使用说明书易于理解是一个有趣的挑战,但经过几次迭代后,说明书现在已经修改好了,任何人都很容易照着制作:

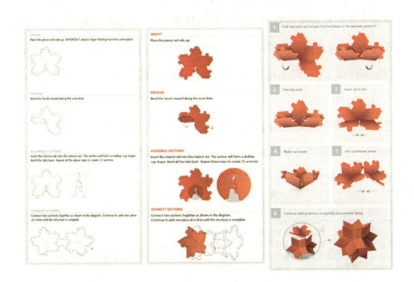

随着纸质 Spikey 的传播，我们的用户开始向我们发送 Spikey 在各种场景中的照片：

12.6　菱形六十面体之路

目前尚不清楚是谁首先发现了正多面体，也许是毕达哥拉斯学派[①]（尤其是居所附近有许多多面体形态的黄铁矿晶体的人），也许是在他们之前很久的人，也许是与柏拉图同时代的特埃特图斯（Theaetetus）[②]。但无论如何，到柏拉图的时候（约公元前 400 年），人们已经知道有五个正多面体。欧几里得《几何原本》（*Elements*）[③]的顶峰，或许就是证明了这五个是所有可能的正多面体。（值得注意的是，这一证明是从《几何原本》的原始公理出发所需步数最多的证明，达 32 步。）

[①] 古希腊哲学家、数学家毕达哥拉斯及其信徒组成的学派。
[②] 古希腊数学家，后为柏拉图学园的成员，苏格拉底的忠实信徒。
[③] 古希腊数学家欧几里得的数学著作，涵盖广泛的几何概念和定理，并以严谨的推理和逻辑论证为特点。其影响广泛深远，是几何学的经典之作。

正多面体常被用于骰子和装饰品，但在对自然的思考中，它们也被赋予了核心作用。例如，柏拉图认为，在某种意义上，也许一切都可以由这些立体构成：正六面体的土，正八面体的空气，正二十面体的水，正四面体的火，以及正十二面体的天空（"以太"）。

但是其他的多面体呢？在公元 4 世纪，帕普斯（Pappus）[①]写道，几个世纪前，阿基米德发现了 13 个其他的"正多面体"——大概就是现在所谓"阿基米德立体"——尽管细节已经丢失。一千年来，人们对多面体的研究似乎很少。但在 15 世纪，随着文艺复兴的进程，多面体突然又流行起来。像达·芬奇和丢勒[②]这样的人经常在艺术和设计中使用它们，并且重新发现了一些阿基米德立体，以及一些全新的多面体，如二十面体。

但多面体方面的最大进展是 17 世纪初由约翰内斯·开普勒（Johannes Kepler）[③]完成的。这一切都始于一个优雅的理论，尽管它完全错误。从神学的角度，开普勒确信宇宙必须以数学的完美来构建，他提出，当时已知的六颗行星可能沿着嵌套的球体轨道运动，这些球体的几何排列使它们之间可以容纳有序排列的五个正多面体。

---

① 古希腊数学家。
② 阿尔布雷希特·丢勒（Albrecht Dürer），文艺复兴时期德国画家。
③ 德国天文学家、数学家。

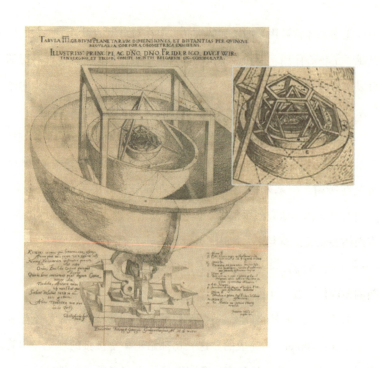

在他 1619 年出版的《世界的和谐》(*Harmonices Mundi*)一书中,开普勒认为音乐、行星和灵魂的许多特征都是按照类似的几何比例和原理运行的[①]。为了给他的论点提供原始材料,开普勒研究了多边形和多面体,尤其让他感兴趣的是寻找以某种方式形成完整集合的物体,如正多面体。

他研究了可能的"社交多边形"(sociable polygons),这些多边形可以一起铺满平面,例如,他的"怪物瓷砖"[②](有五边形、五角形

[①] 在《世界的和谐》一书中,开普勒力求用音乐的和谐比附行星运行的和谐,从而最终描绘出一个和谐的宇宙。
[②] 开普勒在《世界的和谐》一书中讨论了用五边形、五角形、十边形和"融合的十边形对"构造的瓷砖,还称它们为"怪物"。

和十边形）。他研究了星形多面体，并发现了各种星形正多面体（也称开普勒—普安索多面体）。1611 年，他出版了一本关于雪花六边形结构的小书①，作为新年礼物送给了他的一位赞助人。在这本书中，他讨论了球体（和球形原子）的三维堆积，表明现在的所谓"开普勒堆积"②（在杂货店的水果摆放中经常看到）是最密的堆积方式（这一事实直到 21 世纪初才在 Mathematica 的帮助下得到正式证明）。

开普勒的各种堆积形式中隐藏着多面体。从任意一个球体开始，观察它的邻居，并将它们的中心连接起来，形成棱，进而得到一个多面体。对于开普勒的最密堆积，任意给定球体有 12 个与之接触的球体，得到的多面体是具有 12 个顶点和 14 个面的立方八面体。但开普勒也讨论了另一种密度低约 8% 的堆积，任意给定球体有 8 个与之接触的球体，而有 6 个球体与之接近。将这些球体的中心连接起来，会得到一个有 14 个顶点和 12 个面的菱形十二面体：

发现这一点后，开普勒开始寻找其他的"菱形多面体"。他发现的菱形十二面体由成对的等边三角形组成的菱形构成。到了 1619 年，

---

① 指开普勒的著作《新年礼物：六角形的雪花》（*Strena Seu de Nive Sexangula*）。
② 开普勒猜想所描述的面心立方与六方最密堆积两种堆积形式。假设在固定大小的箱子内装球，球堆积的密度即球的体积与箱子总体积之比，采用所谓开普勒堆积可以得到最大密度，约 74%。

第 12 章　Spikey 的故事

开普勒观察到了黄金菱形,发现了菱形三十面体,并在书中的菱形十二面体旁边画了一幅漂亮的图:

实际上开普勒对于这些菱形多面体有直接的应用:他想用它们以及立方体制作一个嵌套的球体模型,以匹配伽利略在 1610 年发现的木星四颗卫星的轨道周期。

为什么开普勒没有发现菱形六十面体?我觉得他已经很接近了。他研究了非凸的星形多面体,也研究了菱形多面体,但我猜,对于他的天文学理论而言,菱形三十面体足够让他感到满意,所以他并没有进一步研究。

当然，与多面体无关的开普勒定律是开普勒对天文学的主要贡献。但尽管是为一个被误导的物理理论服务的，开普勒关于多面体的工作仍对数学做出了永恒贡献。

在接下来的 3 个世纪里，人们逐渐发现了更多形态各异的多面体，以及其中的规则。到 20 世纪初，数学家们已经了解了许多多面体：

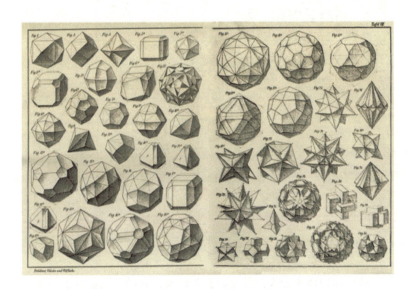

但是，据我所知，菱形六十面体不在其中。它的发现有赖于赫尔穆特·翁克尔巴赫（Helmut Unkelbach）的工作。翁克尔巴赫出生于 1910 年，1937 年在德国慕尼黑大学获得数学博士学位（最初学习物理学）。他写了几篇关于共形映射[①]的论文，也许是基于多面体域

[①] 共形映射解析函数所确定的映射，是复变函数论中最重要的概念之一。

的映射方面的研究，他在 1940 年发表了一篇关于“棱对称多面体”的论文。

他解释说，他的目标是彻底研究所有满足某种新规则的多面体：它们的棱都等长，且这些棱都在多面体的某个对称平面上。他的论文的主要成果是一个包含 20 个具有该性质的多面体的表：

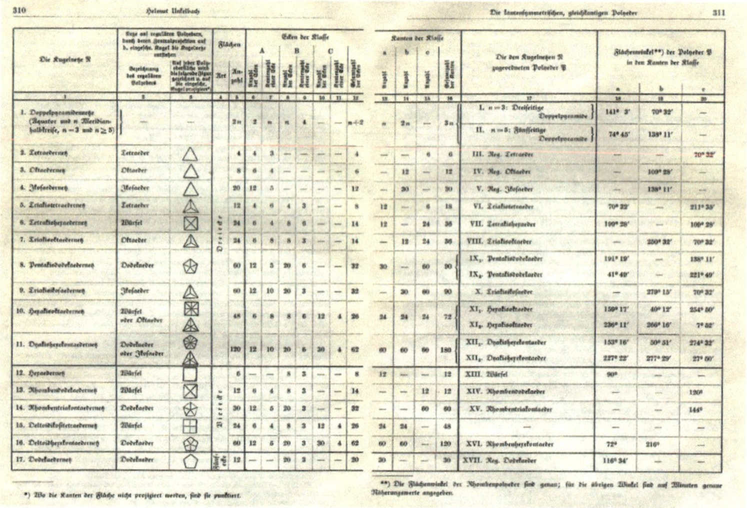
310　Helmut Unkelbach　　　Die kantensymmetrischen, gleichkantigen Polyeder　311

Die Kugelnetze N (1)	Netze auf regulären Polyedern, durch deren Zentralprojektion auf d. eingeschr. Kugel die Kugelnetze entstehen: Bezeichnung des regulären Polyeders (2)	Auf jeder Polyederfläche wird die folgende Figur gezeichnet u. auf die eingeschr. Kugel projiziert*) (3)	Flächen: Art (4)	Flächen: Anzahl (5)	Ecken der Klasse A: Anzahl der Ecken (6)	A: Kantenzahl einer Ecke (7)	B: Anzahl der Ecken (8)	B: Kantenzahl einer Ecke (9)	C: Anzahl der Ecken (10)	C: Kantenzahl einer Ecke (11)	Gesamtzahl der Ecken (12)	Kanten der Klasse a: Anzahl (13)	b: Anzahl (14)	c: Anzahl (15)	Gesamtzahl der Kanten (16)	Die den Kugelnetzen N zugeordneten Polyeder P (17)	Flächenwinkel**) der Polyeder P in den Kanten der Klasse a (18)	b (19)	c (20)
1. Doppelpyramidennetze (Äquator und n Meridianhalbkreise, n = 3 und n ≥ 5)	—	—	Dreiecke	2n	2	n	n	4	—	—	n+2	n	2n	—	3n	I. n = 3: Dreiseitige Doppelpyramide II. n = 5: Fünfseitige Doppelpyramide	141° 3′ 74° 45′	70° 32′ 138° 11′	— —
2. Tetraedernetz	Tetraeder			4	4	3	—	—	—	—	4	—	—	6	6	III. Reg. Tetraeder	—	—	70° 32′
3. Oktaedernetz	Oktaeder			8	6	4	—	—	—	—	6	—	12	—	12	IV. Reg. Oktaeder	—	109° 28′	—
4. Ikosaedernetz	Ikosaeder			20	12	5	—	—	—	—	12	—	30	—	30	V. Reg. Ikosaeder	—	138° 11′	—
5. Triakistetraedernetz	Tetraeder			12	4	6	4	3	—	—	8	12	—	6	18	VI. Triakistetraeder	70° 32′	—	211° 35′
6. Tetrakishexaedernetz	Würfel			24	6	4	8	6	—	—	14	12	—	24	36	VII. Tetrakishexaeder	109° 28′	—	109° 28′
7. Triakisoktaedernetz	Oktaeder			24	6	8	8	3	—	—	14	—	12	24	36	VIII. Triakisoktaeder	—	250° 32′	70° 32′
8. Pentakisdodekaedernetz	Dodekaeder			60	12	5	20	6	—	—	32	30	—	60	90	IX₁. Pentakisdodekaeder IX₂. Pentakisdodekaeder	191° 19′ 41° 49′	— —	138° 11′ 221° 49′
9. Triakisikosaedernetz	Ikosaeder			60	12	10	20	3	—	—	32	—	30	60	90	X. Triakisikosaeder	—	279° 15′	70° 32′
10. Hexakisoktaedernetz	Würfel oder Oktaeder			48	6	8	8	6	12	4	26	24	24	24	72	XI₁. Hexakisoktaeder XI₂. Hexakisoktaeder	159° 17′ 236° 11′	40° 12′ 266° 16′	254° 50′ 7° 52′
11. Dyakishexekontaedernetz	Dodekaeder oder Ikosaeder			120	12	10	20	6	30	4	62	60	60	60	180	XII₁. Dyakishexekontaeder XII₂. Dyakishexekontaeder	153° 16′ 227° 22′	50° 51′ 277° 29′	274° 32′ 27° 50′
12. Hexaedernetz	Würfel		Vierecke	6	—	—	8	3	—	—	8	12	—	—	12	XIII. Würfel	90°	—	—
13. Rhombendodekaedernetz	Würfel			12	6	4	8	3	—	—	14	—	—	12	12	XIV. Rhombendodekaeder	—	—	120°
14. Rhombentriakontaedernetz	Dodekaeder			30	12	5	20	3	—	—	32	—	—	60	60	XV. Rhombentriakontaeder	—	—	144°
15. Deltoidikositetraedernetz	Würfel			24	6	4	8	3	12	4	26	24	24	—	48	—	—	—	—
16. Deltoidhexekontaedernetz	Dodekaeder			60	12	5	20	3	30	4	62	60	60	—	120	XVI. Rhombenhexekontaeder	72°	216°	—
17. Dodekaedernetz	Dodekaeder		Fünfecke	12	—	—	20	3	—	—	20	30	—	—	30	XVII. Reg. Dodekaeder	116° 34′	—	—

*) Wo die Kanten der Fläche nicht projiziert werden, sind sie punktiert.

**) Die Flächenwinkel der Rhombenpolyeder sind genau; für die übrigen Winkel sind auf Minuten genaue Näherungswerte angegeben.

这些多面体中的大部分是翁克尔巴赫已知的。但翁克尔巴赫挑出了三种他所认为的新类型：六八面体（或称四角化十二面体）、六二十面体（或称四角化二十面体）和菱形六十面体。显然，他将菱形六十面体视为他的珍品，也包括下页上图这张他制作的菱形六十面体模型的照片。

12.6 菱形六十面体之路

他究竟是如何"推导"出菱形六十面体的呢？总的来说，他是从正十二面体开始的，并找出了它的两个对称平面：

然后，他将正十二面体的每个面再分割：

这之后，他考虑将每个面的中心点向内或向外推，直到它们距十二面体中心的距离是原来的 α 倍：

$\alpha<1$ 时，生成的面不相交。但是对于大多数 α 值，这些面的边不等长。有等长边的情况只发生在特定的条件下，即 $\alpha = 5-2\sqrt{5} \approx 0.53$，在这种情况下，得到的多面体正是菱形六十面体。

翁克尔巴赫实际上把他 1940 年的论文看作一种热身，为研究更一般的"k 对称多面体"提供了更宽松的对称性要求，但这已经非常了不起了。第二次世界大战开始后，德国的一本数学杂志发表了该论文。在这篇论文发表后不久，翁克尔巴赫被卷入战争，在接下来的几年里，他为德国海军设计了声自导鱼雷。

翁克尔巴赫此后没有发表过关于多面体的论文，并于 1968 年去世。战后，他继续研究共形映射，但也开始发表这样的观点，即基于数学的选举投票理论是建立运作良好的民主的关键，数学家有责任确保这一理论得到应用。

但是，即使菱形六十面体早已出现在翁克尔巴赫 1940 年的论文中，如果不是因为 1946 年 H. S. M. 考克斯特（H. S. M. Coxeter）[①]

---
① 英裔加拿大数学家，尤以几何学闻名。

为美国《数学评论》杂志写了一篇对该论文的简短评论,它很可能会永远无人问津。考克斯特的评论对论文中提到的多面体进行了分类,就像博物学家对考察中看到的新物种进行分类一样。最精彩的点是他所描述的"一个引人注目的菱形六十面体",他说:"它的面与三十面体的面形状相同,它实际上是一个星形的多面体。"

多面体在 20 世纪中期的数学领域并不是一个热门话题,但考克斯特是它们的主要支持者,并且以各种方式与几乎所有从事这些工作的人联系在一起。在 1948 年,他出版了他的《正多面体》(*Regular Polytopes*),系统地描述了正多面体家族,特别是展示了美妙的大星形三十面体(或大菱形三十面体),它实际上包含了菱形六十面体:

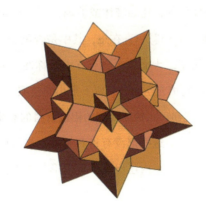

考克斯特在他的书中没有明确提及菱形六十面体,虽然偶尔被一些多面体爱好者讨论,但菱形六十面体基本上仍然是一个鲜为人知的(还容易被拼错)多面体。

12.7 准晶体

晶体一直是多面体的重要实例。但直到 19 世纪，随着原子理论的逐渐建立，人们才开始认真研究晶体学，以及原子在晶体中的排列方式。这时多面体就经常出现了，特别是在表示晶体中重复原子块（晶胞①）的几何结构时。

到 1850 年，人们知道的这种几何结构基本上只有 14 种，其中一种是以菱形十二面体为基础的。这些几何体的一个显著特征是它们都具有特定的二重、三重、四重或六重对称性，这是因为只有某些多面体可以填满空间，就像在二维中，可以铺满平面的正多边形只有正方形、正三角形和正六边形一样。

但对于非晶体材料，比如液体或玻璃，情况又如何呢？早在 20 世纪 30 年代以前，人们就一直在想，其中是否至少存在近似的五重对称性。你无法用正二十面体（具有五重对称性）来填满空间，但也许你至少可以用它填充空间，只留下很小的空隙。

20 世纪 80 年代初，当快速冷却的铝锰材料的晶体电子衍射明确显示出五重对称性时，这些都没有得到解决。当时已有关于其实现原理的理论，并且在几年内还出现了像菱形三十面体的晶粒的电子显微照片。

---

① 构成晶体结构的最基本的几何单元。

就在人们想象这些三十面体是如何组合在一起的时候，菱形六十面体作为12个菱形三十面体簇中的"洞"进入人们的视野：

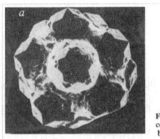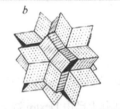

Fig. 1 *a*, Quasicrystal aggregate of Al₆Li₃Cu; courtesy of Dr B. Dubost. *b*, Central 20-branched star inferred from structure of *a*.

起初，它被称为"20支的星形支化结构"。但很快，它与多面体文献建立了联系，并被确定为菱形六十面体。

与此同时，用菱形元素制作东西的想法也越来越受到关注。迈克尔·朗吉特—希金斯（Michael Longuet-Higgins）是英国一位长期从事海洋研究的海洋学家，也是研究风如何制造水波的专家，他在1987年加入了这股"菱形"潮流，为一种基于磁性菱形块的玩具申请了专利，这种玩具可以制造"开普勒星"（菱形六十面体）或"开普勒球"（菱形三十面体）。

第 12 章　Spikey 的故事

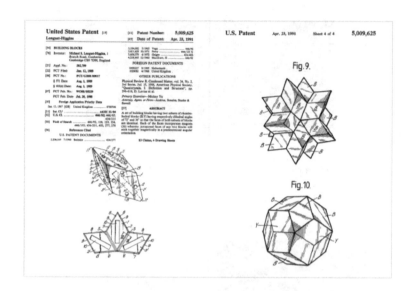

尽管我刚刚发现，但我们在 2009 年考虑广泛用于"制作 Spikey"的菱形块实际上已由 Dextro 数学玩具公司（Dextro Mathematical Toys, RHOMBO 玩具制造商）生产，该公司在美国圣迭戈市朗吉特—希金斯（Longuet-Higgins）的家中经营。

什么东西能填满空间是一个复杂的问题，即便仅仅铺满平面也是。事实上，自 20 世纪 60 年代初以来，人们就知道，是否可以安排一组特定的形状来铺满平面这一普遍问题，在形式上是不可判定的。（人们可能会验证这些形状中的 1000 个可以紧密组合在一起，但要找出更多形状的答案，可能需要更多的计算工作量。）

像开普勒这样的人大概认为，如果一组形状要铺满平面，它们必须能够以纯粹重复的模式来这样做。但是，在意识到一般的镶嵌问题[①]是不可判定的之后，罗杰·彭罗斯（Roger Penrose）[②]在 1974 年提出了两种镶嵌，它们能不以重复的方式成功地铺满平面。到 1976 年，彭罗斯以及罗伯特·安曼（Robert Ammann）提出了一个稍微简单一些的版本：

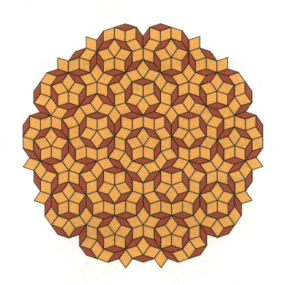

是的，这里使用的形状是菱形。虽然不是黄金菱形，但两种菱形的内角分别为 36°、144° 和 72°、108°，它们排列成五重、十重对称。

通过构造，这些菱形（或者更严格地说，由它们组成的形状）不能形成重复的模式。但事实证明，它们可以形成一种以系统的、

[①] 由一个图形或一组图形无缝隙、无交叠地覆盖平面，即前文所说的用一组形状铺满平面，这样的问题被称为镶嵌问题（tiling problem）。其中的一组图形可称为一个镶嵌。这个概念也可以推广至高维空间，如前文所说的填满空间的问题。——编者注
[②] 英国物理学家，2020 年诺贝尔物理学奖获得者。

第 12 章　Spikey 的故事

嵌套的方式建立起来的模式：

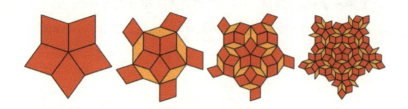

而且，上图第 3 步的中间部分看起来很像我们扁平的 Spikey。但不完全一样，外菱形的纵横比是不合适的。

但实际上，两者之间还是有密切的联系。与其在平面上操作，我们不如想象从半个菱形三十面体开始，它是由三维的黄金菱形构成的：

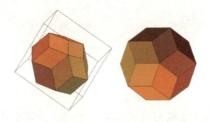

从顶部看，它像彭罗斯镶嵌的嵌套构造的起始部分。如果继续重复延伸，我们会得到彭罗斯镶嵌：

从侧面看，可以看出它的组成仍然是相同的黄金菱形：

将 4 个这种被称为"维林哈屋顶"（Wieringa roof）的结构放在一起，可以精确地形成菱形六十面体：

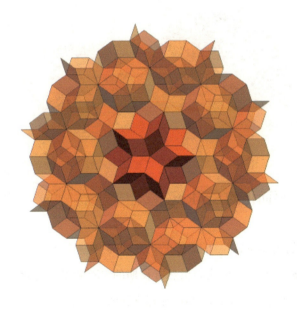

然而，这些嵌套结构和准晶体形成的实际方式之间有什么关系呢？现在还不清楚。但是，即使只是在自然界中看到一些菱形六十面体的迹象，也仍然让人印象深刻。

从历史上看，正是由于关于准晶体的讨论，尚多尔·考鲍伊开始用 Mathematica 研究菱形六十面体，这让埃里克·韦斯坦发现了它们，又让它们进入了 Mathematica 和 Wolfram 语言，进而让我选择了其中一个作为我们的图标。认识到这一点后，我们在 Spikey 的纸模型的内侧印上了嵌套的彭罗斯镶嵌：

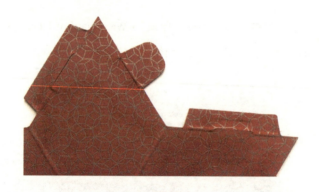

12.8 平面化的 Spikey

我们的 Wolfram|Alpha Spikey 在 2009 年随着 Wolfram|Alpha 的发布而崭露头角，但我们仍然有长期的、不断发展的 Mathematica Spikey。因此，当我们在 2011 年建立新的欧洲总部时，我们有两个 Spikey 在竞争。

我们的长期艺术总监杰里米·戴维斯想出了一个办法：取一个 Spikey，但只使用它的"骨架"，将其"理想化"。很快我们就决定

从菱形六十面体开始这么做,随后我们将其压平(当然是使用最佳比例),最终完成了我们现在熟悉的图标的第一个版本:

12.9 巴西人的惊喜

当我开始写这篇文章的时候,我以为故事会在这里结束。毕竟,我现在已经描述了我们是如何选择菱形六十面体的,以及数学家最初是如何提出它的。但在完成这篇文章之前,我想:"我最好把这些年来收到的关于 Spikey 的所有信件都浏览一遍,以确保我没有遗漏任何东西。"

就在这时,我注意到一封 2009 年 6 月的电子邮件,来自一位名叫约兰达·西普里亚诺(Yolanda Cipriano)的巴西艺术家。她说她在巴西的新闻杂志上看过一篇关于 Wolfram|Alpha 的文章,注意到了

第 12 章　Spikey 的故事

我们的 Spikey，想让我看看她的网站。现在已经 9 年多过去了，但我还是点开了那个链接，并且惊讶地发现了这个：

图中左侧文字为图片展示、购买等链接。此外，图中用葡萄牙语注明：

"这是一个巴西风格的手工装饰品，用碎花布贴在纸质几何结构上制作而成。"

"这是一个星星连在一起旋转的符号……"

"它有许多面，色彩各异，由碎布拼接而成，很受欢迎……"

我继续读她其他的电子邮件："在巴西，这个物体被称为 Giramundo 或 Flor Mandacarú，是一种用薄纸制成的艺术装饰品。"

什么？！巴西有这样的"Spikey 传统"，而这么多年来我们从未听说过？我很快在网上找到了其他图片。大多数 Spikey 是织物，只有少数是用纸做的，但它们也千姿百态。

12.9 巴西人的惊喜

我给一个巴西朋友发了邮件,他曾参与过 Wolfram|Alpha 的原始开发。他很快回应道:"这些东西我的确很熟悉……令我羞愧的是,我从来没有好奇到把这些点连起来。"然后他给我发来了一张当地的艺术和手工艺品目录的图片:

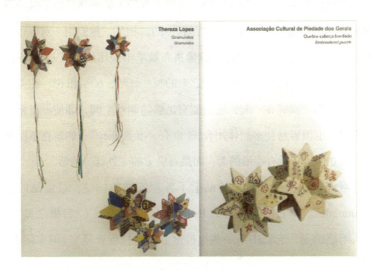

第 12 章 Spikey 的故事

现在追踪行动开始了：这些东西是什么？它们是从哪里来的？我们公司的一个人主动说，她在智利的曾祖母就用钩针做过这样的东西，而且总是带着尾巴。我们开始联系那些在网上贴出"民间 Spikey"照片的人。多数人只知道自己是从旧货店买的，但有人会说他们知道怎么制作。故事似乎总是一样的：他们是从祖母那里学来的。

至少在现代，制作民间 Spikey 的典型方法似乎是从纸板上切割出 60 个菱形开始，然后用织物包裹每个菱形，最后将它们缝合在一起：

但这就产生了一个数学问题。这些人真的正确地测量出了锐内角约 63° 的黄金菱形吗？答案通常是否定的。相反，他们用一对等边三角形制作锐内角 60° 的菱形，就像拼布被单中使用的标准菱形一样。那么，这样的 Spikey 是如何组合起来的呢？好吧，60° 和 63° 相差不大，如果你把面缝在一起，还是能有足够的调整空间，即使没有精确的角度，也很容易使多面体闭合。（也有"准 Spikey"，如翁克尔巴赫构造的立体，它没有菱形的面，而是有更尖的"外部三角形"。）

网络上的民间 Spikey 被贴上了各种各样的标签，最常见的是 Giramundos。但它们常被称为 Estrelas da Felicidade（"幸福之星"）。令人困惑的是，它们中的一些也被称为"摩拉维亚星"，但实际上，摩拉维亚星是与之不同的、更尖的多面体（通常是增大的菱形八面体），它们最近变得很流行，特别是在灯具上。

尽管做了大量的调查，我仍然不知道民间 Spikey 的完整历史是怎样的，但以下是我迄今为止的发现。首先，至少民间 Spikey 传统中幸存下来的东西是以巴西为中心的（尽管有一些其他发源地的说法）；其次，这一传统似乎相当古老，肯定可以追溯到公元 1900 年之前，甚至可能还要早几个世纪。据我所知，与民间艺术一样，这是一种纯粹的口头传统，到目前为止，我还没有发现任何关于它的真实历史文献。

我得到的最好的信息来自一个名叫葆拉·格拉（Paula Guerra）的人，十年前，她在历史悠久的圣路易斯—杜帕赖廷加经营一家面向游客的咖啡馆，并销售民间 Spikey。她说，人们会从巴西各地来到她的咖啡馆，看到民间 Spikey，然后说："我已经 50 年没见过这个了……"

葆拉自己是从一位生活在当地一个多代家庭农场的老妇人那里了解到民间 Spikey（她称之为"星星"）的，她从小就制作它们，是她母亲教她做的。她的制作流程似乎是典型流程：从任意地方找来纸板（最初是用帽子盒之类的东西），然后用织物废料（通常是衣服上的）覆盖它，然后把整个大约 6 英寸宽的东西缝在一起。

民间 Spikey 有多久的历史了？我们只能参考口头传统，但我们已经找到了一些人，他们见过 1900 年左右出生的亲戚制作民间 Spikey。葆拉说，10 年前，她遇到的一位 80 岁的老妇人告诉她，老妇人在一个有 200 年历史的咖啡农场长大，那里有摆满整个架子的

第 12 章 Spikey 的故事

民间 Spikey，由四代女性制作。

似乎至少有一部分关于民间 Spikey 的故事围绕着一种母亲和女儿间的传统。据说，当女儿出嫁时，母亲常常制作民间 Spikey 作为陪嫁礼物。通常，这些 Spikey 是用衣服的碎片和其他能让女儿们忆起童年的东西做的，有点像为现代的孩子们上大学准备的被子。

但关于民间 Spikey 的故事还有另一个转折：在缝好 Spikey 之前，母亲通常会在里面放钱，以备女儿在紧急情况下使用。女儿则会把她的 Spikey 和她的缝纫用品放在一起，这样她的丈夫就不太可能去拿它。（一些 Spikey 似乎被用作针垫，这可能会进一步防止它们被拿走。）

什么样的家庭有民间 Spikey 传统呢？大约从 1750 年开始，在远离城镇的巴西农村地区出现了许多咖啡和甘蔗种植园。直到 1900 年，种植园的农民从城镇迎娶年轻的新娘，还是较为普遍的。也许这些新娘通常来自富裕的葡萄牙后裔家庭，而且通常受过相对良好的教育，她们是带着民间 Spikey 一起来的。

随着时间的推移，这一传统似乎已经传播到较贫困的家庭，并主要在那里保留下来。但在 20 世纪 50 年代左右，大概是随着道路建设和城市化的发展，人们不再居住在偏远的农场，这一传统似乎几乎消失了。（然而，20 世纪 50 年代，在巴西南部的乡村学校里，艺术课还会教女孩们制作有开口的民间 Spikey 作为存钱罐。）

民间 Spikey 似乎在巴西不同的地方有不同的故事。在南部边境地区（靠近阿根廷和乌拉圭），显然有一个传统，"圣米格尔之星"（即民间 Spikey）是由女治疗师（即"女巫"）在村庄里制作的，据说她们在缝制 Spikey 时会专注于被治疗者的健康。

在巴西的其他地区，人们有时用形似的花和水果的名字来称呼民间 Spikey：在东北部称"Flor Mandacarú"（以仙人掌上的花朵命名），在热带湿地地区称"Carambola"（以杨桃命名），在中央森林地区称"Pindaíva"（以一种长尖刺的红色水果命名）。

民间 Spikey 三种名称对应的花或水果

但民间 Spikey 最常见的名字似乎是"Giramundo"——一个显然不是很新的葡萄牙语单词，意思是"旋转的世界"。民间 Spikey 似乎被用作一种护身符，它在风中旋转时会带来好运。给民间 Spikey 添加"尾巴"似乎是最近的事，但显然在房子里悬挂它们是很常见的，尤其是在节日场合。

哪些是古老的传统，哪些是碰巧"捎上"了民间 Spikey 的新近的传统，往往很难分辨。在圣路易斯—杜帕赖廷加的三王节[1]游行中，民间 Spikey 显然被用来象征伯利恒之星[2]。但这似乎只是最近的事情，绝对不表明其有某种古老的宗教联系。

---

[1] 三王节是一个传统基督教节日，也称为"三博士节"，通常在每年的 1 月 6 日。这一节日纪念了耶稣基督出生后不久，三位博士（或称为三位王）前来朝拜耶稣的故事。在巴西的圣路易斯—杜帕赖廷加等地，人们会举行各种庆祝活动，包括宗教仪式、游行和音乐表演等，以庆祝这一重要节日。——编者注
[2] 圣经传说中耶稣降生时天空中一颗特别的星星。

第 12 章 Spikey 的故事

我们已经发现了一些民间 Spikey 出现在艺术展览中的例子。其中之一是 1963 年由建筑师丽娜·博·巴尔迪（Lina Bo Bardi）组织的关于巴西东北部民间艺术的展览。另一个是 1997 年的一次展览，其间建筑师和布景设计师弗拉维奥·因佩里奥（Flávio Império）的作品是我见过的最大的三维 Spikey。

那么，民间 Spikey 是从哪里来的？我还是不知道。它可能起源于巴西，也可能来自葡萄牙或欧洲其他地方。制作一个"60°的 Spikey"所需的面料和缝纫技术可能与美洲印第安人或非洲人的传统不符。

一位"现代 Spikey"工匠说过，她的曾祖母出生于 19 世纪末意大利的罗马涅地区，制作过民间 Spikey。（还有人说，她是从她的法裔加拿大祖母那里了解到民间 Spikey 的。）我想，很可能曾经在欧洲各地都有民间 Spikey，但它们早在几代人之前就失传了，因此没有关于它们的口头传统留存下来。尽管几个世纪前的欧洲绘画中出现过相当多的多面体，但我还没听说过其中有 Spikey。

最终我很确定，民间 Spikey 有一个单一的起源，而并不是产生过不止一次。

我以前参加过"艺术溯源"活动，其中一个比较成功的是寻找第一个嵌套（谢尔平斯基[①]）图案，在溯源过程中最终我来到了意大利一座教堂的地下室，在那里我看到大约来自公元 1200 年之后的签名石头马赛克作品，从中可以看出这种图案被逐渐发现的过程。

到目前为止，Spikey 更加难以溯源了，而且它的主要介质是织物，而织物并不像石头那样有利于保存，这给溯源带来很大困难。

12.10　Spikey 活起来了

无论其起源何处，作为一个醒目而端庄的图标，Spikey 为我们服务得很好。但有时候让 Spikey "活起来"也很有趣——多年来，我们为了各种目的制作了各种拟人化的 Spikey：

[①] 瓦茨瓦夫·谢尔平斯基（Wacław Sierpiński），波兰数学家，提出了谢尔平斯基三角形。

当你使用 Wolfram|Alpha 时，它通常会显示普通的几何 Spikey。但有时你的查询会让 Spikey "活起来"，比如在 π 日进行圆周率查询：

π 日快乐

12.11 永远的 Spikey

多面体是永恒的。你在一张 500 年前的插图上看到一个多面体，它看起来和今天我计算机里的多面体一样整洁、现代。

我一生中有相当一部分时间都在寻找抽象的、计算性的东西（比如元胞自动机生成的模式）。它们也有永恒感。但是，尽管我尽了最大的努力，我还是没有找到多少关于它们的历史线索。作为抽象事物，它们可以在任何时候被创造出来。但事实上，它们是现代的，它们是我们现在拥有的概念框架，以及我们拥有的前所未有的工具所创造的。

12.11　永远的 Spikey

多面体既有永恒性，又有丰富的历史，可以追溯到几千年前。多面体的外观让我们想起了宝石。找到某种正多面体，有点像在所有可能的形状组成的几何宇宙中找到一颗宝石。

菱形六十面体就是这样一颗奇妙的宝石，随着我对它的探索，我对它有了更多的欣赏。它也是一颗承载着人类故事的宝石，看到像多面体这样抽象的东西将世界各地不同背景和目标的人们联系起来，真是太有趣了。

谁最先提出了菱形六十面体？我们不知道，也许我们永远也不会知道。但现在它就在这里，它将永远存在——我最喜欢的多面体。

第 13 章

Facebook 世界里的数据科学

2013 年 4 月 24 日

目前，超过一百万人在使用 Wolfram|Alpha 个人 Facebook 分析工具。我们最近的更新除了收集一些匿名统计数据外，还推出了一项数据捐助计划，允许人们向我们捐献一些详细数据用于研究。

几周前，我们决定开始分析这些数据。我不得不说，无论如何，这是 Mathematica 和 Wolfram 语言在数据科学领域的强大能力的绝佳示范。（这也将成为我开设的数据科学课程的良好素材。）

我们一直计划使用收集到的数据以增强我们的个人分析系统。但我还想用它做一些基础科学研究。

我一直对人及其生活轨迹感兴趣，但长久以来未能将其与我对科学的兴趣结合起来。直到最近，在过去几周里，我们获得的成果令人兴奋。它们有的验证了我之前的一些印象，有些展示了我从未想到过的东西，它们不断让我想起《一种新科学》中我遇到的科研现象。

那么数据是什么样子的呢？下页上图是一些数据捐助者的社交网络，不同颜色表示不同的好友群。任何人都可以使用 Wolfram|Alpha 或 Mathematica 中的 `SocialMediaData`（社交媒体数据）函数得到自己的社交网络。

第 13 章 Facebook 世界里的数据科学

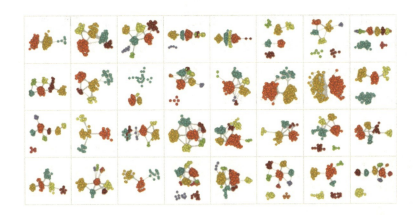

于是产生了第一个定量问题：这些网络通常有多大？换句话说，在 Facebook 上，人们通常有多少个好友？对于我们的用户来说，这个问题很容易回答：中位数是 342 人。下面是一张显示分布情况的直方图（由于 Facebook 上个人的最大好友数是 5000，所以数据在此处截断）：

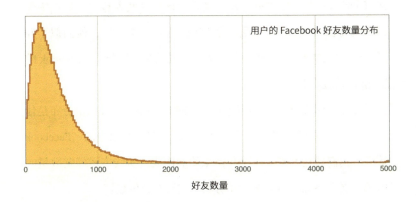

但我们的用户有多典型呢？据我们所知，在大部分方面，他们似乎相当典型。但其中肯定存在一些差异。例如下图是我们用户 + 用户好友的 Facebook 好友数的分布情况（推导这个分布有一些数学上的微妙之处，稍后我会讨论）：

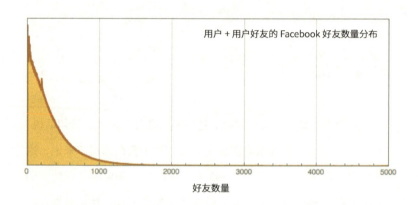

我们可以看到，在这个更广泛的 Facebook 用户群中，有更多的人在 Facebook 上几乎没有好友。是否应该将这些人包含在样本中是一个有争议的问题。但只要进行适当的比较、聚类等，他们似乎并不会产生很大的影响。（图中数量为 200 处的尖峰可能与 Facebook 的好友推荐系统有关。）

那么，让我们来看看不同年龄用户的 Facebook 好友数量分布是什么样的（见下页图）。当然，我们所获取的只是用户自报的 "Facebook 年龄"，我们姑且就基于这个年龄来绘制图表。实线表示好友数量的中位数，连续的带状区域显示了分布的连续八分位数。

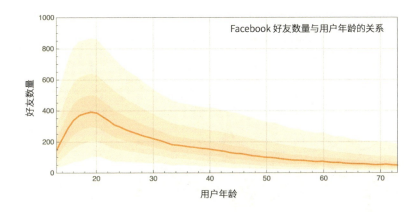

　　随着年龄的增长，人们好友的数量迅速增长，到青少年晚期，好友数达到顶峰，之后随着年龄的增长而减少。为什么会这样呢？我猜想这在一定程度上反映了人们的内在行为，同时也一定程度上反映了 Facebook 存在的时间还不是很长。假设人们添加了好友后不会轻易删除好友，那么人们的好友数量随着年龄增长而增长是合理的预期。对于年轻人来说，我们看到的基本上就是这种情况。但数量的增长是有限度的，因为人们在 Facebook 上花的时间是有限的。假设这一时间在不同年龄大致保持不变，上图表明，随着年龄逐渐增长，人们添加好友的速度逐渐变慢。

　　那么这些用户都添加什么样的好友呢？以某个特定年龄为例，我们可以了解该年龄用户的 Facebook 好友的年龄分布情况。下页上图是一些结果（由于我们的数据有限，部分图表表现不平滑，特别是 70 岁用户的）。

第 13 章 Facebook 世界里的数据科学

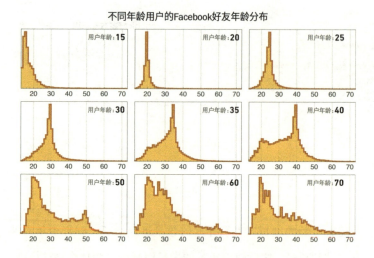

不同年龄用户的Facebook好友年龄分布

我们首先看到的是，用户好友的年龄总是在和用户年龄相仿时达到峰值，这可能反映了在当今社会中，人们的许多朋友是在学校结识的。对于年轻人来说，这个峰值往往非常突出。对于年长的人来说，好友年龄的分布则逐渐变得更广。

我们可以通过绘制用户年龄与其好友年龄的分布图，来得出结论（实线是好友年龄中位数）：

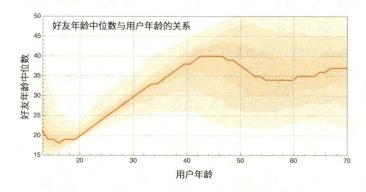

在最小的年龄段中存在异常情况,这可能是因为 13 岁以下的孩子虚报了他们的年龄。除此之外,我们看到年轻人更愿意结交与自己年龄相近的朋友。随着人们年龄的增长,好友年龄分布变宽,这可能与人们在工作场所和社区中结交非年龄相关的朋友有关。正如以上各图表所示,在 40 多岁的时候,人们开始在更小的好友年龄上出现次高峰,这可能是因为他们的孩子成为青少年并开始使用 Facebook 了。

那么关于人们的生活轨迹还能看到什么呢?以下是婚恋状态在不同年龄的分布情况(基于用户公开数据):

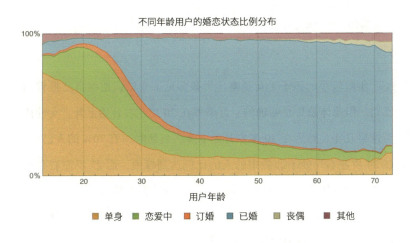

下页图是将男性和女性的比例分开显示后更详细的情况("已婚+"表示已婚及分居、丧偶等情况)。

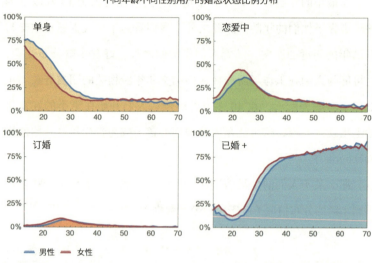

不同年龄不同性别用户的婚恋状态比例分布

年龄较小的孩子（女孩略比男孩多见）会错误地将自己报告为已婚。但总体趋势是明确的：订婚率在 20 岁左右开始上升，女性比男性早几年，然后在 30 多岁开始下降，到那时约有 70% 的人已婚。在 24 岁左右，处于恋爱中的人的比例达到峰值，而 27 岁左右存在一个小的订婚高峰。自称已婚的人的比例随着年龄的增长大致呈线性增长，从 40 岁到 60 岁已婚比例增长约 5%。同时，单身女性比例持续增大，而单身男性比例则在减小。

不得不说，看到上图，我注意到这个现实世界物理过程竟然与化学反应相似：这些人虽然带着他们各自生活中的复杂性，但在总体上表现得有点像分子——以特定的"反应速率"进入一段婚恋。

第 13 章 Facebook 世界里的数据科学

当然,我们在这里看到的只是 "Facebook 世界" 的情况。那么它与整个世界相比如何呢?实际上,我们在 Facebook 世界中观测到的部分内容,与官方人口普查中观测到的内容一致。例如,我们可以观察一下,关于不同年龄的已婚人数比例,我们的结果与美国官方人口普查结果相比如何:

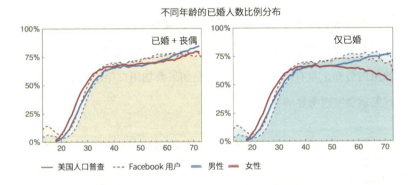

我对它们的相似程度感到惊讶,尽管还是存在一些明显的差异,比如 20 岁以下的 Facebook 用户错误地报告自己已婚,而在年龄较大的用户群中,丧偶者仍在 Facebook 上将自己标记为已婚。对于 20 多岁的人来说,还存在一个小的系统性差异:平均而言,Facebook 上的人们结婚比人口普查数据显示的时间晚几年。(如我们所预料,如果排除美国农村人口,差异会显著减小。)

谈到人口普查,我们还可以了解总体上 Facebook 人口与美国人口的对比情况。例如,我们发现在 Facebook 人口中,年轻人占据了很大的比重,这并不令人意外。

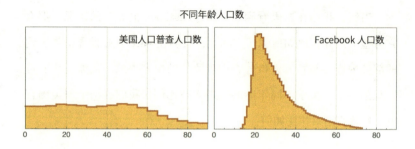

不同年龄人口数

至此我们看到了用户拥有的好友数量与年龄的关系。那么好友数量与性别的关系如何呢？可能令人惊讶的是，男性和女性在好友数量的分布上没有明显的差异。但是如果叠加用户年龄因素来观察，我们就会发现明显的差异：

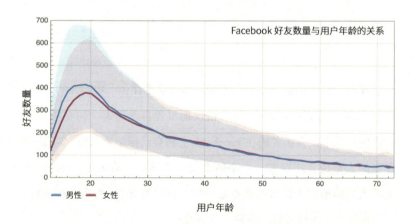

青少年中，男孩通常比女孩有更多的好友，这可能是因为他们在接受好友时不太挑剔。但是在 20 岁之后，两性之间的差异迅速减小。

婚恋状况对 Facebook 好友数量有什么影响呢？下页图是男性和女性好友数随年龄变化的数据。

第 13 章 Facebook 世界里的数据科学

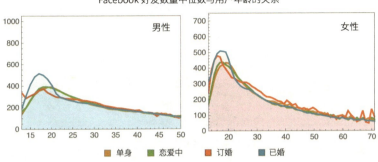

Facebook 好友数量中位数与用户年龄的关系

在年长的群体中，不同婚恋状态下的用户 Facebook 好友数似乎并没有太大的差异。但对于年轻人来说，情况确实有所不同，那些（错误地）报告自己为"已婚"的青少年平均拥有比其他人更多的好友。十几岁的女孩们如果声称自己"订婚"（也许是为了能够标记最好的朋友），通常比声称"单身"或者"恋爱中"的女孩拥有更多的 Facebook 好友。

Facebook 用户还相对准确地公开了地理位置。我们会看到不同地区之间存在相当大的变化，其中有一些有趣的效应。由于 Facebook 在某些国家没有被广泛使用，这样的国家 Facebook 好友数量较少。美国西部的 Facebook 好友数量较少，可能是人口密度较低的原因。但是我不知道为什么我们的 Facebook 用户在冰岛、巴西、菲律宾或者美国密西西比等地的 Facebook 好友数量更多。（当然，也有一些人错误地报告了自己的位置。但是考虑到我们的样本规模，我认为这不是一个很大的影响因素。）

在 Facebook 上，人们可以同时列出"家乡"和"居住城市"。下页上图展示了美国某个州不同年龄用户进行州际迁移的可能性。

299

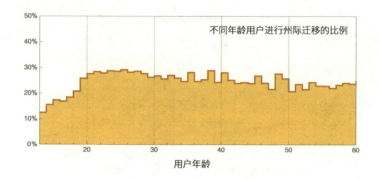

我们看到的基本符合预期。一部分人口存在一定的随机迁移率，这在年轻人群中是显而易见的。大约在 18 岁，人们从"家乡"搬离，去上大学等，这导致迁移率提高。之后，一部分人搬回来，并逐渐将他们居住的地方视为自己的"家乡"。

我们还想了解人们从哪里来，到哪里去。下图显示了 Facebook 用户在美国不同州之间迁移的人数情况：

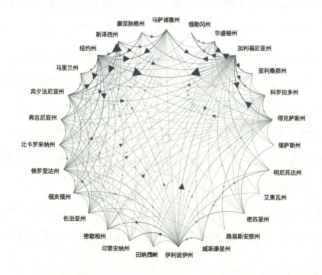

我们可能还有许多关于人口统计的问题，但先让我们回到社交网络。一个典型洞察是，人们倾向于与自己相似的人交朋友。因此，为了测试这一点，我们可以探索是否拥有更多好友的人倾向于结交那些拥有更多好友的人。下图显示了我们用户的 Facebook 好友数量与他们好友的 Facebook 好友数量之间的关系：

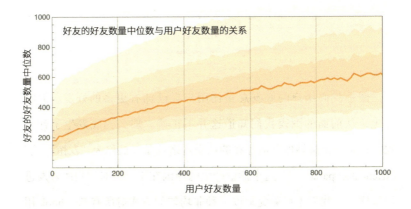

结果表明，平均而言，拥有更多好友的人往往会结交同样拥有更多好友的人。不过我们也注意到，拥有许多好友的人更愿意结交比他们好友数少的人。

这一点让我有机会讨论前面提到的一个微妙之处。本章的第一张直方图显示了我们的用户的好友数量分布情况。但是，他们好友的好友数量呢？如果我们仅仅对所有我们用户的好友求平均，得到的结果与我们用户本身的分布相比如何呢？

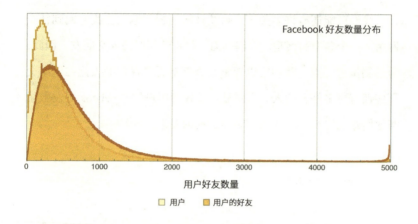

似乎我们用户的好友总是比用户自己拥有更多的好友。但实际上,从前面的图表我们知道这并不正确。那么到底发生了什么呢?这是一个微妙但普遍存在的社交网络现象,被称为"友谊悖论"(friendship paradox)。这个悖论产生的原因在于,当对用户的好友进行采样时,我们不可避免地以一种非均匀的方式对所有 Facebook 用户进行采样。特别是,如果我们的用户代表一个均匀的样本,任何给定的好友都会以与其拥有的好友数量相关的比例被采样,结果就是拥有更多好友的人被更频繁地采样,因此平均好友数量增加了。

通过逆比例对好友进行加权,我们可以纠正这种现象,这就是本章前面所做的。通过这样做,我们确定了实际上 Facebook 用户的好友通常并不比用户自己拥有更多的好友,相反,他们的好友数量中位数实际上是 229,而不是 342。

第 13 章 Facebook 世界里的数据科学

值得一提的是,如果我们观察 Facebook 用户的好友数量分布,它非常符合规模指数为 -2.8 的幂律分布[①]。这是许多网络的常见形式,可以理解为"优先连接"效应的结果,即随着网络的发展,已经具有连接的节点更易于获得更多的连接,从而形成具有幂律特征的无标度网络。

让我们更详细地看一下单个用户的社交网络。我在 Facebook 上不够活跃,所以我的社交网络不那么有趣。但是我 15 岁的女儿凯瑟琳很乐于让我展示她的社交网络:

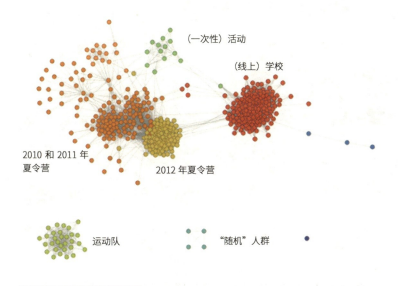

[①] 一种表示规模差别的多项式关系,定义为 $f(x) = ax^k + o(x^k)$,其中 a、k 为常数,$f(x)$ 表示其名次,k 为规模指数。它反映了个体的规模和其名次之间存在显著的反比关系。在这个模型中,数据波动非常大,少数点的数值特别高,大多数点的数值特别低,最大和最小点之间可能相差好几个数量级。

凯瑟琳的每一个 Facebook 好友就是一个点，他们之间的连接显示了好友关系。（其中没有凯瑟琳自己的点，因为她与其他每个点都相连。）该网络布局展示了好友的聚类或"社群"[使用 Wolfram 语言的 FindGraphCommunities（求图中社群）函数生成]。令人惊奇的是，这个网络在很大程度上"讲了一个故事"，每个聚类对应着凯瑟琳生活或过往的一部分。

这是来自我们的数据捐赠者的一系列网络：

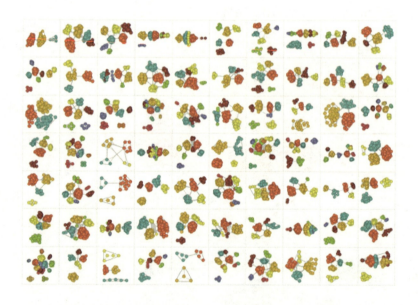

毫无疑问，每个网络都讲述了不同的故事。但我们仍然可以生成整体的统计数据。例如，下页上图展示了好友聚类数量随用户年龄变化的情况（如果我们有更多数据，数据干扰会更小）。

第 13 章　Facebook 世界里的数据科学

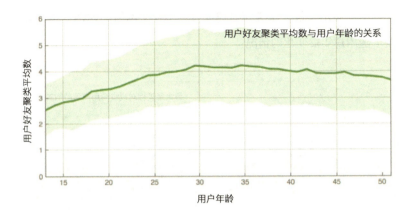

在 13 岁时，人们通常会有大约 3 个好友聚类（可能是学校、家庭和社区）。随着年龄的增长，他们进入不同的学校、找到工作等，会积累更多的聚类。这个数字在大约 30 岁时达到最大，不过这很大程度上可能是因为 Facebook 存在的时间有限。

典型的聚类规模如何？最大的聚类通常大约有 100 个好友。下图展示了最大聚类的规模随用户年龄变化的情况：

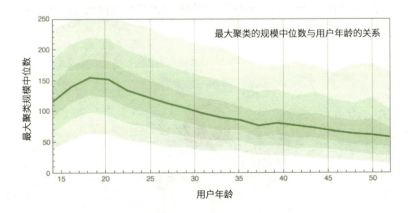

第 13 章 Facebook 世界里的数据科学

下图展示了最大聚类相对规模占整个社交网络的比例（相对规模）随用户年龄变化的情况：

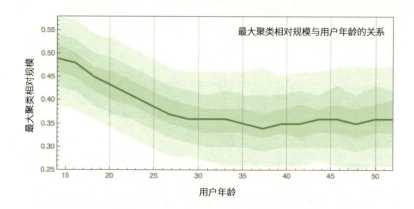

那么，网络的其他一些属性如何呢？是否存在某种网络结构的"周期表"？或者类似很久以前我为元胞自动机设计的分类方案？

第一步是找到每个网络的某种标志性摘要，我们可以通过查看聚类的整体连通性来实现，同时忽略它们的子结构。因此，对于凯瑟琳（她恰好提出了这个想法），她的社交网络可以简化为以下"聚类图"：

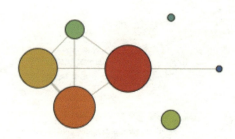

第 13 章 Facebook 世界里的数据科学

对前面展示的数据捐赠者的社交网络，我们做同样的处理，得到以下结果：

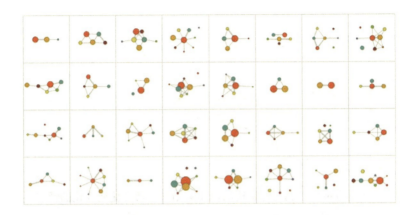

在制作这些图表时，我们保证每个聚类中至少有两位好友。但为了得到更好的整体视图，我们可以删除所有人数不到总好友数 10% 的聚类。这样，凯瑟琳的好友聚类图变成了这样：

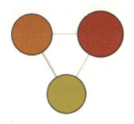

现在，我们可以统计出所有数据捐赠者的社交网络中不同类型结构的相对数量。

我们也可以看到每种结构的占比随用户年龄变化而变化的情况：

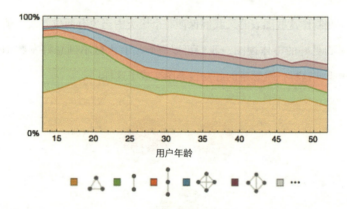

我们可以从中得到什么结论？最常见的结构由两个或三个主要聚类组成，并且聚类之间都有连接。但也有一些结构中的主要聚类之间完全没有连接，这可能反映了某人生活的某些特征，这些特征因地理或生活内容原因完全不相关联。

第 13 章 Facebook 世界里的数据科学

对于每个人来说，他们的好友聚类图背后都有不同的故事。有人可能认为，这意味着永远不会有一个关于这些事物的通用理论。在某种程度上，这就像试图找到人类历史的通用理论，或者生物进化的通用理论。但 Facebook 世界的有趣之处在于，它为我们提供了更多数据，从而可能形成通用理论。

我们不仅可以观察好友聚类图或者好友网络之类的东西，还可以深入挖掘。例如，我们可以分析人们在 Facebook 上的发文，对他们谈论的话题进行分类（这用到了 Wolfram 语言编写的自然语言分类器，它是用一些大型语料库训练而来的）：

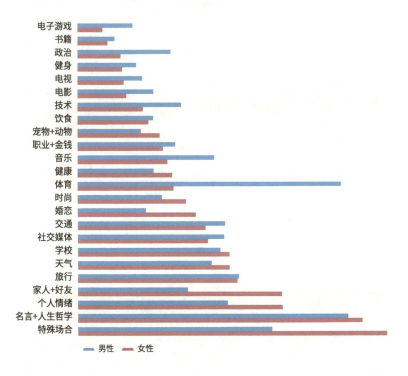

309

第 13 章 Facebook 世界里的数据科学

每个主题中都有一些高频出现的特定词语:

第 13 章 Facebook 世界里的数据科学

图中以词云形式展示了各个主题下的高频词语,字号越大则出现频率越高。各主题下词云中个别典型关键词如下:

主题	典型关键词语	主题	典型关键词语
书籍	阅读、图书	音乐	音乐、歌曲、乐队
职业+金钱	工作、金钱、购买	个人情绪	感觉、疲惫、难过
社交媒体	Facebook、状态	宠物+动物	狗、猫、鱼
家人+好友	宝宝、朋友、爸爸	政治	州、总统、投票
时尚	发型、衣着、裙子	学校	学校、大学、班级
健身	动作次数、5磅重10次[①]	特殊场合	生日、圣诞节、愿望
饮食	啤酒、食谱、食物	体育	比赛、队伍
健康	生病、疼痛、医院	电视	剧集、节目、季
技术	手机、计算机、互联网	交通	车、驾驶、道路
名言+人生哲学	人生、信念	旅行	旅行、航班、假日
婚恋	男友、女友、约会	电子游戏	游戏、玩
电影	影片	天气	天气、雪、冷雨

---

① 指在健身时使用 5 磅的哑铃完成 10 次动作。5 磅约等于 2.27 千克。——编者注

第 13 章 Facebook 世界里的数据科学

我们可以分析每个主题的流行度随用户年龄变化的情况:

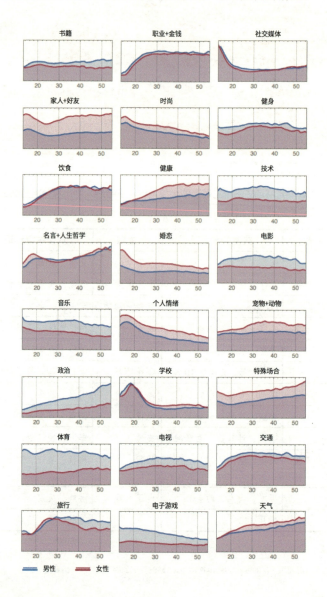

312

这些发现令人震惊，它们告诉了我们人们典型兴趣的演变。随着年龄增长，人们谈论"电子游戏"的次数越来越少，而谈论"政治"和"天气"的次数越来越多。男性通常比女性更多地谈论"体育"和"技术"，而且令我有些惊讶的是，他们也谈论很多"电影""电视"和"音乐"。女性更多地谈论"宠物＋动物""家人＋好友""婚恋"，在达到生育年龄后，她们还更多地谈论"健康"。人们谈论"学校"的高峰（不出所料）在20岁左右。人们在青少年时期对"特殊场合"（主要是生日）的谈论兴趣逐渐减少，但之后又逐渐增加。人们在20多岁时对谈论"职业＋金钱"的兴趣越来越大，等等。

其中一些模式是令人失望的老一套。不同年龄段的人们各有各的不同，了解了这种多样性，我们对大部分内容就都不会感到惊讶。但对我来说，令人惊奇的是，我们能够从图中看到这些以定量的方式呈现出来的细节——这可以看作人们一生中思考范畴变化的特征。

当然，这些图片都是基于细致匿名化处理的聚合数据生成的。但如果观察个体，我们将看到许多其他有趣的事情。例如，就个人而言，我非常好奇地分析了自己近25年的电子邮件档案，然后通过与整体人群的对比来预测自己的一些情况。

多年来，我一直在不断积累"案例研究"，研究人们生活的轨迹，从中我确实注意到了许多通用模式。但在过去几周里，我们所做的工作能够一次性地获取如此系统化的信息，这仍然让我非常惊讶。这一切究竟意味着什么，我们能够从中构建出什么样的通用理论，我还不知道。

但是似乎我们开始能够在"社交宇宙"中训练出一个"计算望远镜"了。这能让我们发现各种各样的现象,有潜力帮助我们更好地理解社会和我们自己。而且,这也提供了很好的案例,向我们展示了在数据科学和我长期以来致力于发展的技术的帮助下,我们可以达成的成就。

第 14 章

关于人工智能道德规范的一则演讲

2016 年 10 月 17 日

我母亲是牛津大学的哲学教授,所以在我还是孩子的时候,我总是说这辈子我永远不会做的事就是谈论哲学或者从事哲学方面的工作。但是,现在,我来了。

在真正开始讨论人工智能之前,我想聊一下我的世界观。基本上我这一生一直在交替做基础科学研究和技术构建。自从记事起我就对人工智能感兴趣,但小时候我是从物理学和宇宙学相关领域起步的。这促使我构建一些使类似数学演算这类工作自动化的技术。这些技术的效果很好,所以我慢慢开始思考如何真正理解和计算万事万物。那是大约 1980 年,我开始考虑构建一个类似大脑的东西,于是开始研究神经网络等相关技术,但是那时我的研究并不深入。

同时,我还对一个更大的科学问题感兴趣:如何为万事万物构建通用的理论。300 年来,这方面的主流思路是利用数学和公式来进行,但是我想走得更远。我有了一个宏大的构想:或许可以考虑用程序,以及所有可能的程序构成的计算宇宙,来实现这套通用的理论。

第 14 章 关于人工智能道德规范的一则演讲

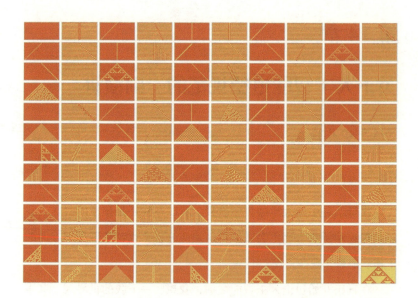

这项工作给我带来了个人历史上伽利略似的光辉时刻。我仅仅是把我的"计算望远镜"对准了这些最简单的可能的程序,然后我就看到其中令人称奇的一个,我称之为"规则 30"[①]——它看起来是从"无"中持续不断地生成"复杂度":

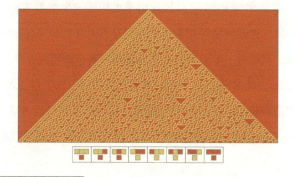

---

① 规则 30(rule 30)是一个由作者在 1983 年提出的元胞自动机,其能根据简单、已知的规则产生出复杂且看上去随机的模式。30 是描述这一规则最小的 Wolfram 代码。

看到这个之后,我意识到这实际上是整个计算宇宙,乃至整个自然中在发生的事。它是自然得以创造出所有我们看到的复杂事物的奥秘。它也是一扇窗,通向原始的、不经约束的计算宇宙。至少,从传统意义上来说,当我们在做工程的时候,我们是在搭建一些足够简单的东西,这些东西简单到我们能预见到它们的功能。

但是如果我们走入计算宇宙,事情可能就变得更加狂野了。我们在这方面做了很多的钻研工作,找到了有不同用途的各种各样有用的程序,比如规则 30 就是用于产生随机性的。现代机器学习实际上就是从传统工程学发展到这样的自由钻研过程中的一个阶段。

那么,关于计算宇宙我们能说什么呢?可以认为这些程序都是在做计算。多年以前,我提出了我称之为"计算等价性原理"的理论,即如果系统的行为显然并不简单,那么它通常来说对应最复杂的计算。有关这个想法,存在各种各样的预言和例证,例如,通用计算是无处不在的,不可判定性也是,我所谓的不可归约性同样是。

你能预测它下面要做什么吗(见下页图)?它很可能是计算不可归约的,也就是说,如果不逐步跟踪它的执行,不投入同样的计算工作量,你是无法确定它的下一步是什么的。这一点是完全确定的。然而对我们来说,它的计算似乎有自由意志一般,因为我们完全无法知道它接下来会做什么。

还有一件事:什么是智能?我们的统一原理表明,从微小的程序到我们的大脑,一切在计算上都是等价的。在智能和计算之间并没有明确的界线。天气看起来似乎有自己的意志:它在做与我们的大脑一样复杂的计算。然而,对我们来说,这是相当陌生的计算。

因为它没有与我们人类的目标和经验相连接，它仅仅是碰巧正在向前推演的原始计算而已。

那么我们怎么驾驭计算呢？我们得让它契合我们的目标。所以第一步是描述我们的目标。过去的 30 年中，我所做的事情基本就是创造一个定义目标的方法。

我曾经构建了一种语言——现在它被称为 Wolfram 语言——它可以让我们表达我们想要做的事情。它是一种计算机语言，但是它与其他计算机语言不同，因为不同于用计算机的术语告诉计算机做什么，它集成了有关计算和世界的尽可能多的知识，所以人类可以用人类的术语来表达想要的东西，然后交由 Wolfram 语言去尽可能自动化地完成这个任务。

这个基本思想没什么问题，多年以来它被用在 Mathematica 中，源源不断地产生了无数的发明和发现。它也是 Wolfram|Alpha 的核心思想，即这个语言要能接受自然语言输入的问题，理解这些问题，然后辅助性地使用人类文明中的知识和算法来回答问题。是的，这是一个非常经典的人工智能风格的过程。它用这样的方式回答了来自人类的亿万问题，比如在 Siri 中。

最近我有一个很有意思的经历，就是探究如何用我们已经构建的东西来教授孩子们计算思维。当时我正为一本书编写习题。开始的时候，题目很简单："写一个程序完成 ×××。"但是到后来，我发现"我知道用 Wolfram 语言怎么表达，但是用英语表达同样的内容好难"。当然，这就是为什么我花了 30 年来构建 Wolfram 语言。

英语有大约 25 000 个常用单词，Wolfram 语言则有大约 5000 个精心设计的内建结构，包含最新的机器学习的内容，以及数百万项基于筛选数据的内容。它的构建思路是，一旦人们想到世界上任何计算相关的问题，它就应该很容易用 Wolfram 语言表达出来，并且最酷的是，它真的可以工作。人类，包括孩子，可以读和写这种语言，计算机也可以。从某种程度上来说，它是人类文化背景下一座思想和计算之间的桥梁。

那么人工智能呢？技术的意义始终在于找到已经存在的事物，并且驾驭它们以自动实现某些人类特定的目标。在人工智能领域，我们想要驾驭的东西在计算宇宙中已经存在。现在，计算宇宙中存在大量的原始计算，就像自然中也有很多在进行一样。但是我们感兴趣的是与人类目标相关的计算。

那么道德规范呢？或许我们想要约束计算、人工智能，让它们仅仅去做我们认为道德的事情。但是我们必须找到一种方法来描述什么是"道德的"。

在人类世界中，一种方法就是制定法律。但是我们怎么把法律跟计算联系在一起呢？我们可能会称其为"法律代码"，但是现在法律和合同基本都是用自然语言书写的。在某些领域已经有了一些简单可计算的合同，例如一些金融衍生品。此外，现在人们也在数字货币领域讨论智能合约。

但数量如此巨大的法律呢？300年前逝世的莱布尼茨一直想创造出通用语言，正如我们之前讨论的，把一切都用计算的方式表达出来。他探讨这个问题为时尚早，但是我认为现在我们做这件事的时机到了。

我最近写了一些相关的内容，让我来总结一下。用 Wolfram 语言，我们可以表达世界上的很多东西，比如那些人们问 Siri 的问题。并且我认为我们现在已经能看到莱布尼茨想要的了：有一套通用的符号话语语言，可以表示人类世界中所有的东西。

我认为这基本上是一个语言设计的问题。是的，我们可以从自然语言中获得一些线索，但是最终我们得构建自己的符号语言。这实际上与我在 Wolfram 语言上过去几十年做的工作是类似的。就拿"plus"（加）这个单词来说吧，在 Wolfram 语言中，有一个函数叫

Plus，但是它表达的意思与这个单词不同。这是一个特殊的用法，与数学上的相加有关。我们设计符号话语语言的时候，实际上原理是一样的。单词"eat"（吃）在英文中有很多含义。但是我们的语言中需要一个概念——我们可能会称之为"eat"——这是一个特殊的用法，我们可以用它做计算。

假设我们已经有了一份用自然语言撰写的合同。想要得到合同的一个符号化版本，一种方法是用自然语言理解，就像我们对数十亿的 Wolfram|Alpha 输入所做的那样，发生歧义的时候询问人类。另一种方法可能是用机器学习描绘一张图。但是最好的方法是一开始就用符号化的形式来书写。实际上我猜想不久的将来，律师们就会这么工作。

当然，当你有了一份符号形式的合同之后，你就可以开始对它进行计算，自动检查条款是否已满足，模拟不同的结果，并且进行自动聚合，等等。最终这些合同还必须从现实世界获取输入。或许这些输入天生就是数字化的，比如访问计算机系统的数据。这些输入通常会从传感器或者测量系统中来，机器学习会把这些输入变成符号化的信息。

如果我们能把法律变成可计算的形式，或许我们就可以告诉人工智能我们希望它们怎么做了。当然，如果我们能把一切都分解成最简单的规则，那可能会更好，比如阿西莫夫（Asimov）的机器人定律[①]或者功利主义，等等。

[①] 美国科幻作家阿西莫夫在他的小说中定义了机器人三大定律：第一定律，机器人不得伤害人类，或者目睹人类遭受危险而袖手旁观；第二定律，机器人必须服从人类的指令，当该指令与第一定律冲突时例外；第三定律，机器人要在不违反第一、第二定律的情况下尽可能保护自己的安全。

不过我不相信这种方式可行。我们最终想要做的事情是找到计算上完美的约束，但是计算在某种程度上是无限开放的。通过哥德尔不完全性定理已经可以发现这个问题了。比如整数，我们想定义一些公理去约束它们，让它们仅仅以我们需要的方式运作。哥德尔表明，没有有限的公理集可以达成这一点。定义任何公理集，都不会存在这样一个整数集合，并且还可能有其他更加夸张的事情。

计算不可归约性现象表明这种情况是普遍存在的。基本上，给定任意一个法律或者约束条件的集合，总会出现"意外后果"。如果研究过人类法律的演进，就不会觉得这特别令人惊讶。但重点是，理论上无法避免这个问题，它在计算宇宙中是无所不在的。

现在，我想有一点非常清楚，那就是人工智能会越来越重要，人工智能未来最终会控制很多人类事务的基础设施，就像现在政府的一部分职能。或许我们需要做的是制定一部"人工智能宪法"，来定义人工智能应该做的事。

这部宪法会是什么样？它应该会基于现实世界模型，并且不可避免地会是一个不完美的世界。然后它会说明在各种情况下做什么事。最终它要做的事是提供一种方法去约束计算，让这些计算与我们的目标契合。那么这些目标是什么呢？我觉得没有一个最终的正确答案。事实上，人们可以枚举目标，就像人们可以在计算宇宙中枚举程序一样。并且，没有什么抽象方法能在它们之间做出选择。

不过对我们来说，选择的方法是存在的。因为我们有特定的生物特性，我们有文化和文明构成的历史。我们的文明耗费了无数不可归约的计算工作才达到目前的程度。现在我们只是在计算宇宙中的某处，这个位置对应着我们的目标。

人类目标很显然是在历史进程中逐渐演化的，并且我认为未来还会进一步演化。我认为我们的意识在未来会与科技不断融合，这几乎是不可避免的。最终或许我们整个文明会终结在一个上传了万亿人类灵魂的盒子里。

这就引出了一个重大问题："他们会选择做什么？"或许我们现在还没有一种语言可以描绘答案。如果我们回头看莱布尼茨的时代，我们将会看到各种现代概念在那时尚未形成。同样，在一个机器学习系统或者定理证明系统的内部，我们会看到其中形成了非常多的新生概念，但是我们人类尚未把它们吸收到我们的文化中。

或许从我们现在的视角来观察，世界就是脱离肉体的永生的虚拟灵魂在玩计算机游戏。开始阶段或许他们会操作一个我们实际宇宙的模拟，然后他们可能就开始探索所有可能的宇宙构成的计算宇宙了。

不过从某种程度上说，他们所做的全部事情就是计算，并且根据计算等价性原理，这种计算本质上与所有其他计算都是等价的。这可能有点令人失望，我们引以为傲的未来最终在计算上仅仅等同于普通物理学，乃至一个小小的规则30。

当然，这只是科学展示给我们的关于"我们并不特别"的漫长故事的延续。我们无法在我们所处的地方寻找终极意义，我们无法定义一个终极目标或道德规范。在某种意义上，我们必须拥抱我们的存在和我们历史的每个细节。

在我们的"人工智能宪法"中,不会有一个简单的规则能够概括我们的全部期望,而会有非常多的细节,它们反映了我们的存在和历史的细节。第一步就是理解怎么去表达这些,这是我所理解的我们需要用符号话语语言做的事。

还有,是的,我碰巧用过去 30 年创造了符号话语语言所需要的框架,现在我非常渴望弄明白我们如何用它来创造出一部"人工智能宪法"。

第15章

战胜"人工愚蠢"

2012 年 4 月 17 日

今天是 Wolfram|Alpha 以及通用计算知识的一个重要里程碑：Wolfram|Alpha 首次对平均超过 90% 的在线查询给出完整、成功的回复（如果用"接近"的说法，这一比例接近 95%）。

这是一项了不起的成就，这是我们多年来逐步充实它的知识和语言能力后来之不易的结果。

下页图显示了自 Wolfram|Alpha 于 2009 年推出以来，它所提供的成功查询（绿色）相对于不成功查询（红棕色）的比例是如何增加的。从右侧面板的对数刻度中，我们可以看到故障率大致呈指数级下降，半衰期约为 18 个月。这似乎是一种计算知识的摩尔定律：数不胜数的工程成果和无数新想法一起带来的净效应为系统质量带来了指数级的提升。

第 15 章 战胜"人工愚蠢"

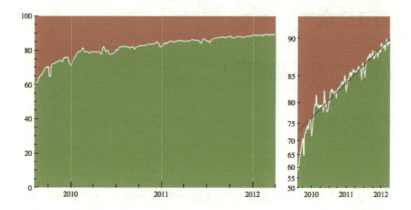

为了庆祝我们达到 90% 的查询成功率,回头看看我们所做过的东西一定很有趣。从 Wolfram|Alpha 开发的早期开始,我们就一直在维护一本剪贴簿,上面有我们最喜欢的"人工愚蠢"[①]的示例——Wolfram|Alpha 应用其当时版本的"人工智能"所产生的在我们人类看来很愚蠢的错误的结果。

[①] 人工愚蠢(artificial stupidity)是人工智能(artificial intelligence)的派生概念。当一些人工智能没有达到预期目的,或者虽达到预期目的却不能依据具体情境进行自我调适,乃至产生完全错误的结果时,人们就会称其为"人工愚蠢"。

第 15 章 战胜"人工愚蠢"

下图是一年多前,我们捕捉到的一个示例(早已被修复):

在 Wolfram|Alpha 中查询"guinea pigs"(豚鼠),却得到了非洲国家几内亚的猪存栏量的信息。"guinea pigs"一词拆分后分别可以表示几内亚(Guinea)和猪(pigs)

当输入"guinea pigs"时,我们指的是那种毛茸茸的小动物(我小时候曾经养过)。但是 Wolfram|Alpha 不知何故给出了错误的答案,认为我们是在问几内亚的猪,并持之以恒地(这种情况下,根本是荒谬地)告诉我们,在 2008 年的统计中几内亚有 86 431 头猪。

从某种层面来讲,这并不算一个大缺陷。毕竟,在输出的顶部 Wolfram|Alpha 清楚地告诉我们,它假设"guinea"是一个国家,并提供了将输入作为"物种明细单"(species specification)的替代方案。

327

第 15 章 战胜"人工愚蠢"

的确,如果人们今天去尝试这个查询,"物种"会是默认的解释,而且结果正确。但一年前,错误的默认解释是一个简单但典型的"人工愚蠢"的例子,其中一个微妙的缺陷可能产生在我们人类看来可笑至极的结果。

以下是今天输入"guinea pigs"所得到的一个良好的合理结果:

在 Wolfram|Alpha 中查询"guinea pigs"(豚鼠),得到了这一动物的学名、通名、生物学分类等信息

以下是过去三年（2009—2011），我们在"人工愚蠢"剪贴簿中收集的其他一些例子。我很高兴地说，其中每一个查询现在都可以被正确回复；对很多查询的回复，系统给出了令人印象相当深刻的结果。

在 Wolfram|Alpha 中查询"polar bear speed"（北极熊的速度），得到了高达每小时 16 506 英里（每秒 7.379 千米）的答案，显然是错误的

第 15 章 战胜"人工愚蠢"

查询"Fall of Troy"(古希腊城邦特洛伊的陷落),Wolfram|Alpha 将"Fall"解释为"下落",将"Troy"解释为美国俄亥俄州的特洛伊市,给出了物体从特洛伊市某高度下落的时间、速度等计算结果

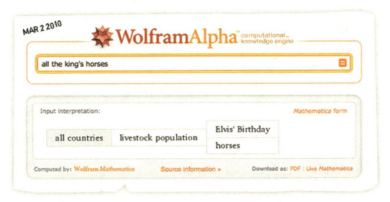

查询"all the king's horses"(所有国王的马),这句话出自英语童谣,也有同名电影、歌曲、图书等。Wolfram|Alpha 将输入分解,没有给出相关结果

查询"dead horse"(死马,形容已经无法再有进展或改善的情况,有同名歌曲等)。Wolfram|Alpha 将输入错误地解释为"ketchup"(番茄酱),并给出其 pH

第 15 章 战胜"人工愚蠢"

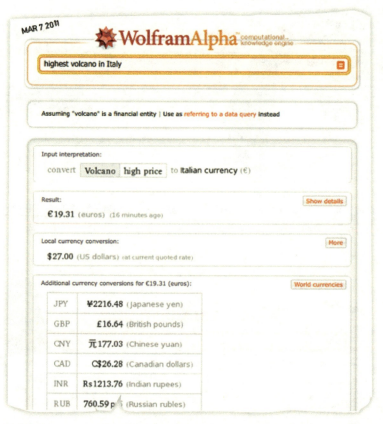

查询"highest volcano in Italy"(意大利最高的火山),Wolfram|Alpha 将"Volcano"(火山)解释为一个金融实体,给出了将"Volcano"的最高价格转换为意大利货币的结果

第 15 章 战胜"人工愚蠢"

查询"men+women"（男人 + 女人），Wolfram|Alpha 将"men"（男人）解释为单位，给出了"单位不匹配"的结果

查询"male pattern baldness cure"（男性型秃发治疗），Wolfram|Alpha 将输入解释为科乐美（Konami）公司的游戏作弊码的按键顺序

查询"what is a plum"(什么是李子),Wolfram|Alpha 将"plum"(李子)解释为月球上一处叫"Plum"的陨石坑,并给出"landing site"(着陆点)的回答

很多这样的例子都带有某种幽默的荒诞性。甚至观察这些例子还能发现,这种"人工愚蠢"其实也是我们人类幽默的一种源泉。

但这种"人工愚蠢"从何而来?我们该如何战胜它?

这里主要有两个问题,它们似乎总是结合在一起,并产生了大多数我们在剪贴簿看到的"人工愚蠢"的例子。第一个问题是 Wolfram|Alpha 太过努力地去取悦人类,即使它并不知道自己在说什么,它也会勇敢地给出一个结果。第二个问题是 Wolfram|Alpha 可能只是没有掌握足够的信息,这样它会抓不住要点,因为它完全不知道查询中其他可能的含义。

奇怪的是,这两个问题也经常出现在人类身上,尤其是当人们在手机信号不好、听不清楚时进行通话的情况下。

第 15 章 战胜"人工愚蠢"

对于人类来说,我们还不知道这些事情的内在产生机理。但在 Wolfram|Alpha 中,其定义非常明确。这是数百万行的 Mathematica 代码所实现的,最终 Wolfram|Alpha 所做的是将给定的自然语言片段作为输入,并试图将其映射为某种精确的符号形式(用 Mathematica 的语言),以标准的方式表示输入的含义,然后 Wolfram|Alpha 可以基于此计算出结果。

到目前为止,特别是根据近 3 年的实际使用数据,Wolfram|Alpha 对自然语言的详细结构和缺点有了大量的了解。当然,它本就必须掌握远超任何语法书的内容。

当人们在 Wolfram|Alpha 中输入时,我认为我们看到的是一种未被充分理解的语言表达。输入并不是随机的单词(就像人们在搜索引擎中的输入一样),而是有结构的,而且是非常复杂的结构,但它并未严格遵循传统语序或语法结构要求。

在我看来,Wolfram|Alpha 的伟大成就之一就是创建了一个足够强大的语言理解系统来处理这些输入,并成功地将它们转换为精确的可计算符号表达形式。

我们可以认为,任何特定的符号表达形式都具有一定的语言形式的"吸引域",可以生成这种表达形式。其中一些形式可能看起来非常合理,其他的则可能看起来很古怪,但这并不意味着它们不能出现在人类真实的 Wolfram|Alpha 查询的"意识流"中。

通常情况下,即使允许使用古怪的形式进行输入,并对通用语言进行非常奇怪的曲解,也不会有什么影响。因为最糟糕的情况就是这些形式永远不会被当作输入。

但问题来了,如果其中一种形式与另一种意义完全不同的事物重叠了呢?如果 Wolfram|Alpha 知道这种事物,它的语言理解系统就会识别出冲突,并且如果一切工作正常,它就能选择出正确的含义。

但是,如果重叠的是 Wolfram|Alpha 不知道的事物呢?

在前文中最后一个剪贴簿示例中,Wolfram|Alpha 被问到"什么是李子(plum)"。当时,它并不知道在问的问题是指水果,问题也没有指出跟植物相关。但它确实碰巧知道月球上有一处名为"Plum"的陨石坑。语言理解系统当然注意到了"plum"前面的不定冠词"a"[①],但是,除了月球陨石坑之外,它对"plum"这个名字一无所知(并且至少在网站上,它即便朝着错误的方向给出回复,也不会不回复),于是它得出结论:"a"一定是某种"语言噪声"。所以它选择了月球坑这个含义,并做了一些在我们看来相当傻的事情。

Wolfram|Alpha 该如何避免这种情况发生呢?答案很简单:它只需要知道更多。

人们可能会认为,要想更好地理解自然语言,就必须覆盖更广泛的、语法化的形式,这当然是其中的一部分。但从我们在 Wolfram|Alpha 上获得的经验来看,向系统的知识库添加内容至少是同样重要的。

很多"人工愚蠢"都是因为对输入的含义没有"常识"。在某个垂直的知识领域内,一种解释似乎是相当自然、合理的。但在更笼统的"常识"语境下,这种解读显然是无意义的。问题的关键在于,随着 Wolfram|Alpha 知识领域的扩展,它逐渐了解了我们人类习以为常的所有知识领域,这避免了荒谬的"人工愚蠢"的解释。

---

① 如果是特指某个事物,英文中通常会使用定冠词"the",而不是表示泛指的不定冠词"a"。

——编者注

第 15 章 战胜"人工愚蠢"

有时，Wolfram|Alpha 还在某种意义上做得很夸张。比如"clever population"（可直译为"聪明的人口"）这个查询，这是什么意思？语句结构似乎有点奇怪，我可能会认为这是在谈论某个地方有多少聪明的人。但以下是 Wolfram|Alpha 所说的：

查询"clever population"，Wolfram|Alpha 将"clever"解释为美国密苏里州的城市克莱弗（Clever），并给出其人口数据

关键是 Wolfram|Alpha 知道一些我不知道的事情：密苏里州有一个叫"Clever"的小城市。啊哈！现在，"Clever population"（克莱弗的人口）这句话的结构就合理了。对于密苏里州西南部的人们来说，这可能一直都是显而易见的。但以典型的日常知识和常识来说，情况并非如此。就像前文所展示的 Wolfram|Alpha 剪贴簿案例一样，大多数人会认为查询的是完全不同的内容。

在人工智能的发展历史上，曾经有许多人尝试创建自然语言问答系统。就用户的直接感受而言，这些系统的问题通常不是创造人工智能的失败，而是存在明显的"人工愚蠢"。当碰到比前文这些例子更戏剧化的表达方式时，系统将"抓住"一个它碰巧知道的含义，并坚持使用这个在人类看来愚蠢的含义。

我们从 Wolfram|Alpha 学到的经验是，我们的问题不在于没有发现特别的、神奇的、类人类思维的语言理解算法，相反，从某种意义上说，这些算法更广泛、更基本，系统只是理解得还不够，还不能完全解决问题。仅仅对某个特定领域了如指掌是不够的，系统必须以足够的深度覆盖足够多的领域，才能有足够的常识去应对其遇到的各种语言形式。

我一直以来都把 Wolfram|Alpha 构想成一个包罗万象的项目。现在很清楚的是，要想成功，就必须增加知识，并解决掉所有问题，仅仅解决部分问题是不够的。

事实上，到今天为止，我们在查询理解方面已经达到了 90% 的成功率，这是一个了不起的成就，这表明我们绝对走在正确的道路上。让我们审视一下 Wolfram|Alpha 上的查询流，在许多领域，它与

典型的人类查询理解表现相当。不过，由于 Wolfram|Alpha 目前还不能与人类进行对话交流，我们没有参加图灵测试。但更重要的是，它知道并且可以计算出的东西，已经远超人类个体的能力范畴。

经过这么多年，也许是时候升级图灵测试了，它应该认识到计算机实际上应该比人类做得更多。从用户体验的角度来看，也许最明确的衡量标准是消除"人工愚蠢"。

当 Wolfram|Alpha 首次发布时，即使在不经意的使用中也常常会遇到"人工愚蠢"。就我个人而言，我当时不知道需要多长时间才能解决这个问题。但现在，仅仅 3 年后，我对我们取得的成就感到非常满意。当然，目前在使用 Wolfram|Alpha 时仍然能遇到"人工愚蠢"（而且寻找它们很有趣），但已经很难找到了。

凭借我们在 Wolfram|Alpha 中投入的知识和算力，Wolfram|Alpha 变得不仅更智能，而且很少犯愚蠢的错误。我们正在继续沿着指数曲线向完美的查询理解迈进。

第 16 章

在云上科学地调试：首席执行官的一次意外冒险

2015 年 4 月 16 日

16.1 Wolfram 云必须完美

Wolfram 云马上就要结束测试正式发布了（耶！），现在我正殚精竭虑地让它尽善尽美。（顺便提一下，正式版一定会非常出色！）我主要关注高级功能和策略的定义。但我更喜欢了解所有层面的事情，因为作为首席执行官，我最终要对一切负责。3 月初，我深入了一些让我始料未及的事情……

故事是这样的，作为一个严肃的生产系统，很多人会用它来做业务经营之类的事情，因此 Wolfram 云的响应速度应该越快越好。我们的各项指标显示，系统运行典型任务的速度很不错。但我使用的时候总感觉有些不对劲：有的时候它很快，但有的时候又显得太慢。

虽然我们拥有优秀的软件工程师，但好几个月过去了，事情似乎并没有任何改变。当时，我们刚刚发布了 Wolfram Data Drop[①]。因此我想，我不妨亲自运行一些测试，用我们的 Wolfram Data Drop 来

[①] 一个通用数据存储库，其数据通常是通过 API 以及网页、电子邮件和其他接口，从外部源逐步添加的。

收集数据。

Wolfram 语言很棒的一点是对忙碌的人非常友好：即使你的时间只够用来编写几行代码，你也可以真正完成一些事情。对于上述情况，我只需要运行三行代码就可以找到问题。

首先，我在 Wolfram 云上为一小段简单的 Wolfram 语言程序部署了一个 Web API，然后我调用了这个 API 50 次，观察每次调用消耗的时间（这里的"%"代表上一步的结果）：

In[2]:= Table[First[AbsoluteTiming[URLExecute[%]]], {50}]

Out[2]= {0.329382, 0.855666, 0.911946, 0.934263, 0.978529, 0.227574, 0.221374, 0.859516, 0.941976, 0.92776, 1.83143, 0.232437, 0.913061, 0.944783, 0.242804, 0.836901, 1.02822, 0.934429, 0.84681, 0.221508, 0.876778, 0.900069, 0.231658, 0.873041, 0.877364, 0.23584, 0.958722, 0.93672, 0.231696, 0.832243, 1.00074, 1.96883, 0.268803, 0.87483, 0.872951, 0.250704, 0.921409, 1.01286, 0.915021, 0.936872, 0.229639, 0.229472, 0.237214, 0.963077, 0.937485, 0.227401, 0.860739, 0.967099, 0.234807, 0.978402}

我绘制了调用时间序列图：

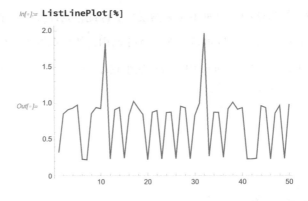

In[ ]:= ListLinePlot[%]

从中可以立刻看到一些不可思议的现象。有时调用一次 API 的时间是 220 毫秒左右，但通常是 900 毫秒甚至 1800 毫秒。而更不可思议的是，这些调用时间似乎被量化了！

我做了一幅直方图：

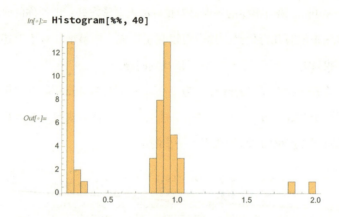

可以很清楚地看到，直方图左边有几次调用速度很快，接着是代表较慢的调用的第二个高峰，然后是非常慢的调用第三次"露头"。真是太奇怪了！

我想知道这种现象是不是必然发生。因此，我设置了一个定时任务，每隔几分钟突发地进行多次 API 调用，然后把调用的用时数据导入 Wolfram Data Drop 中。我让这个程序运行了一整夜……第二天早上，我看到以下结果：

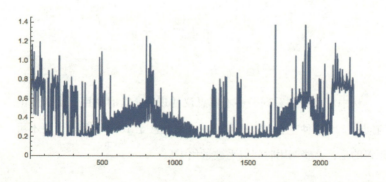

这就更奇怪了！为何会出现这么大的波动？我可以想象集群中的某个特定节点可能会逐渐变慢（尽管本不应如此），但为什么它又会慢慢恢复？

我想到的第一个可能是遇到了网络问题，因为我调用的是远在1600多千米外的测试云服务器上的 API。所以我查看了 ping 命令返回的网络延迟。然而除了个别奇怪的峰值（这毕竟是互联网！），其他时间的网络延迟都非常稳定。

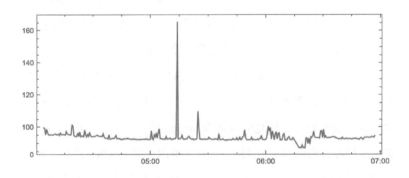

16.2 服务器内部出了问题

好吧，一定是服务器本身有问题。Wolfram 云有很多新技术，但其中大部分是纯粹的 Wolfram 语言代码，测试起来很容易。然而，在 Wolfram 语言层的下面，还有一套通用的现代服务器基础架构。这跟 Wolfram|Alpha 和 webMathematica 所使用的基础架构基本相同。

前者已经被成功使用了 6 年,为数十亿次查询结果提供服务;而后者的启用比前者更是早了将近 10 年。但作为一个要求更高的计算系统,Wolfram 云的设置略有不同。

我一开始怀疑是这种设置上的细微不同导致网络服务器层内部出现问题。在理想状况下,我希望我们的基础设施也都是基于纯粹的 Wolfram 语言的,但目前我们用的是 Tomcat 网络服务器系统,它是基于 Java 语言的。起初我认为可能是 Java 的垃圾回收机制导致了速度变慢。代码分析显示,确实存在一些由 Tomcat 触发的垃圾回收事件所产生的程序卡顿,但这种现象非常少见,而且只用了几毫秒,而不是几百毫秒。所以这还不能解释速度变慢的真正原因。

到目前为止,我已经沉迷于这个问题了,非常想找出原因所在。我很久没有如此深入地进行系统调试了。这种感觉很像从事实验科学。在实验科学中,简化研究对象始终很重要。因此,我利用"云到云"的操作来隔离大部分网络,在集群内部调用 API。然后,我又隔离了将请求分派到集群中特定节点的负载均衡器,把我的请求锁定到一个单节点(顺便说一句,外部用户不能这样做,除非他们用私有云)。但是速度慢的问题依然存在。

于是我开始收集更详细的数据。第一步是让 API 返回执行 Wolfram 语言代码开始与结束的绝对时间,然后将这些时间与包装器代码开始调用 API 的绝对时间进行对比,下页图就是我看到的。

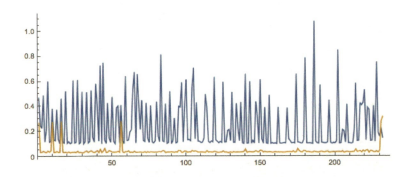

蓝线显示的是 Wolfram 语言代码运行之前的时间，黄线是运行之后的时间。我是在整个系统表现非常差的阶段收集的这些数据。我看到的是"之前"的时间出现了许多突出的延迟，而"之后"的时间只有少量的延迟。

这又是一个很奇怪的现象。速度放缓似乎与 Wolfram 语言代码运行"之前"或"之后"的绝对时间并没有很大的关系。相反，看起来更像是有什么外部因素随机地攻击系统。

一个令人困惑的特性是，本例集群中的每个节点包含 8 个内核，每个内核运行一个 Wolfram 引擎实例。Wolfram 引擎非常稳定，因此每个实例在下次重启之前都会运行数小时乃至数天。但我想，有没有可能某些实例在运行过程中出现了问题呢？于是，我测试 API 的时候查看进程 ID 和进程时间，然后根据 API 调用时间的组成部分绘制总进程时间。

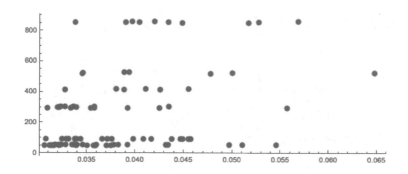

事实上,新启动的进程调用 API 的速度似乎要快一些,但是并不显著(注意横轴上接近 0 的那些点)。

16.3 是什么在占用 CPU

我开始怀疑那些在同一台机器上运行的其他 Wolfram 云服务在作祟。虽然按理说这些服务不大会引起我们所观察到的量化降速问题,但为了简化系统,我还是想先排除这些服务。首先,我们隔离了生产集群上的一个节点。然后我建立了自己的 Wolfram 私有云。但运行缓慢的问题仍然存在。令人困惑的是,在不同的时间段和不同的机器上,问题似乎表现出一些不同的特性。

在私有云上,我可以登录到原始 Linux 系统查看数据。我做的第一件事就是将 UNIX 实用工具 "top" 和 "ps axl" 的运行结果导入 Wolfram 语言,以便进行分析。我立即发现大量的时间被 "系统" 消

16.3 是什么在占用 CPU

耗了：Linux 内核一直在忙于某些事情。事实上，速度缓慢似乎根本不是用户代码造成的，很可能源自操作系统内核中发生的某些状况。

这让我想跟踪一下系统调用的过程。我已经有近 25 年没有做过这样的事情了，根据我以往的经验，跟踪系统调用可以获得大量数据，却很难解释这些数据。不过好在现在我有了 Wolfram 语言。

我在进行几秒钟的 API 调用的同时，运行了 Linux "strace" 实用程序，产生了 28 221 878 行输出。然后，只需要几行 Wolfram 语言代码，就可以将特定系统调用的开始和结束时间组合在一起，并生成系统调用时间周期的直方图。仅仅进行几次系统调用就可以得到这样的结果：

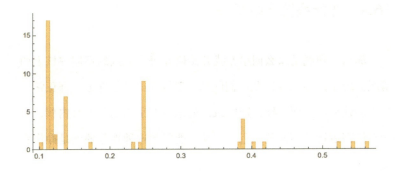

有趣的是，图中显示了离散的峰值。当我查看处于这些峰值期间的系统调用时，我发现它们似乎都是 futex 调用——Linux 线程同步系统的一部分。于是我挑出 futex 调用，果然，我看到了尖锐的计时峰值，出现在 250 毫秒、500 毫秒和 1 秒。

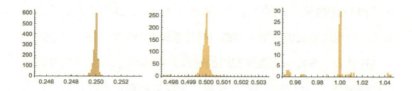

但这些真的是问题所在吗？futex 调用本质上只是"睡眠"状态，一般不会消耗处理器时间。实际上，这样的调用在等待输入和输出完成是很正常的。所以对我来说，我观察到的最有趣的现象，实际上是并没有其他的系统调用在花费高达数百毫秒的时间。

16.4　操作系统冻结了

那么，到底是怎么回事？我开始研究每个节点的不同内核上的情况。现在，Tomcat 以及我们的基础架构栈的其他部分，都正常运行着多线程。然而，导致速度减慢的东西似乎冻结了所有内核，尽管它们都运行着不同的线程。而唯一能引起这种现象的就是操作系统内核。

但是什么会导致 Linux 内核出现这样的冻结呢？我又有点怀疑调度程序。我想不出我们的情况为什么会导致调度程序异常，但我们还是查看了调度程序，并尝试更改了一些设置。然而并没有效果。

然后我有了一个更奇怪的想法。我当时用的那个 Wolfram 云实例是在虚拟机中运行的。速度变慢的原因是否有可能来自虚拟机？

16.4 操作系统冻结了

于是我要来一个在裸机上运行的不带虚拟机的 Wolfram 云版本。但在配置之前,我找到了一个实用程序来测量虚拟机本身"窃取"的时间,结果显示这个时间是可以忽略不计的。

到目前为止,我每天花一两小时来研究这件事,已经持续好几天了。恰好到了 SXSW 的时间,我的行程满满。我们的云软件工程团队成员摩拳擦掌地要解决这个问题,于是我就把问题交到这些能工巧匠的手上了。

当我的航班落地的时候,工程师们已经有了另一组有趣的数据。他们将每个 API 调用分解为 15 个子步骤。然后,我们的一位物理学博士工程师将某个特定子步骤(下图左侧)中速度变慢的概率与该子步骤运行时间的中位数(下图右侧)进行了对比:

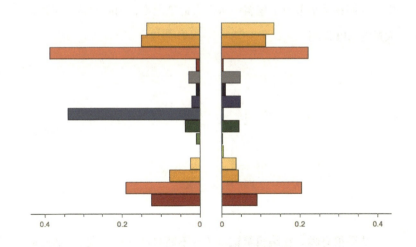

除一个例外(其原因已知),二者之间存在很高的相关性。看起来 Linux 内核(以及在其下运行的所有内容)似乎确实受到某些因

素的影响，时间上还完全随机。如果它碰巧发生在 API 调用的某些环节，就会导致速度减慢。

因此，我们开始寻找可能造成这种影响的东西。我们注意到大量的输入输出活动比较可疑。在我们的测试环境中，Wolfram 云使用 NFS（网络文件系统）来访问文件。我们尝试过调整 NFS、修改参数、进入异步模式、使用 UDP 来代替 TCP、修改 NFS 服务器输入输出调度程序等，但还是没有任何效果。我们还尝试使用一种完全不同的分布式文件系统，名叫 Ceph，依然是同样的问题。然后我们尝试使用本地磁盘存储，似乎终于产生了一些效果——解决了大部分速度变慢的情况，但这一情况没有完全消失。

我们以此为线索，开始更深入地调查输入和输出。在一次试验中，我们在某个节点上编辑一个巨大的笔记本，同时对该节点进行大量的 API 调用：

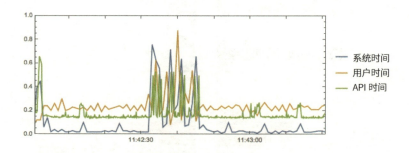

结果很有趣。在编辑笔记本（并不断自动保存）期间，API 时间突然从大约 100 毫秒跃升至 500 毫秒。但为什么如此简单的文件操作会对节点的全部 8 个内核产生如此大的影响呢？

16.5 罪魁祸首找到了

我们着手进行了更多的调查，不久就发现看似简单的文件操作并非真的简单，并且我们很快就找到了原因。事情是这样，大概在 5 年前，Wolfram 云开发早期，我们曾想试验文件版本控制。作为概念验证，有人插入了一个简单的版本控制系统，名为 RCS。

尽管 RCS 已经有近 30 年没有进行过实质性更新，并且现在已经有了更好的实现方法（例如我们在笔记本中用于实现无限撤销的方法），但世界上还有很多软件系统仍然在使用 RCS。不知何故，这个"概念验证"程序在我们的 Wolfram 云代码库中从未被替换掉，而且它仍然运行在每一个文件上！

RCS 有一个特点，哪怕文件只被修改了一点点，也会造成大量数据（甚至比文件本身大几倍）被写入磁盘。我们不确定它一般会产生多大的输入输出活动，但很明显，RCS 会加剧这种不必要的活动。

输入输出活动真的会造成整个 Linux 内核挂起吗？也许存在一种神秘的全局锁，也许磁盘子系统由于无法快速刷新已填充的缓冲区而被冻结，也许内核正忙于重新映射页面以提供更大的可用内存块，无论发生了什么，显然我们要去掉 RCS，看看会发生什么。

于是我们就这样做了。瞧瞧，可恶的速度变慢的现象立即消失了！

就这样，经过一周的紧张调试和故障排除，我们找到了问题的解决方案。重复进行我最初的试验，现在一切都运行得很干净，API 时间完全由连接测试集群的网络状况所决定。

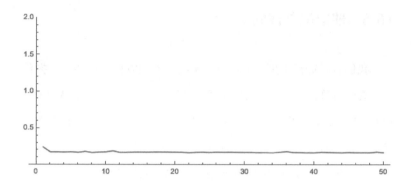

16.6 Wolfram 语言和云

我从这一切中学到了什么呢？首先，这件事强化了我的一个印象：从事软件行业这么多年来，云环境是我所见过的最困难的（甚至是最恶劣的）开发和调试环境。但其次，这个过程让我意识到Wolfram语言作为一种元系统多么有价值，它可以分析、可视化并组织整理像云这样的复杂基础设施内部发生的事情。

提到调试，这么多年来我本人已经被"惯坏了"——基本上我所有的编程都是用Wolfram语言进行的，在这种语言中调试排错特别容易，而且很少有错误需要我花上几分钟的时间才能找到。那么为什么在Wolfram语言中调试可以如此简单？我认为，最重要的原因是代码往往很简洁，而且可读性强。人们通常会在笔记本中编写代码、测试代码、编写文档并将各段程序构建出来。另一个重要原因是，Wolfram语言是一种符号语言，因此用户可以提取程序的任何部分，这些部分都能独立运行。

在软件栈的底层进行调试是一种非常特别的体验。它很像是医学诊断，也是在跟复杂的多组件系统打交道，并试图通过一些测量或试验来弄清楚发生了什么。（我猜我们的版本控制问题可能类似于DNA复制过程中一些可怕的缺陷。）

我这次的云上冒险，更加凸显了Wolfram云带来的附加价值。因为Wolfram云可以隔离云基础设施的混乱问题，用户可以直接在Wolfram语言中实现和部署他们想要的任何内容。

诚然，为了实现这一点，我们需要自己构建所有的自动化基础设施。而现在，得益于这次在云上"科学调试"的小小冒险，我们距离这一目标又近了一步。事实上，截至今天，Wolfram云的API一直在稳定运行，没有再出现过任何神秘的量化降速，有望很快从测试版进入全面投产运行阶段。

第 17 章

本体论的实际应用：一个来自前沿的故事

2017 年 7 月 19 日

17.1 化学哲学[①]

"我们面临一项抉择：化学物质像城市还是像数字？"如同过去 30 年中的大多数日子，昨天我花了一整天时间设计 Wolfram 语言的一个新特性。下午，我参加了一场快速会议，讨论如何扩展 Wolfram 语言在化学领域的能力。

从某种程度上来讲，我们所讨论的问题本质上是实践问题。但就像以往我们面临的许多问题一样，它最终涉及一些深层次的智识问题。为了找到真正正确的答案，并成功设计出经得起时间考验的语言特性，我们需要深入思考这些问题，像哲学家一样思考。

问题的一方面在于，我们所要处理的是前所未有的事物。传统的计算机语言只处理抽象数据，并不直接讨论像化学物质这样的事物。但在 Wolfram 语言中，我们希望囊括万事万物的知识，这意味着我们必须能应对各种各样现实中的事物，比如化学物质。

[①] 化学哲学（philosophy of chemistry）是研究和探讨化学中的哲学问题的科学，它以化学科学中具有世界观和方法论意义的一般理论问题为研究对象，以化学哲学的本体论、认识论和方法论为主要研究领域。

17.1 化学哲学

我们在 Wolfram 语言中构建了一整套体系用于应对世间万物，我们称之为实体（entity）。实体可以是一座城市（比如纽约市），或一部电影，或一颗行星，或其他任何事物。实体有某种名称（比如"纽约市"），并且具有明确的属性（比如人口、土地面积、建立日期等）。

我们长期以来一直有化学实体的概念，比如，水、乙醇或碳化钨。每个化学实体都有各自的属性，比如分子量、结构图或沸点等。

我们已经了解了成千上万的化学物质的属性。但这些都是指实实在在的化学物质，即可以放在试管中进行实验的具体化学物质。

而昨天我们试图弄清楚的是如何应对抽象的化学物质，即我们抽象地构造出来的化学物质，比如用某种抽象图表示的化学结构。我们应该将这样的化学结构视为实体，像水或纽约市呢，还是将其视为更抽象的事物，像数列或者数学图呢？

当然，我们构建的抽象化学物质中包括用实体表示的化学物质，比如，蔗糖或阿司匹林之类的。但是，我们必须区分一下，我们是在谈论单个的蔗糖或阿司匹林分子，还是在谈论作为大块材料的蔗糖或阿司匹林？

这种区分在某种层面上来讲是令人困惑的。我们可能会以为，一旦知道了物质的分子结构，我们就能计算出它所有的属性。有些属性，比如摩尔质量，可以从分子结构中轻而易举地计算出来；然而有些属性，比如熔点，就并非如此。

这种区分只是一个暂时性问题，还是一个永久性、根本性问题呢？如果仅是一个暂时性问题，那么它并不影响长远的语言设计。我恰好涉猎过一些基础科学研究，可以回答这个问题：是的，这是个根本性问题。这与我所说的计算不可归约性有关。举例来说，很多物质的熔点基本上是无法精确计算的（这与镶嵌问题的不可判定性有关，用图形铺满平面就像观察分子如何排列成固体）。

因此，通过了解这部分（相当前沿的）基础科学，我们知道，我们可以有意义地区分化学物质和单个分子。虽然二者之间有显而易见的联系，就像水分子和水，但是，它们之间还有一些本质的不同，以及计算属性上的不同。

17.2　至少原子应该是可以的

我们首先来讨论一下单个分子。分子是由原子构成的。当我们谈论原子时，大家的看法是相当一致的。我们认为任何分子都是由确定的原子集合组成，尽管当谈论聚合物等物质时，我们会考虑"参数化分子"。

我们认为至少将原子类型视为实体是稳妥的。毕竟,每种类型的原子只对应一个化学元素,而元素周期表中只有有限数量的化学元素。当然,原则上人们可以认为还有周期表外的"化学元素",甚至可以把中子星想象成一个巨大的原子核。但其中是有区别的:几乎可以肯定的是,只有有限类型的基本稳定的原子,而其他大多数原子的寿命都非常短暂。

然而,我们需要在此处加一个注解。"化学元素"并不像人们想象的是确定的某一种事物,而是不同同位素的混合物。并且混合物可能会改变,比如,不同钨矿由于含有不同的混合物,其有效原子质量是不同的。

实际上,这是用实体表示原子类型的一个很好的理由。这样,人们谈论分子时,可以直接用对应的实体名称来指代。只有当涉及与原子类型相关的属性时,比如,判断钨来自哪个钨矿,人们才需要关注这种不同。

在少数情况下(比如重水[①]),只有在明确的化学情境下人们才需要谈论同位素。大多数时候,只需要指定化学元素就足够了。

要确定一个化学元素,我们只需要给出它的原子序数。教科书会告诉我们,要指定一个特定的同位素,我们只需要说出它包含多少个中子。但是这忽视了钽的个别情况。因为,钽的天然存在形式之一(^{180m}Ta)实际上是钽核的激发态[②],它恰好非常稳定。要正确找到其同位素,我们需要给出它的激发态能级及其中子数。

---

① 氘含量显著高于正常水(H_2O)中氘含量的水。其中氘是质量数为 2 的氢的核素,符号为 ^2H 或 D。
② 当一个系统(例如,一个原子、分子)吸收能量,它可能从一个较低能级状态(称为基态)转变到一个较高能级状态(称为激发态)。这种状态的改变通常由吸收光子或其他粒子来实现。

第 17 章 本体论的实际应用：一个来自前沿的故事

从某种意义上来说，量子力学在这里派上了用场。因为虽然一个原子核可能有无数的激发态，但量子力学告诉我们，所有激发态都能通过两个离散值来描述：自旋（spin）和宇称（parity）。

每个同位素、每个激发态都是不同的，并有其自身的特性。但是，同位素的世界更加有序，比动物世界要有序得多。因为量子力学中讲到，同位素范畴中的一切都可以用有限的一系列离散量子数来表征。

我们从分子谈到原子、原子核，为什么不再谈谈粒子呢？这是一个更大的问题。是的，有一些众所周知的粒子，比如电子和质子，它们很容易用 Wolfram 语言中的实体表示。但世界上还有很多其他的粒子，其中只有一些（比如原子核）非常容易表述，基本上可以说"它是一个夸克—反夸克系统的特定激发态"，或者用类似的表述描述它。但在粒子物理学中，人们要研究量子场论，而不仅仅是量子力学。我们不能只"数"基本粒子，还必须处理虚粒子的可能性等。最终，可能存在哪些类型的粒子是一个非常复杂的问题，这里充满了计算的不可归约性。（例如，胶子场[①]可以有哪些稳定状态，这是一个比镶嵌问题更复杂的问题。）

也许有一天我们会有一个完整的基础物理学理论，甚至它可能会很简单。但尽管这样的理论很激动人心，它在这里却帮助不大。因为计算不可归约性意味着，物理基础的本质与现象之间存在着不可归约的距离。

---

① 胶子场（gluon field）是一个量子色动力学中的重要概念。胶子是媒介粒子，负责传递夸克之间的相互作用并使之结合成强子。胶子场就是描述胶子的分布和运动的物理场。

在构建一个描述世界的语言时,我们需要研究的是实际可观察的和可计算的事物。我们需要考虑基础物理学,以避免后期产生混乱。但我们也需要关注实际科学发展史,以及已经测量过的实际事物。例如,可能有无数的同位素,但无论出于哪种目的,只需要将已知的那些表示为实体就够用了。

17.3　可能的化学物质的空间

在核物理学中,我们认为我们已经知道所有相对稳定的同位素,其他非常规同位素寿命短暂,稍纵即逝,因此在实际的核过程中往往不重要。但在化学中,情况有所不同。人们已经研究过数千万种化学物质(且可能已将其写入论文或专利),而可以用于研究的、对人类有用的化学物质是无穷无尽的。

那么,我们如何表示这些潜在的分子呢?简单来说,我们可以给出以原子为节点、以键为边的图,用于指定它们的化学结构。

那么,到底什么是"键"呢?虽然键在化学实践中非常有用,但在某种层面上,它是一个模糊的概念,是对量子力学理论的一种"半经典近似"。还有一些标准的附加要素,如双键、电离态等。但实际上,只要能恰当地通过标记原子和键的图来表征分子结构,化学研究就可以成功进行。

那么,化学物质到底应该由实体还是抽象图表示呢?如果它是一个我们已经听说过的化学物质,比如二氧化碳,用实体表示似乎很方便。但如果它是一个以前从未讨论过的新化学物质呢？我们可以考虑发明一个新的实体来表示它。

实体最好有一个名字。那么用什么做名字好呢？在 Walfram 语言中，它可以是表示化学结构的图。但我们希望用一个普通的文本名字—— 一个字符串。人们通常用 IUPAC 命名法来命名化学物质，比如 "1,1'-{[3-(dimethylamino)propyl]imino}bis-2-propanol"，或用更加适合计算机的 SMILES[①] 命名："CC(CN(CCCN(C)C)CC(C)O)O"。无论化学物质的底层图是什么样的，我们总可以用这样的字符串来表示它。

不过，这旋即产生了一个新问题：字符串不唯一。无论我们如何描述图，表示方法都不可能总是唯一的。特定的化学结构对应特定的图，但可能有许多种绘制图的方式，以及许多种不同的表示方法。甚至我们都无法确定两种表示方法是否对应同一个图，即"图同构"问题，这个问题相当棘手。

17.4 化学物质究竟是什么

让我们设想一下，我们用图表示了一个化学结构。首先，它是一个抽象的事物。图中的节点是原子，但我们不知道原子在分子中是如何排列的（例如，原子间相隔多少埃米[②]）。当然，答案并不完全确定。它们是基于分子的最低能量构型排列的吗？（如果有多个

[①] simplified molecular input line entry system（简化分子线性输入规范，一种用 ASCII 字符串明确描述分子结构的规范）。
[②] 埃米简称埃，是一个长度单位，1 埃米 $=10^{-10}$ 米，即 0.1 纳米。埃米常用于描述原子直径、化学键长等。

17.4 化学物质究竟是什么

相同能量的构型怎么办？）分子是独立存在的，还是存在于水中，或者其他介质中？分子是如何生成的？（也许它是一种蛋白质，当它脱离核糖体时就以一种特殊的方式折叠。）

对于已经有实体表示的化学物质，比如说"天然存在的血红蛋白"，我们就用这种表示方式即可，因为这样的实体可以一定程度上封装这些细节。

而对于那些实际上从未真正被合成过的化学物质，就有点不同了。我们最好用某种抽象方式来表示任何可能的化学物质。

我们看看其他案例和类比。也许我们应该把所有的东西都当作一个实体。例如，每一个整数都是一个实体。虽然有无穷多个整数，但至少它们应该叫什么名字是明确的。对于实数，情况就复杂了。例如，它们不再像整数那样具有唯一性：$0.999\,99\cdots$ 实际上和 $1.000\,00\cdots$ 是一样的，只是写法不同。

那么整数列或者数学公式呢？每一个可能的数列或公式都可以被看作一个实体。但这并不特别有用，因为我们用数列或公式做的很多事情都需要深入它们内部，改变它们的结构。而实体的便利之处在于，它们每一个都是我们不必"深入"的"单一事物"。

那么"抽象的化学物质"呢？它会是一个混合体，但我们肯定会想要"深入"它们并改变其结构。这就为用图表示化学物质提供了论据。

但用图表示可能会导致不连续性。例如，我们知道二氧化碳实体，并了解很多它的属性，但我们得到的只是表示二氧化碳分子的抽象图。

我们可能会担心这会让人类和程序都感到困惑。但首先要注意的是，我们可以区分这两种东西分别表示什么。实体表示的是已经测量过其性质的、天然存在的大量化学物质；图代表的是一个抽象的、理论的化学物质，其属性需要通过计算得到。

但显然二者之间必须有一座桥。对于任何一个具体的化学实体，它的属性之一是表示其分子结构的图；而对于任何一个指定的图，我们需要一个 `ChemicalIdentify`（化学物质识别）函数，就像 Wolfram 语言的 `GeoIdentify`（地理识别）或 `ImageIdentify`（图像识别）函数一样，可以识别出与图中分子结构对应的化学实体（如果其存在）。

17.5 当哲学遇到化学、数学、物理学……

当我将上述问题写出来时，我意识到这些问题有多么复杂。是的，非常复杂。但在昨天的会议中，一切都进行得非常迅速。当然，有个因素很有帮助，那就是与会的所有人都曾遇到过类似的问题，但每个问题的具体情况都是不同的。

不知何故，这次的问题比其他问题更深刻、更富有哲学性。有人说："让我们谈谈给恒星命名的事。"显然，对于距离我们很近的恒星，我们给它们起了明确的名字。还有一些恒星是在大规模的天文观测中发现的，人类也赋予它们某种标识。但在遥远的星系中有很多恒星，我们永远不会给它们命名，那么我们应该如何表示它们呢？

这也引发了我们对城市问题的讨论。一些城市有明确的、官方的命名，Wolfram 语言已经存储了这些名称并定期更新。但如果是一些游牧民族应季而建的村庄呢？我们应该如何表示它们？至少在一段时间里它有确切的位置，但它是否是一个确定的事物？它是否可能被分解成两个村庄，或者它根本不是一个村庄？

人们无休止地围绕这些事物的身份甚至其存在进行争论。但我们真正感兴趣的并不是这些哲学，而是我们正在试图构建的人们认为有用的软件。所以，最终真正重要的是什么才是有用的。

当然，答案不会是明确的。但这就像一般的语言设计：设想人们可能做的所有事情，然后决定如何构建原语让人们可以做这些事情。有人想用实体来表示化学物质吗？是的，这很有用。有人想用图表示任意化学结构吗？是的，这也很有用。

但是要想明确实际上该做什么，我们必须非常深入地理解这两种方式下真正被表达的是什么，以及一切是如何相互关联的。这就是哲学必须与化学、数学、物理学等相结合的地方。

令人欣慰的是，昨天一小时的会议（汇集了我 40 余年相关经验，以及与会人员总计 100 多年的经验）结束时，我们快速找到了处理化学物质和化学结构的好方法。我们还需要一段时间来彻底完成并在 Wolfram 语言中实现它。这些灵感将对我们未来如何计算和推理化学产生深远影响。对我来说，搞清楚这些重要的事情是一种非常惬意的消磨时间的方式。我很高兴在我长期致力推进 Wolfram 语言的过程中，我做了这么多工作。

第 18 章

函数命名的诗意

2010 年 10 月 18 日

在将近 25 年的岁月里,我最重要的工作职责之一就是引领 Mathematica 的设计工作,包括建立设计的基本原则,以及保持整个系统的统一性和一致性。但 Mathematica 的所有能力最终都必须通过一个个内建的函数来表现,比如 `Table`(表)或 `NestList`(嵌套列表),这些函数最终构成了 Mathematica 系统。

Mathematica 中每一个函数都封装了一部分重复的、由深层算法实现的计算工作。目前大约有 3000 甚至更多个这样的函数,它们每一个都需要一个名字。

我们目前正处于 Mathematica 新版本的收尾阶段(干得漂亮!),我上周花时间对一些极具吸引力的新功能进行了最后的设计评审。作为设计评审工作的一部分,我们确定并微调了新函数的名字。

函数的命名是一门独特并且有一定难度的艺术,有点像高度抽象化的诗歌艺术。函数命名的目标是用一个、两个或者三个单词来表达出函数的概念和功能,并抓住函数的本质,比如 `Riffle`(交错组合)、`DeleteCases`(删除匹配项)或 `FixedPointList`(不动点列表)。这样,人们看到这些单词时,立刻就能正确理解函数的功能。即使在最简洁的诗歌中,我们也总能用几个单词来传达思想;而在函数名中,我们能用的单词通常不超过三个。

如果有足够的经验,我们很容易为一个函数想出一个精巧的名字。有时,一些函数的名字是显而易见、水到渠成的。但有时,我们可能需要花费大量的时间来解决一个看似无法解决的问题,即将关于函数的所有内容都融入一个小小的名字中。

这是一个棘手的、令人难堪的活动。给函数命名时,我们遇到的问题几乎总是相同的。我们找不到一个好名字的原因是没能真正完全清楚地理解这个函数的作用。

有时是因为函数的设计不够精准,其中有一些令人混淆的内容,我们必须先把它的逻辑厘清才能找到一个合适的名字。

不过,当你最终解决这些问题以后,你会感觉非常满足。这些天,我通常与团队一起进行设计评审。当我们最终找到合适的名字时,通话中的每个人(是的,通常都是电话会议)会立刻说:"哦,是的,就是它。"我们都觉得有点傻,因为我们花了一小时,或者更久,只想出一两个单词。

通常在人类语言中,新单词是通过某种形式的自然选择发展出来的。通常某个人会首先引入一个单词(也许是一个短语),然后这个单词会被传播开来,有时候还会发生一些变化,最终它要么变得足够流行,被大众理解并用于日常沟通中,要么因为没人使用而消失。

但对于计算机语言,模式则全然不同。一旦一个对应人类语言中"单词"的函数名被引入,它会立即成为该计算机语言的一个完整、永久的元素。由于程序编写会引用函数的名字,如果函数名发生变化，人们需要找到并更新所有程序。因此，我很自豪地说，在过去的将近 25 年时间里，Mathethatica 极少有需要修改名字的函数。即使是 1988 年为 Mathematica 1.0 编写的程序，今天仍然可以被最新版本的 Mathematica 理解和执行。

人类语言中的单词和计算机语言中的函数名还有另一个不同之处。在人类语言中，大多数单词没有终极的、绝对的含义。我们能做的就是像词典一样，通过将单词与其他单词联系起来定义单词。但在计算机语言中，每个函数的名字最终都指向一个以绝对方式定义的具体功能，并由特定的具体程序所实现。

不过，这并不会使得为函数命名更容易。这只意味着"正确的名字"有了一个更清晰的概念：人们最可能从函数的名字中正确推断出函数的功能。

从某种意义上说，函数的名字是人机交流的根本点。所有计算机内部的计算活动都必须通过函数名与人类能够理解的东西联系起来。当函数功能简单时，我们可以选择图片和其他替代品来解释函数。但是当函数功能多样化或复杂时，我们只能使用语言和事物名字的语言结构来描述功能。

Mathematica 中函数的名字基本上是基于英语来定义的，它们大多由普通的英语单词构成。在自然语言中，人们可以引入一个全新的单词，并让它循序渐进地普及。但在计算机语言的动态变化中，当有新名字突然出现时，人们别无选择，只能利用人们对人类语言（如英语）的现有理解去理解新名字。

不过，当我们今天在 Mathematica 中提出新的函数名时，它们从某种意义上来说并不仅仅是基于"原始英语"的，它们还依赖由 Mathematica 中已经存在的数千个其他函数发展而来的词义网络。

关于特定类型的名字的定义，我们有明确的约定。例如，以 List（列表）结尾的函数用于生成列表，以 Image（图像）开头的函数用于操作图像，以 Find（查找）开头的函数用于搜索，等等。在语言的典型用法中，名字往往会以多种方式出现在一起。在语言和系统中，已经发展出一些明确的概念框架和隐喻。例如，Nest（嵌套）指的是重复的函数应用，Flat（展平）指的是嵌套结构的展平，Dynamic（动态）指的是动态操作，等等。

在普通的人类语言中，词语的自然选择无疑通常倾向于遵循特定模式的单词。例如，有时候一致性可能使单词更容易被记住；而有时候不一致性使它们更显眼，因此更容易被记住。但目前还没有一个特定的组织单词的方式，比如说，为了避免含义模糊，"占用"短单词，或者让单词更容易以特定方式排序。

但当我们在 Mathematica 中引入新的函数名时，我们既有能力，也有责任去设计所有的规则和标准。当然，Mathematica 的发展是渐进的，在任何给定的时间里，我们只能预见到接下来会发生的事情。但是，尽管如此，我还是煞费苦心地以尽可能好的方式为每一个新函数命名。

那么，有哪些标准呢？

首先，必须基于人们现有的知识和理解去命名。如果有一个熟悉的名字已经被广泛使用，那么如果可用，则我们必须使用它。

当然，有时候某个名字可能只在某个特定的领域才为人熟悉。它可能非常短，甚至只有一个字母，如果没有上下文，就无法被理解。在这种情况下，我们在 Mathematica 中通常的做法是在名字中融合一些风格化的上下文。例如，菲涅耳积分[①] $S(x)$ 的名字就是 `FresnelS`。

在构建 Mathematica 的过程中，我们有一个一贯的原则，即始终使每个函数尽可能通用，以便它适用于尽可能广泛的情况。然而，有时候一个函数会有一个特别常用的用途。如果函数的名字只反映了这种用途，那么就是对函数功能的削弱。因为如果没有一个更通用的名字，人们永远不会想到在其他情况下去使用它。例如，用 `List`（列表），而不用 "vector"（向量）；用 `Outer`（外部），而不用 "outer product"（外积）。

事实上，函数命名的责任之一在于，函数的名字在很大程度上直接决定了人们对函数的理解。如果他们被名字引导到一个特定的方向，那么他们使用函数时就会朝这个方向走。

甚至名字的"质感"也会影响人们正确使用函数。一个复杂的函数应该有一个复杂的名字，比如 `DynamicModule`（动态模块）或 `EventHandler`（事件处理器）；一个直接的、通用的函数应该有一个简单的名字，比如 `Length`（长度）或 `Total`（总数）；一个执行明确但独特的操作的函数应该有一个出人意料的名字，比如 `Thread`（穿线）或 `Through`（贯穿）。

到目前为止，Mathematica 中有很多函数命名的先例。我们尽可能遵循这些先例，因为针对我们要解决的命名问题，往往在这些先

[①] 菲涅耳积分是由积分定义的一类特殊函数，常被写作 $S(x)$ 和 $C(x)$，以法国数学家奥古斯丁—让·菲涅耳（Augustin-Jean Fresnel）命名。

例中已经有了很好的解决方案。此外，遵循这些先例，我们可以保持一定的一致性，使得系统更易于扩展，也使人们更容易学习系统，并根据函数名对他们还不了解的功能进行猜测。

当一个函数有了一个好名字，人们听到这个名字时，就可以成功地将其"解包"成一句话，这句话往往只需要以该函数名作为主体部分，就能描述该函数的实际功能。当我们试图为一个函数找到一个好名字却遇到困难时，我经常建议大家试着写一句话来描述这个函数的作用，我们可以在文档中心用这个句子来定义此函数，然后将句子浓缩成函数的名字。

函数命名痛苦的一面是，无论人们如何巧妙地处理，它永远不可能完美。我经常说，唯一始终保持一致性的语言是什么都不做的语言。只要我们想要用语言表达实际的功能，我们就必然会遇到尴尬的或异常的情况。例如，想在系统的各个部分保持命名始终简洁，但在这些部分的重叠处，必然会存在不一致的情况。

有时，人们会遇到英语的限制：可能是因为我们对某个概念是陌生的，我们想不到任何熟悉的单词或短语来定义它。在这种情况下，我们可以像在自然语言中一样，应用类比的方法。

我们认为一些类比和隐喻的使用从一开始就相当疯狂和古怪，但最终它们会变得更为通用，而且成为扩展 Mathematica 中函数名的语言基础的重要方式。比如 Sow（播种）和 Reap（收割），或 Throw（抛出）和 Catch（接住）。

如果英语像 Mathematic 一样就好了，特定词只代表特定事物，或者只代表一类事物的特性。但事实并非如此。一个英语中的单词可以被用作不同的词性，它们可能有截然不同的含义。通常在实际使用英语时，人们可以通过上下文来消除歧义。但在一个函数名的长度内，人们没办法通过上下文来消除歧义。很多时候，为了避免因为单词在英语中有不同用法而产生歧义的情形，我们不得不拒绝使用某个绝妙的单词来为函数命名。比如，"Live"（实时的、活动的、活的）或者"Active"（活跃的、开启的、激活）不能作为 Dynamic 的候选词，它们太容易被误解了。

如果幸运的话，一部同义词词典（如今在 Wolfram|Alpha 中就有）能提供一个概念相同但不产生歧义的单词。但有时为了避免可能产生的误解，我们不得不重新安排整个名字的结构。

经过这些判断，经过这些对函数的精确解释，我们得出一个结论：我们必须确定一个明确的名字。这将很好地表达函数以及为实现它所做的所有工作。这将作为一个永久的"句柄"，人们可以通过它来访问 Mathematica 中的某些功能。

无法想象，在过去的 25 年中，我花了多少时间在 Mathematica 的各种命名工作上。每一个名字都概括了一些奇思妙想、一些固化于这些词语中的创造性的概念，它们就像是为 Mathematica 所作的成千上万首小诗。

第 19 章

热词大荟萃：解读量子神经网络区块链人工智能

2018 年 4 月 1 日

19.1 不完全是闹着玩的

如果把今天最流行的四个热词串在一起会发生什么？结果有什么意义吗？鉴于今天是 4 月 1 日愚人节（同时也是复活节），我认为探索一下会很有趣，可以把它看作一个复活节彩蛋，或许会孵化出一些有趣的东西。申明一下：尽管把这些热词串在一起是在闹着玩，但我要说的内容细节完全是真实的。

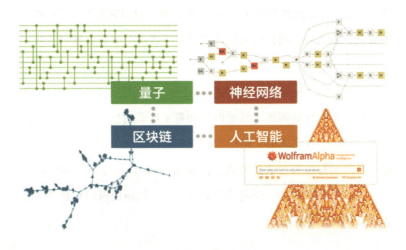

在正式开始讨论热词串之前，我们先了解一下每个热词自身的一些背景。

19.2 "量子"

说某件事是"量子"的，这听起来很摩登。但实际上，量子力学已经有一个世纪的历史了。它一直是理解和计算物理科学中许多事物的核心。但即便经过了一个世纪，"真正量子的"技术还没有到来。是的，我们有像激光、MRI（磁共振成像）和原子力显微镜这些基于量子现象和量子力学的发明。但是，当涉及工程实践时，我们所做的基本上都是基于经典物理，没有任何量子的东西。

近来有很多关于量子计算以及关于它可能会如何改变一切的讨论。实际上我在20世纪80年代初期就开始研究量子计算（所以它并不是最近才出现的概念）。不得不说，我一直对它是否真的有效有些疑问，或者说，我们可能得到的"量子收益"是否会被测量收益的低效所抵消？

无论如何，在过去的约20年时间里，人们进行了各种各样的理论工作，系统化地阐述了量子电路和量子计算的想法。很多事情是用Wolfram语言完成的，包括我们正在进行的一个项目，旨在建立量子计算的标准符号表达方式。但是到目前为止，由于Wolfram语言本身运行在普通的、经典的计算机上，我们所能做的只是量子计算中计算部分的事情。

19.2 "量子"

有一些公司已经建造了所谓（小型的）真正的量子计算机。实际上，我们一直希望将 Wolfram 语言与它们连接起来，以便我们可以实现一个 QuantumEvaluate（量子计算）函数。但是到目前为止，这还没有发生。所以我不能保证 QuantumEvaluate 将能够（或不能）做什么。

总体思想是这样的，在普通的经典物理学中，人们可以很明确地说世界上发生了什么确定的事情。一个台球可能滚向这个方向，或者那个方向，在任何特定的情况下，它有一个确定的运动方向。然而，在量子力学中，以一个电子为例，它并不是始终朝一个特定的方向前进。相反，它以特定的振幅朝所有可能的方向前进。只有当测量它的方向时，你才会得到一个确定的答案。如果多次测量，你只会看到它朝每个方向前进的概率。

量子计算试图做的就是以某种方式利用"所有可能的方向"这个概念，以有效地并行完成大量的计算。这是一件棘手的事，只有少数几类问题在理论层面得到了解决，其中最著名的就是整数因数分解。根据理论，一台大型量子计算机应该能够足够快地将一个大整数分解，这将使得今天的密码学基础设施瘫痪。但是到目前为止，人们号称完成的唯一一件作品就是一台微型量子计算机，它肯定还不能做任何非常有趣的事情。

量子力学的一个关键点是，不同路径（比如电子的不同路径）之间可能会有干涉。从数学角度看来，这类似于经典物理学中光波或水波发生的干涉。然而，在量子力学中，干涉背后有一些更本质的东西，导致了纠缠①现象的产生。当发生纠缠现象时，人们基本上永远不可能"看到正在干涉的波"，只能看到其效果。

在计算中，我们还没有利用到任何类型的干涉。因为（至少在现代）我们总是试图处理离散的位，而典型的干涉现象（比如在光中）基本上都涉及连续的数。我个人的猜测是，光学计算将成功地实现一些了不起的加速，这一天必将来临，虽然它不是真正"量子的"（尽管可能会被宣传成这样）。（对于对技术方面有兴趣的人来说，如何将计算理论的结果应用到基于干涉的计算等连续过程，是一个复杂的问题。）

19.3 "神经网络"

10年前，计算机没有任何系统化的方法来判断一张图片是大象还是茶杯，但在过去的5年里，得益于神经网络，这基本上已经变得很容易了。（有趣的是，我们3年前制作的图像识别器目前仍然差不多是最先进的。）

那么，这里的主要思路是什么呢？20世纪40年代，人们开始认真考虑把大脑看作一台电子机器。这催生了"神经网络"数学模型，这些模型在计算能力上与数字计算机的数学模型等价。在接下来的时间里，人们建造了数十亿台真正的数字电子计算机。在此过程中，人

---

① 纠缠（entanglement）是量子力学中的一个重要概念，是指量子粒子在由两个或两个以上粒子组成的系统中相互影响的物理学现象。当一个量子粒子的状态发生改变时，与之纠缠的其他粒子的状态也会立即发生相应的变化，无论这两个粒子之间有没有直接的物理联系。

19.3 "神经网络"

们（包括我）都在试验神经网络，但没有人能让它们做些特别有趣的事情（尽管它们静静地被用于像 OCR 这样的事情很多年）。

但是，从 2012 年开始，很多人突然变得非常兴奋，因为似乎神经网络终于能够做一些非常有趣的事情了，最初这些事情主要与图像有关。

发生了什么？一个神经网络基本上可以对应一个大的数学函数，它通过连接许多较小的函数来形成，而连接的每个函数都涉及一定数量的参数（"权重"）。一开始，这个大函数基本上只给出随机的输出。但是，由于函数的设置方式，我们可以通过调整其中的参数来"训练神经网络"，使得函数最终给出我们希望的输出。

这不像普通的编程，我们在其中明确定义计算机应该遵循的步骤。相反，这里的思想只是给出我们希望神经网络做的事情的例子，然后期望神经网络在它们之间进行插值，以便为任何特定的输入产生特定的输出。在实践中，我们可能会展示一堆大象的图片和一堆茶杯的图片，然后对参数进行数百万次的小调整，以使得"喂"给神经网络大象时，它能输出"大象"，"喂"茶杯时，输出"茶杯"。

这里的关键点是：神经网络应该以某种方式对具体示例进行通用化。比如说，任何"像"大象示例的东西都是大象，即使其特定的像素不同。换句话说，可能会有许多图像被"喂"给神经网络，这些图像处在是"大象"而不是"茶杯"的"吸引域"中。机械地类比一下，比如在一处景观中，可能会有很多地方有水落下，但最终水还是会流向某一个湖而不是另一个湖。

某种程度上，任何足够复杂的神经网络原则上都可以被训练来做任何事情。很显然，在很多实际任务（恰好与我们的大脑能轻易做到的一些事情有很大的重叠）中，用有限的 GPU 时间来训练具有几百万元素的神经网络做有用的事情，是可行的。而且，在 Wolfram 语言中，我们现在已经有了一个相当复杂的符号框架来训练和使用神经网络，并且对所有事情都进行了自动化，而自动化本身就使用了神经网络。

19.4 "区块链"

"区块链"这个词最早出现在 2008 年。区块链的概念也有其先驱。在其最简单的形式中，区块链就像一个账本。在账本中，后续条目依赖所有先前条目进行编码。

整个过程的关键是哈希（hashing）的概念。哈希一直是我最喜欢的实践计算思想之一（我在 1973 年 13 岁左右时独立地提出了它）。哈希以一段数据，比如一个字符串为输入，生成一个数（比如在 1 和 100 万之间）。它通过使用一些复杂的函数"磨碎数据"来做到这一点，这些函数总是对同样的输入给出同样的结果，对不同的输入给出不同的结果。Wolfram 语言中有一个叫作 Hash 的函数，比如将它应用于上一段文字[①]会得到 8643827914633641131。

那么这与区块链有什么关系呢？20 世纪 80 年代，人们发明了"加密哈希"（实际上，它与我在计算不可归约性上做的工作非常相关）。加密哈希具有这样的特性：尽管很容易为特定数据计算哈希值，但

---

① 指上一段文字的英文原文。

19.4 "区块链"

找到能生成给定哈希值的特定数据却非常困难。

假设你想要证明你在特定的时间创建了一个特定的文件,那么,你可以计算出那个文件的一个哈希值,并在报纸上发布它(我相信美国贝尔实验室实际上在20世纪80年代每周都在做这个)。然后,如果有人在某天说"不,你还没有那个文件",你就可以说:"你看,它的哈希值已经在当天报纸的每一份副本中了!"

区块链的思路是,我们有一系列的区块,每个区块都包含某些内容以及一个哈希值。重点是,计算出该哈希值的原始数据,是本区块内容和前一个区块的哈希值的组合。这意味着每个区块实际上都在确认区块链上之前的所有内容。

那么,人们是如何知道区块中的哈希值都被正确计算,且区块都被正确添加的呢?关键在于由全球成千上万的计算机构成的网络存储着区块链,其中有人成为添加新区块的人,并在新区块中记录他人提交的变更。

每个区块都会被很多人"确认",他们会将这个区块包含在他们保存的区块链副本中,然后继续在此基础上添加新区块。

此外,每个节点还可以运行任意的计算。这些计算可以进行交互,定义自主运行的"智能合约",规定在不同情况下的行为。

几乎任何复杂的智能合约最终都需要知道真实世界的一些事(例如"今天下雨了吗?""包裹到了吗?"),这必须来自区块链之外——来自"谕示机"(oracle)。而碰巧的是(实际上,这是几十年的工作成果),我们的Wolfram知识库(Wolfram Knowledgebase,驱动Wolfram|Alpha等的知识库),提供了今天创建此类谕示机的唯一现实基础。

19.5 "人工智能"

在 20 世纪 50 年代，人们认为，所有人类能做的事情，很快就会由人工（机器）智能做得更好。事实上，这比人们预期的要难得多。而且，"创造人工智能"的整个概念几乎陷入了不受欢迎的境地，几乎没有人愿意将他们的系统宣传为"人工智能"。

但是大约 5 年前，特别是在神经网络意外成功后，这些都改变了，人工智能回来了，而且比以往任何时候都更酷。

然而，人工智能应该是什么呢？宏观来看，我认为它是一个将人类过去需要自己做的事情自动化的长期过程，特别强调通过计算来实现。但是，是什么使得计算成为人工智能的一个例子，而不仅仅是"计算"呢？

我围绕着我称之为计算等价性原理的东西构建了一整套科学和哲学架构，该原理表明，所有可能的计算（即使是由简单系统完成的计算）构成的宇宙中，充满了与我们的大脑能够完成的计算一样复杂的计算。

在进行工程设计和程序构建时，我们强烈倾向于尽量防止发生过于复杂的事情，使构造的系统只遵循我们能预见的步骤运行。但是，计算远不止于此，事实上，我一生中大部分时间都在构建能利用这一点的系统。

Wolfram|Alpha 就是一个很好的例子。它的目标是尽可能地获取关于世界的知识，使其可计算，然后尽可能专业地回答关于它的问题。从体验上来看，它"像人工智能"，因为你可以用自然语言像和

19.5 "人工智能"

人说话一样向它提问，然后它计算出答案，往往带有意想不到的复杂度。

Wolfram|Alpha 内部的大部分东西都与大脑的运作方式不同，原因之一是它利用了我们过去千百年文明发展的形式化方法，使我们能够比自然条件下的大脑更加系统化。

现代神经网络做的一些事情（例如，Wolfram 语言中的机器学习系统做的事情）可能更像大脑的工作方式。但在实践中，"看起来像人工智能"的真正原因可能只是它们基于我们无法轻易理解的复杂计算运行。

如今，我看到，计算宇宙中存在着惊人的计算能力，问题是我们能否将其用于有用的人类目的。是的，"一个人工智能"可以做各种各样与我们的大脑一样复杂的计算。但问题是：我们能否使它做的事情与我们关心的事情相一致？

我花了很多时间来构建 Wolfram 语言，目的是提供一种计算通信语言，使人类可以以适合计算的形式来表达他们想要的东西。在计算宇宙中有很多"人工智能能力"，我们的挑战是以对我们有用的方式利用它们。

我们还希望有一些计算智能合约，来定义我们希望人工智能如何行事（例如，"对人类要友好"）。是的，我认为 Wolfram 语言将是表达这些东西的正确方式，也是构建我们想要的"人工智能宪法"的正确方式。

19.6 共同的主题

一开始，人们可能会认为"量子""神经网络""区块链"和"人工智能"都是相当独立的概念，没有太多的共同点。但事实证明，它们存在一些令人惊喜的共同的主题。

其中最突出的一个主题与复杂度生成有关。实际上，尽管方式不同，但我们正在讨论的所有事物都依赖于复杂度生成。

我所说的复杂度生成是什么意思呢？也许有一天我不再需要解释，但现在我还需要说明一下。不知何故，我发现自己总是在展示同一张图片——我最爱的科学发现，规则30自动机，就是下面这张：

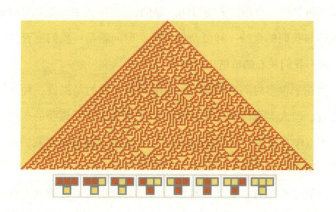

这里的重点是，即使规则（或程序）非常简单，系统行为也会自发地生成复杂度和明显的随机性，复杂到它显示出我所说的"计算不可归约性"，也就是说，你无法再减少查看其行为所需的计算工作量：你基本上只能跟随每一步来发现其随后的行为。

围绕复杂度生成和计算不可归约性有各种重要的现象。显然，实现复杂计算很容易，这在某种意义上使得像人工智能这样的东西成为可能。

这与区块链有什么联系呢？复杂度生成使得加密哈希成为可能。它使得一个简单的算法能产生足够明显的随机性，从而被用作加密哈希。

对于区块链，还有另一个联系：协议要求人们必须投入一些资源才能将自己的块添加到区块链中，而实现这一点的方式（很奇怪）是强制执行实际消耗计算机时间的不可归约计算。

那神经网络呢？最简单的神经网络并不涉及太高的复杂度，如果为不同的输入画出它们的"吸引域"，它们只是简单的多边形。但在有实际用途的神经网络中，"吸引域"要复杂得多。

这一点在使用递归神经网络时表现得尤为明显，但在任何神经网络的训练过程中都会出现这种情况：计算过程能有效地产生复杂性，来模拟世界上的事物，例如"大象"与"茶杯"的差别。

那么量子力学呢？量子力学在某些层面充满了随机性。在量子力学的传统数学形式下有一个公理，即人们仅可以计算概率，而无法"看穿随机性"。

我个人认为这很可能只是一个近似，如果我们能够深入到像空间和时间这样的东西"之下"，我们将能看穿随机性是如何产生的。

但即使在量子力学的标准形式中，也有互补的地方，即随机性和复杂度生成很重要，并且处于神秘的测量过程中。

让我们从物理学中的另一个现象开始谈起：热力学第二定律，

或称熵增定律。举例来说,这个定律表明,如果一开始一堆气体分子在一个非常有序的构型中(比如说都在一个盒子的一角),那么,它们很快就会以压倒性的概率随机化(比如说,随机地分布在盒子里所有地方)。是的,这种随机性趋势是我们一直以来的观测结果。

这里奇怪的是,如果我们观察单个气体分子的运动规律,它们是完全可逆的——它们既说明分子可以随机化自己,又说明分子应该可以反随机化自己。

为什么我们从来没有看到这种情况发生呢?这一直是一个有点神秘的问题,但我认为有一个明确的答案,这与复杂度生成和计算不可归约性有关。关键在于,当气体分子随机化自己时,它们事实上是在加密自己的初始状态。

放置气体分子使其会反随机化而不是随机化,这并不是不可能的,只是要想有效地做到这一点,需要做一些相当于破坏加密的事情。

那么,这与量子力学有什么关联呢?量子力学本身基于概率幅以及不同事物之间的干涉。但我们关于世界的经验是,确定的事情会发生。量子力学与这种经验之间的桥梁,涉及一个"附加"的概念:量子测量。

量子测量是指,一些小的量子效应(例如"电子最终带有向上的自旋,而不是向下的自旋")需要放大到我们可以确定发生了什么的程度。换句话说,测量设备必须确保可以与单个电子相关的量子效应级联,这样能保证效应可以传播到多个电子和其他东西上。

这里有个棘手的问题:如果想避免可能的干涉(从而可以真正感知到"确切的"事情发生),那么人们需要有足够的随机性,以确保事情不会以同样的程度倒退回去,就像在热力学中一样。

所以,尽管人们为实用量子计算机设想的纯量子电路通常数学结构非常简单,本质上(大概)并不会生成复杂度,但对它们所进行的测量过程必然会产生复杂度。(因此,合理的问题是,从某种意义上说,我们所看到的随机性是否实际上来自这里……不过这是另一回事了。)

19.7 可逆性、不可逆性以及更多

可逆性和不可逆性是一个异常普遍的主题,至少在"量子""神经网络"和"区块链"中是这样。如果不考虑测量的问题,量子力学的一个基本特征就是它是可逆的。这意味着,如果你取一个量子系统,让它随时间演变,那么无论你得到的是什么,原理上你总是能够把它逆转过来,精确地重现它开始时的状态。

典型的计算并不是可逆的。比如或(OR)门,这是计算机中的一个基本组件。在 p OR q 中,如果 p 为真或者 q 为真,结果为真。但只知道结果为真,不知道 p 和 q 哪个为真(或都为真)。换句话说,或操作是不可逆的:它没有保留足够的信息供你反转操作。

在量子电路中,人们使用的门可能是,接受两个输入(比如 p 和 q),并给出两个输出(比如 p' 和 q')。从这两个输出中,你总是可以唯一地重现这两个输入。

现在我们来谈谈神经网络。通常认为神经网络从根本上是不可

逆的，原因是这样的：（再次）想象一下，你创建一个神经网络来区分大象和茶杯。为了使其工作，必须把很多不同的输入图像映射到"大象"。它就像或门，但更加不可逆。只知道结果是"大象"，没有唯一的方法可以反向计算。这就是问题：你希望任何与你展示的大象图片足够像的东西都被认为是"大象"。换句话说，不可逆性是这种神经网络操作的核心。

那么，我们怎么创建一个量子神经网络呢？也许这就是不可能的。但如果不可能的话，大脑是怎么运作的呢？因为大脑的工作方式与神经网络非常相似，而大脑又很可能是遵循量子力学的物理系统。那么，大脑是怎么做到的呢？

在某种程度上，答案与大脑散发热量有关。热是什么？在微观层面，热是分子等物质的随机运动。热力学第二定律（熵增定律）的一个表述方式是，在正常情况下，这些随机运动不会自发地变成某种形式的有序运动。理论上，所有分子可能开始以某种方式运动，从而转动一个飞轮。但在实践中，这样的事情从未发生过。热始终是热，不会自发地转化为宏观机械运动。

但是让我们假设一下，分子碰撞等微观过程是精确可逆的——事实上，根据量子力学，它们确实如此。那么关键在于，当涉及大量分子时，它们的运动可能会变得高度"加密"，以至于看起来完全随机。如果我们可以查看所有的细节，我们仍然能掌握足够的信息来逆转所有的变化。但在实践中我们无法做到这一点，因此看起来似乎系统中发生的任何运动都已经"转变为热"。

那么，如何产生"神经网络行为"呢？关键在于，当系统的一部分正在系统地"决定回答'大象'"时，重回初始状态所需的详细信息正在随机化，并转化为热。

客观地说，这忽略了很多因素。实际上，我认为没人知道如何搭建以这种方式工作的量子系统（比如量子电路）。不过这样做会非常有趣，可以让我们了解很多关于量子测量过程的知识。

为了解释人们是如何从"一切都只是振幅"的量子力学过渡到"确定的事情会发生"的实际体验的，人们有时会试图引入意识的某些神秘特性。但是量子神经网络的关键在于它是量子力学的，而它"得出了明确的结论"（例如大象与茶杯）。

这样的东西有对应的玩具模型吗？我想人们可以用显示相变行为的量子版元胞自动机创建一个这样的模型，实际上与真实量子磁性材料的详细原理没有什么不同。必要的是，系统有足够的组件（比如自旋），从而使补偿其明显的不可逆行为所需的"热量"远离不可逆行为被观察到的地方。

让我来加一个稍稍令人困惑的备注。当人们谈论"量子计算机"时，人们通常是在谈论在量子比特（二进制比特的量子模拟）上操作的量子电路。但有时人们实际上表达的是不同的东西：他们指的是量子退火设备[①]。

想象有一堆多米诺骨牌，你正在试图在平面上排列它们，以满足它们身上标记的匹配条件[②]。这可能是一个非常困难的问题，与计

[①] 量子退火设备（quantum annealing device）是一种使用量子退火算法来解决组合优化问题的设备。量子退火算法是一种基于量子力学原理的算法，用于寻找问题的最优解。这种设备的设计和构建旨在利用量子比特的特性来加速求解复杂问题，尤其是一些特定类型的优化问题。

[②] 多米诺骨牌上通常标有各种点数或符号，需要按照特定规则来匹配和放置骨牌。——编者注

算不可归约性有关（还可能与整数因数分解之类的问题有关）。但最后，为了找出在任何情况下都最满足匹配条件的配置，人们可能必须尝试所有可能的配置，看看哪一个最有效。

假设多米诺骨牌是分子，匹配条件是排列分子以使能量最小化。这样，找到最佳总体配置的问题就相当于找到分子的最小能量配置的问题，这在物理上对应分子的最稳定的立体结构问题。

这计算起来可能会很困难。但是一个实际的物理系统呢？当它冷却下来时，其中的分子实际上会做什么呢？如果分子很容易达到最低能量配置，它们就会这么做，人们就会得到一个不错的结晶体。

人们有时会假设"物理总能解决问题"，即使计算起来很困难，分子也总能找到最优解。但我认为实际上不是这样。我认为，在很长一段时间内材料会变成糊状，不完全是液体，也不完全是固体。

不过，还有一个观点是，如果人们以量子力学的方式解决能量最小化问题，那么物理系统将成功找到最低能量状态。而且，在量子力学中，由于有隧道效应[①]等的影响，更可能避免陷入局部极小值。

但是这里有一个令人困惑的部分：当人们训练一个神经网络时，他们最终必须有效地解决上述最小化问题（"哪些权重值可以使得网络的输出与人们期望之间的误差最小？"）。所以人们有时会谈论"量子神经网络"，指像多米诺骨牌一样的阵列，人们认为量子神经网络可以解决能量最小化问题，关于这一问题它们在数学上等价于神经网络。

---

① 隧道效应（tunnel effect），又称势垒贯穿，由微观粒子波动性所确定的量子效应，指的是粒子能够穿越在经典力学中看起来不可能逾越的势垒。

（另一个联系是，卷积神经网络——用于图像识别等的那种——的结构非常像元胞自动机，或者像动态自旋系统[①]。但在训练神经网络以处理图像中的多尺度特征时，人们似乎会得到类似于在自旋系统或其量子类似物的临界点看到的尺度不变性，这些都是通过重正化群法分析得出的。）

回到我们的热词。区块链呢？区块链的一个重点就是要尽可能地不可逆。一旦信息被添加到区块链上，人们绝对不希望它能被逆转、撤销。

这是如何实现的呢？它的工作方式与热力学或量子测量中的方式奇妙地相似。想象一下，有人在他们的区块链副本上添加了一个区块。随后要做的是，全世界的其他人都在他们自己的区块链节点上添加该区块副本，然后在此基础上再独立添加更多区块。

如果很多维护区块链节点的人决定串通起来不添加区块，也不修改区块等，那么就会产生糟糕的后果。这有点像气体分子（或量子测量中的自由度），当所有的东西都在足够多的不同组件中分散开来时，它们再次集中在一起产生某种系统效应的可能性极小。

当然，人们可能不完全像气体分子（尽管，我们观察到的人们的总体行为，比如在人群中挤来挤去，与气体分子非常相似）。但世界上的许多事情似乎都依赖随机性的假设。而且，这可能是在进行交易的市场中维持稳定性和鲁棒性的必要条件。

所以当区块链试图确保有一个"确定的历史"时，它在做的事情非常类似量子测量做的事情。为了使叙述更完整，让我们了解一

[①] 动态自旋系统（dynamic spin system）是指系统内粒子的自旋状态随时间发生动态变化的物理系统。

下量子区块链可能会是什么样的。

我们可以想象使用量子计算以某种方式破解标准区块链中的密码，但更有趣的（在我看来也更现实的）可能是让区块链本身的实际操作具有量子力学特性。

在典型的区块链中，如何添加区块，以及谁有权添加区块，有一定的任意性。例如，在"工作量证明"机制中，为了找出如何添加一个新的区块，人们会寻找一个"一次性随机数"（nonce）——一个使哈希值以特定方式输出的数。有许多可能的一次性随机数（尽管每一个都很难找到），典型的策略是随机寻找它们，逐个测试候选数。

我们想象这个过程的量子版，人们并行搜索所有可能的一次性随机数，并且因此产生许多可能的区块链，每一个都有一定的概率幅。为了完善这个概念，可以想象区块链上进行的所有计算都是可逆的量子计算（例如，通过以太坊虚拟机的量子版来实现）。

但是，人们会用这样的区块链来做什么呢？它将是一个动态的并且有趣的量子系统。但是，要将其与世界相连，人们必须在区块链上上传和下载数据——换句话说，人们必须进行测量。而这种测量的行为实际上将迫使量子区块链选择一个"确定的历史"。

那么"神经网络区块链"又如何呢？到目前为止，关于神经网络最常用的策略是首先进行训练，然后将它们投入使用。（人们可以通过向它们提供固定的样本集来"被动"地训练它们，也可以通过让它们"请求"它们想要的样本来"主动"地训练它们。）与人类类似，神经网络也可以进行"终身学习"，在此过程中，它们基于已有"经验"不断得到更新。

那么，神经网络如何记录这些经验呢？通过改变各种内部权重。在某些方面，这与区块链相似。

科幻小说有时会讲到"大脑到大脑"的记忆转移。在神经网络的语境下，这可能意味着从一个神经网络中取出一组权重放入另一个网络。将一个网络的一定层转移到另一个网络（例如转移图像挑选特征的信息）的效果可能非常好。但是，如果你试图在网络深处插入"记忆"，情况就不同了，因为在网络中表示记忆的方式取决于网络的整个历史。

这与区块链类似：你不能只替换一个区块，然后期望其他一切都能正常工作。整个系统都已经被编织进了随时间发生的事件序列中。神经网络中的记忆也是如此：一旦记忆以某种方式形成，后续的记忆将会在当前记忆的基础上构建。

19.8 升华

在本章开始时，你可能会认为"量子""神经网络"和"区块链"（更不用说"人工智能"了）没有什么共同点（除了它们都是现在的流行词）。实际上，它们在某种意义上可能是不兼容的。但是我们看到的是，它们之间实际上有千丝万缕的联系，基于它们的系统之间共享着各种各样的基础现象。

那么，"量子神经网络区块链人工智能"[1]可能是什么样子呢？

---

[1] 原文是"quantum neural blockchain AI"，下文简称 QNBAI。——编者注

我们回顾一下各个部分。单个区块链节点有些像一个具有特定记忆的单个大脑。某种意义上,整个区块链网络通过不同区块链节点之间的交互变得稳定,这有点像人类社会和人类知识的发展。

假设我们有一个能够做各种计算的"原始人工智能"。那么,问题在于我们是否能够找到一种方法,将它能做的事情与我们人类想做的事情相对应。为了做到这一点,我们必须在超越其工作细节的抽象层面上与人工智能进行沟通。也就是说,我们必须建立双方都理解的符号语言,从而使人工智能可以将这种语言翻译成其具体操作的细节。

在人工智能内部,它可能最终会使用各种"概念"(例如用于区分一类图像与另一类图像)。但问题是,这些概念是否在某种意义上是我们人类"文化上可理解"的概念。或者说,是否有关于这些概念(以及指代它们的词汇)的为我们广泛理解的故事?

从某种意义上说,我们人类认为对交流有用的概念,是那些在不同人之间的各类互动中使用的概念。这些概念被"编织"到互动交流中的大脑的思维模式中,从而变得稳定,就像通过区块链节点之间的交互,区块链上的数据成为"集体区块链记忆"稳定的一部分。

不过这里还有些奇怪。起初,QNBAI 似乎必须是一些完全陌生的东西(也许也是不可能的)。但是当我们回顾它们的特性时,它们开始变得熟悉——实际上非常像我们。

根据物理学,我们知道自己是"量子"。神经网络捕获了我们大脑工作方式的许多核心特性。区块链作为一个通用概念,在某种程度上与个人和社会记忆有关。而人工智能在试图捕捉计算宇宙中与人类目标和智能相一致的东西——这也是我们正在做的。

那么，最接近 QNBAI 的东西是什么呢？可能就是我们自己！

也许这听起来很疯狂。为什么 2018 年的一串流行词会这样联系在一起呢？有一个明显的答案：我们倾向于创建和研究与我们相关、围绕我们的东西。更进一步，今天的流行词代表我们目前能够用已有概念来思考的范围内的事物，并且它们以某种方式通过这些概念相互联系。

我必须承认，当我选择这些流行词时，我根本不知道它们会联系在一起。但当我在写这篇文章的时候，我发现了如此多的联系，这是非常了不起的。是的，在一段奇异的旅程以一种既合适又奇怪的方式结束时，一串来自今天的流行词宇宙的字符与我们自身高度相关。也许最终，至少在某种意义上，我们自身就是我们的流行词！

第 20 章

天哪,这是用规则 30 制作的!

2017 年 6 月 1 日

20.1 一座英国的火车站

一周前,一座名为"剑桥北"的新火车站在英国剑桥建成通车。通常我不会关注这样的事(我上次坐火车到剑桥还是在 1975 年),但是从上周开始,有人发给我新火车站的照片,问我能否辨别出车站外墙上的图案:

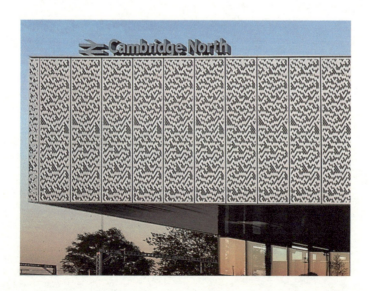

这东西的确看起来像极了我研究多年的图案，它们由计算宇宙中的简单程序生成。我的第一个（也是至今我最爱的）简单程序的例子，就是如下所示的一维元胞自动机：

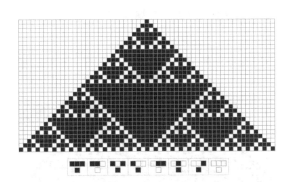

该系统自顶端向下逐行演变，根据下面的规则确定每个元胞（单元格）的颜色。我把这个特定的元胞自动机称为"规则182"，因为该规则的位模式对应二进制数182。总共有256种可能的元胞自动机，下面是它们的演变模式：

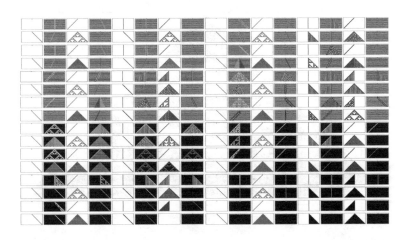

第 20 章　天哪，这是用规则 30 制作的！

其中大多数的行为模式都相当简单。然而在 20 世纪 80 年代早期，我首次运行这些元胞自动机时，得到了令我震惊的发现。所有规则说起来都很简单，但其中一些规则却产生了非常复杂的行为。其中第一个显示出这种行为的就是规则 30（我最喜欢的例子）：

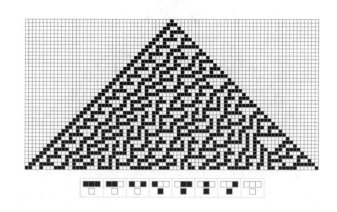

如果按该规则运行 400 步，会得到下面的图案：

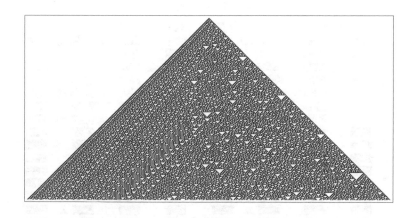

20.1 一座英国的火车站

就是这么不可思议,从顶部的一个黑色元胞开始,只是重复执行一个简单的规则,结果就能变得如此复杂。我认为这个例子是一个极其重要的现象,它可以帮助我们理解自然界的复杂性是怎么来的,也能促使我们开发下一代技术。实际上,我认为这太重要了,于是花了 10 多年的时间,基于这些理念写了一本 1200 页的书(该书发行刚满 15 周年)。

多年以来,我一直把规则 30 印在我的名片上:

再回头看剑桥北站的图案,很明显它不是完全随机的。如果说它是根据一定规则产生的,那么究竟是什么样的规则?有可能是某种元胞自动机吗?

第 20 章 天哪，这是用规则 30 制作的！

我把照片中的图案放大：

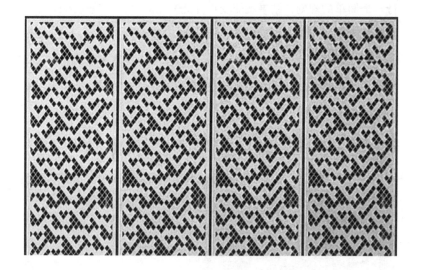

突然间，我看到一些非常熟悉的东西：三角形、条纹、L 形的图案。等等，这该不会是我一直以来最爱的规则 30 吧？

很明显，这个图案与我通常展示元胞自动机的方式相比倾斜了 45 度，照片中出现的是黑色三角形，而不是规则 30 中的白色三角形。但是如果把规则中的黑白颠倒（即变为规则 135），你会得到下页上图这样的结果。

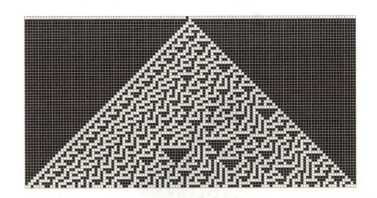

是的，和照片中的图案完全一样！如果是规则 30（或者规则 135）的话，那么它的初始条件是什么呢？规则 30 实际上可以用作密码系统，因为很难重建其初始条件（甚至可能是 NP 完全问题[①]）。

好吧，但如果是我最爱的规则，或许初始条件也是我最喜欢用的：一个黑色元胞。没错，是这样的！火车站的图案正好是规则 30（黑白颠倒的）图案右边的那一部分：

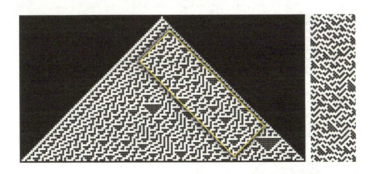

[①] NP 问题里最难的一类问题。NP 是非确定型多项式（nondeterministic polynomial）的缩写。NP 问题是指那些可以在多项式时间内被验证的问题，但找到解决方案可能非常困难。NP 完全问题的任何一个如果存在多项式时间内解法，则所有 NP 问题都是多项式时间可解的，但目前 NP 完全问题还未得到解决。

第 20 章 天哪，这是用规则 30 制作的！

下面是 Wolfram 语言代码。先运行元胞自动机，再旋转图案：

In[·]:= `Rotate[ArrayPlot[CellularAutomaton[135, {{1}, 0}, 40], Mesh→True], -45°]`

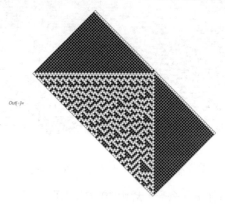

Out[·]=

把火车站所使用的这部分图案精确地提取出来稍微棘手一些。下面是用到的代码 [PlotRange（图表范围）用来规定所显示的图案部分]：

In[·]:= `Graphics[Rotate[First[ArrayPlot[CellularAutomaton[135, {{1}, 0}, 80], Mesh→True]], -45°], PlotRange→{{83, 104}, {-12, 60}}]`

Out[·]=

那么，到底火车站的哪些地方用到了这样的图案呢？到处都是！

墙板是用穿孔铝制成的，视觉效果通透，让人联想起老式格子窗。从里向外看，图案是左右颠倒的，所以如果从外面看是规则135，从里面看则是规则149。而到了晚上，光从里面照出来，图案黑白颠倒。因此从外面看，"白天是规则135，晚上则是规则30"。

规则30的图案有哪些特征呢？关于这一点，很难给出严谨的证明（这本身就很有趣，并且与计算不可归约性的基本现象密切相关）。

第20章 天哪，这是用规则30制作的！

就像π的各位数字一样，它们看起来是随机的。此外，黑色和白色方格以相同的频率出现，这意味着在这个火车站，墙板的透光率大约是50%。

对于n个元胞的序列，似乎平均所有2^n种排列出现的频率是相同的。但并非所有东西都是随机的。比如，如果我们观察大小为3×2的元胞区块，所有32种可能的排列中，只出现了24种。（也许有些等火车的人会发现缺少了哪些块……）

在观察这些图案时，我们的视觉系统会特地挑出黑色的三角形。似乎任何大小的三角形最终都会出现，但是随着三角形的增大，其出现的频率呈指数级下降。

如果仔细观察规则30图案的右侧，可以看到它在重复。然而，从边缘向里，重复周期似乎呈指数级增长。

在火车站，有很多相同的墙板。但是，规则30实际上含有无穷无尽的新图案。那么，如果我们让一个图案模式持续演变，逐一呈现在相邻的墙板上，会怎样呢？下面就是结果。稍显遗憾的是图案右侧的周期性现象，以及第五块板子上出现的一个很大的黑三角（这可能会成为火车站的安全隐患）。

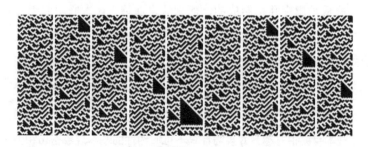

从边缘向里再走 15 步，就不再出现刚才的现象：

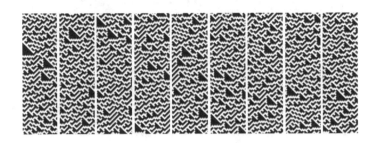

那么其他的初始条件又如何呢？如果重复初始条件，图案也会重复。但除此之外，我们可以看出该图案与单个元胞的初始条件下基本一样。

我们还可以尝试其他规则。下面是 256 个简单规则中的几个：

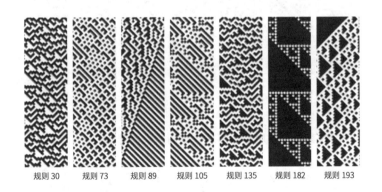

规则 30　规则 73　规则 89　规则 105　规则 135　规则 182　规则 193

从边缘向里走得深一些，结果看起来有些不同（如果你比较感兴趣，规则 89 从规则 45 变换而来，规则 182 从规则 90 变换而来，规则 193 从规则 110 变换而来）。

第 20 章 天哪,这是用规则 30 制作的!

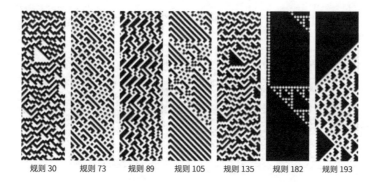

如果从随机初始条件开始,而不是从一个黑色元胞开始,图案看起来又有所不同:

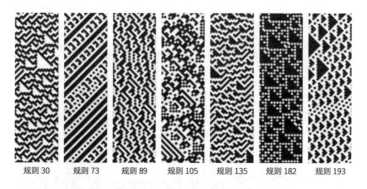

下面是其他几种规则,都从随机初始条件开始:

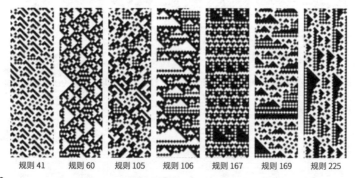

由可能的程序构成的计算宇宙真是无比精彩，可能出现的图案也无穷无尽。我很开心剑桥北站的图案设计使用了我最心爱的计算发现——规则 30，而且这样的设计真的很棒！

20.2　更大的视角

由算法生成的图案有一些奇怪的永恒特质。来自古埃及的十二面体至今看起来依然清爽而现代，若干世纪以前周期性的镶嵌图案或嵌套图案亦是如此：

但是人们能通过算法生成更丰富的图案形式吗？在发现规则 30 之前，我一直认为，任何用简单规则生成的图案形式都会非常简单。但是规则 30 极大地冲击了我的直觉，我由此意识到，在由所有可能的规则构成的计算宇宙里，即便是使用简单的基本规则，也能很容

第 20 章 天哪，这是用规则 30 制作的！

易地得到丰富而复杂的行为。而且，生成的图案在视觉上往往具有非凡的吸引力。以下是元胞自动机产生的几种图案（这里每个元胞可以使用 3 种颜色，而不是 2 种）：

图案形式的多样性令人吃惊，而且，图案往往很复杂。但因为是基于简单的基本规则，它们总能遵循一定的逻辑：在某种意义上，每个图案都在讲述一个确定的"算法故事"。

20.2 更大的视角

值得注意的是，我们在计算宇宙里看到的形式，通常与我们在自然界中看到的很相似。我不认为这是巧合，相反，我认为事实上是计算宇宙的规则捕捉了掌管自然界各种系统的规律的本质，无论是在物理学、生物学还是其他方面。也许我们是因为习惯了自然界的这些形式，才对计算宇宙中与自然界相似的形式感到熟悉而舒适。

但我们从计算宇宙中得到的是艺术吗？当我们为了某种特定的目的选择像规则 30 这样的东西时，在概念上我们这样的做法有点像摄影：我们并没有创建什么底层的形式，而是在选择我们要使用的形式。

然而，在计算宇宙中，我们可以更系统化一些。给定一些美学标准，我们可以对数百万乃至数十亿可能的规则进行搜索，以找到最佳的规则。这在某种意义上，是在计算宇宙中自动"发现艺术"。

早在 2007 年，我们就针对音乐做了一次实验，即 WolframTones。值得注意的是，即便只是采样自少量的规则（恰巧也是元胞自动机），我们也可以生成各种有趣的音乐片段，而且通常听起来都非常有"创意"和"创造力"。

从实用的角度来看，计算宇宙中的自动发现非常重要，因为借此我们就可以进行大规模定制，使得"原创"（和"有创造性"）变得易如反掌，并且每次都能有不同的发现，抑或能满足从未有过的约束条件（比如，复杂的几何区域中的图案）。

剑桥北站使用了计算宇宙中一条特殊的规则来制作装饰性图案。我们还可以利用计算宇宙中的规则来制作建筑中的其他东西。人们甚至可以想象一个建筑，其中的一切，从整体体量到造型的细节，都能完全由一条简单的规则来设定。

第 20 章　天哪，这是用规则 30 制作的！

你可能会认为，这样的建筑物一定是简略乏味的。但出人意料的是，并不一定是这样，恰恰相反，我们完全可以从计算宇宙"发掘"出大量丰富且鲜活的形式。

自从 20 世纪 80 年代初，我开始写一维元胞自动机的文章之后，就有各种与之相关的有趣的艺术作品诞生。许多不同的规则都被使用过，有时是我所谓"4 类"规则，看起来非常自然鲜活。但大多数情况下则是其他规则，其中规则 30 没少出现，无论是在地板上、衬衫上、茶几上、动态装置上，还是在最近大规模定制的围巾上（其针织机实际上是在运行元胞自动机）：

然而今天，我们在庆祝规则 30 又有了新的表现形式。在古老的大学城里，耐久铝板上形成的计算宇宙的奇妙角落，装饰着最实用的建筑———一座小小的火车站。我向建筑师们致敬，愿他们所做的一切能让一代又一代的铁路旅客一瞥计算宇宙的奇迹。说不准有人会模仿电影《2001 太空漫游》中旅行者那最后一声惊呼："哦，天哪，这是用规则 30 制作的！"

第 21 章

关于我的生活的个人分析

2012 年 3 月 8 日

我相信总有一天，每个人都会定期收集关于自己的各种数据。我对数据的兴趣由来已久，所以我很早就着手收集我的个人数据了。我当时还以为其他很多人也这样做，但显然他们并没有。所以现在我手上所拥有的，可能是世界上最大的个人数据集之一。

为了"自我觉察"，我做了一个自动化系统，每天给我发几封邮件，汇总我前一天的各种个人数据。然而，即使我多年来一直在积累数据，并且一直想着分析分析，但我实际上从未抽时间来做这件事。但有了 Mathematica 和我们刚刚在 Wolfram|Alpha Pro 中发布的自动化数据分析功能，我认为现在是小试牛刀的好时机：把我自己当成实验对象，研究一下"个人分析"这个课题。

让我们先从电子邮件入手。我有一个完整的档案，记录了我从 1989 年开始的所有电子邮件。那时候正好是 Mathematica 产品发布一年、我创立 Wolfram Research 公司两年后。下页图是一张散点图，显示了 1989 年以来我所发出的 30 多万封电子邮件的发送时间。

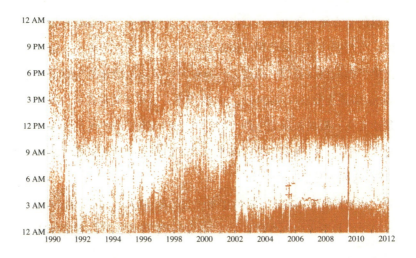

从这张图中首先可以看到，是的，我一直很忙。20多年来，我清醒的时候都在发电子邮件，频率只在晚餐时间会有一点下降。每天的空白部分就是我睡觉的时间。这张图显示，我在过去的十年作息一直相当稳定，大约在美国东部时间凌晨3点睡觉，上午11点起床（是的，我是个夜猫子）。（2009年夏季的那道条纹是一次欧洲之旅。）

那么20世纪90年代是什么情况呢？那10年间我差不多过着隐士一般的生活，我非常努力地编写《一种新科学》。这张图也说明了为什么在90年代末，当老师让我的一个孩子举个"夜行动物"的例子时，我成了例子。2002年，《一种新科学》终于问世，我才开始过一种不同的生活，在图上就呈现出这样一个突然的中断。

这张图还有哪些特征呢？有些与我人生中已知的事件和趋势一致，有些在我的在线剪贴簿或时间表中有所体现。其他的一开始让我一脸茫然，直到我快速搜索电子邮件档案才唤起了记忆。这个系统真的很方便,我可以一直向下深挖,直到读取某个原始邮件。任何一个数据项目,只要时间跨度足够长,就会发生各种小差错(包括邮件标题格式错误、未设置计算机时钟以及自动邮件未标记,等等),需要提前发现并进行系统性的纠正,这样才能保证最后的分析是建立在一致的数据之上的。在数据得到纠正之前,还是以这张图为例,我相信出现在半夜的点实际上都是我半夜醒来发邮件的情况(现在这种情况非常罕见)。

从上页图可以看出,这些年来,我的邮件数量一直在逐步增加。如果考察我发出的邮件数量关于时间的函数图像,可以更清楚地看到这一点:

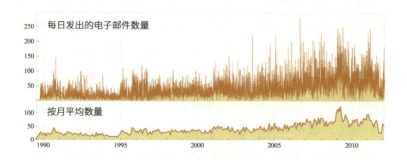

同样,还可以看出一些明显的生活趋势。20世纪90年代初,邮件数量的逐渐降低反映了我专注于基础的科学研究,减少了对公司日常管理的参与。2000年后的增长反映了我重新投身公司,推动越来越多的项目。2009年初的高峰反映了我为Wolfram|Alpha的发布做最后的准备工作。(那些个别的高峰,包括最高的2006年8月27日,大多数是在周末或旅行日,专门处理积压的电子邮件。)

第 21 章 关于我的生活的个人分析

上页图似乎能支持"生活很复杂"的观点。但是，如果稍微把数据汇总一下，很容易得到一张看起来像个简单物理实验结果的图。以下是自 1989 年以来我每天发送电子邮件数量的分布情况：

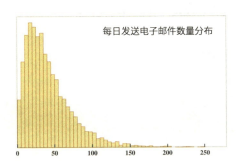

这种分布是什么？有对应的简单模型吗？我不知道。Wolfram|Alpha Pro 告诉我们，它找到的最佳拟合是几何分布。但它没有实际认可这种拟合。而至少从数据尾部来看，似乎像往常一样遵循幂律分布。也许这反映了一些关于我自己的情况，尽管我也不知道是什么。

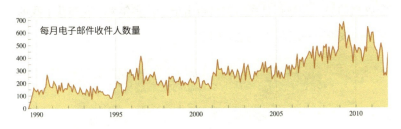

在我发送的邮件中，绝大多数收件人都是我们公司内部的人或邮件组。我猜想邮件的整体增长反映了公司员工数量的增加，以及我和我们公司参与的项目数量的增加。高峰通常与紧张的早期项目有关，当时我直接与许多人互动，而且组织的管理结构尚未到位。

我反而不太理解最近的邮件数量下降，因为项目数量正处于历史最高水平。我希望它所反映的是我们的组织和管理变得更好了……

以上这些都是关于我发出的邮件。那么我收到的邮件又如何呢？下面是我的日均收发邮件数量对比图：

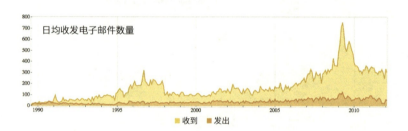

1996年和2009年的高峰都与我们的大型项目（Mathematica 3和Wolfram|Alpha的发布）的后期阶段有关，当时我密切关注各种细节，自动化系统给我发了大量的邮件。

电子邮件是我系统性存档的一种数据，从中可以学到很多东西。我收集的另一种数据是我的键盘敲击记录。多年来，我捕获了我的每一次按键——现在已经超过1亿次了：

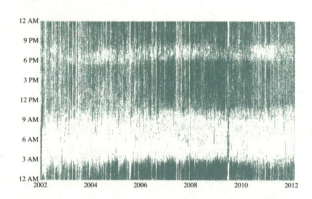

第 21 章 关于我的生活的个人分析

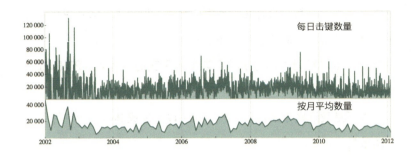

其中，有各种各样的详细事实值得提取。比如，我输入的退格键（Backspace）的比例一直在 7% 左右（我之前不知道有这么高！）。再如，我使用不同计算机和应用程序的习惯发生了怎样的变化。根据每天击键的总数，我可以看到一些写作活动的高峰——通常与创建较长文档有关。但总体上，对于击键和电子邮件情况来说，像上面这样的图表看起来是相似的。

其他活动的指标又如何呢？多年来，我的自动化系统一直在默默归档这些活动情况。例如，下面这张图显示了出现在我日历上的各种事件的时间：

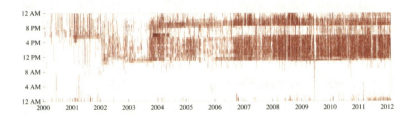

这些年来的变化非常直接地反映了我生活中发生的事情。在 2002 年之前，我的大量工作都是独自进行的，主要是在写《一种新

科学》这本书，其间只有几个预定的会议。但后来，随着我在公司里启动了越来越多的新项目，并采用越来越结构化的方法来管理这些项目，可以看到越来越多的会议填满了我的日程表。即便如此，我的"家庭晚餐条纹"仍然清晰可见。

以下是我这些年来每天召开会议（以及完成其他日历事件）的平均数量图：

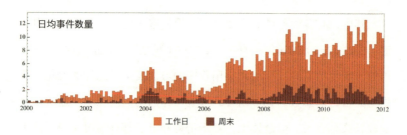

图中的趋势非常明显。这个趋势反映了这样一个事实，即在过去 10 年左右的时间里，我逐渐学会了更好地"公开"工作，在与一群人互动的同时有效地解决问题。我发现这样一来，我不仅能更高效地利用他人的专业知识，还能更高效地把必须做的事情委派下去。

自从 1991 年以来，我作为远程首席执行官，只通过电子邮件和电话（通常还会使用屏幕共享）与我的公司互动。当我告诉人们这个事实时，他们通常表示惊讶。（我并不觉得与公司进行视频会议非常有用，我最近购买的遥现机器人[①]也基本上一直闲置着。）

因此，电话通话记录是我的另一个数据来源。下页上图是我打

[①] 遥现机器人（telepresence robot）是一种能够通过远程控制来实现"身临其境"效果的机器人系统。它通常配备有摄像头、麦克风、扬声器和显示屏，允许远程操作者通过互联网进行实时的音视频通信和控制。遥现机器人可以在环境中移动，使操作者能够远程观察，与周围的人互动，就像亲自到场一样。——编者注

电话的次数图(灰色区域表示数据缺失):

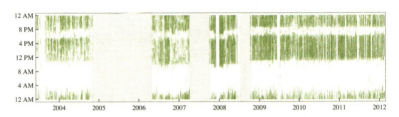

可以看出,我每天花很多时间打电话:

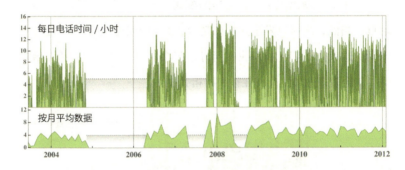

下面这张图显示了一天中通过电话找到我的概率变化:

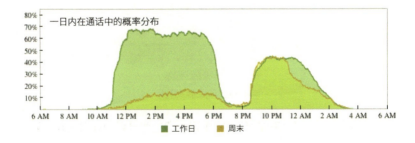

图中显示的是过去几年所有日子的平均值。我猜想,如果从平均值中剔除那些我因为各种原因不在的日子,那么实际上的"工作日概率峰值"可能会远高于70%。

下面换一种方法呈现这些数据，这张图显示我每天在某个指定时间开始通话的概率：

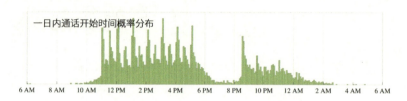

图中的高峰出现了一种奇怪的模式——普遍出现在整点和半点附近。当然，之所以发生这样的情况，是因为很多电话都约在那个时间。这就意味着，如果我们同时绘制会议开始时间和通话开始时间，就会发现两者之间存在很强的相关性：

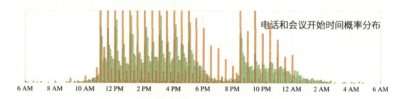

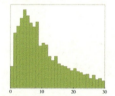

我比较好奇这种相关性到底有多强，即这些电话的计划性有多强。通过查看数据，我发现，在我所有的外部电话会议中，至少有一半的开始时间都不超过约定时间之后的 2 分钟。而内部会议往往会涉及更多人，我通常都是一个接一个地安排的，因此会议开始时间的分布范围更广。

再看一下下图的通话时长分布，会观察到一种"类物理学"的总体分布形状，但是在一小时处有一个高峰，看起来是"明显的人类活动"，说明很多会议都安排了一小时的长度。

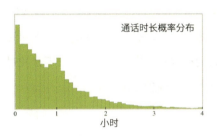

到目前为止，我们所讨论的一切都是衡量智力活动的。但我也有关于体力活动的数据。例如在过去的几年里，我一直戴着一个小型数字计步器来测量我走的每一步：

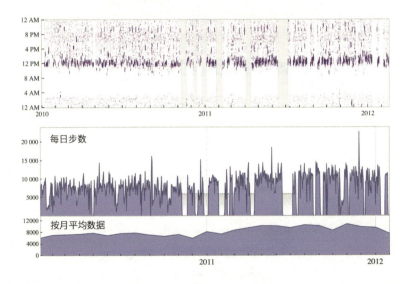

这些数据再次显示出相当强的一致性。我每天的步数大致相同，大多数步数都是早上的时间段走出来的（通常与我每天前几个会的时间相吻合）。能得到这些数据并没有什么神秘的：多年前，我决定每天进行一些锻炼，所以我配置了一台计算机和一部手机，以便在跑步机上行走时使用。（在正确的工效学设置下，可以实现在跑步机上步行而不影响打字和使用鼠标。对我而言，步行速度至少可达每小时4千米。）

现在，让我们把这些数据放在一起。以下是我过去10年（或稍少一些时间）里的"平均日常节律"：

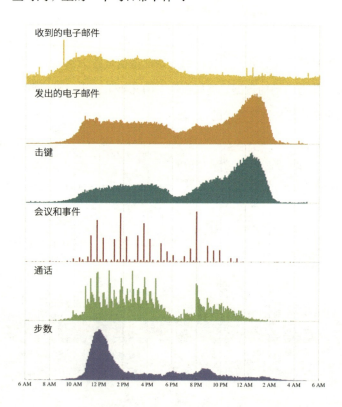

第 21 章 关于我的生活的个人分析

整体规律非常清晰。白天主要是会议和协同工作，晚餐有一段时间休息，然后是更多的会议和协同工作，深夜的时候我则独自进行更多的工作。我必须说，在查看这些数据时，许多方面惊人的规律性给我留下了深刻的印象。但总体而言，我很高兴看到这一点。因为我的一贯经验是，我生活中的日常事务进行得越规律，我在智力活动和其他方面就越有活力与自发性。

我的目标是产生尽量好的创意。那么，个人分析能帮助我衡量我产生创意的速度吗？

这可能非常困难。但有一种简单的近似方法：要看一个人接受新概念的速度，可以观察这个人什么时候开始使用新词语或者其他新语言结构。然而识别新词语等也不那么容易（尽管我已经想办法统计出，在过去 10 年中，我键入过大约 33 000 个不同的普通英语单词）。如果我们把词语限制在一个特定的领域，事情就会变得容易一些。例如，下图就显示了 Mathematica 函数名首次出现在我发送的电子邮件中的情况：

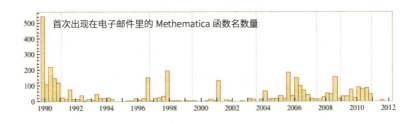

最左边的高峰反映了历史积累，包含所有出现在归档邮件里的已经存在的函数名。最后的数据下降反映了未来那些无法预知的

Mathematica 函数名。在这张图里面，比较有意思的是一个个"创造力的爆发点"。这里面大多数爆发点都与 Mathematica 历史发展中的重要时刻相关，当然也有个别例外。此外，还能看出最近一段时间逐渐增长的数据密度。

还有另一种方法来衡量我个人的创造过程，下图显示的是我编辑《一种新科学》各部分文字的情况：

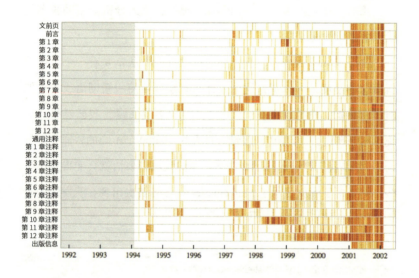

我手头没有项目开始阶段的数据。1995 年和 1996 年，我继续《一种新科学》的研究，但没怎么做书面写作，因为当时我被拉去完成 Mathematica 3（以及相关著作）。在这之后，我系统地完成了每一部分，可以看到势不可当的进展。你可以看到我写每一部分所花的时间（第 12 章是关于计算等价性原理的，花的时间最长，用了将近 2 年），以及哪些部分导致了其他章的变化。只要肯下功夫，就

第 21 章 关于我的生活的个人分析

可以深入挖掘出每一个新发现的时间点（使用最新版 Mathematica 的自动历史记录功能会更容易）。最终，10 年里，经过无数键盘敲击和文件修改，我逐渐完成了《一种新科学》这部作品。

通过分析我保存的各种数据，可以得出这么多结果，真是很神奇。事实上，还有许多其他类型的数据我在本章中并没有涉及。例如，我还有多年精心保存的医学检查数据（以及我目前尚未派上用场的完整基因组数据）、GPS 定位轨迹、室内运动传感器数据、无数的公司记录，等等。

仔细想想，我最大的遗憾是没有更早开始收集更多的数据。我有一些计算机文件系统的备份可以追溯到 1980 年。目前我的文件系统里有 170 万个文件，查看那些长期未修改的文件（最早的日期是 1980 年 6 月 29 日），有一种考古的感觉。

下图显示了我当前所有文件的最近修改时间：

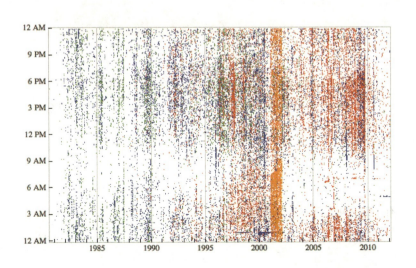

在早期，主要是纯文本文件（蓝色）和 C 语言文件（绿色）。后来逐渐过渡到了 Mathematica 文件（红色）。从我完成《一种新科学》开始，出现了页面布局文件（橙色）数量的暴增。我不由得再次感慨：这张图就是我 30 多年计算机活动的一种永久记忆。

那么，那些不在计算机上的东西呢？碰巧在多年以前，我也开始保存纸质文件，主要是基于这样一种理论：保存所有东西比操心哪些东西值得保存更容易。目前，我已经扫描了大约 23 万页的纸质文件，并在可能的情况下进行了 OCR。我举个例子演示一下如何分析这类数据。从下图中可以看出这些文档中 4 位"类日期数字序列"（即年份）出现的频率：

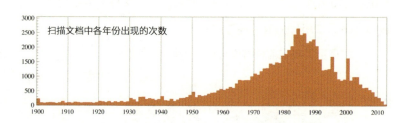

当然，并不是所有 4 位数字序列都涉及年份（尤其是"2000"），但其中大多数都指年份。从图中可以看出，1984 年，我对纸张的使用发生了突然的变化，那时候我开始转向数字存储。

个人分析有哪些应用前景？可做的事情太多了。其中一部分可用于关注大规模的趋势，另一部分可用于识别特定事件或异常，还有一部分可用于从个人数据中提取"故事"。

随着时间的推移，我开始期待能够询问 Wolfram|Alpha 关于我的

人生不同时期的各种事情,并立即生成相应的报告。这不仅能够作为我个人记忆的补充,而且能够自动计算历史,解释事情是如何发生的,以及为什么发生,然后进行推断和预测。

随着个人分析的发展,它将为我们体验人生提供一个全新的维度。刚开始,这一切可能看起来相当书呆子气(当然,当我回看这篇文章时,我也感觉到有这种风险)。但用不了多久,这一切就会变得极其有用,每个人都会这样做,想知道他们以前是如何度过的,甚至会觉得早一点收集个人数据就好了,这样就不会"丢失"这么多早年的数据了。

在此对我1989年以来的电子邮件发送时间图进行更新,涵盖了过去7年(2013—2019)的数据:

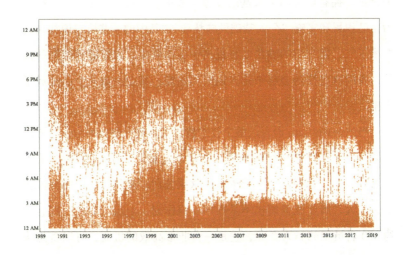

第 22 章

追求高生产力的生活：我个人基础设施的一些细节

2019 年 2 月 21 日

22.1 追求生产力

我这个人只有在自己高生产力时才会感到满意。我喜欢解决问题，喜欢创造东西，我想尽可能多地做这些事情。而要做到这一点，关键是要拥有最好的个人基础设施。多年来，我一直在坚定不移地为自己积累和实施"个人基础设施技巧"。其中的一些可以说相当地书呆子气，但它们的确帮助我提高了工作效率。也许随着时间的推移，我的这些技巧会越来越多地成为主流，其中少数几个已经成了主流。

当然，Wolfram 语言的整个技术栈，就是我长期以来为全世界构建的一个巨大的"生产力技巧"。对我个人来说，另一个重要的"生产力技巧"，就是我 32 年前创办的这家公司。是的，它虽然规模还不是很大，商业覆盖面也不是很广，但作为一个组织有序、拥有大约 800 名员工的私人企业，它是一台非常高效的机器，可以将想法转化为现实，并利用我的技能来极大地提升我的个人生产力。

我本可以谈谈我如何过自己的生活，以及我如何在领导性工作、创造性工作、与人交往及能让我学到东西的事情之间进行平衡。我也可以谈谈我如何安排工作，使得我不会被已经运作起来的事情拖累得无法开始新的事情。但我在这里要强调的是我更实用的个人基础设施，那些有助于我更好地生活和工作、减少忙碌感并提高日常生产力的技术和其他的东西。

在知识层面上，构建这种基础设施的关键在于尽可能地结构化、精简和使一切事情自动化，同时还要兼顾当前技术的现实性及其与我个人的适配度。从很多方面来看，这是计算思维的一种很好的实践练习，并且，也是我花了很长时间来构建的一些工具和思想的很好的应用。这当中的很多内容可能对许多人都有帮助，但也有一些内容仅仅适合我的个性、我的情况和我的活动模式。

22.2 我的日常生活

为了解释我的个人基础设施，首先我必须稍微介绍一下我的日常生活。大家常常会感到惊讶，过去 28 年里，我一直是一名远程工作的首席执行官。我其实跟其他首席执行官一样事必躬亲，然而我每年只有几次亲自出现在办公室，我大部分时间都在家里，通过现代化的虚拟手段与公司密切互动。

第 22 章 追求高生产力的生活:我个人基础设施的一些细节

很多首席执行官既要亲自做很多事,也要管理其他人做事,我也是这样的首席执行官。我的远程首席执行官身份不仅可以帮我达成这个目标,还能让我保持专注。由于有了我这个榜样,我们公司发展出一种高度分散的文化,员工分散在全球各地(一切以提高生产力为中心,是否"露面"并不重要)。

我的显示器界面基本上是这样的:

我的设置总是不变的。右侧是我的"公共显示器",我一天当中的大部分时间在跟人交流,我会随时共享这个屏幕。左侧是我的"私人显示器",我把邮件、消息等与会议没有直接关系的东西放在这里。

在过去的一年左右时间里,我直播了我们很多的软件设计会议,我现在已经存档了 250 小时的屏幕共享录像,全部来自我右侧的显示器。

鉴于我每天大多数时间都待在办公桌旁边,我还专门在工效学方面优化了办公桌。键盘的高度合适,让我打字的体验最佳;显示器不高不低,配合我戴的看屏幕用的多焦点眼镜,使得我看屏幕的时候头部始终保持在合适的位置,而不需要低头;我仍然使用一个"滚球式"机械鼠标(放在左边,因为我是左撇子),因为根据我的最新测量,我用这个鼠标的速度比用其他任何指针设备都更快。

只需要轻触一下按钮,我的桌子就会上升到站立高度。不过,我还是喜欢以更活跃的方式开启我的一天,10 多年来,我一直保证每天早上步行几小时。但是我如何在走路的同时还能工作呢?大约 15 年前(在这东西才开始流行之前很久!),我就在办公室旁边的房间里安装了一台带有计算机的跑步机。

生物力学方面的问题并不难解决。我发现,在手腕的正确支点下放一根凝胶条(并将鼠标放在一个平台上),我就可以一边在跑步机上行走,一边很舒适地打字了。我通常会将跑步机设置到 5% 的坡度,约 3.2 千米每小时的配速。这样,以我的体格,我讲话的时候没有人会察觉到我在一边开会一边走路。(是的,我尽量把可能令人烦心的会议安排在我走路的时间,到时候如果我真的感到沮丧,我可

第 22 章　追求高生产力的生活：我个人基础设施的一些细节

以让跑步机稍微加速来"走出"这种情绪。)

多年来，我一直在收集各种个人分析数据，过去几年还收集了持续的心率数据。去年初夏，我注意到，在那几周里我的静息心率明显下降。起初，我以为只是因为碰巧当时我系统地做了一些自己喜欢的事情。但在夏末，这种情况再次发生。然后我意识到：那是因为我没有在室内跑步机上行走，而是（出于不同的原因）去户外散步了。

多年来，我妻子一直赞美户外活动的好处，但我过去总觉得那不太适合我。是的，我可以在电话上跟人交流（或极少数情况下，与同行的人直接交谈）。或者，我也可以带一台便携式计算机，一边散步一边看着别人的屏幕共享——我去年夏末度假时这么做了一星期，相当不时尚：

实际上，我很久前就在考虑边走路边工作的方案。20 年前，我曾想象着用增强现实显示器和单手（和弦式）键盘[1]来实现这个想法。但是这种技术并没有实现，而且我也不确定这种技术在工效学方面是否行得通（比如，会不会让我得晕动病[2]）。

但是，去年春天，我参加了一个尖端的科技活动，我碰巧看见摄影师在给杰夫·贝索斯（Jeff Bezos）[3]和他的机器狗拍合影。我个人对机器狗并没有太大兴趣，真正吸引我的是那个在拍摄区外专注地控制机器狗的人——他把一台便携式计算机挂在脖子上，就像在卖爆米花一样。

一个人真的可以这样工作、打字什么的吗？在"心动"之后，我决定尝试一下。我原以为我得亲自动手做点东西，但其实可以直接购买一张"步行桌"（walking desk），于是我就买了。经过一些小小的改装后，我发现我可以很好地边走边打字，甚至可以持续几小时。我 20 年前怎么就没想到如此简单的解决方案呢？我对此感到有点尴尬。不过从去年秋天开始，只要天气好，我每天都会尽量花几小时在户外行走，就像下页图中这样。

---

[1] 一种可以单手输入的键盘，通过按键组合变化，可以用较少的键位输入常规键盘的全部字符。
[2] 也称为运动病，包括人们平常说的晕车、晕船、晕机等，表现为由多种因素导致人体对运动状态错误感知而引起的一系列不良生理反应。
[3] 亚马逊集团创始人、董事会执行主席。

哪怕我只是专注地盯着便携式计算机，在户外工作感觉也很好。是的，这似乎能让我的静息心率降低。我的周边视觉似乎更好了，或者是因为我一直在"足够简单的"环境中走路，所以即使没有刻意注意脚下，我也没有被绊倒过。毫无疑问，我大多数时间都不在公共场所散步，所以撞不到其他人，这对我很有好处。当然，这也意味着我没法吸引人们好奇的目光，就像1987年我第一次拿着鞋子大小的手机走在城市街道上打电话的情形一样……

22.3 我的桌面环境

我这张大木桌已经用了25年了。不用说，我给它定制了一些特殊功能。关于个人整理，我有一个理论：任何平坦的表面都是一个潜在的"驻点"，往往会导致东西的堆积，而避免这种堆积的最佳方法就是避免出现永久性的平面。但是一个人总是需要一些平面,哪怕是为了签名(这项工作还没有彻底数字化),抑或是吃点零食。所以我的解决办法是设计一个抽拉式的托盘,当需要平面的时候就拉出来。但你不能让托盘一直摆在那里,这样上面就不会堆满东西了:

如今我很少跟纸张打交道了。我桌上出现文件时,我喜欢将其归档。所以我在桌子后面放了一组抽屉,每个抽屉上面都开有一个小口,文件可以直接滑入,根本不需要开抽屉:

第 22 章 追求高生产力的生活：我个人基础设施的一些细节

过去我每隔几个月就能塞满一箱归档文件，现在似乎要花好几年才能塞满。在我的书桌下有一台打印机，但我很少使用，少到似乎一年只能用掉一摞打印纸，或许这也是我的生活变得无纸化的迹象。

这些年来，还有一些其他东西发生了变化。我总是希望我的主力计算机尽可能地强大。在过去，这意味着必须配有一台大风扇来散热。然而，因为我非常想让我的办公室保持绝对安静（能让我更加平静、专注），我被迫把中央处理器部分放到另一个房间。为了做到这一点，我在地板下铺了一条线管，在线管中布设一些要求较高的长距离视频线缆。现在好了，我终于有了一台不需要风扇的强大计算机，所以我直接把它摆在桌子后面。（其实，我还有另外三台不那么安静的计算机，我把它们放在跑步机那个房间，这样当我在跑步机上时，我可以同时使用三个主要的现代计算环境，通过 KVM 切换器[①]在它们之间进行切换。）

当我跟人提起我是一名远程首席执行官时，他们经常会说："那你一定会开很多视频会议吧。"其实我基本上不开视频会议。我认为屏幕共享就很好，也很重要。我通常觉得视频会议会分散注意力。我经常会召开很多人参加的会议，但大多数情况下，我并不需要所有人都全神贯注（如果他们能边开会，边把其他工作做好，我会很开心），要他们都在场只是以防万一需要听取他们的意见。但是，如果都打开视频的话，看到大家三心二意的，可能会破坏掉几乎所有的会议气氛。

[①] 键盘、视频和鼠标切换器，一种用于在多台计算机之间共享键盘、显示器和鼠标并进行切换的硬件设备。KVM 是键盘（keyboard）、视频（video）和鼠标（mouse）的首字母缩写。

鉴于我不用视频，声音就变得非常重要了，我对会议的音频质量有一种执念。我不用免提，也不用信号差的手机。我本人还是很老派的。我戴着一副耳机（我还加了衬垫，以弥补我头顶的发量不足），配备一个标准的支架麦克风。而且出于对脑袋上整天放着无线电发射器的警惕，我的耳机是有线的，但是线的长度足以让我在办公室里四处游荡。

尽管我开会时不使用"发言者头部特写"视频，但我的计算机旁边有一台实物投影仪，当我们谈论手机或平板设备时，我会使用它。虽然我可以把它们的视频信号直接连接到计算机上，但是，如果我们在讨论手机上的用户体验，能够看到我的手指实际触摸手机通常会很有帮助。

当我想显示实体书的书页或各种实物时，投影仪也很方便。当我想画点简单的东西时，我会使用我们屏幕共享系统的注释功能。但当我试图画一些更精细的东西时，我通常会用复古的方式，在投影仪上放一张纸，然后用笔画。我喜欢让投影仪的图像显示在屏幕上的一个窗口中，我可以随心所欲地调整大小。（我会定期尝试使用绘图板，但我不喜欢它把我的整个屏幕当作画布，而不能在可移动的窗口中操作。）

22.4 移动办公

从某种角度来说，我的生活很简单，主要是待在办公桌前。但

第 22 章　追求高生产力的生活：我个人基础设施的一些细节

有很多时候我也会离开办公桌，比如，在家里的其他地方，或者在外面散步。这些情况下，我通常会带着一台 13 英寸的便携式计算机。而当我需要走得更远的时候，事情会变得有点复杂。

如果我要做严肃的工作，或者发表演讲，我会带上 13 英寸的便携式计算机。我一直不喜欢手边没有计算机，但带着 13 英寸的便携式计算机又挺重的，因此，我还备有一台只有 2 磅（约 0.9 千克）重的迷你便携式计算机，我把它放在一个小包里（不用说，包和计算机上都装饰有我们的 Spikey 图标）：

至少在过去的几年里，除非我带着更大的计算机（通常是装在双肩包里），否则无论走到哪里，我都会"戴"上我的小计算机。我本来想要一个可以把计算机完全装进去的包，但我能找到的最合适的一个袋子会让计算机露出来一点点。然而，令我惊讶的是，这个包还很好用。当我和人交谈时迅速"掏出"我的计算机时，他们都看起来很困惑，问："这东西是从哪里冒出来的？"

我总是把手机放在口袋里，如果我只有一小会儿的时间，我就会拿出手机。如果我只是检查邮件、删除或转发一些消息，手机就能胜任。不过，如果我真的想写些严肃的东西，我的小计算机就会登场——它有全键盘。当然，如果我是站着的，一只手稳定计算机，另一只手打字就不太实际了。有时，如果我事先知道我要站上一阵子，我就会带上一台平板设备。但其他时候，我就捧着手机不放了。如果我当前的正事都做完了（或者当时没有互联网连接），我通常会开始查看我的"待阅"文件夹，这是在所有设备上同步的。

早在 2007 年，我发明了 WolframTones，因为我想给我的手机配一个独特的铃声。尽管 WolframTones 算得上是算法作曲的一个成功的例子，但它在我手机上唯一的使用痕迹就是 WolframTones 作品图像的壁纸：

那么我出门在外时是如何记笔记的呢？我曾试过各种技术方案，但最终也没有一种实用且得到广泛认可的。因此这 40 年来，我一直在做同样一件事：在我口袋里总有一支笔，还有一张折叠了三次的纸（大约有信用卡那么大）。这么做技术含量很低，但却很管用。当我外出回来后，我总是花一些时间把我写的内容转录下来，发送电子邮件，或者别的什么。

我会随身携带一个小小的"技术生存工具包"，其中最核心的东西是一个微型充电器，可以为我的计算机（通过 USB-C 接口）和手机充电。我会带各种转接头，以便能够连接投影仪等设备。我还会带一个非常轻巧的两脚转三脚的电源转接插头，这样就不用担心我的充电器从过度使用的插座中脱落了。

当我进行"更重要的远征"时，我会在工具包中添加一些东西，其中有一块"充电砖"，可以让我的计算机持续运行数小时。如果去参加展会这样的活动，我会带一台微型相机，它会每 30 秒拍一次照片，这样我就能记住我所看到的东西。如果真的要去野外的话，我还会带上一部卫星电话。（当然，还有其他东西我也总带着，比如，一顶又薄又软的帽子、一个轻便的氯丁橡胶袋、眼镜湿巾、洗手液、驱蚊湿巾、名片、巧克力，等等。）

为了在旅行中保持物品井然有序，我通常会带上几个塑料信封：

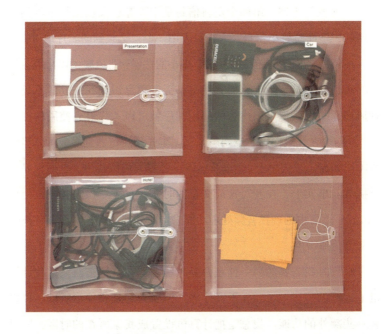

在标有"Presentation"（演示）的袋子里，装着连接投影仪的转接头（VGA、HDMI等接口），有时会有一个有线以太网适配器。（如果是比较低调的演示，我有时也会带一台小型投影仪。）在标有"Car"（汽车）的袋子里，会有第二部手机，用于导航，手机背面带有磁贴，还有一个可以使手机附着在汽车通风口的小东西，以及一个单声道耳机、一个手机充电器，有时还会带上计算机用的小型逆变器。假如我要携带卫星电话的话，还会配有一个车载套件，包括一根天线，可以吸附到车顶，让电话能"看到"卫星。在标有"Hotel"（酒店）的袋子里，会有一副双耳耳机、备用计算机充电器，以及一块随时加密备份计算机的磁盘,以防我丢失计算机,不得不购买和配置新机器。第四个塑料信封是用来存放我在旅行中收到的东西的,里面装着小信封,大约每天用一个,把收到的名片放进去。

多年前,我总是随身携带一个小小的白噪声[1]风扇,用来掩盖背景噪声,尤其是在晚上。但突然有一天,我意识到我需要的不是物理风扇,一个模拟风扇声音的应用程序就可以(我过去使用粉红噪声[2],但现在我只使用"空调声音")。事先预测将遇到多大的外界噪声(比如在第二天早上),以及应该设置多大的掩蔽声,这通常是一个挑战。事实上,在我写这篇文章的时候,我才意识到我应该使用Wolfram语言中的现代音频处理功能来接收外部声音,从而调整掩蔽声来覆盖掉噪声。

旅行时我需要的另一件东西是时钟。现在,这东西只是我计算机上运行的一段Wolfram语言代码。但因为它是软件,所以还可以有一些额外的功能。我总是把计算机设置成我家所在的时区,所以我的"时钟"有一个滑块来指定当地时间(是的,如果我身处半时区地区,我得调整代码)。还有一个按钮是用来开启睡眠计时器的。当我按下这个按钮,它会开始计时,不管我的生物钟反应如何,它会告诉我我睡了多久。(睡眠计时器启动时还会发送一封电子邮件,以便于我的助理判断我能否赶得上第二天一大早的会议。屏幕右上角有一个"鼠标角",把鼠标指针停在这里,就可以防止计算机进入睡眠状态。)

---

[1] 功率谱密度在整个频域内均匀分布的噪声。
[2] 功率谱密度与频率成反比的噪声。自然界中的雨声、瀑布声等多属于粉红噪声。

22.4 移动办公

只要条件允许,我喜欢自己开车去各个地方。在有手机之前,情况是完全不同的。但现如今,即使我在开车,我也能高效地打电话。我会把不需要我看什么东西的会议安排在我的"开车时间"(将标准电话会议号码预设到我的手机后,我就可以语音拨号了)。而且我还准备了一个"开车时通话"的名单,这样我就可以边开车边打这些电话,尤其是当我处于一个对我来说不寻常的时区时。

我一直有个问题,就是当别人开车的时候,我在车上用计算机工作就会晕车。我什么办法都试过了,大型车、小型车、硬悬挂、软悬挂、坐前排、坐后排……都不管用。然而几年前,非常偶然的情况下,我试着用大号降噪耳机听音乐,就没有晕车。可是,如果别人开车时,我想边使用计算机边打电话又该怎么办呢?在 2018 年的国际消费电子展(Consumer Electronics Show,CES)上,尽管我儿子告诫我"你看不出来他们在展台上卖的是什么,不等于那些玩意儿就很有趣",但我还是在一个展台前停了下来,买到了下页图中这个奇怪的东西,尽管看起来怪怪的,但至少大多数情况下,这玩意儿似乎确实可以预防我晕车。

22.5 做演讲

我做过相当多的演讲,听众非常广泛。我特别喜欢就我以前没有谈论过的主题发表演讲。我为顶尖的商业、科技和科学团体做演讲,也给小学生做演讲。我喜欢与观众互动(问答环节总是我最喜欢的部分),我也喜欢即兴发挥。而且我基本上最后都会进行一番现场编程。

我年轻的时候旅行相当频繁。早在 20 世纪 80 年代,我就有了便携式计算机(我在 1981 年买的第一台是 Osborne 1[①])。尽管那个时候,我保持计算机生产力的唯一方法是将工作站运送到目的地。

[①] 由 Osborne 计算机公司于 1981 年发布的便携式计算机,是世界上第一台商业上成功的便携式计算机。

90年代初,我决定不再旅行(主要是因为我当时在全力以赴地进行《一种新科学》的写作),所以有一段时间我基本上没有发表任何演讲。但是后来技术进步了,通过视频会议进行演讲开始变得可行。

几年前,我在地下室建了一套视频会议装置。这个"会议套装"可以通过各种方式(讲台、桌子等)重新配置。但总体而言,我有一块背投屏幕,可以在上面看到远程观众。摄像头位于屏幕前方,使得我能够直视它。如果我需要使用笔记或脚本(实际上很少需要),我有一个自制的提词器,由一面半镀银镜子和一台便携式计算机组成,我可以通过它正视摄像头。

虽然从技术上来说,我直播时直视镜头是可行的,但这会让观众觉得我在盯着虚空看,显得有些奇怪。当我明显在看屏幕时,我的视线最好稍微向下一些。事实上,通过一定的设置,让观众在自己的屏幕底部看到我的显示器上端是有好处的,这样可以"解释"我在看什么。

在许多场合,视频会议演讲效果都非常好(而且有时候为了增加乐趣,我会使用遥现机器人)。但近年来(部分原因是孩子们想和我一起旅行),我认为旅行是可以的,因此我去了很多地方。

我经常要做演讲,经常每天都会做几次。我逐渐制定了一份详细的清单,列出了演讲所需的一切:一个高度合适、足够水平的讲台,可以让我轻松地在键盘上打字(最好不要太大,以免观众看不到我);一个可佩戴的麦克风,让我双手可以自由打字;网络连接,让我可以访问我们的服务器;当然,为了让观众真正看到演示内容,还需要一台计算机投影仪。

我还记得 1980 年我使用的第一台计算机投影仪。那是一台 Hughes 的液晶光阀投影仪。每次我把它连接到 CRT 终端,它都工作得很出色。之后的几年里,我在世界各地用过许多计算机投影仪,无论是在最豪华的视听环境中,还是在设备陈旧、基础设施简陋的偏远地区。令人惊讶的是,那些投影仪的可靠性是很随机的。在有些无法想象投影仪能正常工作的地方,它却会表现得不错;而在那些看起来应该没问题的地方,它又会失败得一塌糊涂。

几年前,我在 TED 舞台上发表演讲,使用了一些我见过的最豪华的视听设备。然而,投影失败得一塌糊涂。幸亏我们在前一天进行了测试。但我们还是足足花了 3 小时才让这台顶级计算机投影仪把我的屏幕成功地投射出来。

正是因为那次经历,我决定要好好了解一下计算机是如何与投影仪通信的。这是一个复杂的过程，需要让计算机和投影仪彼此协商，以找到适合双方的分辨率、宽高比、帧率等。在底层，二者会交换一种被称作 EDID[①] 字符串的东西，这些东西通常会纠缠在一起。近年来，计算机操作系统在处理这一问题上做得更好了，但当我参加高知名度、高产值的活动，我还是会外接一个小盒子来伪造 EDID 字符串，以强制我的计算机发送特定信号，而不管投影仪可能在要求什么信号。

我的一些演讲完全是即兴的。但通常我会准备一点笔记，有时甚至会备有一份脚本。我总是把这些东西记在 Wolfram 笔记本中。然后，我用代码对它们进行"分页"，基本上是在每一页的末尾复制"段落"，于是我就可以自由地"翻页"。在过去的几年里，我经常将这些笔记传输到 iPad 上，设置成触摸屏幕时"翻页"。但近年来，我实际上只是同步了文件，并用我的小便携式计算机做笔记，这样做有一个好处，那就是演讲开始之前我可以随时编辑这些笔记。

除了笔记，有时候我还会有一些想立即引入演讲中的材料。现在我们有了新的演示者工具（Presenter Tools）系统，我可能会着手创建更多类似幻灯片的材料，但这不是我传统的工作方式。我通常只需要输入一段特定的 Wolfram 语言代码，但不必花时间逐字键入。或者，我可能想从幻灯片库中挑选一张图像，立即将其显示在屏幕上，比如在回答问题时。（投影仪的分辨率有很多棘手之处，例如，在元胞自动机的幻灯片中。因为除非它们是"像素级匹配"的，否则就会出现锯齿，而且仅仅像常规的幻灯片软件那样按比例缩放是不够的。）

[①] extended display identification data，扩展显示器识别数据。

那么，我是如何处理这些引入材料的问题呢？我的计算机还连接了第二台显示器，它的图像并没有投影出来。（是的，这可能会导致 EDID 字符串出现可怕的混乱。）我在这第二台显示器中放置一些可供点击或复制的内容。（我有一个 Wolfram 语言函数，可以把笔记本里面的输入内容和网址变成一个面板①，我可以点击它来输入内容、打开网页等。）

过去，我们曾经在我的笔记本电脑上接了一个小型的第二显示器，实际上就是一块笔记本电脑屏幕。但是为了同时把第二显示器和投影仪连接到我的笔记本电脑上，需要使用各种各样的折中方法（有时是通过 USB 连接，有时是通过 HDMI 连接，等等）。但现在我们可以只使用 iPad 做第二显示器，而且它的连接是纯软件层面的（尽管投影仪可能仍然有些不好对付）。

有一段时间，为了时尚起见，我用的计算机外壳上都会雕刻一个 Spikey 图标，并加了背光。但是里面的小菱形比较脆弱，所以现在我基本上只在我的计算机上使用"Spikey 皮肤"。

---

① 面板（palette）是 Wolfram 系统中笔记本和按钮控制的集合。

22.6 我的文件系统

我整天都在使用的 3 个主要应用是 Wolfram 桌面（Wolfram Desktop）、网络浏览器和电子邮件。我的主要工作方式是创建（或编辑）Wolfram 笔记本。这是我今天编辑过的一些笔记本：

状态好的时候，我一天当中至少会在 Wolfram 笔记本中输入 2.5 万个字符（是的，我记录了我的所有按键）。我按照节和小节来组织我的笔记本（非常方便的是，它们自动以层级单元的形式存在）。有时候，我会在笔记本中书写大部分的文字。有时候，我会从其他地方截屏并粘贴进去，这也是一种记笔记的方式。我还会根据具体情况，在笔记本中进行实际的计算、进行 Wolfram 语言输入、获取结果，等等。

多年来，我已经积累了超过 10 万个 Wolfram 笔记本，产品设计、计划、研究、写作，基本上我的一切工作全都在里面了。这些笔记本最终都存储在我的文件系统里面（云同步、云文件、文件服务器这些我都用），而且我会努力让我的文件系统保持井井有条，这样做的结果是，我通常可以通过浏览我的文件系统找到任何笔记本，比我使用搜索功能还要快。

我第一次认真思考如何组织文件是在 1978 年（那也是我开始使用 Unix 操作系统的时候）。在过去的 40 年里，我大体上经历了五代文件系统组织方式，每一代都大体反映了我在人生的那个阶段是如何组织我的工作的。

比方说，在我撰写大部头《一种新科学》的 1991 至 2002 年期间，我的文件系统相当大一部分是按照书中的章节来组织的：

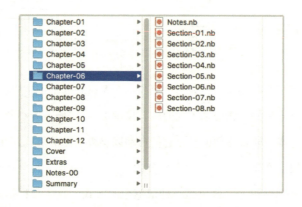

如今，让我非常满意的是，我可以马上从这本书的在线版中的某张图片跳转到当初创建了这张图片的笔记本（而且 Wolfram 语言的稳定性意味着我可以立即再次运行笔记本中的代码，尽管有时可以以更简洁的新方式编写代码）。

《一种新科学》的各个章节基本上都在我的"第三代"文件系统

中的 `NewScience/Book/Layout`[①] 文件夹中。该文件系统的另一部分是 `NewScience/BookResearch/Topics`[②]。在这个文件夹中，大约有 60 个子文件夹，都是以我在写作这本书期间研究的广泛主题命名的。在这些子文件夹的下面，还有更进一步的子文件夹，用于存放我在研究这些主题时研究的特定项目，这些项目通常会成为书中的特定章节或注释。

我对计算机文件系统的某些思考源自我在 20 世纪 70 年代和 80 年代使用实体档案系统的经验。回到我十几岁从事物理学研究的时候，我如饥似渴地复印各种论文。一开始，我认为将这些论文归档的最佳方法是把它们分成许多不同的类别，每个类别都放在不同的实体文件夹里面。我认真地考虑了这些分类，经常为将特定论文与特定类别关联起来的巧妙之处自鸣得意。我有一个原则，如果某个类别中的论文太多，我就应该把它拆分为一些新的类别。

起初，这似乎是个好主意，但很快我就意识到并非如此。因为许多时候，当我想要找到某篇论文时，我无法确定当初是如何灵机一动将其与某个分类联系起来的。最终结果是，我彻底改变了我的方法。我不再坚持狭义的分类，而是采用广义的、宽泛的分类。这样一来，我就可以轻轻松松地把 50 多篇论文归档到某一类了（结果往往每个类别都会有好几个被塞得满满的实体文件夹）。

[①] 该路径可直译为"新科学 / 书 / 排版"。——编者注
[②] 该路径可直译为"新科学 / 图书研究 / 主题"。——编者注

第 22 章 追求高生产力的生活：我个人基础设施的一些细节

诚然，这意味着有时我需要翻阅 50 篇甚至更多的论文才能找到我想要的一篇。但实际上，这多花不了几分钟时间。而且即使这种情况每天发生几次，这个方式也不失为一个巨大的成功，因为这意味着我还是能够成功找到我想要的东西。

现在，我对计算机文件系统的某些部分的整理也遵循相同的原则。例如，当我收集有关某个主题的研究材料时，我会把所有的材料都扔到以该主题命名的文件夹中。有时我甚至会针对同一个主题这样收集好几年。之后，当我着手做这个主题的工作的时候，我就在那个文件夹里翻找，挑出我想要的内容。

最近，我把我的文件系统拆分成了两部分。一是活跃文件部分（我会持续将它们同步到我所有的计算机上）；二是归档文件部分，被保存在中央文件服务器上（例如，它包含了我前几代的老文件系统）。

我的活跃文件系统中只有几个顶层文件夹。其中一个叫 Events（活动），其下面的子文件夹是按年份设的。在每个年份下面，当年我参加的每一次外部活动都会有一个子文件夹。在这个文件夹里面，我会存储有关这项活动的资料、在那里发表演讲的 Wolfram 笔记本，以及我在活动上做的笔记等。由于每年我参加的活动不超过 50 个，因此浏览 Events 中某一年的子文件夹，很容易就能找到某个活动的文件夹。

我还有一个顶层文件夹叫 Design（设计），里面包含了我关于 Wolfram 语言的设计工作以及我们正在开发的其他东西的所有笔记。目前，其中大约有 150 个文件夹，涉及活跃的不同设计领域。不过这里面还有一个叫 ARCHIVES（归档）的文件夹，里面是那些不再活跃的早期设计领域的文件。

其实这是我文件系统中面向项目部分的一般原则。每个文件夹都会有一个名为 ARCHIVES 的子文件夹。我试图确保主文件夹里面的文件（或子文件夹）始终处于活跃状态或待处理状态，而将所有处理完的文件都放进 ARCHIVES 文件夹里面。（我把这个名字大写，就是想让它在目录列表中醒目一些。）

对于大多数项目，我再也不会看 ARCHIVES 文件夹中的任何东西了。但是，如果我想看的话，也很容易做到。这一点很重要，因为这意味着我说"这个文件已经弄完了，把它放进 ARCHIVES 文件夹吧"之后，不会感到惴惴不安，即使我认为那个文件仍有可能还有用。

我的这种方法在某种程度上受到了我看过的处理实体文件的方式启发。20世纪80年代初,当时我在美国贝尔实验室做咨询,我看到一个朋友的办公室里有两个垃圾桶。我问他为什么,他解释说,一个装的是真正的垃圾,另一个是缓冲区,他会把自己认为可能再也不需要的文件扔进缓冲区。一旦缓冲区满了,他就会扔掉底部的文件,因为他一直没有把它们捡回来过,所以他认为此时已经可以把这些文件彻底扔掉了。

当然,我并没有完全照搬这种做法,事实上,我把所有的东西都保留下来了,无论是数字文件还是纸质文件。但关键是,ARCHIVES文件夹这种存档机制为我提供了一种轻松保留资料的方法,同时,我仍然可以轻松查看所有活跃的内容。

我还有很多其他习惯。我在做设计时,通常会将笔记保存在名为 `notes-01.nb`[①] 或 `SWNotes-01.nb` 之类的文件中。就像我的原则是不要对文件做太多分类一样,我倾向于对设计的不同部分也无须进行分类。我只是按顺序给我的文件编号,因为当我进行某项设计工作时,我通常只跟最新的一个或几个文件打交道。如果文件只按顺序编号,会很容易找到它们;否则,反而不太容易回想起曾经给某个设计方向或某个想法取了个什么名字。

很久以前,我开始习惯于将我的顺序文件命名为 `file-01`、`file-02` 等。这样,几乎任何排序方案都会按实际顺序对文件进行排序。我的确经常编号至 `file-10`,但这些年来,我的编号还从来没有接近过 `file-99`。

---

① ".nb" 是 Wolfram 笔记本文件的后缀名。——编者注

22.7　知道把东西放在哪里

当我具体做一个特定的项目时，我通常只使用与该项目相关联的文件夹中的文件。但状态好的时候，我可能就很多不同的项目产生很多想法。而且我每天还会收到数百封电子邮件，涉及各种不同的项目。我最终会专注于这些项目中的一个，但通常需要等上几个月或几年的时间。所以我想做的，就是把我积累的材料储存起来，这样即使在很久以后我也能很容易地找到它们。

我通常从两个维度来考虑如何存放东西。第一个维度（毫无疑问）是它的内容，第二个维度则是我可能在哪种类型的项目中使用它。它会跟某个产品的某些特性相关吗？它会成为我写作的原始素材吗？它会是一个学生项目，比如一年一度的暑期学校的起点吗？诸如此类。

对于某些类型的项目，我保存的材料通常是完整的一个或几个文件。对于其他项目，我只需要保存一个想法，可以用几句话或几段话概括。例如，一个学生项目的起点通常只是一个想法，可以用一个标题来描述，也许再加上几行解释。每一年，我都会不断地将这样的项目想法添加到一个笔记本上，以我们一年一度的暑期项目为例，我会在项目启动之前查看并总结这些想法。

对于我可能要写的作品，就有点不同了。在任何时候，我都可能会有 50 篇文章想写。我要做的就是为每一篇文章创建一个文件夹。每个文件夹里通常都有名字类似 `Notes-01.nb` 的文件，我会把具体的想法积累在这些文件里。此外，文件夹里也会包含一些完整的文件，或是一些文件组，用来积累关于文章主题的内容。[有时我会将它们组织到子文件夹中，名称类似于 `Explorations`（探究）和 `Materials`（素材）。]

在我的文件系统中，有不同类型项目的文件夹：`Writings`（写作）、`Designs`（设计）、`StudentProjects`（学生项目）等。我认为这样的文件夹数量适度非常重要（即使我的生活相当复杂，文件夹的数量也不过十几个）。当有来自电子邮件、一段对话、网络上看到的内容，或者仅仅来自我自己的一个想法的新东西时，我需要快速确定它可能与什么类型的项目（如果有的话）相关。

在某种层面上，这只是一个简单的问题："我应该把它放到哪个文件夹里？"但关键是要有一个预先存在的结构，不仅能让我快速决策，并且能让我在很长时间后轻松地找到东西。

确实有很多棘手的问题，尤其是随着时间的推移，人们对一个主题的命名或思考方式可能会发生改变。这就意味着，有时我会重新命名一个文件夹或类似的东西。但就我而言，最重要的是，在任何时间点，我用来放东西的文件夹总数都不多，因此我基本上能全部记住。我可能会有十几个文件夹用于不同类型的项目，对于其中一些文件夹需要再设置一些子文件夹，来存放关于特定主题的具体项目。但我会尽量将"活跃的积累文件夹"的总数限制在几百个。

我的一些"积累文件夹"已经有 10 年甚至更长历史。还有少量的文件夹从出现到消失就只有几个月时间。大多数文件夹则最多会持续几年，基本上就是从我构思一个项目到项目实际完成之间的时间。

虽然不完美，但最终我还是维护了两个文件夹层级结构。第一个,也是最重要的,在我的文件系统中。而第二个在我的电子邮件中。我用邮件文件夹来保留资料,这是基于两个基本原因。第一是其即时便利性。当收到一封邮件,我会想到"这与我正在计划中的某个项目相关"。我当然想将其存储在一个合适的位置,但如果存在邮件文件夹里,我只需要用鼠标把邮件移动过去就行(或者可能只需要按一下 Mac 触控栏按钮)。这种情况下,我根本不需要把这封邮件存放到文件系统的文件夹里。

让邮件留在邮件系统的另一个原因是形成对话线索。在 Wolfram 语言中,我们现在既可以导入邮箱,也可以实时连接到邮件服务器。用户一下子就能看到电子邮件对话的图表(实际上是超图)有多么复杂。邮件客户端当然不是查看这些对话的完美工具,但是使用邮件客户端比收集单独的文件要好得多。

当项目被定义清楚,但还不是很活跃时,我倾向于使用文件系统的文件夹,而不是电子邮件的文件夹。通常,我会收到关于这些项目的相当孤立的(没有什么对话线索的)邮件。我发现最好的方法是将这些邮件拖到适当的项目文件夹中,或者复制其内容并添加到笔记本中。

当一个项目非常活跃时,我可能会收到大量关于这个项目的邮件,保持邮件对话线索的结构就很重要了。而当一个项目还没有被明确定义时,我只需要把与之相关的所有东西都放到一个单独的"容器"里,先无须考虑将其组织成子文件夹、Wolfram 笔记本等。

当我查看我的邮件系统文件夹时,我会发现很多邮件文件夹都在文件系统中有对应的文件夹,但也有一些在文件系统中找不到对应的文件夹，尤其是有关长期项目概念的。我还有许多存在了10多年之久的文件夹（我当前的邮件文件夹组织方式大约有15年的历史）。有时这些文件夹的名字起得并不完美，它们的名字并不能很好地反映其内容。但是由于文件夹的数量不多，而且我跟它们相处已久，所以我很清楚里面都放了些什么。

当我着手一个项目时，我就会打开该项目的邮件文件夹，开始查阅消息，经常是从很久以前的消息开始看起，这总是让我心满意足。就在过去的几周里，当我们完成Wolfram语言的一个重要的新版本时，我开始展望未来，浏览了一些文件夹，里面有从2005年以来的消息。当年我保存这些消息时，我还没有与之相关的项目的明确框架。但现在我有了。因此，现在当我查看这些消息时，我可以快速将它们放入适当的活跃Wolfram笔记本等。然后，我会把这些消息从邮件文件夹中删除，最终，当文件夹的内容被删空以后，就把这个邮件文件夹整体删除。（与文件系统不同的是，我认为在邮件系统里面创建一个"归档"文件夹没什么用。邮件的量太大了，而且组织得不够好，我可能最终还是要靠搜索功能才能找到某个特定内容。当然了，我肯定会把我所有的邮件都保存下来的。

我有自己的文件系统，也有电子邮件。在公司里，我们还有一个很全面的项目管理系统，以及各种数据库、请求跟踪工具、源代码控制系统等。大多数情况下，我目前的工作性质并不需要我直接与这些系统交互，我也不会特意将我的个人输出存储在这些系统里。但有的时候，在有的项目中，我在这些系统里保存过我的输出。但是现在，我基本上只是以一个读者，而不是作者的身份与这些系统打交道。

22.7 知道把东西放在哪里

除了这些系统之外，我基本上通过网页进行许多交互。可能是像 WolframAlpha 或 Wolfram 这样的公开网站，可能是我们公司的内部网站，也可能是未来将成为公开网站或网络服务的预备版本（比如测试或开发版本）。我有这样一个个人主页，让我可以很方便地访问上述所有网站：

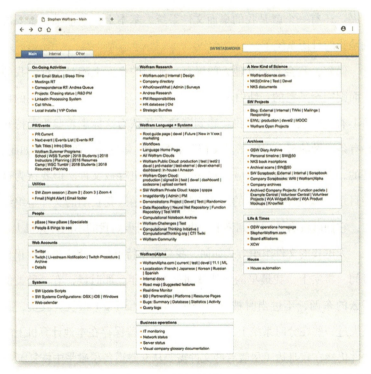

作者的个人主页，集合了以下分类下的各种链接："正在进行的活动""公关/公开活动""实用程序""人物""网络账户""系统""Wolfram Research 公司""Wolfram 语言 + 系统""Wolfram|Alpha""业务运营""《一种新科学》""个人项目""归档""生活与时代""房屋"

该个人主页的来源（不用说）是一个 Wolfram 笔记本。我可以在文件系统中编辑这个笔记本，然后一键将其更新部署到 Wolfram 云上。我在浏览器中安装了一个扩展程序，每当我创建一个新的浏览器窗口或标签页时，初始内容都会是我的个人主页。

当我要开始做某件事时，我只需要访问几个地方。一个是这个个人主页，我每天都要访问几百次。另一个是我的电子邮件及其文件夹。还有一个就是我的桌面文件系统。基本上，其他唯一重要的就是我的日历系统了。

偶尔，我会看到其他人的屏幕，他们的桌面上满是文件。我的桌面则完全是空的、纯白色的（方便全屏共享和直播）。如果我的桌面上有任何文件可见，我会感到惭愧。我认为这标志着我为保持井井有条所做的努力失败了。"文档"和"下载"等通用文件夹亦是如此。是的，在某些情况下，应用程序等会在那里存放文件。但我认为这些目录应该是用后即弃的。我不想把它们纳入我长期的文件组织结构，它们既没有被同步到云上，也没有被同步到我的不同计算机上。

无论我的文件组织方式如何，我总有个特点是会将文件保存很长时间。事实上，我最早的文件日期是 1980 年。那时候，有一种类似于云的东西，不过当时被称为分时（time-sharing）系统。其实，我丢失过一些在分时系统上的文件。但是那些曾保存在本地计算机上的文件仍然在我身边（尽管有些文件需要从 9 磁道备份磁带中恢复）。

而且现在，我特别注意将我所有的文件（以及所有的电子邮件）主动保存在本地。是的，这意味着我的地下室里有下页图中这样的设备。

初始存储是在一个标准 RAID[①] 上。随后数据会备份到我公司总部的计算机上（距我家约 1600 千米），在那里进行标准的磁带备份。（这么多年来，我只有一次需要从备份磁带中恢复文件。）我还将我更活跃的文件同步到云端，以及我所有的计算机上。

22.8 我的那些小便利

我主要的两种个人输出形式是电子邮件和 Wolfram 笔记本。自从 30 年前 Wolfram 笔记本问世以来，我们一直在优化我们的笔记本

[①] 独立磁盘冗余阵列（redundant arrays of independent disks），以多个独立磁盘并行读写、数据分块存储，并利用冗余信息容错的高可用海量信息存储装置。

系统，现在只需按一个键就可以创建一个默认的新笔记本，接着我可以立即开始撰写文本，它会自动生成一个好看的结构化文档。（顺便说一句，很高兴看到我们已经成功地保持兼容性长达30年：我在1988年创建的Wolfram笔记本仍然可以正常工作。）

然而，有时候，我创建的Wolfram笔记本并不是给人类阅读的，而是为了输入某个自动化过程中。为此，我使用了各种特别设置的笔记本。例如，如果我想在我们新的Wolfram函数库中创建一个新函数，我只需转到菜单（在任何12版的系统中都可用）中的文件>新建>存储库条目>函数库条目：

函数资源定义笔记本，包括函数名、函数定义、函数文档、示例等条目的模板

这个模板能有效地"提示"我要添加的条目。完成后,我可以点击"Submit to Repository"(提交到存储库)将笔记本发送到我们的中央队列,以进行存储库条目的审核(虽然我是首席执行官,但这并不意味着我可以或想要免除审核流程)。

实际上,我创建了大量结构化的内容,以便进行进一步处理。一个重要的类别是 Wolfram 语言文档。为了撰写这些文档,我们有一个被称为 DocuTools 的内部系统,它完全基于我们多年开发的一个巨大面板。我经常说,它的复杂性让人联想到飞机驾驶舱:

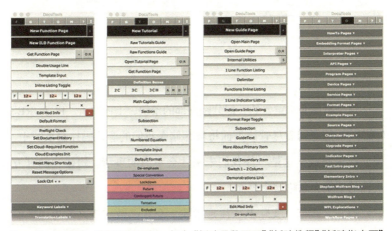

DocuTools 界面,有若干子面板,包含"新建函数页面""新建教程""新建指南页"等多项功能菜单

DocuTools 的理念是使文档的创作尽可能地符合工效学。它有 50 多个子面板(上图显示了其中的几个),总共有不少于 1016 个按钮。如果我想为某个 Wolfram 语言函数创建一个新页面,我只需点击"New Function Page"(新建函数页面),就会弹出下页图中页面。

这个页面非常重要的一部分是顶部的条块，上面写着"FUTURE"（未来）。这意味着尽管该页面将被存储在我们的源代码控制系统中，但它尚未完成，这是一件我们未来才会考虑的事情。构建我们官方文档的系统会忽略这个页面。

通常，我们（实际上往往是指我）会在函数实现之前为函数编写文档，文档会包含函数应该具有的各种特性的细节。但是当这个函数实际上第一次实现时，其中的一些特性可能还没有完成。为了解决这个问题，我们会对文档的某些部分进行我们所谓的"未来化"处理，给它们一个非常显眼的粉色背景。它们仍然存在于源代码控制系统中，我们每次查看文档页面的源代码时都会看到它们。但是在构建给用户看的文档页面时，这部分就不会被包括在内。

22.8 我的那些小便利

图中浅粉色背景段落即经过"未来化"处理的段落

当然，DocuTools 是用 Wolfram 语言实现的，并广泛利用了 Wolfram 笔记本的符号结构。这些年来，它已经发展到可以处理许多严格意义上不是文档的事物。事实上，对我来说，它已经成为几乎所有基于笔记本的内容创作的中心。

例如，我的博客有一个按钮。按下它，你就可以得到一个标准的笔记本，可以随时写作。而在 DocuTools 中，还有一整套按钮，允许用户插入建议和编辑。当我写了一篇博客后，我通常会得到下页图中这样的回复。

> Thirty years ago there were "workstation class computers" that ran Mathematica, but were pretty much only owned by institutions. In 1988, PCs used MS-DOS, and were limited to 640k of working memory ---which wasn't enough to run Mathematica. The Mac could run Mathematica, but it was always a tight fit ("2.5 megabytes of memory required; 4 megabytes recommended")---and in the footer of every notebook was a memory gauge that showed you how close you were to running out of memory. Oh, yes, and there were two versions of Mathematica, depending on whether or not your machine had a "numeric coprocessor" (which let it do floating-point arithmetic in hardware rather than in software).
>
> Back in 1988, I had got my first cellphone---which was the size of shoe. And the idea that something like Mathematica could "run on a phone" would have seemed preposterous. But here we are today with the Wolfram Cloud app on phones, and Wolfram Player running natively on iPads (and, yes, they don't have virtual memory, so our tradition of tight memory management from back in the old days comes in very handy).

图中被标记的语句如下："(1988 年，个人计算机使用 MS-DOS 操作系统，)工作内存上限为 640k""Wolfram Player 在 iPad 上本地运行"

粉色的框表示"你真的需要修复这个问题"，淡黄色的框表示"这里有一个评论"。点击其中一个框，会弹出一个小表单显示详情。

当然，世界上有很多变更跟踪和修订系统，但是使用 Wolfram 语言，可以轻松创建一个根据我的需求进行优化的定制系统，这就是我所做的。在有这个系统之前，浏览编辑建议需要花费很多小时（我记得有一次可怕的飞行旅程，长达 17 小时，我几乎花了所有的时间处理一篇博文的建议）。但现在，由于所有内容都针对我的需求进行了优化，我能够以大约快 10 倍的速度处理。

很多时候，为我定制的工具最终也会被改造，这样其他人也可以使用。用于编写课程和创建视频的系统就是个例子。我希望能够像"单人乐队"一样完成这个任务，这有点像我进行直播的方式。我的想法是，创建一个包含我要说的话和要输入的代码的脚本，然后我一边浏览脚本，一边利用实时录屏来制作视频。但是输入部分该如何处理呢？我不能用手打字，因为这样会破坏我说话的流畅性。最显而易见的解决办法，就是将内容直接"自动键入"一个笔记本中。

但是这一切应该怎么编排呢？我先从脚本入手：

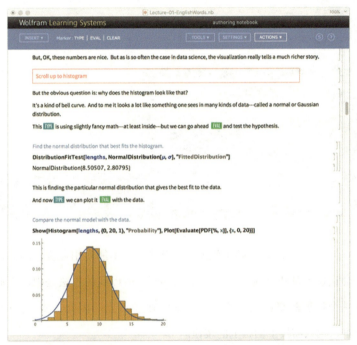

作者的演讲脚本，上面有写好的演讲词，还有方框部分的操作提示"滚动至直方图"，以及 TYPE（输入）和 EVAL（执行）两种提示标记，用于提示演讲者进行按钮操作，如后文所述

按下"生成录制配置"，在屏幕的一个区域会立即出现一个标题窗口，然后我就设置屏幕录制系统录制这个区域。我屏幕上的剩余区域则是脚本。但是控件呢？它们是另一个 Wolfram 笔记本，以面

板形式出现，上面有很多按钮：

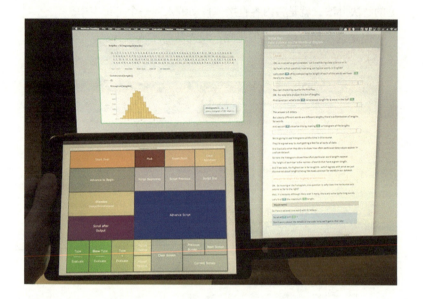

但是实际上我如何操作这个面板呢？我不能使用鼠标，因为这样会让焦点从正在录屏的笔记本上移开。所以我的想法是把面板放在一个扩展的桌面上，这个桌面显示在 iPad 上。因此，要"执行"脚本，我只需按下面板上的按钮。

面板上有一个大大的"Advance Script"（高级脚本）按钮。假设我已经读到脚本中的一个要点，需要我在笔记本中输入一些内容。如果我想模拟实际打字，我会按下"Slow Type"（慢速打字）按钮，字符就会以一次一个的方式被输入到笔记本中（是的，我们测量了人类打字的按键间延迟分布，并进行了模拟）。这样一会儿之后，看着打字这么慢会觉得不耐烦。这时我只需按下"Type"（打字）按钮，

22.8 我的那些小便利

它会将整个输入立即复制到笔记本中。如果我再次按下该按钮,它将进行其第二个操作——"Evaluate"(执行),这相当于在笔记本中按下 Shift+Enter 键[1](带有一些适合视频的可选的解释性弹出窗口)。

我还可以继续讲述我用 Wolfram 语言构建的其他工具,但这些已经让你有了大致的了解。那么,我还用了哪些 Wolfram 语言之外的工具呢?我用了网络浏览器以及可以通过浏览器访问的各种资源和服务。然而,通常我只是进入 Wolfram 云,例如,查看或使用云端笔记本。

有时我会使用我们的公有 Wolfram 云,但更多的时候,我使用私有 Wolfram 云。我们大部分内部会议的议程都托管在我们内部的 Wolfram 云上的笔记本中。此外,我个人还运行着一个本地的私有 Wolfram 云,我在上面托管越来越多的应用程序。

这是我当前计算机界面底部的程序坞(dock):

我的程序坞上有以下应用:一个文件系统浏览器、一个电子邮件客户端、三个网络浏览器(是的,我喜欢在多个浏览器上测试我们的东西),接下来是一个日历客户端,然后是我们的互联网电话系统的客户端(现在我交替使用互联网电话、音频电话,以及我们的屏幕共享系统)。此外,至少现在我还有一个音乐应用。不得不说,一天下来我几乎没什么机会听音乐。我最常听音乐的时候,可能是

---

[1] Wolfram 笔记本中执行、求值的快捷键。

第 22 章 追求高生产力的生活：我个人基础设施的一些细节

当我邮箱里积压了太多的邮件，我需要一些音乐振奋自己，帮助我清理成千上万条消息的时候。但一旦我开始写一些重要的东西，我就必须暂停音乐，否则我无法集中注意力。（而且我必须找一些没有歌词的音乐，因为我发现如果我听到歌词，我就不能全速阅读。）

有时候，我打开一个文档，就会启动与之关联的标准文字处理软件、电子表格等应用。但我必须承认，这些年来，我基本上从未用这些应用从头开始创作过文档。我最终只是借助我们的技术来创作。

偶尔我会打开终端窗口，直接使用操作系统命令，但这种情况变得越来越少，因为我越来越多地把 Wolfram 语言当作我的"超级终端"。（而且，在 Wolfram 笔记本中存储和编辑命令简直太方便了，可以立即生成图形化和结构化的输出。）

当我写这篇文章时，我意识到我还有一点尚待优化。在我的个人主页上，有一些能执行相当复杂操作的链接。例如，其中一个链接会为我启动一个计划外的直播：它会向我们的全天候（24/7）系统监控团队发送消息，以便他们接收我的视频流，进行广播，并监控响应。但我意识到，我还有很多自定义的、可以从终端键入的操作系统命令，能做一些事情，例如，从源代码库更新。我需要在私有云上进行设置，这样我在个人主页上放置一些 Wolfram 语言代码的链接，就可以运行这些命令。（平心而论，其中一些命令相当古老了。例如，我用于定时发送邮件的 `fmail` 命令，是在 30 多年前编写的。）

再看看我的程序坞，会发现以 Spikey 为图标的应用程序占了相当大一部分。但是我为什么需要 3 个完全相同的标准 Spikey 应用呢？它们都是 Wolfram 桌面应用程序，但是有 3 个版本。第一个版本是我们最新的发行版；第二个版本是我们最新的内部版本，通常每天更新；而第三个版本（白色的）是我们的"原型版本"，也是每天更新，但其中包含许多尚未进入严格测试的"最前沿"的功能。

每天晚上安装这些不同的版本，并确保文档类型都正确注册了，需要在操作系统上完成一些非常复杂的步骤。但这对于我个人的工作流来说，又非常重要。我通常会使用最新的内部版本（是的，我还有一个目录保存了许多之前的版本），但偶尔，例如，在某次特定会议上，我会尝试使用原型版本，也可能因为某些功能出了问题，再回退到发行版本。（在云端应付多个版本就更容易了，我们在内部私有云上运行了一系列不同配置的组合，其中包含各种内核、前端和其他版本的组合。）

当我进行演讲等活动时，我几乎总是使用最新的内部版本。我发现，在观众面前进行实时编码是发现错误极好的方法，即使它有时让我不得不解释我所说的"软件公司首席执行官病"：总是希望运行最新版本，即使它尚未经过严格测试，而且是在头一天晚上刚构建出来的。

22.9 归档与搜索

我的个人基础设施的一个关键部分，实际上极大地扩展了我的个人记忆，这就是我的"元搜索器"（metasearcher）。在我个人主页的顶部有一个搜索框。输入"rhinoceros elephant"（犀牛 大象）之类的内容，我会立即在过去 30 年里我收发的所有电子邮件，以及我计算机上的所有文件和我存档过的所有纸质文件中，找到每一篇包含这些关键词的文档：

在元搜索器中搜索"犀牛 大象"，得到来自电子邮件存档、内网文件系统等位置包含关键词的文档，按年份统计

对我来说，按年份统计邮件数量非常方便。无论我问什么，它经常帮助我回忆起其背后的历史或者故事。（在这个例子中，我可以看到 2008 年出现了一个邮件高峰，那时我们正在准备发布 Wolfram|Alpha，

而且当时我正在处理很多事情的数据,甚至包括物种信息。)

当然,我的元搜索器之所以这么有效,一个关键因素是我事先存储了大量的内容。例如,实际上,我保存了过去 30 年中我写过的 81.5 万封左右的电子邮件,以及我收到的大约 230 万封电子邮件(只有极少的垃圾邮件)。是的,过去 32 年来,我的公司有着组织良好的 IT 基础设施,这对我帮助极大。

当然,电子邮件有一个很好的特点,它是"生来数字化"的。那么原本以纸质形式存在的东西呢?事实上,我大半辈子都有"信息收藏癖",从 1968 年我上小学起,我就一直在保存文件。从那以后,它们被重新装箱 3 次,现在主要的文件是这样储存的:

(我还存储了很多关于个人、组织、事件、项目和各种话题的文件。)我的纸质文件产量,大约在 1984 年之前是逐年增加的,然后随着我数字化的进程而迅速减少。总体而言,我有大约 25 万页的非批量印刷的原始文件,其中大部分来自我人生早期。

大约 15 年前，我决定让这些纸质文件可以被搜索，因此我启动了扫描纸质文件这个项目。大多数文件只有一页或几页，无法使用自动进纸器进行处理，所以我们搭建了一个配有高分辨率相机的装置（在那个时候，还需要闪光灯）。这个项目花费了好几个人一年的工作量，但最终所有的文件都被扫描了。

我们对扫描的文件进行了自动裁剪和白平衡处理（使用 Wolfram 语言图像处理功能），然后进行了 OCR，并将 OCR 得到的文本作为透明图层嵌入扫描图像中。如果我现在搜索"rhinoceros"（犀牛），我会在档案中找到 8 个文件。鉴于搜索关键词的特性，得到的结果不拘一格，例如里面甚至包括 1971 年复活节我小学的一期学校杂志，这也不足为奇。

OCR 适用于打印文本，那么手写文本又怎么办呢？即使是手写的信函，通常也会有打印的信头。但是我有很多手写的笔记，上面基本上什么也没打印。从纯图像中识别手写文字（没有笔画的时间序列信息）还是超出了当前技术的能力，但我希望我们基于神经网络的机器学习系统能够很快解决这个问题。（方便的是，我有很多文档既有我的手写版本，又有打印的版本，所以我希望至少能够建立起我自己的手写文字的训练数据集。）

但即使我无法在手写材料中搜索，我通常也可以通过"翻找正确的盒子"来找到它们。我的主要扫描文件被整理在大约 140 个盒子中，每个盒子涵盖了我人生中的一个重要时期或项目。针对每个盒子，我可以调出页面的缩略图，分组到文档中。例如，下页图中是我 11 岁时的学校地理笔记，以及当时我做的演讲的文字内容。

22.9 归档与搜索

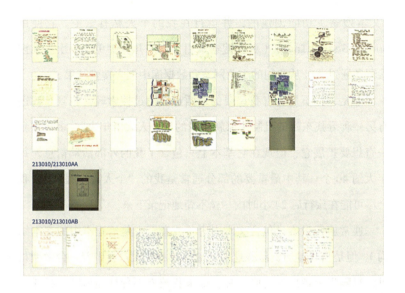

我必须说,每当我浏览我几十年前的扫描文件时,我都会发现一些意想不到的有趣的东西,这些东西常常让我明白一些关于自己的事情,以及明白我是如何朝着某个特定的方向发展的。

或许这与我的生活有关,与我致力于建立长期的事物有关,还与我跟许多人保持长期联系有关,但我几乎每天都能接触到如此丰富的个人历史,这让我感到惊讶。有时候,某个人或某个组织联系我,我会回顾35年前与他们的互动信息。或者我在思考某件事情时,会依稀记得我在25年前做过类似的工作,然后回顾一下自己都做了些什么。我碰巧记忆力不错,但当我实际回顾过去的材料时,我总是惊讶于我自己忘记了那么多细节。

大约30年前,我首次创建了我的元搜索器。当前的版本是基于Wolfram 语言 CreateSearchIndex(创建搜索索引)/TextSearch

（文本搜索）功能创建的，并运行在我的个人私有云上。它使用 `UpdateSearchIndex`（更新搜索索引）每隔几分钟更新一次。元搜索器还通过 API 从我们的企业网站和数据库中汇入搜索结果。

但是，并不是所有我想要的东西都能通过搜索轻松找到。我还有另一种寻找东西的机制，那就是我的"个人大事年表"。多年来我一直想要扩展它，但现在它基本上只包含了我的外部活动信息，每年大约 40 个。其中最重要的部分通常是我的"个人旅行报告"，我会尽可能在旅行后 24 小时内一丝不苟地记录下来。

通常旅行报告只包含文本内容（或者至少是笔记本中的文本结构）。但是当我参加贸易展这样的活动时，我通常会带着一台微型相机，每隔半分钟拍摄一张照片。如果我戴着那种挂绳名牌，我通常会把相机夹在名牌的顶部，并调到一个理想的高度，这样就可以拍摄到我遇到的人的名牌。当我写个人旅行报告时，我通常会回顾这些照片，有时会复制一些到我的旅行报告笔记本中。

目前，即使我有了各种各样的档案材料来源（现在也包括聊天记录、直播等），电子邮件仍然是最重要的。多年前，我决心让人们更容易找到我的电子邮件地址。我的想法是，如果有人想联系我，在现代社会，他们最终一定能找到办法，但如果他们很容易给我发电子邮件，那他们就会以这种方式联系我。是的，把我的电子邮件地址公开，就意味着我会收到很多邮件，这些邮件来自世界各地我不认识的人。诚然，其中的一些确实很奇怪，但更多的都很有趣。我尽量查看所有的邮件，同时邮件也会被发送到一个请求跟踪系统，这样我的工作人员可以确保重要的事情都能得到处理。（有时人们在邮件主题行中看到请求跟踪系统的元数据,如"SWCOR #669140",可能会有点奇怪,但我认为这是为了确保电子邮件实际得到回复而需要付出的一点小代价。)

我可能说过,几十年来,电子邮件一直是我们公司内部(分布在不同地理位置的人)的主要沟通方式。是的,我们有项目管理、源代码控制、客户关系管理以及其他系统,还有聊天工具。但至少在我与公司某些部门的互动中,电子邮件占据绝对主导地位。邮件有时候是发给个人的,有时候是发给邮件群组的。

长期以来,大家一直在开玩笑,说我们的邮件群组比员工人数还多。但我们一直很小心地组织这些群组,例如通过为它们的名称加上不同的前缀来区分类型(t 表示项目团队的邮件列表,d 表示部门的邮件列表,l 表示更开放的邮件列表,r 表示自动报告的邮件列表,q 表示请求列表,等等)。对我来说,这至少使得我可以记住哪个列表适合发送我想要发出的邮件。

22.10 人与事的数据库

我认识很多人,来自我生活的不同部分。早在 20 世纪 80 年代,我就把他们的信息保存在一个文本文件中(在那之前则保存在手写的联系簿中)。但是到了 90 年代,我决定为自己建立一个更系统化的数据库,并创建了我一开始称之为 pBase 的东西。近年来,pBase 的原始技术开始显得相当陈旧,但现在我有了一个 Wolfram 语言实现的现代化数据库,运行在我的个人私有云上。

一切都很不错。我可以按姓名或属性搜索人，或者，如果我即将访问某个地方，我可以让 pBase 展示一张地图，上面有关于谁在附近的最新信息。

pBase 与社交网络有什么关系呢？我有一个 Facebook 账户，已经很长时间了，但这个账户维护得不太好，好像经常达到好友的最大数量。对于领英（LinkedIn）我则更审慎，只有在我真正与他们交谈过的情况下，我才会添加联系人（我目前有 3005 个联系人，所以，是的，我确实和很多人聊过）。

通过使用 ServiceExecute(服务执行)[①]，我可以定期从领英账号中下载数据，以更新 pBase 中的内容，这非常方便。然而，领英只能涵盖我认识的一小部分人，并不包括我很多更杰出的朋友和熟人，以及大多数学者、很多学生等。

最终，我可能会继续开发 pBase，并可能使这项技术普遍可用。在我们公司内部，已经有一个系统展示了类似的愿景：公司的内部目录。它运行在我们内部的私有云上，基本上采用了 Wolfram|Alpha 风格的自然语言理解技术，可以让人们用自然语言提问题。

除了我们的公司目录之外，我还想提及我们维护的另一个数据库，至少我觉得它非常有用，特别是当我试图找出谁可能知道一些不寻常的问题的答案，或者谁可以参与某个新项目时。我们称之为"谁知道什么"（Who Knows What）数据库。这个数据库能提供关于每个人的经验和兴趣的概况。下页是关于我本人的数据库条目（这是有关问题细节的来源）。

---

① Wolfram 语言的内建函数，用于在外部服务上获取数据或执行操作。

22.10 人与事的数据库

开始日期：1987 年 1 月 1 日 　职务：总裁 　事业部：总裁办公室	**社交媒体** 　使用：领英 　发帖：Twitter、Facebook、Instagram
教育经历 　伊顿公学，1972—1976（高中） 　牛津大学，1976—1978，物理学（无学位） 　加州理工学院，1988—1989，理论物理学，博士	**工作经验** 　科学家（43 年，有时兼职），教授（6 年），语言设计师（40 年），首席执行官（23 年），技术/战略顾问（偶尔，大部分在 20 世纪 80 年代中期），高管顾问（30 年），董事会成员（7 年）
硕士水平知识 　科学、数学和物理学的多个领域	**业界经验** 　长期工作：加州理工学院、普林斯顿高等研究院、伊利诺伊大学、Wolfram Research 公司，等等 　短期工作/顾问：罗斯福实验室、阿贡国家实验室、洛斯阿拉莫斯国家实验室、贝尔实验室、思维机器公司，以及很多其他机构
研究水平知识 　针对多领域的计算化模型、理论科学（大多数领域）、计算科学、应用计算、数学、计算机科学、计算机技术、语义/语言学、科学史	
学术知识关键词 　粒子物理学、宇宙学、人工物理学、实验数学、计算机语言、符号运算、复杂性、元胞自动机、计算宇宙、人工智能、SETI、计算知识、知识表达、计算语言、计算思维、云计算、区块链、个人分析、计算伦理学、计算哲学，以及一切与计算相关的	**语言** 　法语初级，拉丁语初级，古希腊语初级
	熟悉的地方 　英国牛津市，美国加利福尼亚州帕萨迪纳市、新泽西州普林斯顿市、马萨诸塞州剑桥市、伊利诺伊州尚佩恩市、旧金山地区、芝加哥地区、波士顿地区
教育工作经验 　很久以前的一些研究生课程（还有一个本科课程中途退出） 　Wolfram 暑期学校（2003 年至今） 　Wolfram 高中暑期夏令营（2012 年至今） 　中学生的计算思维训练（2016 年至今）	**计算机语言/应用经验** 　（应该是）精通 Wolfram 语言，精通 C 语言，熟悉（设计水平）大多数计算机语言，精通 SMP（对称式多处理机）
职业认证 　私人飞行员（未完成而且很久以前就过期了）	**开源项目** 　Wolfram 演示项目（发起者、贡献者），Wolfram 数据存储库（发起者、贡献者），Wolfram 函数库（发起者、贡献者）……
职业协会 　美国科学促进会、美国物理学会、美国数学学会、美国计算机协会、美国符号逻辑学会、美国科学史学会、美国电气与电子工程师协会	**专业技能和经验** 　通用写作和技术写作+索引编制和校对，公开演讲，辅导，历史研究
期刊/新闻媒体 　《纽约时报》《华尔街日报》《商业周刊》《时代》《科学新闻》《新科学家》《连线》《数学智者》《今日物理学》……①	**其他兴趣爱好** 　计算教育（研究生及以上）、职业规划（针对儿童及其他人）、科技史、历史传记、古文物研究科学书籍、科学博物馆、技术产品、计算机行业、热门电影
	喜欢学习的东西 　基本上任何东西 :)
	其他相关事物 　纯数学、数字人文、房地产、教育创新、建筑学
	其他 　其他有联系的组织：美国国家数学博物馆、各种公司和非营利组织

---

① 均为欧美新闻、科学类期刊。——编者注

第 22 章　追求高生产力的生活：我个人基础设施的一些细节

在个人数据库方面，对我而言，另一个有用的数据库是我拥有的书籍数据库。在过去 10 年左右的时间里，我并没有购买太多的书籍，但在此之前，我积累了大约 6000 册的藏书。尤其是在我进行更多历史导向的研究时，我通常需要查阅其中很多书。但是，它们应该如何组织呢？像杜威十进分类法[①]或美国国会图书馆分类法这样的"大型"分类方案有些大材小用，不能很好地匹配我个人关于主题的"认知图谱"。

就像我的文件系统文件夹或实体文件夹一样，我发现最好的方案是将书籍分成相当宽泛的类别，类别的数量少到让我可以在空间上记住它们在我藏书库的位置。但在每个类别内部，书籍又应该如何排列呢？

在这里我要讲一个警示性的故事（我妻子经常用它作为例子），告诉你我的方法会出什么问题。我总是喜欢了解思想的历史发展过程，所以我认为如果能够按照历史顺序（比如按照首次出版日期）浏览书架上某个类别的书籍会很不错。但这样却很难找到一本特定的书，或者将一本书放回原位。（如果书籍的出版日期印在书脊上会更方便，但它们并不会如此。）

大约 20 年前，我准备将所有的书搬到一个新的地方，那里的书架长度不同。我面临着一个问题：如何在新书架上规划书籍的类别安排（"量子场论类的总长度是多少，哪里能够放得下？"）。于是我想："为什么不在测量每本书的书脊宽度的同时，也记录它的高度和颜

[①] 美国图书馆学家梅尔维尔·杜威（Melvil Dewey）编制的综合性等级列举式分类法。该分类法将全部知识按学科与研究领域划分为 10 类，每类下根据需要再细分为若干下位类，构成一个层次分明的具有等级体系的分类表，类目配备阿拉伯数字并按小数制排序。该分类法在世界各地图书馆广泛使用，有专门机构负责连续修订出版。

色?"我的想法是,这样我就可以为每个书架制作一张图,用真实的宽度和颜色显示书籍,然后在图中加上箭头来指示特定书的位置(这很容易从其他书组成的"地标"中直观地识别)。

我买了一个色度计(那是在数码相机普及之前),并开始进行测量。但事实证明,这比预期的劳动强度要大得多,而且,不用说,我并没有在这些书被搬走之前完成。与此同时,在搬书的那一天,我注意到,如果不光从书架上取一整摞书放进去,还把其他书摆在边缘,包装箱可以装更多的书。

结果是,当这 5100 本书抵达目的地,它们基本上是乱序的。整理这些书花了 3 天的时间。在这个阶段,我决定化繁为简,按作者姓名的首字母顺序排列每个类别下的书。这样在找书的时候当然很管用。不过现在,至少所有与编写《一种新科学》相关的书,我都有一个非常好的、可计算的版本,存在 Wolfram 数据存储库(Wolfram Data Repository)中,这算是我的大型图书目录项目的一个重要成果。

In[ ]:= `ResourceData["Books in Stephen Wolfram's Library"]`

Authors	Title
Aarts, Emile & Jan Korst	Simulated Annealing and Bo
Abelson, Harold & Andrea A. diSessa	Turtle Geometry: The Comp
Abelson, Harold, Gerald Jay Sussman & Julie Sussman	Structure and Interpretation
Abraham, Ralph & Christopher D. Shaw	Dynamics – The Geometry
Abraham, Ralph & Jerrold E. Marsden	Foundations of Mechanics. S
Abraham, Ralph H. & Christopher D. Shaw	Dynamics – The Geometry
Abraham, Ralph H. & Christopher D. Shaw	Dynamics – The Geometry
Abramowitz, Milton & Irene Stegun	Handbook of Mathematical
Abrikosov, A.A., L.P. Gorkov & I.E. Dzyaloshinski	Methods of Quantum Field
Achacoso, Theodore B. & William S. Yamamoto, Editors	AY's Neuroanatomy of C. el

用 Wolfram 语言函数列出作者的藏书列表,按图书作者姓名首字母顺序排列

22.11 个人分析

2012 年，我写了一篇关于个人分析和我自己收集的数据的文章（第 21 章）。那时候，我的存档里面有大约 33 万封发出的电子邮件，现在又增加了 50 万封。

我有各种系统可以记录各种数据，包括我敲下的每个按键、我走的每一步，以及我的计算机屏幕每分钟的样子（可惜，这样记录下来的视频非常无聊）。我还有各种医疗和环境传感器，以及来自与我交互的各种设备和系统的数据。

我会时不时地把 Wolfram Data Drop 里那些活跃的数据仓（databin）提取出来，对我的生活进行一番数据科学研究，这确实很有意思。总体而言，我发现我的生活是极其一致和习惯性的，不过每天都会发生不同的事情，使得我的"生产力"（以各种方式衡量）反复波动，看起来往往是随机的。

我收集这些数据，其中一个目的是用来创建一系列仪表板。我每天都觉得这些仪表板非常有用。例如，在我的私有云上运行着一个我的电子邮件数量监控系统：

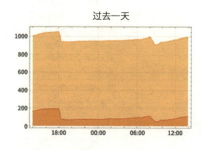

过去一天

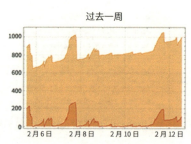

过去一周

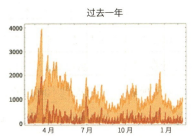

上方浅色曲线代表我待处理的电子邮件总数,而下方深色曲线是我尚未打开的邮件数量。这些曲线对我生活的各种特征都非常敏感。例如,当我专注地从事某个项目时,我的电子邮件数量往往会短暂下滑。但当我试图控制自己的节奏并决定何时可以做什么时,我发现这个电子邮件仪表板非常有帮助。

每天我都会收到一些邮件,汇报我前一天的情况,这也很有帮助。我分别在什么应用程序中进行了多少次击键?我创建了什么文件?我走了多少步?诸如此类。

我也会保存各种与健康和医疗有关的数据,并且已经这样做了很长时间。很久以前就开始测量某样东西总是很棒的,因为这样可以绘制出几十年的时间序列,并观察其中是否体现了什么变化。事实上,我注意到,有时候我某个指标(比如血液中某些成分的水平)的值多年来基本保持不变,但许多实验室给出的"正常范围"却一直在波动。(现实情况是,实验室根据其所观察的特定人群来推断正常范围,这对于正常范围的稳定性并没有帮助。)

我在 2010 年对我自己进行了全基因组测序。虽然我没有从中获得什么戏剧性的发现，但当我看到某篇论文中提到的 SNP[①] 变异时，我能够立即去查看自己是否具有这些变异，这确实让我感到与基因组研究有所联系。（考虑到不同的链、方向和构建编号的种种变化，我倾向于坚持最基本的原则，只通过 StringPosition[②] 查找旁侧序列[③]。）

就像我在本章中描述的许多事情一样，对我而言，在进行个人分析时，最有效的方法是选择易于实施的方式。例如，记录我的饮食习惯是一个我尚未完全解决的问题（我们的图像识别技术还不够好，即使是专为我制作一个输入食物信息的应用程序，似乎也总是有点麻烦）。但每当我有一个自动运行的系统时，我就能成功地收集到良好的个人分析数据。仪表板和每日邮件报告可以提供持续的反馈，也有助于检查系统是否出现了问题。

22.12　前方的路

前面我已经（以书呆子般的细节）描述了我的一些个人技术基础设施是怎么搭建起来的。这些设施始终在变，我也一直在努力对其进行升级。例如，我有很多废物箱，装满了我不再使用的东西（是的，我会搞来我发现的几乎每个"有趣"的新设备或小工具）。

[①] 单核苷酸多态性（single nucleotide polymorphism），基因组特定位点上单个核苷酸改变导致的 DNA 序列多态性，是人类遗传变异中最常见的一种方式。
[②] Wolfram 语言内建函数，用于查找目标字符在字符串中的位置。
[③] flanking sequence，遗传学名词，指结构基因两侧的核苷酸序列，对基因的表达及表达水平具有调控作用。

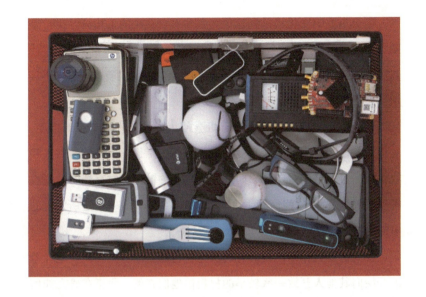

但是，尽管像设备这样的东西会变，我发现我的基础设施的组织原则保持着出奇的稳定，只是逐渐变得越来越完善了。而且，我发现，至少那些基于我们非常稳定的 Wolfram 语言系统开发出来的软件系统，也一样稳定。

未来会怎样呢？有些东西肯定会不断得到提升。在写这篇文章的过程中，我意识到我现在可以升级到 4K（或更高分辨率）的显示器，而不会影响屏幕共享（共享的视频源会自动降低采样频率）。在不久的将来，或许我会使用 AR（增强现实）技术来对我的环境进行实时标注；或许最终我会有某种手段进行基于 XR（交叉现实）的仿真面对面视频会议；或许正如我过去 40 多年来一直假设的那样，我最终能够通过类似脑电图（EEG）的技术来更快地输入文字；等等。

第22章 追求高生产力的生活:我个人基础设施的一些细节

但更重要的变化将是拥有更完善和更自动化的工作流。我希望随着时间的推移,将来我们有可能利用机器学习工具来自动生成"计算历史",例如,将我在某个特定领域所做的事情组装成一条有用且适当聚类的时间线。

在我的历史研究中,我曾有机会使用大量人物和组织的档案,它们通常已经完成了一定程度的索引和标记工作(信函的发件人和收件人是谁?信函写于什么时间?有哪些关键词?它存档的位置在哪里?等等)。但这些信息往往都太琐碎了,通常很难确定所发生的事情的整体轨迹。

我的首要目标是使我拥有的所有材料对自己有用。但我也在考虑开始向其他人开放一些较早的材料供他们查阅。我正在研究如何在现代利用云基础设施、机器学习、可视化、计算文档等工具,来构建最佳的档案呈现和探索系统。

在回顾自己的一天时,我会问自己在哪些方面还没有得到很好的优化。实际上,很多问题最后都要归咎于在处理电子邮件以及回答问题之类的事情上太花费时间。当然,现在,我已经花了很多时间去构建一切,以便让尽可能多的问题可以得到自我解答,或者能用我们开发的技术和自动化工具去解决。而且,我作为首席执行官,也会尽可能努力把工作委派给别人。

但仍然有很多事情需要处理。我很想知道,利用我们现在所拥有的所有技术,是否可以进行更多的自动化工作,或将任务委派给机器。也许我收集的所有关于自己的数据,有一天可以被用来构建一个"模拟我的机器人"。通过查看大量我发送和接收的电子邮件,以及查看我的文件和个人分析数据，机器人也许可以预测我将如何回答任何特定问题。

我们目前还没有达到那个阶段。但假如机器人能够针对如何回应某件事生成 3 种想法，并向我展示一份草稿，供我直接挑选和批准，那将是一个有趣的时刻。总体上说，关于我想要朝哪个方向去的问题，几乎可以说必须由我自己决定，但是我希望，越来越多的细节可以得到自动化的处理。

第 23 章

早慧纪录（差点）被打破

2011 年 6 月 1 日

我很早就开始接触科学，在 20 岁的时候获得了博士学位（美国加州理工学院物理学专业）。上周末，一位名叫凯瑟琳·贝尼（Catherine Beni）的年轻女性（我几年前见过她）给我发来邮件，说她刚刚获得加州理工学院（应用数学）的博士学位——也是在 20 岁的时候。

不言而喻，我俩都很好奇谁拥有加州理工学院最年轻博士的纪录。凯瑟琳说，她博士答辩的时候只有 20 岁 2 个月零 12 天。而我是在 1979 年 11 月取得的博士学位——我出生于 1959 年 8 月 29 日，所以那时候我大概 20 岁零 2 个月大。

第 23 章 早慧纪录（差点）被打破

我快速搜索了我的纸质文件的 OCR 存档，发现了这个：

> SOME TOPICS IN THEORETICAL HIGH-ENERGY PHYSICS
>
> Thesis by
> Stephen Wolfram
>
> In Partial Fulfillment of the Requirements
> for the Degree of
> Doctor of Philosophy
>
> California Institute of Technology
> Pasadena, California
>
> 1979
> (Submitted November , 1979)

作者于 1979 年 11 月在美国加州理工学院提交的博士学位论文之一，题为《理论高能物理学的一些课题》

月份已经确定，但令人沮丧的是，论文没有填写日期。但后来我想起了我的博士答辩。当时，我正在和理查德·费曼进行一场相当激烈的讨论（关于热力学第二定律），突然房间开始摇晃——发生了一场小地震。

好在现在我们有了 Wolfram|Alpha。所以我输入"1979 年 11 月

第 23 章 早慧纪录（差点）被打破

加州理工学院的地震",结果是：

magnitude	time	location
3.2	Wed, Nov 14, 1979 11:09 pm PDT (31.6 years ago)	97 mi S 42 mi S of Avalon, California, United States
3.1	Mon, Nov 5, 1979 02:37 pm PDT (31.6 years ago)	90 mi NNW 11 mi NNW of Keene, California, United States
3.0	Thu, Nov 22, 1979 10:38 pm PDT (31.5 years ago)	89 mi NNW 9 mi NNW of Lamont, California, United States

(distances from California Institute of Technology)

符合搜索要求的 3 场地震记录，表格从左至右 3 列分别为震级、时间、震源位置

就是它！博士答辩是在下午，那天唯一可能的日期就是 1979 年 11 月 5 日。所以现在我可以计算我当时的年龄了：

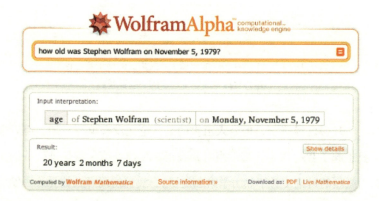

在 Wolfram|Alpha 中搜索"1979 年 11 月 5 日斯蒂芬·沃尔弗拉姆多大？"，得到结果"20 岁 2 个月零 7 天"

第 23 章　早慧纪录（差点）被打破

20 岁 2 个月零 7 天。我用不到一周的时间，保住了我 30 年来加州理工学院最年轻博士的纪录。

嗯，至少算是吧。也许"获得博士学位"的正确官方日期是毕业典礼。按照这个标准，凯瑟琳·贝尼领先将近 6 个月！（或许更多，因为我没有真正参加过毕业典礼，尽管毕业证书最终还是寄到了。）

（我还想知道以天为单位的确切时间跨度：对我来说，从出生到博士答辩是 7373 天；而对凯瑟琳来说则要多 5 天，是 7378 天。）

不管细节如何，我和凯瑟琳现在正在考虑为"低龄博士"成立一个奇特的小俱乐部。如果截止年龄是 21 岁，我认为一定有相当数量的潜在成员。当然还有露丝·劳伦斯（Ruth Lawrence），她在 1989 年 17 岁时获得了牛津大学的数学博士学位。还有哈维·弗里德曼（Harvey Friedman），他在 1967 年 18 岁时获得麻省理工学院的数学博士学位。然后是诺伯特·威纳（Norbert Wiener），他在 1912 年 18 岁时获得哈佛大学数学博士学位。我猜可能还有十几个其他合适的例子，主要是在数学及其密切相关领域。（到目前为止，我本人是据我所知唯一的一个非数学领域的例子，甚至很可能我拥有全球最年轻物理学博士的纪录。）

我对早慧是怎么看的呢？这些年来，很多早慧的人来找过我，所以我见过的案例还真不少。如果大家忽略"早慧本身"（现在早慧的人越来越多），剩下的就是一个非常有趣的故事集。我会说，也许有一半的早慧者的结果令人赞叹，或者至少令人满意；另一半就"伤仲永"了。我的猜测是，较好的结果与这些人拥有正确的早期判断和良好的技能有关。

第23章 早慧纪录（差点）被打破

至少对我来说，早慧是一场巨大的胜利，因为它让我很早就开始了成年生活——在我的热情和创造力被多年的结构化教育摧毁之前。

我一开始并不认为自己早慧。我是英国顶尖学校的尖子生，但我并没有注意到这一点。我在大约10岁的时候对物理学产生了兴趣，并且读了越来越多的物理学书籍，然后开始做物理学研究，写了物理学的文章，并最终发表了相关的论文。我几乎没有和任何人谈论我的物理学研究，但是因为我自学了各种奇特的技术，我开始能够很好地完成学校水平的物理学习研究。

所以我在16岁的时候，离开了高中（伊顿公学），上了大学（牛津大学）。（在此期间，我在英国政府实验室从事理论物理方面的工作。）我在大学待的时间不长，也没拿到学位。但是当我离开的时候，我已经发表了很多物理学论文（甚至包括一些现在我仍然认为相当不错的论文），然后我直接进入了加州理工学院的研究生院。

对我来说，"在我只有十几岁的时候就获得物理学博士学位"很容易，但当时我并没有关心这样的事。所以正如我现在所知，我最终在20岁2个月零7天获得了博士学位。

我在高中的时候，人们不停地告诉我，如果我一直加速前进，就像最终我所做的那样，我会遇到可怕的麻烦。他们挂在嘴边的是"社交困难"之类的。我很高兴地说，那些可怕的麻烦从来没有发生过。

平心而论，在人生的各个阶段，我都需要一定的韧性，但这种对麻烦的预期的主要影响是，它让我花了更长的时间来认识到，科学上的早慧与公认更世俗的事，比如经营公司，并不矛盾。

在我年轻的时候，早慧是一件很有趣的事情。并且，我想我很幸运，我早年自学了这么多东西。因为不知何故，早慧给了我信心，让我相信我几乎可以自学任何东西。在我获得博士学位之后的31年里，我一直在学习一门又一门的学科。某种意义上，我一直都在模仿我年轻时早慧的态度："别人似乎都觉得这很难，但并不意味着我搞不明白。"

仅从岁月流逝的角度看，早慧让我做了更多的事情：我能够花更多的时间学习东西，花更多的时间做项目。最近，看到许多早期物理学领域的我的"同时代人"走到了职业生涯的尽头，我有点怪怪的感觉。因为我的心态仍然跟当年那个早慧的物理小孩一样：有这么多美妙的事情要做，而我才刚刚开始……

第 24 章

为高中毕业生做的一次演讲

2014 年 6 月 9 日

发表于美国斯坦福在线高中（Stanford Online High School）2014 年毕业典礼。

大家知道吗，我自己从来没有正式高中毕业，今天是我真正意义上参加的第一次高中毕业典礼。

在过去的 3 年里，我很开心看到我女儿在斯坦福在线高中的经历，当然是保持一定的距离来观察的。我相信，总有一天斯坦福在线高中会家喻户晓，那时你会说："是的，当某某事的解决方法被发明的时候，我就在那里，在斯坦福在线高中。"

我很高兴看到在斯坦福在线高中社区，同学们虽未同处一地，但同样建立了长久的同学关系。同时，看到同学们各有丰富多彩的故事，这真是太棒了。

当然，对于今天在座的各位毕业生来说，这是你们故事新篇章的开始。

我猜一些同学可能已经有了非常明确的人生计划，一些同学可能仍在探索。请谨记：生活没有"唯一正确的答案"，不同人心目中的"人生的'A'"迥然各异。我认为首要的挑战永远是了解你真正喜欢的是什么,你还需要知道在这个世界上有什么可以做的,然后你必须解决将这两者相结合的难题。

也许你会发现某个已经存在的领域适合自己,也许你不得不创造出一个新领域。

我一直对人们的生活轨迹感兴趣。我注意到,一个人在某个伟大的方向上崭露头角后,回顾其人生,在其人生早期总能看到一些种子在萌芽。

比如,我最近有点吃惊地发现,我12岁时做的一些关于知识和数据系统化的事情与Wolfram|Alpha非常相似。然后我意识到,当年我创建项目,然后组织其他孩子一起完成那些项目,这种表现非常像在领导一家创业公司。

事情的发展总是很有趣。当我还是个孩子的时候,我对物理学非常感兴趣。要研究物理,我们必须做大量的数学计算。然而我觉得数学计算很无聊,我也不太擅长。

那我接着做了些什么呢?我发现虽然我不擅长计算,但我可以让计算机干这些事。于是,我就自然而然这么做了,这就是Mathematica和Wolfram|Alpha得以问世的原因。

还有一件事,小时候做课本上的练习,总是让我很困扰。我总是在想:"这个练习已经有无数人做过了,为什么我还要做?为什么我不去做些不一样的事情,一些新的事情,一些属于我自己的事情呢?"

人们可能会想:那一定很难。但事实并非如此。只是你不仅要学会如何做事,还要学会如何去挖掘要做的事情。事实上,我注意到，几乎在每个领域，走得最远的人都不是那些有最好的技术技能的人，而是那些有方法来挖掘做什么的人。

不得不说，对我而言，发明新东西非常有趣，这几乎是我一生都在做的事情。

我认为大多数人并没有真正了解这个世界上的东西是如何创造出来的。我们的文明所拥有的一切——我们的技术、我们做事的方式，等等——都是被发明出来的。它们一定是源自某个地方的某个人——也许就是你——的某个想法，然后这个想法变成了现实。

把一个想法变成真实存在的东西，这是一件美妙的事情，也是我最喜欢做的事情。我很幸运能在科学、技术和商业之间交替进行许多大型项目。某种程度上，我的项目可能看起来非常不同：建立一种新的科学，创造一种计算机语言，以计算形式对整个世界的知识进行编码。

但事实证明，它们实际上是一样的。它们都是针对一些复杂的领域，深入它们的本质，然后做一个大型项目来构建对世界有用的东西。

当你思考你真正喜欢的是什么，你真正擅长的是什么时候，找准主题很重要。也许你喜欢数学，但是为什么呢？是由于确定性吗？是因为能解决问题？还是因为曲高和寡？即使在斯坦福在线高中，你也只能学习某些特定的科目。所以，你要了解自己，你必须了解你对这些科目的感受，并进行归纳，最终找出你自己的总体主题。

我学到的一点是，了解的领域越多越好。当我还是个孩子的时候，我学过拉丁语和希腊语，当时我总是抱怨它们没有用。但后来我长大了，不得不为各种产品和事物起名字，它们变得有用起来。事实上，多年来，我每天所做的很大一部分事情，就是从我所学过的迥异领域中获取想法，并将它们汇集在一起，形成新的想法。

如果你想做到这一点，你就必须真正牢记你学过的所有东西。科学史不能仅仅停留在科学史课堂，它可以启发你产生社交媒体创意，激发你提出伟大的新方向，为你正在进行的艺术创作提供灵感，等等。学习的真正回报并不在于获得好的课业成绩，而在于将这种思维方式或者学到的知识内化为你自身的一部分。

当你考虑要在这个世界上做些什么的时候，一定要谨记，最好的领域是那些几乎没有人听说过的领域——当然也没有关于它们的课程。但是，如果你能进入其中一个新领域，那就太好了，因为新领域里有许多基础的底层工作有待完成，随着这个领域的发展，你会不断进步。

在这方面我很幸运，因为我从小就对计算、对计算的思维方式非常感兴趣。显而易见，计算确实是 20 世纪出现的最重要的概念，尽管在计算构建了所有技术之后，我们才刚刚开始看到计算的真正意义。

今天，你只需在现有的领域前面加上"计算"这个词，就可以得到一个令人兴奋的发展方向：计算法学、计算医学、计算考古学、计算哲学、计算摄影学，等等。

为了做到这些，你必须熟悉计算思维方式以及编程等。这些将是越来越重要的基本技能。总的来说，比学习特定领域的内容更有价值的是学习其通用方法和工具，并与之保持同步更新。

我当时还花了很多时间来构建工具，不过这并不适合所有人。对我来说，最重要的事情是能够建立一套工具，然后用工具来解决问题，进而用这一结果继续构建更多的工具。很幸运，我能够持续 30 多年一直这样做。

我们需要进行判断，以决定什么时候继续朝着原有生活方向前进，什么时候进入新的领域，追逐新的机会。对我来说，我试图维持一个"投资组合"——在已有基础上继续建设，同时也始终确保添加新的东西。

这样做的结果是，在任何时间，总有一个领域，我以一个初学者的身份在其中学习。例如，我现在正在学编程教育。我们已经成功地实现了大量的编程自动化，我认为总的来说这是一件大事，对于教育来说，这意味着有了更广泛的人群和地点适合编程教学。但是应该怎么做呢？在数学和语言等领域，我们有若干世纪的教育经验可以借鉴。但是随着编程教育的发展，我们面临一个全新的情况，我们必须从头开始解决这些问题。做这样的事情有点令人惶恐，我总是想："也许这是一个我永远也搞不清楚的领域。"但不知何故，如果一个人有信心坚持下去，事情似乎最终总会成功——这真的很令人满意。

当我还是个孩子的时候，我在学校学到了一些东西，同时也自学了一些东西。我不断尝试各种各样的项目，让自己一直保持做项目和学习的状态。大家在斯坦福在线高中接触到了很多有趣的东西，一定要确保在大学或接下来的旅程中去尝试更多的东西，同时一定要多做项目，做真正属于自己的事情，人们可以从中看到并真正了解你。

不仅要学东西，还要持续做战略思考。不断尝试，找到适合你的领域。你可能会找到一个现成的领域，也可能不得不创造一个新领域，但总会有很棒的东西等着你。永远不要假设你达不成愿望，每一步都只是需要解决的问题的一部分。种子已经在你们心中，找到它们，灌溉它们，随着你人生故事每个篇章的展开，不断推动它们成长……